Solas

JAVIER DÍEZ CARMONA

Solas

Grijalbo

Penguin
Random House
Grupo Editorial

Primera edición: enero de 2023

© 2023, Javier Díez Carmona
© 2023, Penguin Random House Grupo Editorial, S. A. U.
Travessera de Gràcia, 47-49. 08021 Barcelona

Printed in Spain – Impreso en España

ISBN: 978-84-253-6278-1
Depósito legal: B-20.225-2022

Compuesto en La Nueva Edimac, S. L.

Impreso en Romanyà Valls, S. A.
Capellades (Barcelona)

GR 6 2 7 8 1

Para Alma. Para Ane. Siempre

Mapa de Enkarterri (comarca de Las Encartaciones)

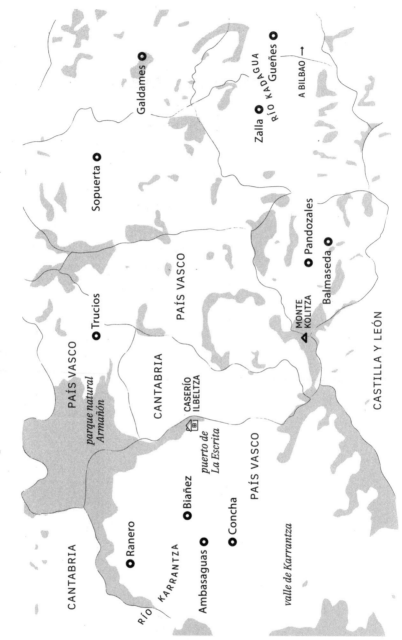

CANTABRIA

RÍO KARRANTZA

PAÍS VASCO

parque natural Armañón

Ranero

Ambasaguas

Biañez

Concha

valle de Karrantza

PAÍS VASCO

CANTABRIA

CASERÍO ILBELTZA

puerto de La Escrita

Trucios

Sopuerta

Galdames

Zalla

RÍO KADAGUA

Gueñes

A BILBAO →

PAÍS VASCO

MONTE KOLITZA

Pandozales

Balmaseda

CASTILLA Y LEÓN

PRIMERA PARTE

SOLAS

Y es verdad,
ya no existen príncipes azules.
Y es verdad, qué sola estás.
Y es verdad, la escoba y la cocina,
mañana será igual.

Barricada,
«Mañana será igual»

VIERNES

30 DE ENERO DE 2015

1

Al otro lado de los cristales todo era oscuridad. Imposible distinguir el brillo de las estrellas, las luces de algún auto descarriado ni, mucho menos, el fulgor de una farola. La niebla diluía las siluetas de los pinos, el sufrimiento de los manzanos desnudos y el vacío de un valle que, demasiado lejos, se preparaba para el sueño. Pero el vacío, el auténtico, no estaba en los campos desiertos, sino en la butaca que, paralela a la suya, delataba una ausencia cuyo dolor no mitigaba la botella abierta frente a ella. Aceptando su falsa invitación, Agurtzane Loizaga se sirvió el primer trago.

Desperdigados sobre la alfombra, los exámenes esperaban que la doctora Loizaga, catedrática de Economía Aplicada, terminara de lamerse las heridas para dedicar una o dos tardes a corregirlos. Pero no podía. Era incapaz de renunciar a la tortura de sus recuerdos, incapaz de aceptar su estupidez y su destino. No le quedaban fuerzas para afrontar la aridez de aquellos folios mal redactados.

Asentado siglos atrás en la cima del puerto de La Escrita, lejos de la carretera y el ruido de los escasos vehículos que la transitaban, el caserío Ilbeltza parecía el centinela de Karrantza, un cancerbero de piedra y roble que, desde su privilegiada posición, dominaba un exuberante tapiz de bosque y prado, un paisaje inexistente cuando la oscuridad se cernía sobre la casa.

Lola y Agurtzane conocieron Ilbeltza una calurosa mañana de mayo. Contra el cielo azul se recortaba la joroba gris de Peña Jorrios. Los manzanos lucían flores pequeñas y muy blancas que a Lola le recordaban pendientes de nácar. No pudo evitar una sonrisa desdibujada que perduró mientras evocaba cómo se tomaron de la mano, cómo dejaron que sus miradas se perdieran en la profundidad de una tierra domada siglos atrás y, sin embargo, salvaje en apariencia. Cómo se enamoraron de esa imagen. Cómo se lanzaron a comprar aquel *baserri* a medio reformar enclavado en lo alto de un puerto de montaña en el corazón de Las Encartaciones, un lugar desconocido para ambas. Los cuarenta y cinco kilómetros que lo separaban de Bilbao les parecieron entonces una distancia cómoda, adecuada para quienes buscaban a un tiempo distancia y proximidad. Un bucólico paraíso de paz, pensaron entonces sin soltarse de la mano.

Vació el vaso y volvió a llenarlo. Era incapaz de pensar en nada que no fuera su abandono. Ni en los exámenes, ni en las clases sin preparar, ni en el riesgo que entraña descender La Escrita en las madrugadas de invierno, los arcenes congelados y la bruma recostada en el asfalto. Tampoco en los silencios que llenaban los pasillos de la facultad cuando, ojerosa, despeinada y vestida con la ropa del día anterior, se arrastraba camino de su despacho. Estaba acostumbrada a ser la víctima de los rumores más jugosos, más sangrantes, que circulaban por el claustro. Desde que se divorció de Alberto y comprendió que, con treinta y cinco años, quedaba mucha vida por vivir.

Aquella separación fue la comidilla perfecta para profesores, secretarios y bedeles, hastiados correveidiles incapaces de encontrar en sus vidas alguna forma de diversión.

No solo porque Alberto Quiroga, con sus canas milimétricamente peinadas y su eterno bronceado, fuera más respetado en la universidad que el propio decano. Catedrático de Economía Actuarial, ponente en centenares de congresos en todo el mundo, asesor oficioso del gobierno autonómico y tutor de decenas de tesis doctorales, incluida la de una joven Agurtzane que entonces no supo sustraerse a su magnética madurez. No. Si su divorcio sustituyó al fútbol y a los culebrones como tema principal de las sesudas conversaciones entre doctores y licenciados fue porque, tras abandonar a Quiroga, comenzó a salir con mujeres.

Algo se movió contra las paredes, algo reptó y rozó su mano provocándole un escalofrío. Pero solo era una de las muchas sombras esculpidas por las llamas. O tal vez una ilusión inventada por el alcohol y su estómago vacío. Más allá del ventanal no se veía nada. Tinieblas, lluvia y ausencia. Solo ausencia desde que Lola se fue.

Dejar a Alberto, huir de aquella casa de muebles que pretendían ser antiguos y solo eran viejos, fue lo mejor que le pudo pasar. En Bilbao brillaba la vida. Una vida más allá de las investigaciones académicas, las tardes en silencio y la compañía amable y educada. Una vida hecha de sonrisas, música, cenas hasta altas horas de la madrugada, bailes, alcohol y sexo. Un sexo diferente. Un sexo, por fin, pleno.

La primera fue una amiga de la infancia, una compañera de colegio con quien, al albor de la pubertad, compartió confidencias, cuchicheos sobre chicos y gustos musicales. Tropezó con ella a una hora a la que su exmarido estaría comenzando su gimnasia matutina. Quizá fue la alegría del reencuentro, quizá el exceso de alcohol. O quizá era el momento de abandonar inhibiciones y caminar por una senda anhelada y negada a lo largo de los años. El caso es que amaneció en su cama, desnuda, satisfecha y feliz.

Un golpe. En la puerta trasera, junto a la cocina. Agurtzane tragó saliva y su respiración se suspendió hasta hacerse inaudible. Incluso las nubecillas de vapor que flotaban frente a su boca desaparecieron en el frío del salón. Sin ruido, pegó la frente contra el cristal incapaz de comprender, al filo de la borrachera, que su silueta se recortaba en la ventana con toda nitidez. Aguzó el oído. Nada. Solo el chasquido de la leña, los latidos de su corazón y un jadear ansioso cuya procedencia tardó en reconocer. Y otro golpe. Diáfano, inconfundible. Una puerta acababa de cerrarse. Se separó de la ventana y, a la carrera, regresó al sillón. Agarró la botella por el cuello y, tratando de contener el pánico, se arrastró hacia la parte de atrás.

La oscuridad era tan profunda que incluso ella, que indicó a los albañiles por dónde tirar y por dónde levantar tabiques y pasillos, dudó del camino a seguir. A su izquierda había un interruptor, una forma inequívoca de delatarse. Agazapada en el umbral, trató de pensar. Tenía miedo. Estaba sola en un caserío anclado en un puerto de montaña, a dos kilómetros de la vivienda más cercana. A una hora de la ciudad, la civilización, las comisarías. ¿Qué haría Lola en su lugar? Lola, tan decidida, tan persuasiva que la convenció para comprar aquella casa perdida en ninguna parte. ¿Qué haría? Lola jamás se separaba del móvil. Seguramente ya habría llamado a emergencias, ya habría pedido ayuda de alguna forma. Pero su teléfono estaba lejos, dormido en el fondo del bolso, junto a las llaves del coche, la cartera y la esperanza. Aferró con fuerza la botella, húmeda de su propio sudor, apretó los dientes hasta hacerse daño y, a gatas, se coló en la cocina.

Algo frío le tocó el rostro, algo se movió en la encimera, la puerta golpeó y la humedad se espesó sobre su piel. Con un alarido de pánico, se incorporó y lanzó la botella hacia el aliento que rozaba su pescuezo.

Falló.

El improvisado proyectil se estrelló contra la pared esparciendo restos de licor por las baldosas. Y Agurtzane se derrumbó entre gemidos mientras la puerta trasera, que debió de dejar abierta por la mañana, seguía golpeando y la niebla que se colaba por el umbral anegaba la estancia de terrores inventados.

Temblaba en el momento de cerrar y asegurarse de echar el pestillo. Revisó las ventanas, oteó en vano las tinieblas y regresó al refugio de la butaca, segura de que sus miedos le impedirían descansar. Se equivocó. El sueño la envolvió apenas se arrebujó bajo la manta de cuadros escoceses, pero fue un sueño breve del que despertó sintiendo que se ahogaba. Incapaz de discernir entre la realidad y sus pesadillas, contuvo el aliento y escuchó. No oyó pasos, ni crujido alguno de maderas viejas. Ni el chirriar de una puerta al abrirse lentamente, ni el resuello de un intruso. Tampoco se oía el rumor de la lluvia contra los cristales, ni el ulular del viento. La noche parecía en suspenso. Ni un ruido. Ni un sonido. Nada.

Recostada contra el respaldo, se tapó las piernas con la manta y trató de pensar. ¿Por qué tanto miedo? Aquel era su hogar, una morada de paredes recias donde sentirse segura, el lugar escogido para disfrutar de un paisaje extraordinario durante el día, de un espectáculo inigualable cada noche, cuando Lola se desprendía del vestido y su desnudez iluminaba sus pupilas. Pero Lola no estaba, y ella debía afrontar en soledad esas horas repletas de sombras huidizas e inquietantes.

Dolores González, Lola, tenía veintitrés años cuando la conoció, veinticinco cuando decidieron vivir juntas, y acababa de cumplir veintiséis la semana anterior, cuando, a su regreso de la facultad, notó el silencio que predice el abandono. Su ropa faltaba del armario. Su inseparable guitarra no estaba apoyada, como siempre, en el brazo de la butaca. El aroma de su cuerpo no flotaba en el ambiente, y Micifuz, el único amigo que se trajo de Andalucía, no ronroneaba sobre la colcha esparciendo alérgenos y pelos. Tres años. Tres años le bastaron para cambiar su vida antes de destruirla.

Lola era una gaditana de ojos verdes y, entonces, largos cabellos anudados en miles de trencitas. Vivía en un piso compartido con cuatro amigos, cobraba una ayuda del Gobierno Vasco, trabajaba sin contrato en un pub y, en ocasiones, acudía a la facultad de Ciencias Económicas a seguir sin interés unas clases en las que nunca supo por qué se matriculó. Agurtzane era una de las docentes. Lola, la alumna perezosa y descarada que, sentada en primera fila, provocaba al resto de los compañeros con chistes en voz baja, gestos obscenos y camisetas muy ceñidas. Una mañana, cuando sorprendió por segunda vez la mirada de la profesora perdida en la inmensidad de su escote, la miró a los ojos, sonrió con la boca entreabierta y dejó resbalar la punta de la lengua por los labios perlados de saliva.

Todo se precipitó.

Los primeros besos fueron en la misma facultad, en el cubículo estrecho del aseo. No tardaron mucho, casi nada en realidad, en compartir dormitorio, vacaciones, piso alquilado y sueños de futuro. Sueños que, una mañana de diez meses atrás, confluyeron en Ilbeltza, aquel paraíso de manzanos, paz y melancolía. Como siempre, se dejó llevar. Sus ahorros, una hipoteca y un salto al vacío bastaron para adquirir y terminar la reforma de aquel caserío cuyo nombre, según el comercial, significaba «Enero» en el euskera del Baztán, de donde procedía el vendedor. «Y sin embargo —pensó mientras luchaba contra el peso de los párpados—, basta ponerle una "H" para que Hil Beltza venga a significar "Muerte Negra"».

El sopor que, desde la marcha de Lola, sustituía al descanso se diluyó sin razón aparente. El salón callaba; silencio de fuego extinguido, de casa vacía. Se frotó el rostro para librarse de los restos de la pesadilla y descubrió que estaba temblando. Pero no hacía frío. Eran las dos y media de la madrugada, y ella seguía derrumbada frente a un hogar de cenizas muertas, guardando la esquina favorita de su novia como si esta fuera a regresar, como si debiera fidelidad a su ingratitud y lealtad a su traición. La cabeza le dolía, le dolían los huesos y le dolía su orgullo de catedrática derrotada por las caricias de una joven sin escrúpulos. Bostezó, apretó los párpados, estiró los brazos tensando cada músculo entumecido por la postura, abrió los ojos y la vio.

En la ventana, recortada contra la niebla, se dibujaba una silueta.

Gritó. Gritó al borde de la histeria, largos alaridos que atravesaron los cristales inundando la noche de su pánico. Gritó durante minutos interminables, incapaz de moverse, incapaz de huir o buscar el teléfono. La figura desapareció, tragada por la bruma, pero ella siguió gritando mientras, impreso en su cerebro, perduraba el perfil del individuo que acechaba su descanso con algo semejante a una escopeta entre las manos.

SÁBADO

31 DE ENERO DE 2015

2

Abandonó Ilbeltza en cuanto la frágil luz del amanecer comenzaba a teñir de tristeza las sombras que rodeaban el caserío. Sin desayunar, dejó atrás el sendero flanqueado de manzanos y descendió a toda velocidad el puerto de La Escrita. La silueta de un hombre armado se repetía en su mente como el eco de una amenaza, tal vez, irracional. ¿Y si se trataba de un cazador extraviado, atraído por la luz de las ventanas? Parecía demasiado temprano para salir en busca de un parapeto desde donde disparar a las palomas, pero no podía dejar de pensar que un violador, un asesino o un secuestrador no habría huido al oír sus alaridos. ¿O sí? No lo sabía, no podía saberlo. Lo único cierto era que el merodeador desapareció sin dejar rastro.

Y ella no marcó el número de emergencias.

Condujo durante horas arrullada por el calor del Mercedes, protegida en su jaula de acero y cristal. La carretera serpenteaba entre los prados, giraba sobre sí misma libre de tráfico y curiosos. A pesar de los meses que llevaba viviendo en la comarca de Las Encartaciones, le seguía sorprendiendo la calma dormida de aquellos caminos, los caseríos aislados y los pueblos de un par de miles de habitantes desperdigados a lo largo del río o el ferrocarril. Tan cerca de Bilbao y, sin embargo, tan distante.

Tan agrario.

Tan húmedo y sombrío.

Tras deambular sin rumbo por paisajes salpicados de niebla y pinares, se decidió a aparcar en Balmaseda, capital de la comarca y única villa digna de tal nombre a pesar de sus escasos siete mil habitantes. Las nubes resbalaban por las laderas engullendo parras y chabolas. Una pareja estudiaba los carteles que indicaban el sendero hacia el monte Kolitza, una de las cinco cumbres desde donde, en tiempos pretéritos, se hacía sonar un cuerno para avisar de la convocatoria de las Juntas de Bizkaia. Olía a café y a estiércol. Cerró la puerta del coche, se subió la cremallera del chubasquero hasta casi ahogarse y afrontó la melancolía de las calles y la oscuridad de sus recuerdos.

Las aguas del río Kadagua reventaban contra el único pilar del Puente Viejo, salpicaban de espuma las orillas y creaban olas donde danzaban ramas quebradas y plásticos arrastrados desde las huertas ribereñas. Nadie paseaba por las calles encharcadas, ningún conocido, ninguna sombra amenazante. Solo un sirimiri reacio a remitir acompañaba sus pasos en busca de refugio.

En el bar no había clientes. El repartidor del pan, un individuo fornido que lucía la desgreñada melena de quien se cree joven más allá de los cuarenta, discutía en voz baja con la propietaria, algo sobre pagar en efectivo y evitar incómodas facturas. Tomó asiento con una sonrisa de hastío. Conocía a Ibon Garay. Cada mañana dejaba en la bolsa que colgaba de la puerta de Ilbeltza, bajo la protección del pequeño balcón delantero, la preceptiva barra de pan recién horneado. Agurtzane saludó desde la distancia, esperó a que un rápido intercambio de billetes diera por finalizada la disputa, pidió un café y, mientras la camarera borraba las huellas impresas en harina sobre la barra, se abandonó a la música de Benito Lertxundi en un intento baldío de dejar la mente en blanco.

La calma se rompió con la llegada de dos hombres que discutían a voz en grito, como si el silencio de aquellas horas tempranas no fuese sagrado. Uno era alto, de tez morena y nariz afilada como un villano de Walt Disney. Si no recordaba mal, se llamaba Andoni, aunque debido a su sospechoso bronceado todos le llamaban Beltza.* El otro, bajito, de mejillas sonrosadas y sonrisa distraída, era Ordoki. Aunque Balmaseda quedaba de Ilbeltza a veinte minutos a través de una carretera infernal, Lola y Agurtzane solían bajar cada sábado a la villa en busca de gente, bares y conversaciones que entre semana, voluntariamente encerradas en la cima del monte, fingían no añorar. Y allí conocieron a Ordoki y Beltza, tan anclados al paisaje como los arcos del ayuntamiento, la torre de San Severino o la elegante sobriedad del Puente Viejo.

—¡Qué pasa, rubia! —Ordoki no dejó que el color oscuro de su melena le estropeara el saludo—. ¿Dónde has dejado a la pequeñaja? ¿Demasiada fiesta ayer o qué?

Lo intentó. Intentó que el brillo de sus ojos no desmintiera una indiferencia falsa como el amago de una sonrisa.

—No lo sé. Parece que la pequeñaja se aburría conmigo y se ha largado a buscar algo mejor por ahí.

Fue imposible. La frase se quebró en las últimas palabras, y una lágrima saltó la barrera de sus pestañas para hundirse en el café.

—¡No jodas! —Beltza cerró la prensa deportiva que comenzaba a desplegar sobre la barra y, acompañado de su amigo, acudió a sentarse junto a ella—. ¿Cómo es posible? Hacíais una pareja perfecta.

—Ya. —El gemido le hizo sentir aún más derrotada. Aspiró antes de continuar—: Pues ya ves. De la noche a la mañana, así, sin más. Cogió sus cosas y se fue.

* «Negro», en euskera.

Nadie dijo nada. Solo Benito Lertxundi, desgranando versos a la desconocida amada de su pequeño pueblo, rompía un silencio incómodo y solidario a partes iguales. En la televisión echaban un concurso en el que la tierra se tragaba a los participantes cada vez que fallaban una respuesta. A través de los cristales se filtraba el mustio resplandor de un invierno demasiado largo.

—No puedo culparla. —Se sorprendió al escuchar su propia voz, como si la decisión de hacer tangible su fracaso la pillara de improviso—. Es muy joven. A su edad, encerrarse en ese maldito caserío tenía que ser una especie de condena. Siempre lloviendo, rodeadas de niebla, sin nada que hacer más que jugar online o actualizar el Facebook. No me di cuenta de que la estaba ahogando. Ella necesitaba vivir. Supongo que la culpa es mía.

—¡No digas chorradas! —El vozarrón de Ordoki la sacudió con más fuerza que la manaza que estrelló contra su hombro—. Que yo sepa, esa casa la elegisteis entre las dos. De hecho, la andaluza nos comentó que la idea fue suya, ¿no es cierto? —Beltza asintió sin soltar el primer vino de la mañana—. ¡Así que nada de que es culpa tuya! —concluyó con la seguridad de las verdades probadas.

Agurtzane sonrió con desgana. Era su argumento, el que se repetía decenas de veces cada noche, cada vez que el pacharán la vencía y su mente, libre de las ataduras de la racionalidad, acusaba a su pareja del mismo delito de egoísmo que la sedujo a ella. Pero el egoísmo de Lola era el de la niña caprichosa que reclama para sí cada novedad, cada dulce o cada amante, para estrujarlo y tirarlo a la cuneta antes de pasar al siguiente. El suyo era peor. De una forma oscura que solo era capaz de admitir cuando se sentía derrotada por la impotencia, Agurtzane aspiraba a mantenerla prisionera, a ocultar al mundo su piel morena y sus pupilas verdes para que nadie se la robara.

Por eso la perdió.

—Sí. Lola se enamoró de Ilbeltza. Pero es una cría. Una inconsciente. Fui yo quien debió preverlo. Y no lo hice.

—Pero ¿te dijo eso? ¿Que se piraba porque no le gustaba el *baserri*?

—No. —Agachó la cabeza y dejó que su mirada se diluyese en los restos del café. Le avergonzaba confesar que la habían dejado como se dejan los amores de verano, sin tan siquiera un SMS o un wasap—. No me dijo nada. Cuando llegué a casa el otro día, se había largado. Acababa de regalarle un coche. —Algo parecido a una risita histérica ascendió por su garganta—. Y había desaparecido. El coche, la ropa, la guitarra, el gato. Todo.

—¿De verdad? ¡Venga ya! ¿Y no te ha llamado para explicarte nada?

—No. Su móvil siempre está apagado o fuera de cobertura.

—¿Habrá vuelto a casa de sus viejos?

—Su padre falleció hace años y su madre se fue a vivir a la India. Conoció a un tío en un viaje y se quedó con él. No se hablan desde entonces.

Ordoki le palmeó la espalda con el afecto sobrio de los pueblos, un gesto de ánimo y comprensión que Agurtzane agradeció sin desviar la vista de la taza y el sobre abierto del azúcar. No hacía falta decir nada. Sin embargo, Beltza se empeñó en poner voz a lo que rondaba por su cabeza:

—Pues me parece una cabronada. Yo no la dejaba irse de rositas. Te convence para dejar Bilbao, para mudarte a la punta del monte, se pasa el verano en Cádiz mientras tú te comes la puta obra, y te da puerta sin despedirse. Yo la buscaba y le cantaba las cuarenta. ¡No te jode!

—¡Sí, señor! —Ordoki se ganó una mirada reprobatoria de la dueña del bar al descargar el puño sobre la mesa—. Ni se te ocurra hundirte. Tú sigue haciendo tu vida, y que le jodan. O, mejor aún, búscala y móntale una buena escena delante de sus colegas. A ver si se le cae la cara de vergüenza.

Agurtzane cogió la cucharilla y removió los restos de café, espuma fría adherida a las paredes como la telaraña de los celos en torno a su cerebro. Buscar a esa pequeña traidora y ver emerger a sus pupilas la miseria de su cobardía. Los remordimientos, llegó a pensar de manera breve y furtiva.

—Pues igual lo hago. Me merezco una explicación, ¿no?

3

El Casco Viejo de Bilbao estaba lleno de poteadores de fin de semana, turistas estudiando los menús y familias atestando los bares con carritos de bebé, pelotas de fútbol y biberones que los camareros calentaban escondiendo su desdén tras una profesional máscara de amabilidad. Había charcos por todas partes, las alcantarillas vomitaban el agua que no podían engullir y los adoquines estropeados por los vehículos de reparto escupían a los incautos que pasaban sobre ellos. Un día como todos, pensó Osmany Arechabala, recostado contra la pared del restaurante, al tiempo que revisaba la nota que Nerea, la madre de su nieta, le entregó mientras, una vez más, le impedía ver a la niña: «Maider está enferma. No quiero que la molestes».

Katy Díaz llegó sorteando cuadrillas, esquivando las motos de plástico de los pequeños y la lluvia multiplicada por los canalones de los tejados. Se fundió con él en un largo abrazo, le estampó un par de besos en las mejillas y lo acompañó hasta su mesa, encajonada entre la pared y el acceso a los servicios. Con cuidado de no derribar ninguna copa de las mesas vecinas, se despojaron de los abrigos y tomaron asiento mientras divagaban, como dos bilbaínos cualesquiera, sobre la humedad adherida a la ropa y el frío perenne de los pies. Katy, de veintiún años, llevaba menos de dos en la ciudad, voluntariamente desterrada del calor de República Dominicana. Osmany tenía sesenta y seis cuando, meses atrás, abandonó Cuba para ayudar en el cuidado de su nieta. Sin embargo, como en el caso de los aborígenes de *txapela* calada y paraguas colgando del cuello de la chaqueta, la climatología era ya una de sus principales obsesiones.

—Venga, cuéntame. —Osmany se puso la servilleta de babero y se lanzó con decisión sobre la paella—. ¿Te trata bien el guayabito?

Ella dejó escapar una breve carcajada mientras inventaba un mohín de protesta. Osmany nunca perdía la ocasión de recordarle que Borja Maruri, su novio, terminó mojando los pantalones el día en que se conocieron. Al cubano le gustaba bromear sobre su cobardía de picapleitos, pero nunca se ensañaba. A pesar de ser treinta años más joven, Maruri era una de sus pocas amistades.

—Me trata muy bien. Fíjate que mañana nos vamos de vacaciones a República Dominicana.

—¿En febrero?

—Borja es su propio jefe, así que puede permitirse estos lujos. Yo ya me cansé de tanta lluvia.

Arechabala se separó, con gesto satisfecho, del plato vacío y apuntó a la mujer con el tenedor.

—¿Y os vais mucho tiempo?

—No, qué va. Solo una semana. Es su propio jefe, pero tampoco puede hacer lo que quiera. No sé si me dará tiempo a enseñarle a bailar salsa.

—Dice mi nuera que los vascos no bailan. Quizá por eso se fue a buscar marido a Cuba.

Katy conocía la razón de la amargura que veló su rostro por un momento. Camilo, el hijo de Osmany, murió al poco de llegar a Bilbao, meses después del nacimiento de su hija. Cerró una mano sobre la del cubano, conteniendo el impulso de abandonar la silla y estrecharlo entre sus brazos.

—Dime una cosa. Si dejaste la isla para ayudar a tu nuera, ¿por qué ya no vives con ellos? Te ahorrarías el alquiler y serías más útil, ¿no?

Osmany tardó en responder. Vació el vaso, lo rellenó del vino barato del menú, esperó a que un camarero les llevara los segundos y probó el solomillo antes afrontar la mirada de la mujer.

—La vida sigue. Ella sale con otro hombre, y allá yo sentía que molestaba. Ya sabes que gané mi buen *moni* trabajando para Maruri —Katy asintió mientras separaba la piel del bacalao y torcía el gesto ante la desagradable consistencia de aquella salsa blancuzca—, así que mejor alquilar un apartamento chico, para mí no más, que andar de carabina desdentada. —Hizo un gesto demasiado forzado para un chiste sin gracia—. Voy cada mañana a recoger a la niña y me la llevo por ahí hasta la hora de comer. Paseamos o, cuando llueve…

—O sea, siempre.

—Bueno, casi siempre terminamos refugiados en la Alhóndiga o en algún bar. Yo me llevo un libro, ella un sonajero y un biberón, y así echamos la mañana, cambiando pañales, leyendo y caminando. Poco más pueden hacer un anciano y su bebé.

—Ya salió el viejito inocente. —Katy seguía dudando si probar o no la densa capa de aceite que desprendía el pescado—. Aunque imagino que para un mando de las FAR será aburrido hacer de abuelo.

—Yo nunca fui un mando. —Al contrario que la mujer, él devoraba la carne como si no hubiera probado bocado en una semana—. Un capitán es poco más que un colega para los soldados y un recadero para los superiores.

Osmany separó el plato, se recostó en la silla y contempló a la joven con una sonrisa resignada. Era consciente de que llevaba meses dilapidando su tiempo sin más objetivo que robar a Maider una sonrisa. Disfrutaba de cada segundo compartido con la pequeña, pero no dejaba de preguntarse por la razón de su presencia allí. Ayudar a su nuera ya no le preocupaba. No tardó en comprobar que la viuda de su hijo no tenía intención de emplear las horas que Osmany pasaba con la pequeña en buscar trabajo. Se sentía cómoda viviendo de las ayudas públicas, devorando televisión como si la existencia transcurriera al otro lado de la pantalla y, últimamente, rellenando con otro el hueco dejado por Camilo. Adoraba a su nieta. Pero se aburría.

—Por cierto… —Katy rebuscó en su bolso y le entregó una pequeña caja envuelta con las hojas de un periódico—. Borja te manda un regalo.

—Bonito papel —gruñó mientras rasgaba el diario de esa misma mañana.

—No te quejes, anda, que nos lo acaban de traer.

Se trataba de un teléfono móvil, un smartphone ancho y de aspecto robusto que al roce de los dedos del cubano se encendió mostrando como salvapantallas una de las icónicas fotografías del Che Guevara.

—Borja está cansado de no poder localizarte nunca. —Katy contuvo una carcajada mientras, con la mirada, seguía los torpes movimientos de Arechabala—. Y yo también, la verdad. Así que te compramos este celular prepago. Tienes cien euros de saldo. Te grabamos nuestros teléfonos y algún otro. Mira, por acá andan. ¡Y mira esto! Te cambié la música. Cuando te llamen, sonará la de «Emiliana». Te gusta Carlos Puebla, ¿no es cierto?

La llegada de los postres impidió a Osmany dar forma a la protesta que nacía en su garganta. No le gustaban los móviles. No le gustaba la obligación de estar siempre visible, siempre localizable. Él acostumbraba a llevar en el bolsillo trasero del pantalón una vieja libretita de papel reciclado donde, apretujados y mal alineados, guardaba los teléfonos de las personas importantes en su vida, de muchos conocidos y de algunos enemigos. No se sentía aislado por carecer de teléfono móvil. Pero comprendió que, para los pocos que le apreciaban, era importante poder localizarle.

—De acuerdo. ¿Te parece que te invite a un *ronsito* y me explicas cómo funciona el chunche este?

4

—Aló. Capitán, qué gusto oírlo de nuevo.

—Fidel, ¿cómo te va, hombre? ¿Te desperté?

—¿Cómo? No, mi capitán. Acá son las once de la mañana.

—Por eso lo digo, compay. ¿No es demasiado temprano para ti?

—Ah, Osmany, siempre con la jodedera, ¿oíste? Uno se jubila pero no deja de inventar, ya tú sabes.

A siete mil quinientos kilómetros de distancia, Arechabala sonrió y sacudió la cabeza en un gesto de comprensión. En Cuba hay que inventar, no importan las medallas acumuladas, ni los trozos de metralla sepultados bajo la piel. Y el gordo Cruz era un experto en coleccionar ambas, aunque las cicatrices superaban con holgura a las distinciones.

—Mi nuera me dio aviso que llamaste. ¿De dónde sacaste su teléfono?

—Me lo dio Miguel, el amigo de Camilo...

Dejó la frase en suspenso, en algún lugar entre el océano y la vergüenza. Aunque las amistades intuidas en la academia militar, trabajadas en noches de miedo y escarcha, y cinceladas bajo el fuego de los bombarderos sudafricanos, tenían visos de ser eternas, Fidel, el gordo Cruz, llevaba tiempo sin hablar con Osmany. Recordar a Camilo se le antojó tan inapropiado como violento.

—Tranquilo, compay. Tú dirás.

—Bueno, verás. ¿Recuerdas al Vladimir, el primo de Mariela? ¿Ese que tiene la hija en España?

Cuando abandonó el locutorio, las farolas comenzaban a dibujar discos sobre las calles, más iluminadas por el brillo de las tabernas que por su tímido fulgor anaranjado. Refugiado bajo los aleros, atravesó el Casco Viejo camino de su vivienda. No le había resultado sencillo dar con un apartamento accesible a un jubilado sin ingresos que escondía dos fajos de billetes morados en el forro de la maleta. Por fin, frente al viejo lomo de la catedral, encontró uno resumido en una estancia tan pequeña que el grifo de la cocina se plegaba para permitir abrir la nevera. Quinientos euros al mes a cambio de quince decrépitos metros cuadrados podía ser exagerado, pero le permitía permanecer junto a su nieta.

Ahora se le presentaba la ocasión de emplear su tiempo en algo más que arrastrar el carrito de Maider a lo largo de la ría, leer periódicos rapiñados en la boca del metro o estudiar sin interés alguno las rutinas de las palomas. Vladimir, el primo de Mariela, una mujer con la que, en el albor de los tiempos, llegó a tener algún escarceo más infantil que adolescente, había perdido a su hija. O eso creía.

A decir del gordo Cruz, la hija de Vladimir se casó en 2005 con un aldeano viejo y desagradable, propietario de una finca cerca de Bilbao. No era ninguna niña. Cuando dejó la isla contaba treinta años, una licenciatura en Historia del Arte y dos abortos. Enviudó cinco años más tarde, y poco después se extinguieron las llamadas a su padre, las remesas, puntuales hasta entonces, incluso las cartas que de vez en cuando se animó a escribirle. No volvieron a saber de ella.

Tuvo que evitar el torrente de agua que escupía una alcantarilla embozada para acceder a su edificio. La llave tembló mientras giraba, y la tibieza del portal le recibió densa de aromas irreconocibles. Arrastrando las botas, dibujando a su espalda un reguero de huellas líquidas y preguntas sin respuesta, afrontó las escaleras preguntándose aún si hizo bien en aceptar el encargo del gordo Cruz.

Vladimir tardó diez meses en dar aviso a la embajada, y ellos se demoraron otros cuatro en emitir un informe escueto y nada concluyente. Hasta poco antes de su desaparición, Idania Valenzuela trabajaba cuidando a dos ancianas a las que dejó para, según ellas, mudarse a Madrid en busca de nuevas oportunidades. Sin embargo, la policía no encontró evidencias de su llegada a la capital. Desde entonces, ningún dato nuevo, ninguna sospecha, ningún rastro por seguir. Solo el profundo silencio de las administraciones certificando la invisibilidad de sus ciudadanos.

Cerró la puerta y el apartamento le saludó sin ganas, con el hastío de los objetos inanimados. Un osito de felpa era el único contrapunto a la frialdad de cuatro paredes sin cuadros, el sofá de un centro comercial sueco y la cocina americana encastrada en una esquina. Los días en que la lluvia era tanta que cruzar la calle se convertía en una odisea, subía a su nieta a la vivienda y, viéndola jugar con el peluche, dejaba pasar las horas sintiéndose feliz y hueco, como si la alegría que Maider irradiaba no fuera capaz de llenarlo por completo.

Se dejó caer en el sofá, tomó el muñeco entre las manos y cerró los ojos. Desde la distancia, el gordo Cruz le ofrecía algo con lo que llenar las horas. Y después de lo de Cuito Cuanavale, Osmany era incapaz de negarle algo. Con más resignación que alegría, sacó el smartphone de su caja y, tratando de seguir las indicaciones de Katy, comenzó a buscar datos sobre ese pueblo cercano cuyo nombre no arrastraba evocación alguna: Balmaseda.

DOMINGO

1 DE FEBRERO DE 2015

5

Las luces del resto de los vehículos deslumbraban sobre la humedad del asfalto. Eran las cinco de la madrugada, y en la carretera de Bolueta a Bilbao había tanto tráfico como al inicio de una jornada laboral. Estacionados en doble fila, las puertas abiertas y la música a todo volumen, los coches desafiaban al invierno con la osadía de la juventud y un descaro vagamente tropical. En torno a ellos, cientos de adolescentes comentaban el concierto mientras vaciaban botellas e intercambiaban risas, confidencias y saliva. Muchachas de pieles expuestas bajo ropas veraniegas, chicos de visera calada hasta las cejas, pantalones sin tiro y camisetas de licra transparente anegaban las aceras y parte de la calzada, por donde el tráfico avanzaba con más curiosidad que prisa.

Nekane Gordobil conducía despacio, pendiente de cada rostro, de cada gesto y de cada cuerpo. Izaro acababa de cumplir quince años, demasiados para considerarla una niña, y muy pocos para que verla zambullirse en esa marea de decisiones erróneas y sexo implícito no empapara su frente de sudor a pesar de los cero grados asomados al termómetro. Su promesa de regresar antes de las dos quedó, como tantas veces, en papel mojado. Pero la rabia provocada por su desobediencia no era comparable al temor a las esquinas oscuras, a los yonquis ansiosos de evasión química, a los conductores borrachos ofreciéndose a acercar a casa a sus amigas y a otros tantos zigzagueando en dirección contraria. Fue el miedo el que la llevó a abandonar el lecho donde llevaba horas viendo cambiar los dígitos del radiorreloj para despertar a Lluís y obligarlo a acompañarla en una patrulla sin rumbo y sin certezas. Y, muerta de miedo, aparcó, salió del coche y se perdió, menos decidida de lo que sus gestos permitían intuir, en la marea humana que ocupaba la vía de servicio de los viejos pabellones. Y si su mano, en un reflejo inevitable, buscó en la cadera el conocido tacto de una pistola que no estaba, fue el miedo el que la guio.

A su paso, la densa muralla de jóvenes se abría con desgana, como si el alcohol o la apatía les impidiera moverse con naturalidad. Distorsionados por la sombra de sus viseras o las capuchas de las sudaderas, decenas de ojos enrojecidos seguían sus pasos con la hilaridad de quien conoce de antemano el desenlace. Una mujer baja y tirando a rellenita buscaba entre los rostros que la rodeaban alguno conocido. Una maruja demasiado protectora, un coñazo de madre incapaz de permitir a sus hijos divertirse a gusto con los colegas.

Los rostros la rodeaban y el calor de otros cuerpos se adhería a su piel, pegajosa de sudor y relente. Añoraba el peso de la pistolera, como si los niños que apuraban sus litronas supusieran algún tipo de peligro. Pero los años de patrulla llenaron su mente de enemigos invisibles y peligros improbables. La cabeza le dolía, un pinchazo empeñado en recordarle la facilidad con la que se materializan las amenazas. El sudor era cada vez más denso; la respiración, más agitada, y el nudo que oprimía su garganta quemaba como la duda. Entonces la vio.

Estaba sentada en la acera, las piernas encogidas para tapar lo que la minúscula falda se empeñaba en exhibir, los brazos y el escote ofrecidos al invierno y las miradas. Sobre su muslo, la mano de un joven claramente mayor, un muchacho de tez morena, bisutería dorada al cuello y una visera calada como se calan las boinas los ancianos. A su lado reconoció a Egoitz, compañero de instituto, asido de la cintura de una muchacha de rostro infantil y madurez en un cuerpo que su vestido marcaba sin disimulos. Izaro reía las ocurrencias, o las obscenidades, de su acompañante, mientras, con torpeza de borracha, intentaba mantener sus dedos fuera del estrecho refugio de la falda. Nekane se obligó a tomar aire y se propuso contar hasta diez antes de abordarla.

Fue incapaz de llegar al tres.

—¡Izaro! ¿Me puedes decir qué cojones haces aquí a estas horas? ¡Y tú, saca la mano de ahí antes de que te salte los dientes de una hostia, baboso!

Se hizo el silencio. O esa fue su impresión. El estruendo de reguetón a volúmenes absurdos, alaridos ininteligibles y cacofonía de carcajadas calló ahogado por el eco de su propio grito, una amenaza tan fuera de lugar como ella misma.

Izaro se incorporó de un salto, la rabia y la sorpresa deformando su rostro.

—¿Qué haces aquí? —Acercándose a su madre, trató de negar a sus amigos unos susurros que eran a un tiempo súplica, furia e incomprensión—. ¿No puedes dejarme en paz ni un puto día?

—Te dejaría si pudiera fiarme de ti. Pero si me prometes llegar a las dos, y a las cinco sigues aquí, dejándote sobar por cualquiera, me demuestras que no puedo.

—¡Joder, *ama*! Es el cumpleaños del Jero. Y actuaba el Latin Boss. ¿Tanto te cuesta ser un poquito flexible?

En torno a ellos, grupitos de jóvenes se arremolinaban tomando un partido no solicitado, jaleando a la chica, abucheando las respuestas de Nekane.

Alterando los nervios de Nekane.

—Bueno, ya hablaremos cuando estés más calmada. Y sobria. Ahora tira para el coche, que tu padre está esperando.

—No.

Un coro de vítores y carcajadas siguió a la negativa. Izaro cruzó los brazos y alzó la barbilla exteriorizando un desafío nacido mucho antes, en ese tránsito imperceptible de niña a menos niña. Nekane sintió que algo la abrasaba por dentro, algo demasiado fuerte, demasiado semejante al odio para atreverse siquiera a pensar en ello. Inspiró con todas sus fuerzas y se concentró en desactivar su ira.

No lo consiguió.

—He dicho que vayas al coche. ¡Ahora!

—¡Vete a tomar por culo!

La bofetada sonó como un disparo cuyos ecos se prolongaron más de lo posible. Se arrepintió incluso antes, cuando su mano aún volaba en busca de la mejilla de su hija, pero fue incapaz de detenerla. Izaro dio un paso atrás y Nekane comprendió la dimensión de su error en el brillo de sus pupilas, en el temblor que sus labios no supieron disimular, en el gesto con el que buscó protegerse de su propia madre. Duró un segundo, pero en ese lapso sintió con tanta intensidad el terror a perder a su hija que estuvo a punto de desplomarse. Un segundo de miradas que no fueron un desafío, porque algo les dijo que era tarde para desafíos y rencores, tarde para perdones y excusas. Y entre la muralla de jóvenes apareció Lluís. Sin decir una palabra, tomó de un brazo a su hija, del otro a su esposa y, sin hallar resistencia, las condujo hasta el vehículo.

Durante mucho tiempo solo se escuchó el siseo de los neumáticos sobre el asfalto, el ahogado jadeo de Nekane, el tictac de los intermitentes o el lento chirriar de dientes de Izaro. Minutos casi sólidos que se desplomaron uno tras otro sobre el mutismo de las mujeres. Hasta que, cuando la larga recta de la calle Autonomía anunciaba la cercanía del domicilio, Izaro rasgó ese silencio con una voz ronca de tabaco, frío y hiel:

—Te juro que me la vas a pagar. Te vas a arrepentir de esto toda tu puta vida.

6

La cabeza iba a estallarle.

Desde que, meses atrás, salió del hospital sin secuelas aparentes del golpe que pudo costarle la vida, las migrañas se repetían con desoladora regularidad. Por eso seguía de baja. Porque su cerebro no dejaba de enviarle ese fuego ácido que en ocasiones lograba reducirla a un estado de postración casi catatónico.

Pero esa mañana de domingo, mirando sin ver cómo una llovizna hastiada de sí misma se derramaba por los cristales, la suboficial de la Ertzaintza Nekane Gordobil era consciente de que su dolor era de otro tipo.

Hacía una hora que Izaro, su única hija, había salido de casa en dirección al juzgado.

A interponer una denuncia por malos tratos contra ella.

Comprendió que el velo que distorsionaba los edificios resbalaba por sus pupilas, pero no tenía fuerzas ni para limpiarse las mejillas. Sabía que, como medida cautelar, se dictaría una orden de alejamiento. Sabía que iban a echarla de su casa, a apartarla de su familia y de Izaro, más necesitada que nunca de guía y protección. No tenía ánimos para secarse el rostro, ni para buscar en la mesilla las pastillas de Dolocatil que el médico se vio obligado a recetarle. Solo era capaz de hundirse en su dolor, maldecir su estupidez y odiar de forma sorda a los nuevos amigos de la niña.

Cuando el móvil comenzó a vibrar y un número desconocido asomó a su pantalla, tragó saliva. En el juzgado conocía a muchos funcionarios. Podía ser uno de ellos. Podía ser alguien que, creyendo hacerle un favor, le anticipaba su fracaso. Contuvo la respiración, apretó los párpados y exhaló el aire en un suspiro antes de contestar.

—¿Sí?

—¿Aló? ¿Es la oficial Gordobil? Acá, Arechabala. Osmany Arechabala. ¿Me recuerdas, pues?

Cerró los ojos. Escuchar esa voz lejanamente conocida, ese acento caribeño que desafiaba a la tormenta donde naufragaba, tuvo la inesperada virtud de rebajar un poco la tensión que amenazaba con asfixiarla.

Solo un poco.

—Osmany. Sí, claro que me acuerdo. Pero me pillas en mal momento. ¿Qué querías? No sé si sabes que sigo de baja.

Osmany Arechabala era el padre de un joven cuyo cuerpo, con una herida de arma blanca en el centro de la espalda, apareció en el lecho de la ría, una muerte para la que no encontraron culpables. Ella llevó la investigación, y ella le atendió cuando acudió a comisaría en busca de datos que aplacaran su dolor. Solo era un viejo cubano recién llegado a Bilbao, un desarraigado sin nadie a quien acudir, sin conocidos ni, mucho menos, amistades. Quizá por eso fue a visitarla al hospital mientras duró su convalecencia, acompañado siempre de Jon Larralde, un oficial de la Ertzaintza que acababa de jubilarse. Y quizá por eso se animó ella a darle su teléfono; una decisión que, empezaba a temer, pudo ser un error.

—Sí, bueno, perdona. Verás, es que tengo un pequeño problemita… Seguro que no es nada, ya tú sabes, pero no supe a quién preguntar. Larralde anda por alguna playa de

45

Venezuela con su amigo Antonio. Y Maruri, no sé si lo conoces —Nekane creía recordar aquel nombre, pero nada más—, está en República Dominicana. Tampoco quiero molestar, es solo una pregunta de nada.

—A ver, dime.

En su cerebro, la taladradora perforaba neuronas sin anestesia.

—Verás, hace días que mi nuera no me permite ver a mi nieta.

—¿Cómo dices?

Junto a la sorpresa, Osmany notó un malestar nada disimulado.

—Déjame que te explique. Desde que estoy en Bilbao, saco a mi nieta a pasear todos los días. Ella recién cumplió un añito, es una niña negrita muy linda, la hija de mi Camilo, ya tú sabes.

—Sí.

—El caso es que *antier* su madre me dijo que no podía llevármela, ni subir a verla, porque estaba enferma. Ayer, igual. Y hoy me dijo lo mismo.

—¿Y qué? Una madre decide lo mejor para su hija. Si tiene fiebre y no quiere que la molesten, está en su derecho.

—Claro, claro. Pero mi nuera no es así. En realidad, si la niña tuviera calentura, a Nerea le encantaría que otro se ocupara de ella.

Nekane tardó en responder. ¿A qué venía esa conversación absurda sobre madres e hijas mientras Izaro exigía a un juez que la expulsaran de su vida?

—Osmany, no te entiendo. ¿Qué es lo que quieres?

—Creo que no me dejará verla hasta que se le pasen las marcas de los golpes.

—¿Golpes?

—Sí. Creo que el hombre con quien vive maltrata a mi nieta.

Aquello lo cambiaba todo. Aquello era un delito grave, un delito que los jueces sancionarían con la misma ley con la que estaban a punto de condenarla por una única bofetada. De pronto sintió que los martillazos contra su cráneo se atenuaban al tiempo que despertaba su instinto policial. Se alejó de la ventana y comenzó a dar vueltas por el salón sin soltar el móvil.

—¿Tienes pruebas?

—No. Ninguna. Pero la sensación es demasiado fuerte. Mi nuera nunca quiso hijos. La parió para retener a Camilo. Y ahora no sabe disimular cuánto le molesta la niña. Siempre me llama para que la cuide mientras ella pasea con su nuevo novio. No me cuadra esto.

—¿Conoces al novio? ¿Es violento?

—Es un mierda. —Intuyó un crujir de dientes al otro lado de la línea—. Es un senegalés bajito y poca cosa que piensa que las mujeres no más sirven para guisar y coger. Se pasa el día en el sofá, gritando a Maider para que no moleste. Nunca le vi levantarle la mano, pero no se atrevería en mi presencia. Es un mierda, ya te digo.

—Deberías poner una denuncia. Yo no estoy de servicio, no puedo hacer nada.

Siguió un silencio más largo de lo debido, un silencio de pasos en círculo y respiraciones contenidas. «Aquí viene el favor», pensó Nekane, sorprendida de su propia sonrisa. Al otro lado, Osmany tomó aire.

—Es que... es que, si meto la pata, es capaz de prohibirme volver a ver a Maider. Imagínate, dos policías investigando a una niña enfermita. Pero si fuera alguien de paisano a echar un vistazo... Seguro que es una tontería. Seguro que no pasa nada. Pero me quedaría más tranquilo.

Nekane suspiró. No le debía nada a ese individuo que parecía incapaz de comprender el funcionamiento del sistema. Pero era amigo del oficial Larralde. Y, tal vez, echar un vistazo a un posible caso de malos tratos la ayudara a purgar la pena de su propio delito.

—Dame la dirección de tu nuera.

7

Hacía horas que no llovía y Balmaseda parecía renacer después de llevar varios días encogida, recluida tras las paredes, no siempre acogedoras, de cada hogar. Era la tempestad de su interior la que tardaría en pasar. O eso pensaba Agurtzane Loizaga, recluida ella también tras los muros de un dolor en el que no dejaba de regodearse. Pero tenía que superarlo. Tenía que centrarse en las clases, los exámenes, las rutinas. Y, sobre todo, tenía que salir de Ilbeltza.

En el bar no había música, ni más ruido que un quedo rumor de voces susurradas en las mesas. Saludó a los dos individuos de edad avanzada que saboreaban el café con la parsimonia del recuerdo, dedicó una breve sonrisa a una pareja que, sin éxito, intentaba retener a su hija de dos años frente a la bolsa de patatas fritas, pidió un *txakoli* y, recostada en la barra, trató de sacudirse el asfixiante peso de la soledad.

Un estruendo de gritos atropellados acudió en su ayuda. Ordoki y Beltza, acompañados por un individuo alto y delgado, entraban enzarzados en una de sus polémicas favoritas.

—¡Que es imposible! —aullaba Ordoki, llevándose las manos a la cabeza en una desesperación más cómica que real—. Por mucho que dragues el río, es imposible que aguante todo lo que ha llovido.

—¡Que no ha llovido tanto, joder! Lo que pasa es que va a tope de broza y eso impide que el agua corra. Hay cauce de sobra, hostias.

—¡Qué pasa, rubia! —Ignorando las protestas de su amigo y, una vez más, el color de su cabello, Ordoki palmeó la espalda de Agurtzane—. Así me gusta, que vengas a visitar a los colegas. Termina eso, que te saco otro.

—No, gracias. Acabo de pedir. —Agurtzane se aferró a su bebida y esbozó una sonrisa más sincera de lo que a ella misma le pareció—. Pero os invito. ¿Qué queréis?

—Para nosotros, crianza. Y Dólar querrá una copa de cava, ¿no? El chico es fino que te cagas.

—¿Dólar?

El hombre correspondió a su sorpresa improvisando un mohín infantil.

—¡Claro! El hijo de Peseta, ¿no es así, Ramón?

Ramón Echevarría,* el mayor de los dos parroquianos que compartían silencio frente a sus cafés, se acercó para dar a su hijo una cariñosa palmada que este correspondió con un beso en la mejilla. A Agurtzane le sorprendió aquel gesto de ternura entre un septuagenario y su hijo, que rondaría los cincuenta, pero disimuló su extrañeza desviando la mirada hacia la mesa del fondo, donde la pequeña intentaba negar las patatas fritas a su madre. Como todo el mundo, conocía a Ramón Echevarría, un terrateniente de los de siempre, propietario de la mayor parte de los pinares que, sembrados en escrupulosas cuadrículas, tapizaban cada monte de la comarca. Vivía en el palacio de Horcasitas, una lujosa torre del siglo XVII rodeada de jardines que

---

* Es habitual entre las personas de mayor edad escribir sus apellidos euskaldunes siguiendo la ortografía castellana, mientras los más jóvenes suelen utilizar la ortografía euskaldun, algo reflejado a lo largo de la novela.

dominaba el casco histórico con la arrogancia de quien se sabe superior. Se decía que el mote de «Peseta» estaba muchos millones anticuado, pero en Balmaseda los apodos son más ciertos que los nombres impuestos en la pila bautismal. Recordó que su esposa acababa de fallecer. Quizá esa pérdida explicara las demostraciones públicas de afecto. O quizá no. En cualquier caso, no era asunto suyo.

Su acompañante, en cambio, no le sonaba de nada. Era un individuo robusto de unos sesenta años, gestos marciales y una densa mata de pelo pulcramente peinada con gomina. Solo su edad le impidió pensar que el rico del pueblo se había buscado un guardaespaldas.

—Dólar vive en Estados Unidos. Por lo visto, la pasta de la familia no era suficiente para él y se piró a aumentarla por ahí, a Arizona o no sé dónde.

—¡Qué bobo eres, Ordoki! —El tono de Dólar era jocoso y lastimero, el típico con el que se riñe a un amigo de los de toda la vida—. No me estoy forrando precisamente, y vivir en Phoenix no es barato. Pero me encanta. —Guiñó un ojo y le tendió una mano abierta—. Por cierto, me llamo Ricardo. Gracias por el cava —dijo mientras inventaba un brindis con el aire—. Y vosotros, ¿queréis algo? —preguntó dirigiéndose a Peseta y a su amigo.

—Nada, gracias. Yo tengo que marcharme. —La voz del engominado cuadraba a la perfección con el aire castrense de su figura—. Vienen mis hijos a comer, y voy a intentar prepararles algo.

—¿Conocías a Boni? —Ordoki no se molestó en esperar a que el otro desapareciera por la puerta para pontificar sobre él—. Bonifacio Artaraz. Un figura. Es el dueño de Baraz, Vigilancia y Escolta, eso sí te sonará. —Agurtzane asintió. Se trataba de una firma de seguridad privada con sede en Bilbao. Hubo un tiempo en que sus empleados custodiaban la entrada a la Facultad de Sarriko—. Fundó la empresa en los noventa, cuando cerraron el cuartel, y se montó en el dólar. Casi tanto como este capullo.

—No le hagas caso, que este sí que es un capullo de los grandes. —Ricardo Etxebarria apuró la copa recién servida, la devolvió a la barra y le dedicó una sonrisa de esas que dicen más que toda una frase—. Venga, ahora invito yo. ¿Estás sola? Pues te quedas con nosotros, no se hable más. ¿Qué estás tomando?

Agurtzane volvió la mirada a la niña que correteaba en torno a ellos regando el suelo de patatas fritas, y no pudo evitar preguntarse por el inesperado calor que ascendía a sus mejillas.

Aunque no llovía, el viento arrastraba un sudario de humedad donde se enredaban las hojas mustias de los plataneros. Las nubes velaban el sol y el optimismo. Osmany Arechabala se subió el cuello de la chaqueta, hundió las manos en los bolsillos y, siguiendo la estela de su propio aliento, abandonó la estación.

Una campana sonó cuatro veces mientras atravesaba el casco histórico de Balmaseda. Nadie asomaba a los balcones cerrados. Los bares, ya vacíos, vomitaban efluvios de cebolla y sudor, restos de la batalla de horas antes. Al final de la zona peatonal, un parque infantil dormía la ausencia de niños. Osmany dudó. Había salido de Bilbao con solo un emparedado en el estómago, un papelito con una dirección y el compromiso de buscar a la hija de Valenzuela como antídoto a su desasosiego. Un desasosiego que el lentísimo viaje en tren a lo largo de un río que en ocasiones lamía las ruedas del convoy no pudo atemperar. Pensó en la suboficial Gordobil y se reafirmó en la certeza de que se trataba de la persona adecuada. Él no podía hurgar más en el entorno de Maider. No soportaba a Abdoulayé, la nueva pareja de Nerea. Con veintiséis años, diecisiete menos que su nuera, se pasaba el día tumbado en el sofá, bebiendo cerveza y gritando a la pequeña. La última vez que salió de aquella casa, Osmany estuvo a punto de regresar con la Heckler & Koch que escondía en su apartamento, meterle el cañón por la boca y recomendarle una mudanza voluntaria. Por eso prefería delegar en Gordobil, una agente de la Ertzaintza que sabría cómo actuar. Y por eso estaba lejos de Bilbao, en un pueblo desconocido, con una dirección inservible anotada en una servilleta de papel y nadie a quien preguntar.

El hombre se encontraba detenido en una esquina, confrontando lo que decían las señales con algo anotado en un papelito que sostenía en la mano izquierda. Era un negro entrado en años, de pelo corto y perilla encanecida. Parecía un recuerdo de tiempos pasados, de geografías lejanas, anclado entre la gasolinera y los columpios que bailaban mecidos por el viento. Agurtzane Loizaga lo estudió con el disimulo torpe del exceso de vino antes de sentirse absurdamente cazada por su mirada. Llevaban demasiados bares, demasiadas copas acompañadas por un par de *pintxos*, demasiadas confidencias de esas que se llevan el viento y la resaca. Dólar le caía bien. Muy bien, llegó a confesarle al espejo del baño, adonde entró convencida de que iba a vomitar. De su padre, no sabía qué opinar. Por un lado, la prepotencia de Peseta era tan natural que podría formar parte de su código genético. Por otro, era evidente que invertía buena parte de su fortuna en mejorar el pueblo. Un filántropo absolutista, como un viejo Borbón. Y la mayor parte de los vecinos parecían sentirse a gusto con aquel despotismo de nuevo cuño, incluidos Beltza y Ordoki, que montaron su negocio de viajes alternativos gracias a un préstamo a interés cero y plazo de amortización indefinido que el viejo les ofreció con la única garantía de la amistad que, desde niños, les unía con su hijo.

—¿Podemos ayudarte? —Ricardo Etxebarria se le acercó señalando con un dedo las indicaciones que el otro no dejaba de consultar—. Pareces un poco perdido.

—Sí, un poco. —Arechabala les lanzó un rápido vistazo, una mujer morena y demacrada, tres hombres en la frontera de los cincuenta y un anciano incapaz de disimular el peso de los años con el gesto altivo del mentón—. Ando buscando la residencia de Las Laceras. Me dijeron que estaba por acá, pero no termino de ubicarla.

—Por ahí. —Ricardo señaló al fondo, donde los bloques de viviendas, las casas y los contenedores abarrotados se diluían en la niebla—. Todo recto, hasta que te des con ella. Es un edificio grande, bastante nuevo. Lo reconocerás enseguida.

—Está bueno, gracias.

El cubano se perdió en aquella calle que buscaba las montañas con pereza. Le vieron marchar en silencio, una figura anacrónica que, con las manos protegidas en el fondo del gabán, caminaba con rectitud militar por el centro de la calzada, hasta que Ordoki puso su voz aguardentosa al servicio de sus pensamientos:

—¡Joder! Ya podemos fardar de conocer al primo negro de Fidel Castro.

8

Herminia Sarachaga espiaba el infinito a través de los ventanales del salón comunitario. Fuera, la tarde dejaba su lugar a otra noche de lluvia y frío. En los sillones, ancianos de labios doblados estudiaban el desvaído color de sus zapatillas; mujeres calladas recordaban secretos que a nadie interesaban; celadores de gesto hastiado revisaban la prensa, y dos niños se aferraban a sus padres soñando con la libertad que, tres metros a la izquierda, olía a pino y a tierra mojada. Herminia sintió el impulso de levantarse y abrir la jaula a ese par de pajarillos temblorosos, dejarlos volar lejos de la tiranía de las visitas impuestas. Pero su mirada regresó a la ventana, tropezó con su rostro duplicado, y los dedos se crisparon contra la butaca. «¿Quién es esa vieja que no deja de espiarme?».

Socorro intuyó el gesto de su hermana y posó una mano sobre las suyas.

—La vida ha sido injusta con Hermi.

A Osmany Arechabala siempre le sorprendía escuchar hablar de los enfermos como si no estuvieran presentes, como si fueran efigies de cartón piedra.

—Se casó con un borracho, un maltratador. Su hija, mi sobrina Neli, se fue de casa en cuanto cumplió dieciocho años. Ni siquiera se despidió. —Entonces dedicó un furtivo vistazo a la mujer que, a su lado, desafiaba con el gesto del mentón a su reflejo—. Cuando Alfredo murió, llegó el alzhéimer. Ya ve usted. Con sesenta años recién cumplidos, la cabeza se le iba a todas horas. Se vino a vivir conmigo y contratamos a alguien que se ocupara de nosotras. Idania, la hija de su amigo, fue la última. Cuando ella se mudó, nos trasladamos aquí. No es mal sitio. —El tono ahogado delataba la mentira—. El paisaje es una maravilla.

Osmany asintió. Encajonada entre montes oscurecidos de pinares, agazapada bajo las sombras, la residencia parecía exactamente lo que era. «Un buen lugar para librarse de los viejos». Él estaba cerca de cumplir sesenta y siete, una edad a la que muchos comenzarían a considerarlo un producto caduco que almacenar en ese contenedor para humanos ya exprimidos.

—¿Por qué se mudó?

—No lo sabemos. —La anciana se encogió de hombros y sacudió de su falda alguna mota invisible—. Desde la muerte de Panza era otra persona. Casi no se reía. Le daba miedo vivir sola en esa casa. Y, si le digo la verdad, no me sorprende.

—¿Panza?

—Su marido. —Socorro esbozó una sonrisa mitad disculpa, mitad vergüenza—. Verá, en Balmaseda todo el mundo tiene un mote. Mi hermana y yo somos Veletas, al igual que nuestra madre. No sé por qué se lo pusieron —algo semejante al rubor salpicó sus mejillas—, y nosotras lo heredamos. El marido de Idania se llamaba Manuel, pero desde niño comenzaron a llamarlo Panza. Era muy gordito, ya sabe lo crueles que pueden llegar a ser los chiquillos.

—Murió poco antes de que ella se fuera, ¿no es cierto?

—Sí. Tuvo un accidente en una de esas pistas del diablo por donde andaba con las vacas. El Land Rover se salió del camino y se despeñó por la ladera. Debía de tener veinte años menos que yo, unos cincuenta y cinco. ¡Cada vez que pienso que la pobre Idania terminó con ese hombre, me da una pena!

—¿Por qué? ¿Era un mal tipo?

Herminia pareció regresar de ese universo adonde su mente viajaba en brazos del alzhéimer.

—Todos los hombres son malos. Todos.

Socorro palmeó su brazo con una dulzura entre rutinaria y cansada. ¿Cuántas veces repetiría aquel gesto de simple proximidad, de fingida comprensión? En las pupilas de la mujer, el brillo de inteligencia se diluyó a la velocidad a la que había llegado, y Socorro se apresuró a responder.

—No. Bueno, no lo sé. Una no puede conocer a una persona por lo que oye contar por ahí. Pero Idania era joven, tenía poco más de treinta años. Y Panza era un viejo de cincuenta, muy gordo, cojo, y siempre olía a estiércol. Se decía que tenía otro tipo de gustos. Rumoreaban por el pueblo —se inclinó hacia delante y sus pupilas brillaron con el placer del cotilleo— que subían jovencitos a visitarlo. Pero yo no sé nada, claro está —añadió, regresando a su digna pose de matrona—. Creo que la muchacha se merecía algo mejor, eso es todo.

—Y cuando él murió, Idania dejó el trabajo y se fue, ¿no es cierto?

—Bueno, no de inmediato. Siguió un tiempo con nosotras, pero ya le digo que le daba miedo el caserío. Queda al fondo de Pandozales, siguiendo por ahí hasta el final. —Sin soltar el brazo de su hermana, señaló la carretera que serpenteaba ladera arriba—. Debe de estar medio en ruinas. Lleno de ratas y cucarachas. —Se arrebujó en el chal, como si buscara protegerse de falsas alimañas—. No es lugar para una mujer sola. Bueno, no sé, quizá una vieja como yo no tuviera ánimo para moverse, pero una chavalita con toda la vida por delante no iba a quedarse en esa cárcel. Además, según nos contó, el borrico de Panza no hizo testamento. Y el hijo que tuvo con Mabel, su primera esposa, heredó la casa.

Osmany lanzó una mirada de preocupación a la noche, cerrada a media tarde sobre el agónico silencio de la residencia.

—Entonces, no se fue sin más. La echaron.

—Sí, claro. Fue así. Mi cabeza, ya sabe, tampoco está para tirar cohetes. —En su sonrisa se intuía un matiz más allá de la preocupación, un temor que afloraba al tropezar con la mirada vacía de su hermana—. Sí, eso comentó, que el hijo quería vender la casa y ella se iba a Madrid, donde una conocida. Pero, según usted, nunca llegó. ¿Cómo es posible?

Osmany se encogió de hombros.

—En realidad, no estoy seguro de nada. Solo de que no llamó a su padre desde entonces. Eso no quiere decir nada.

—¡Nélida!

Herminia regresó de entre las sombras, un alarido que repitió antes de regresar al abismo de la demencia.

—Nélida es mi sobrina. Su hija —aclaró Socorro sin dejar de acariciar de forma rutinaria la mano de su hermana—. Dieciocho años acababa de cumplir cuando se fue. Un día Hermi llegó a casa y no estaba. Cogió sus cosas y se marchó sin despedirse. Fue muy cruel, pero, ¿sabe? —bajó la voz, como si Herminia pudiera escucharla desde el lugar donde se hundían sus neuronas—, yo la comprendo. Ella intentó ayudar a su madre. Se enfrentó al salvaje de Alfredo, trató de impedir que la pegara. Pero Herminia siempre salía en su defensa. Y la pobre Neli no pudo más. La entiendo, no crea. Pero no es justo que no haya llamado desde entonces.

Cuando salió, el reloj que presidía el salón no había dado las seis de la tarde, noche cerrada en pleno invierno. Desconocía los horarios del tren de regreso a Bilbao, pero había prometido al gordo Cruz investigar el paradero de la hija de

Valenzuela. Y una promesa era siempre una deuda. Y una obligación.

En vez de dirigirse a la estación, ascendió por la estrecha carretera hasta que el asfalto terminó frente a un par de caseríos apretujados contra el arcén. Unas pocas farolas teñían de ámbar los flecos de la niebla. El humo de las chimeneas ponía un contrapunto hogareño a la desolación de aquel rincón desangelado, un circo donde las sombras se agigantaban. Aspirando el aroma a leña y a recuerdos, se coló entre los dos grandes caserones que constituían la barriada, pasó frente a un chalet de nueva construcción y, siguiendo las indicaciones de Socorro Sarachaga, salió a una pista invisible, apenas unas rodadas comidas por la maleza. No tuvo que caminar mucho. A los pocos metros, detrás de un grupo de árboles cuyas ramas improvisaban una famélica muralla, vislumbró una casa abandonada.

Con cuidado de no tropezar, se acercó hasta rozar la puerta con los dedos. La humedad teñía de oscuro la madera y de ocre la cerradura. En las paredes, las grietas reptaban en busca de las tejas, dispersas y verdecidas. Trató por un segundo de imaginar allí a una cubana criada bajo el sol intenso del Caribe y comprendió que, aunque el hijo del tal Panza no hubiera reclamado su ruinosa herencia, era poco probable que Idania Valenzuela permaneciera en aquel lugar.

El lejano rumor de un trueno se encargó de arrancarlo de las ensoñaciones de su tierra. Aunque no tenía reloj, calculó que serían más de las siete. El tren tardaría una hora en recorrer los treinta kilómetros que le separaban de Bilbao, y él necesitaría media, como mínimo, para llegar a la estación. Así que, tras otro apresurado vistazo a la fachada, al sencillo modelo de la cerradura, a las persianas caídas donde, descolorido, el teléfono de una inmobiliaria anunciaba las intenciones de su dueño, dio media vuelta para regresar a la oscuridad densa del camino.

9

Heydi Huamán estudió los contornos del pueblo, perfilados por la débil luz de las farolas. El autobús desaparecía detrás de una curva y las tinieblas regresaban para ocupar un espacio que les pertenecía desde horas antes. Apretó las solapas del abrigo contra su garganta, aceleró el paso y sacudió la cabeza renegando de esa imaginación morbosa que pocas veces conseguía contener. Si había un lugar donde poner coto a su fantasía, sobreexcitada por el maratón de *The Walking Dead* devorado en casa de su amiga Leticia, ese era Trucios, una aldea desierta de Las Encartaciones cuyos barrios se aferraban ceñudos a las laderas. Sobre todo a las diez y media de la noche de un domingo de febrero, cuando apenas se intuían las siluetas de los tejados; cuando el aullido de algún perro y el lejano ulular de una lechuza se empeñaban en revivir en su mente las macabras imágenes de la serie televisiva. Maldiciendo en voz baja su cobardía, comenzó a trepar la empinada pista de cemento que llevaba al *baserri* Llaguno, donde doña Juana esperaba en su silla de ruedas. Llevaba un año trabajando de interna en aquel caserío cuya parte baja seguía siendo una porqueriza sin animales, cuidando de la dueña, una minusválida de noventa y cuatro años. «Debe de ser un infierno», comentó Leticia cuando le describió el pueblo y su labor. Pero no era cierto. Un infierno era el diminuto apartamento alquilado en Bilbao por su familia; un agujero colgado sobre la trinchera del ferrocarril donde sobraban los gritos y los enfados, donde no había espacio para la sonrisa, y la amenaza del desahucio ocupaba cada metro cúbico de aire. Para Heydi Huamán, aquel empleo en el centro de la nada fue algo así como un milagro. Doña Juana la trataba bien, y el aroma a humo que teñía las paredes la transportaba a la champa andina de sus padres. Y aunque extrañaba a los suyos, a quienes solo visitaba los domingos, la vida en Trucios le había devuelto una calma que llegó a perder mientras vivió en Bilbao.

Algo susurró cerca de su cabeza, y la muchacha escondió el rostro bajo el abrigo. La cumbre del Armañón llevaba toda la semana cubierta de una fina capa de nieve, y la escarcha pronto teñiría de blanco prados y callejas. Pero no era el frío la razón de su prisa. La calma muerta de la aldehuela, la niebla que emborronaba las farolas, el imperceptible coro de maullidos, batir de alas y chirriar de insectos, la empujaban hasta el límite de la carrera. Nunca lo reconocería ante la mujer a la que cuidaba, de quien recibía un salario exiguo y una habitación con vistas al caserío colindante, pero caminar de noche por el pueblo la asustaba. Una no es dueña de sus terrores, no importaba que, objetivamente, pasear por Lima fuera más peligroso que hacerlo por esa aldea adormecida. Su paso era cada vez más rápido y su respiración, más agitada. La rampa de cemento, raída por el paso de los vehículos, se empinaba en una última curva cerrada. A su izquierda, una cuadra derruida, la casa de los vecinos y el viejo Land Rover abandonado junto a la fachada. De frente, el *baserri* Llaguno, sombrío y acogedor. Más allá desaparecía el cemento, y la pista se transformaba en una trocha para ganado y montañeros aburridos de la rutina urbana. Recostado contra los matorrales dormía otro vehículo, una mole oscura a la que dedicó un vistazo exento de curiosidad antes de recorrer los metros que la separaban de la entrada.

No escuchó el rumor de pasos a su espalda, amortiguado por la hierba, ni el jadear de la sombra que se abalanzó sobre ella. Apenas fue capaz de girarse en el momento en que el peso del hombre la derribaba mientras apretaba un pañuelo húmedo contra sus labios. Cayó soltando inútiles patadas, ahogada por la mordaza que silenciaba sus aullidos. Comprendió que le quedaba poco tiempo, que cada inspiración era una dosis de narcótico directa a su cerebro, y en un movimiento desesperado sacudió la cabeza con todas sus fuerzas. Su nuca se estrelló en la nariz del agresor, y la presión contra su boca cedió durante un segundo. Y gritó, un alarido que se amplificó al chocar contra las fachadas. Pero fue solo un espejismo. El trapo regresó, y el final se dibujó en la pesadez de sus movimientos, en el repentino cansancio de sus músculos. Rendida, derrotada a dos metros del hogar, Heydi se vio incapaz de oponer más resistencia.

Entonces sonó el disparo.

Y el peso que la oprimía contra la tierra desapareció. Jadeando, logró arrancarse la mordaza y vomitó sobre la tierra helada restos de comida, bilis y pánico. Como en un sueño, escuchó pasos a la carrera, una puerta y el rugido de un motor cuyo estruendo se diluyó por la carretera desierta antes de que los primeros vecinos se asomaran con prudencia a las ventanas. Solo entonces consiguió alzar el rostro hacia el balcón, hacia la silueta de la anciana que, encadenada a la silla de ruedas, empuñaba una escopeta entre sus manos vencidas por la artrosis.

LUNES

2 DE FEBRERO DE 2015

10

Hacía calor, ese calor artificial que anega los edificios públicos cuando el conserje, harto de aguantar las quejas de catedráticos, profesores o alumnos, decide subir el termostato lo máximo posible. Fuera, en el parque que rodea la facultad de Ciencias Económicas de Bilbao, las hojas de cedros, abetos y palmeras deslumbraban bajo los rayos de un sol acobardado ante la cercana certeza del próximo aguacero. En su despacho, Agurtzane Loizaga dejaba pasar los minutos pendiente del efecto de la luz sobre los árboles, hastiada del trabajo que se acumulaba en la mesa, hastiada de su desidia y esa forma de perder el tiempo sin hacer nada.

Harta de todo.

Nadie acudía a las horas de tutoría impuestas por la universidad, horas que algunos dedicaban a profundizar en proyectos de investigación y otros, la mayoría, a desentrañar las razones de la última derrota del Athletic. Loizaga se decidió a buscar a su novia a través de las redes sociales, tan absorta en enlazar grupos y perfiles que no pudo evitar un grito de temor cuando el granizo comenzó a repicar en los cristales. El sol de invierno había desaparecido tan rápido como llegó, y ahora el pedrisco barría los jardines y rebotaba contra las ventanas. A pesar del calor asfixiante de los radiadores, un escalofrío recorrió la línea de sus nervios. Recordó al intruso, su silueta impresa en la bruma, y decidió que lo primero era su propia tranquilidad. De modo que, antes de continuar, abrió el navegador y tecleó: «Empresas de seguridad en Bizkaia».

Pronto concretó con una amable operadora la instalación de un sistema de videovigilancia en torno a Ilbeltza. Cámaras con sensor de movimiento en cada esquina y en el acceso a la finca, alarma conectada a su propio smartphone y la posibilidad de avisar online a la policía. Subirían esa misma semana. En cuanto recibió la confirmación, se recostó en la silla giratoria, dejó escapar un suspiro y cerró los ojos. Hacía calor. Hacía mucho calor. Sonrió, se desprendió del jersey y regresó a la red.

«Todo está en Facebook. Y en Instagram». Las palabras de Beltza la animaban a iniciar esa búsqueda que anhelaba y temía a un mismo tiempo. Renunciando a la intimidad a cambio de falsas amistades de perfiles desconocidos, el único placer del solitario era, paradójicamente, el exhibicionismo. Y si conocía a alguien exhibicionista, en todos los sentidos, esa era Lola.

Sin embargo, seguirla a través de sus perfiles no resultó sencillo. Cuando llegó a Bilbao, Lola cerró todas sus cuentas anteriores y abrió otras bajo el seudónimo de Dolly Bilbo. Pero en los muros de Dolly Bilbo no había mucho donde escarbar. Tanto el de Facebook como el de Instagram mostraban idénticas imágenes, los mismos posts replicados en ambas redes. Y no tardó en comprender que, cuando la abandonó, Lola abandonó también sus redes. La última anotación estaba fechada poco antes de su desaparición, una desaparición que, repasando las entradas, se le antojó dolorosamente previsible:

Sigue lloviendo. ¿Es que no va a parar nunca o qué? ¡Quiero mi playita!

Una vez más, dejó el teclado y cerró los ojos. El granizo ya no repicaba contra los alféizares, pero una lluvia cansada distorsionaba el fondo del parque, donde las farolas parpadeaban a media mañana. «Mi playita». Conocía perfectamente la playita de Lola. Estuvo allí, con ella, quince días del pasado julio. Y pronto comprendió que aquel arenal sacudido por el viento, el pinar que lo circundaba, los surfistas de camisetas raídas y moreno profesional, los hippies de melenas desordenadas, los hombres en tanga y las mujeres con menos ropa todavía, formaban el hábitat natural de su pareja. En el oscuro despacho de Sarriko, Agurtzane abrió los ojos y confirmó lo que ya entonces supo: Lola nunca le perteneció. Nunca le pertenecería. Pertenecía al sur, al calor y las bahías de aguas cristalinas. Pertenecía a la juventud y al sexo latente en cada mirada. Y Agurtzane Loizaga, pálida de norte y de niebla, embutida en un viejo bañador que no conseguía disimular la curva de su vientre, no formaba parte de ese universo.

No fue capaz de encontrar nada. El perfil inactivo de Dolly Bilbo era el final de su rastro en la red. Al menos, del visible. Ni un simple tuit, ni una pista sobre su paradero. Aunque Tarifa tenía todas las papeletas. Allí se quedó cuando la catedrática debió reincorporarse a su puesto de trabajo, en la furgoneta de unos amigos que nunca se molestaron en disimular la sensualidad de las caricias que se prodigaban mutuamente. «Solo una semanita, ¿vale? En Bilbao no tengo nada que hacer». Pero la semanita se alargó, en una sucesión interminable de llamadas telefónicas, excusas incomprensibles y tensos silencios, hasta dos meses. Solo regresó cuando Ilbeltza, oloroso a pintura y barnices, estuvo preparado para acogerlas en la amplitud del dormitorio.

Una vez instaladas allí, reconfortada por una soledad de manzanos, peñas y silencio, Agurtzane olvidó los reproches, olvidó el temor a no ser suficiente para saciar el hambre de vivir de la muchacha, y decidió perdonarle cualquier cosa con tal de retenerla a su lado, aisladas ambas en lo alto de una montaña cuyo único nexo de unión con el mundo era la barra de pan que, cada mañana, amanecía en la bolsa colgada de la puerta.

11

—Aló, capitán. Gusto en volver a oírle.

Osmany no pudo evitar una sonrisa. No importaba el estruendo del granizo contra los cristales del locutorio, no importaba el aullido del vendaval, ni los gemidos de los tilos del paseo. Escuchar al gordo Cruz era regresar al calor de su champita, al ron barato y a los amaneceres cálidos de Santa Clara. Pero el optimismo le duró lo poco que tardaron las nubes de su mente en opacar el caribeño amanecer de sus recuerdos.

—Aló, Fidel. El gusto es mío, compay. ¿Cómo le va?

—Acá, esquivando la pelona, ya tú sabes. Cualquier día de estos…

Llamar a Cuba no era barato, pero Osmany dejó que su lugarteniente se explayara en las estrecheces cotidianas de los cubanos, a veces en broma, a veces no tanto, mientras la voz agria de su nuera retumbaba en su cabeza. Una vez más, Nerea le había prohibido ver a su nieta, una negativa repetida con una vehemencia demasiado aguda. A pesar de lo mucho que Osmany insistió en subir a dar un beso a la niña, a cuidarla mientras ella salía a descansar, la mujer no quiso ni oír hablar del tema. Colgó el interfono dejándole con la palabra en la boca y la incertidumbre arañándole las entrañas. Permaneció así, recostado contra las pintadas que afeaban el portal, hasta que el viento le obligó a subirse la cremallera, embozarse la capucha y salir en busca de un teléfono desde donde dar carpetazo a la búsqueda de una desconocida.

—Bueno, gordo —interrumpió a su amigo, consciente de que podría seguir hablando tanto tiempo como el comandante de su mismo nombre—, sobre lo que me pediste del Vladimir…

—Claro, capitán, un momentito no más, que le paso con él.

La sonrisa regresó, más amplia y sincera que antes. El gordo Cruz nunca dio puntada sin hilo. En cuanto le avisaron de que tenía una llamada desde España, debió de mandar a alguien en busca de Vladimir Valenzuela. Toda esa cháchara acerca de la orfandad de sus papilas gustativas no tenía más función que entretenerle en espera del padre de Idania.

—Aló, capitán Arechabala. Tanto gusto. Es un honor, capitán.

—Menos chicharronear, Vlado, que todavía me acuerdo de cómo me jodías para que no me quedara a solas con tu prima.

—Pero, capitán, mera fiñería fue aquello, ya *usté* sabe.

Osmany prefirió no perder el tiempo en prolegómenos. La perorata del gordo Cruz le había costado unos euros que no podía malgastar. Así que, con la confianza que otorga conocer al interlocutor y no saber nada de él, se apresuró a describir su visita a Balmaseda, la entrevista con las ancianas y la sensación de congoja que envolvía el caserío abandonado.

—No hay nada más que hacer acá, Vlado. Al menos, yo no puedo hacer más. Tu hija se fue del pueblo, eso seguro. Tendrías que hablar entre sus conocidos de Madrid. Quizá ellos puedan decirte algo.

Al otro lado de la línea, el silencio se congeló durante unos segundos. Incluso el molesto eco del vacío, un zumbido que se filtraba en la conversación como el jadeo de una máquina hastiada de su trabajo, desapareció el tiempo que el otro tardó en asimilar sus palabras. Osmany lo imaginó pegado al auricular, el ceño fruncido, los labios apretados, la mano amable del gordo Cruz asida a su hombro en una muda expresión de solidaridad.

—Pero eso no puede ser, capitán.

—¿Por qué?

—Mire. Yo no pretendo que usted lo entienda. Sé que muchas de las guajiras que salen de Cuba lo hacen no más por la plata. No están enamoradas de los huevones con los que se casan, sino de los *malls*, los carros nuevos y la buena vida. Y una vez en España, o donde sea, se olvidan de sus familias de acá. Mero jineterismo, pues. —El recuerdo de su hijo Camilo brilló con luz propia en esa descripción—. Pero Idania nos mandó platita todos los meses. No mucha, pero siempre. No es normal que deje de hacerlo así, sin más. Que deje de llamarnos, de hablar con su madre… No es normal, capitán.

Osmany estuvo a punto de preguntarle qué extrañaba más, si la hija desaparecida o el flujo mensual de esos euros perdidos, pero se contuvo a tiempo. Responder así a un padre preocupado sería reflejo de su propia amargura, aislado en un país extranjero al que llegó tras el asesinato de su hijo para cuidar a una nieta que no le permitían ver.

—En cualquier caso, Vlado, yo acá no puedo hacer más.

—Solo un último favor, capitán. —Osmany volvió la mirada hacia los cristales, hacia el granizo que caía con suavidad de aguanieve, y apretó los dientes. Uno nunca sabe dónde terminan los favores—. La embajada me mandó un informe de la policía vasca que, en realidad, no decía nada. ¿No podría usted, capitán, pedirles más datos?

—Vamos a ver, Valenzuela —no fue consciente de que subía la voz mientras las desagradables imágenes de su primera visita a una comisaría de la Ertzaintza regresaban a sus recuerdos—, ¿pretendes que vaya a pedir explicaciones a la policía? ¿Un extranjero recién llegado? ¿Por la desaparición hace cuatro años de una persona que no conozco?

Antes de que Vladimir pudiera responder, la voz del gordo Cruz se coló por el auricular envuelta, como siempre, en un optimismo que la realidad no solía confirmar.

—Venga, Osmany. ¿Qué es eso para el gran capitán Arechabala?

—¿Ya te has enterado de lo de anoche?

Ibon Garay entregó las dos barras de pan, se sacudió las manos enharinadas y estudió a su interlocutor con un interés más cortés que real.

—¿De qué?

—Ayer atacaron a la peruana que cuida a doña Juana.

Ibon se giró hacia el decrépito caserío que quedaba a su espalda, donde acababa de dejar la hogaza de cada semana. Era la vivienda de Juana Llaguno, una anciana minusválida que cada Navidad le dejaba como aguinaldo una figurita de mazapán de las compradas a granel en el supermercado.

—¿A Heydi? Ya me extrañaba que no haya salido a saludar. ¿Le pasó algo?

—Nada, nada. Tuvo suerte. —El vecino de doña Juana sonrió, dio un paso al frente para hurtar sus palabras al vacío que los rodeaba y susurró con falsa camaradería—: Tuvo suerte de que Juanita esté medio loca.

Gari retrocedió otro paso. Prefería mantener las distancias con el campesino y su aliento, demasiado espeso a esas horas de la mañana. Y necesitaba un momento para pensar la respuesta. Siempre dedicaba unos segundos a pensar cada palabra antes de permitir a las cuerdas vocales moldearlas y expulsarlas al exterior. Uno de sus maestros en la escuela de Karrantza le inculcó la costumbre. «Hay gente muy lista. Hay gente capaz de replicar rápido y con acierto. Pero tú no eres uno de ellos. Por eso, antes de hablar, dedica un ratito a reflexionar. Mejor lento que bocazas». De modo que, mientras seguía con la mirada los movimientos del anciano, pasó revista a los años que llevaba subiéndole el pan cada mañana, a los esporádicos saludos, el pago mensual de una cifra garrapateada en una hoja cuadriculada, y el billete de veinte euros que, cada 24 de diciembre, le dejaba en la bolsa que colgaba de la puerta. Decidió que Domingo Revilla, un septuagenario que vivía con su esposa y un hijo al que algunos llamaban «retrasado», era un buen hombre. Que cediera a la tentación del cotilleo no le pareció extraño ni alarmante.

—¿Por qué lo dices?

Las calles estaban desiertas. Nadie paseaba por Trucios aquella mañana desapacible, ningún vehículo rasgaba la niebla con sus faros, ningún ganadero arrastraba la desgana de sus vacas camino de los prados. Pero Domingo volvió a pegar los labios a su rostro, como si pretendiera desvelarle un secreto nunca antes desvelado.

—Está obsesionada con que alguien la quiere secuestrar.

—¿A Heydi?

—No. —Se llevó un dedo a los labios y miró hacia arriba, a las ventanas cerradas y los visillos abiertos del *baserri* Llaguno—. A ella. Fíjate bien. Piensa que alguien, vete a saber quién, se dedica a secuestrar a mujeres que viven solas. Por eso tiene siempre la escopeta cargada. Y por eso estaba ayer esperando a que la peruana volviera de Bilbao. Con la escopeta. Eso la salvó.

Una vaga sensación de inquietud le asaltó en el momento de girarse hacia la vivienda, hacia el carcomido balcón donde, según Domingo, una anciana de más de noventa años hacía guardia empuñando un rifle entre sus dedos deformados.

—Se lo contó a mi mujer. —El hombre no parecía dispuesto a renunciar a un buen chascarrillo—. Hace unos años, me fui con Txiki a Madrid, a que lo viera un especialista, y ella se quedó aquí sola un par de noches. Y Juana vino a contarle esas historias de raptos y no sé qué más. Según ella, para que estuviera prevenida, ya ves.

—¿Y qué pasó con el agresor? ¿Se sabe quién es?

El otro se encogió de hombros y buscó las llaves en el bolsillo.

—No creo. Nadie lo vio. Atacó por la espalda a la chavala. Juana disparó al azar. Y cuando salimos nosotros, no había nadie.

Gari se despidió con un gesto, regresó a la furgoneta y maniobró en el estrecho hueco de la calleja para volver a la carretera. Mientras lo hacía, evocó la tez morena de la peruana, su cuerpo esculpido por una ropa siempre ceñida, el tacto de sus dedos cuando le entregaba el cambio, y un escalofrío trepó desde su vientre hasta su cerebro. Aunque no supo si fue provocado por la exótica sensualidad de la muchacha o, tal vez, por la imagen nunca vista de una anciana velando con un arma entre las manos.

12

Nekane Gordobil estudiaba la calle a través del polvo de los cristales. Había dejado de llover y algún rayo de sol lograba filtrarse entre las nubes inventando espejos en los charcos. Los corrillos de siempre ocupaban la esquina de Bailén, las manos en los bolsillos, las miradas pendientes de clientes y patrullas policiales. Los coches salpicaban las aceras, ansiosos por cruzar el puente de Cantalojas y saltar a la ficticia seguridad del Bilbao conocido. Suspiró, dejó caer la cortina y se refugió en el desangelado vacío de la salita. San Francisco, el Bilbao clandestino donde drogas y prostitución marcaban el paso de los días, se empeñaba en no soltarla. Allí, en aquel piso oscurecido por los arabescos del papel pintado, vivieron sus abuelos. Allí pasó buena parte de su infancia, arrebujada en un sofá de muelles vencidos mientras el televisor emitía corridas de toros y en la calle se desarrollaba una sorda guerra entre traficantes cuyos ecos jamás afloraban al gran público. Allí transcurría la mayor parte de su vida laboral, entre reyertas de vecinos mal avenidos, navajazos a altas horas de la madrugada, robos, sobredosis y violaciones encubiertas tras el velo de la prostitución. Y allí terminó aquella mañana, expatriada de su casa y su familia por una bofetada a destiempo.

A pesar de que no era la función de un oficial, fue Méndez, su compañero y amigo en el cuerpo, quien se presentó en su domicilio con el rostro descompuesto y una orden de alejamiento entre las manos. Nekane no llegó a hundirse mientras confirmaba lo que sabía desde que su mano se estrelló en la mejilla de Izaro: la jueza le imponía un alejamiento preventivo en espera del juicio. No llegó a hundirse, pero no pudo evitar que los sollozos acompañaran un monólogo que el oficial escuchó sin soltarle la mano. Así, entre lamentos y suspiros, le contó cómo Izaro descuidaba de forma alarmante los estudios, cómo llegaba a casa cada día más tarde, a veces oliendo a alcohol, otras directamente borracha; cómo sustituyó a sus amigos de siempre por veinteañeros de manos largas y fragancia a marihuana en cada poro, como ese Jero cuya presencia se le hacía insoportable.

—Si quieres, puedo echarle un vistazo.

La oferta de Méndez fue el único punto de luz en una jornada marcada por las sombras, el único salvavidas, triste e insuficiente, al que aferrarse en medio del naufragio. El oficial tuvo que marcharse, y ella se resignó a un destino inevitable. Arrastrando la maleta como quien arrastra unos grilletes, abandonó su hogar y salió rumbo al piso polvoriento de la abuela, vacío desde su muerte. Y en medio de la soledad de las calles anegadas de transeúntes, solo se le ocurrió pensar que tenía una promesa que cumplir, un favor absurdo al que aferrarse para demorar el momento de mirar cara a cara a su fracaso.

El portal era largo, frío e impersonal. Había folletos de propaganda diseminados por el suelo, un carro de bebé encadenado a la barandilla y un camello tranquilamente recostado contra la puerta, llena de las pintadas de quienes cada noche se apropiaban de la entrada con derroche de plásticos, licores de supermercado, guitarras y hachís.

Hacía años que Nekane Gordobil no bajaba a Somera, una calle sembrada de bares, borrachos, pancartas sobrevolando los cantones y aromas a kebab, ajo y orín. Sus visitas al Casco Viejo se limitaban al ordenado tablero trazado por Correo, Bidebarrieta y sus respectivas travesías, una amplia zona dedicada durante siglos al comercio que la irrupción salvaje del turismo comenzaba a desdibujar. Ahora, bares y restaurantes de apariencia clónica ocupaban el espacio dejado por negocios traspasados de padres a hijos a lo largo de generaciones. Pensaba en eso, en la velocidad a la que cambiaba la villa de su infancia, mientras ascendía las gastadas escaleras de madera que llevaban hasta la vivienda de Nerea Goiri, la nuera de Osmany Arechabala.

La jaqueca había regresado, un estilete que perforaba sus sienes y su paciencia sin que el paracetamol le aliviara lo más mínimo. Pero no quiso caer en la tentación del Dolocatil. Una parte de sí misma, una parte irracional y masoquista, insistía en que el dolor era un castigo merecido. Una debe pagar por sus errores. Y trepar hasta ese cuarto piso para indagar en los posibles malos tratos padecidos por una niña desconocida formaba parte de esa penitencia.

La mujer que abrió era baja y muy delgada. Los pómulos parecían esculpidos en el rostro, y en su mirada huidiza flotaba algo que quizá no fuera miedo, pero lo parecía. Según Osmany, su nuera estaba superando la muerte de Camilo con una nueva relación, pero la primera impresión fue la de encontrarse frente a la imagen misma de la derrota.

—¿Qué quiere?

Lo desabrido del saludo no casaba con el tono tembloroso de la voz.

—Hola. Soy Nekane Gordobil, asistente social del ayuntamiento. —No se molestó en pulir demasiado la mentira. Sabía que funcionaría. Y lo confirmó en cuanto la expresión de Nerea mudó del desinterés falso a una atención nerviosa—. Estamos visitando a los niños cuyas familias reciben ayuda de Lanbide, para ofrecerles otro tipo de apoyo por parte de Bienestar Social. Según mis datos —fingió consultar una carpeta recién comprada en un comercio chino—, aquí vive Maider Valdés Goiri. ¿Es su hija? Me gustaría verla.

—Sí, pero no necesitamos nada, gracias. —A Nekane no se le escapó el vistazo que lanzó hacia la derecha, a una zona vedada a su campo de visión—. Si no le importa… —añadió, haciendo el gesto de cerrar.

—Creo que no me ha entendido. —La amabilidad de la pretendida asistenta social desapareció para dejar paso al acerado tono de una suboficial acostumbrada a interrogar a camellos y navajeros—. Visitar a los niños es nuestra obligación. Debemos garantizar el buen uso del dinero que reciben. En caso contrario, tendré que solicitar que le retiren la ayuda.

—Claro, claro… —Dos temores diferentes luchaban por imponerse en la demacrada faz de la mujer: el miedo a perder un dinero imprescindible y otro que no lograba definir—. Pero hoy es imposible. Está en la guardería, ¿sabe?

¿Sería cierto? Parecía un farol, pero, en cualquier caso, era un buen farol.

—De acuerdo. Entonces, si no le parece mal, concertaremos una cita. ¿Mañana a las diez, por ejemplo?

—No, imposible. —Volvió a mirar al mismo punto ciego del salón y tragó saliva—. Igual el viernes…

—Demasiado tarde. Pasado mañana, como mucho.

—Sí, vale. —Nerea Goiri agachó la cabeza, derrotada por el tono imperativo de Gordobil, y asintió un par de veces—. El miércoles a las diez.

—Deme su número de móvil. Por si acaso.

—Tengo un móvil, pero no lo uso. El fijo ustedes ya lo tienen.

No pudo replicar. Asintió sin palabras, anotó mental-mente que debía pedirle el número a Arechabala, y vio cómo la puerta se cerraba sin un triste «adiós». Suspiró, contuvo un gruñido de impotencia y salió a la calle sin una conclusión definitiva con la que librarse del encargo del cubano.

13

Desde la ventana de la cocina, Heydi Huamán siguió el reflejo de las luces traseras del coche patrulla en el momento de perderse por la curva de acceso a la carretera y dejó escapar un suspiro de alivio.

Era la segunda vez que la Ertzaintza visitaba la casa Llaguno. Los primeros llegaron después del ataque, al filo de la medianoche. A pesar de la lluvia, cercaron el perímetro para fotografiar cada centímetro cuadrado de terreno, conscientes de que sería difícil encontrar algo en aquel fangal horadado por el paso del ganado, o en la pista que el aguacero no dejaba de barrer. Apenas molestaron a las mujeres. Como Heydi se negó a abandonar a doña Juana para acompañarlos hasta el hospital, hicieron llegar a una ambulancia medicalizada que se limitó a confirmar que no presentaba lesión alguna. Le dieron un par de tranquilizantes que ella aceptó con una sonrisa y, apenas se marcharon, guardó en el fondo de un cajón. Eran casi las dos cuando, nerviosas, tensas y agotadas, apagaron las luces y se acostaron. Antes de hundirse bajo la gruesa capa de mantas, echó un último vistazo por la ventana y sonrió. La silueta del vehículo policial aparcado frente a la puerta era el mejor de los ansiolíticos.

Los de aquella tarde eran diferentes. Eran más jóvenes, más secos, menos amables. Y su interés no se centraba tanto en recabar datos sobre el agresor como en indagar sobre la escopeta de doña Juana. Por eso, verlos partir y recuperar su soledad no fue motivo de preocupación, sino de alivio.

—Bueno, doña. —Heydi envolvió las escuálidas piernas de su jefa en una deshilachada manta de cuadros y tomó asiento a su lado—. Ahora respóndame a mí. ¿Acaso cada vez que salgo me espera con la escopeta?

—Pues sí. —Doña Juana no pudo contener una sonrisa ante la sorpresa de la peruana. Escondió los dedos en un torpe intento de controlar sus temblores y se concentró en la parte superior de la pared, donde el papel pintado mostraba los agujeros provocados por los perdigones—. Pero no sé ni lo que hice. No he disparado en treinta años. Arturo me enseñó, pero nunca he tenido que hacerlo. No sé. Apoyé la escopeta entre las piernas y ya ves —concluyó, señalando el estropicio con un gesto de la barbilla.

—Bueno. No pasó nada, no tenga pena. Pero ¿a qué vino lo de la carabina? ¿Acaso tiene miedo?

La anciana devolvió las manos al regazo. Tardó en contestar, como si buceara en tiempos muy lejanos. Heydi respetó su mutismo, pendiente del polvo que flotaba en torno a la única bombilla, segura de que nadie vela con un arma cargada si no se siente amenazado.

—Verás, no es que tenga miedo por mí, claro. ¿Quién va a venir a hacerme daño? —La voz de Juana Llaguno parecía más lejana, más cascada que de costumbre—. Pero los viejos guardamos los recuerdos, ¿sabes? Mejor que vuestros ordenadores y todo eso. Porque recordamos lo que de verdad importa. Y aquí, en Las Encartaciones, han pasado cosas raras que nadie investigó. Porque a nadie le importaron.

—¿Cosas? ¿Qué cosas?

—Mujeres que desaparecieron sin dejar rastro. Mujeres solas, sin familia, sin nadie que las echara de menos.

Doña Juana siguió hablando con la mirada fija en las manchas de la pared. Hacía años que no daba voz a los miedos que arañaban su vientre durante aquellas interminables noches de viuda solitaria.

—Muchos me toman por loca, pero yo sé lo que digo. Y me acuerdo de la gente. También de las que se fueron sin despedirse. Mira, hubo una en Traslaviña. Otra en Otxaran. Dos mujeres que vivían solas. Y un día, de buenas a primeras, desaparecieron. No dijeron nada a los vecinos, no recogieron el ganado ni avisaron al de la leche. Y nadie preguntó. Bueno, eran tiempos muy duros. Quizá nadie se atrevió a preguntar.

Heydi asintió en silencio. Las historias sobre desapariciones forzadas no quedaban lejos en la memoria de su pueblo.

—Por aquel entonces, hacia el final de la guerra, no se podía hablar de nada. Ni con nadie. Yo solo me atrevía a confiar en Arturo. Era un buen hombre, mi marido, Dios lo tenga en su gloria. Claro que él siempre se limitó a escucharme y a encogerse de hombros. Como cuando se fue la muchacha que cuidaba a la hija de los ricos de Balmaseda. Eso fue hace poco, unos treinta años más o menos.

La peruana esbozó un gesto de suficiencia tamizado con cariño y paciencia.

—Doña, treinta años es mucho tiempo.

—No, cielo. Solo es un suspiro en la mente de los viejos.

—Pero dice que esa chica se marchó.

—Ya. Eso parecía. Pero no se despidió de nadie; ni de sus jefes ni de la gente que conocía. Nadie la vio irse. Yo conozco a Anita, la dueña de la casa grande de Balmaseda. Bueno, la conocía. Ha muerto hace poco. Era veinte años más joven que yo, pero cuando bajaba a la villa a vender huevos, siempre me compraba. Comentábamos cosas del pueblo y de la vida, ya sabes. Los ricos de aquí no son como los de la ciudad. Son como nosotros, pero con dinero. —Heydi contuvo la carcajada, pero no pudo disimular una sonrisa—. Ella me explicó que se fue sin sus cosas. Que ni siquiera se llevó la ropa. Entonces la convencí para que pusiera una denuncia.

—¿Y qué dijeron los policías?

Doña Juana calló. Sus ojos recorrieron el papel pintado, pero su mirada estaba lejos, en algún lugar inalcanzable. La joven permanecía pendiente de la historia, como si en ella se encerrara parte de su propio destino. Ningún ruido rasgaba el pesado mutismo de mujeres olvidadas, de caseríos vacíos y preguntas nunca planteadas. La anciana alargó una mano hacia el vaso que solía dejar sobre la mesa, pero volvió a taparla, avergonzada de ese garfio que temblaba más que de costumbre. Heydi se apresuró a llevar el agua a su boca, le limpió las gotitas que resbalaron desde la comisura de los labios y luego cerró su mano contra la de la mujer.

—Se burlaron de nosotras. Ni se molestaron en investigar. Recuerdo a uno, el diablo se lo lleve, que ni esperó a que saliéramos del cuartelillo para llamarnos «histéricas» a nuestras espaldas. El muy miserable era un amigote de Ramón, el marido de Anita. Pero ni esa amistad sirvió para que nos tratara con respeto. Pobre Anita. Se sintió tan avergonzada que no volvió a dirigirme la palabra.

—¡Hombres!

—Años después, una vecina de Ribota se marchó de su casa sin avisar a nadie. El muchacho que le llevaba el gasoil para la caldera se lo comentó a Arturo. No había dado de baja el suministro. Preguntó por ahí, pero ningún vecino sabía nada. Y mi marido comenzó a asustarse. Comenzó a tomarme en serio. Ya le habían diagnosticado el cáncer que me lo robó, por eso se empeñó en enseñarme a disparar. Éramos mayores, pero no creímos que la edad les importara.

—¿A quiénes?

—A ellos. —Juana seguía pendiente de algo más allá de las paredes, algo invisible que conocía desde siempre—. A los que se las llevaron a todas.

—Pero quizá se fueron, ¿no cree, doña? Quiero decir…

—Hay más. Ángela Escudero. Vivía en Karrantza, en un caserío aislado en la zona de Lanzas Agudas. Una viuda de sesenta años. Su hijo y su marido murieron hace tiempo. Me lo dijo el cartero. Me dijo que la casa parecía abandonada, que tenía el buzón lleno de propaganda. Por lo visto, un vecino se coló por la ventana para ver si a la pobre Ángela le había dado algo, si se había muerto sola en su cama.

—Pero no encontró nada.

—Nada. Y así quedó la cosa. —Una pausa, una mirada perdida, un rumor de pulmones viejos acompañando los recuerdos—. Ya lo ves. Mujeres solas, sin familia. Mujeres que no importan a nadie. —Dedicó un fugaz vistazo a la garra de sus dedos, y continuó hablando pendiente de la nada—: Hace tres años hubo otro caso. El único que hizo algo de ruido. De hecho, yo me enteré por Teleberri. Era una chica rumana que llevaba unos días con su familia en un descampado de Sodupe. Otra desaparición. Entonces aún podía moverme. Necesitaba un bastón, y no te imaginas cómo me dolía todo, pero podía moverme. Ya no estaban los guardias civiles que se burlaron de nosotras. Así que cogí el autobús y bajé a Balmaseda, a la Ertzaintza. Y les conté la historia completa.

—¿Y le hicieron caso?

—No. —Juana volvió el rostro hacia su empleada y negó con la cabeza—. Un agente muy atento me acompañó a la salida y me dijo que el caso de Soraya (recuerdo su nombre porque se llamaba igual que la vicepresidenta) estaba cerrado. Se había vuelto a Rumanía con un novio. Pero era mentira.

—¿Cómo lo sabe?

—No lo sé. Pero lo sé.

Por primera vez desde que doña Juana había empezado a narrar su historia, Heydi dudó de sus palabras. Si la policía dijo que la rumana regresó a su tierra, tenía que ser cierto. No hay una mano criminal detrás de cada mujer que, harta de una tierra triste y lluviosa, harta de la soledad y las noches inacabables, hace las maletas y desaparece sin volver la vista atrás. Sin embargo, fue la evocación de esas mujeres lo que salvó a Heydi de una violación. O de algo peor. ¿Debía agradecer su suerte a una obcecada invención de la anciana? ¿Al impacto emocional que le produjo la marcha repentina de mujeres lejanamente conocidas?

—¿Y por qué no contó nada a los agentes que se acaban de marchar? Precisamente le preguntaron por la escopeta.

—Porque estoy cansada, hija. Cansada de que no me crean. Cansada de que me miren como a una vieja chocha. Además, nadie volverá a molestarte.

—¿Por qué piensa eso?

—Ellos llevan muchos años actuando sin que nadie se entere. Sin que nadie proteste. Son cuidadosos con la mujer elegida, con el momento, con los detalles. Tú eres extranjera. La única que podría denunciar tu desaparición es una enferma de noventa y cuatro años a la que nadie creería. Pero si ahora te pasa algo, la Ertzaintza se lo tomará en serio.

Heydi negó con la cabeza. Las teorías de doña Juana hacían aguas por todas partes.

—No. No es posible que el de ayer fuera alguien tan cuidadoso como dice, doña. Usted me esperaba el domingo. Si no llego, habría llamado a emergencias. Y por muy torpes que sean los detectives de esta tarde, les bastaría hablar con la empresa de autobuses para comprobar que llegué hasta acá, que me bajé en Trucios. A esas horas era casi la única viajera del bus. El chofer se acordaría. Y entonces buscarían en serio.

La anciana asintió. Frente a ella, la pantalla del televisor era un espejo polvoriento donde se reflejaban sus dudas. Y su miedo. Un miedo ancestral hecho de leyendas escuchadas a la luz de la lumbre, de tinieblas y supersticiones. El miedo que la acompañaba desde que ayudaba a su padre a conducir el ganado en el crepúsculo, y los perros, con el rabo entre las piernas, aceleraban en busca de refugio. Miedo al silencio, al rascar de patas en la cuadra, a los pasos que retumbaban en sus pesadillas y seguían oyéndose cuando despertaba. Un miedo conjurado gracias a la respiración cadenciosa de su madre junto a ella, al calor de Arturo bajo las mantas, a la fría compañía de una escopeta en los últimos tiempos. Y mientras repasaba la objeción de Heydi, sintió que el miedo crecía hasta rozar la frontera de sus labios.

—Tienes razón. Se han arriesgado mucho. Como si tuvieran prisa. Como si algo se estuviera acelerando.

14

Aferrado al móvil, Osmany Arechabala no sabía si las palabras de Nekane Gordobil servían para dar carpetazo a sus sospechas o, por el contrario, exacerbaban la rabia que acompañaba siempre al recuerdo de Abdoulayé. Pero necesitaba serenarse. La experiencia le había enseñado que un cerebro alterado es incapaz de discernir entre lo correcto y lo excesivo, entre la justicia y la venganza.

—Entonces, ¿no puedes decirme nada concreto?

—No. —El tono de la agente trataba de ser neutro, pero él percibió una vibración por debajo de su seriedad—. Creo que ocultaba algo, pero tal vez ni siquiera tuviera relación con la niña. Lo único claro es que no me dejó ver la casa. Ni a su hija.

—¿Estaba sola?

—No creo. No pude ver a nadie, porque no se separó de la puerta ni un momento, pero por su forma de mirar hacia el otro lado, yo diría que había alguien.

—¿El maltratador?

Gordobil esperó unos segundos antes de responder. Algo en la voz del cubano le recomendaba no alimentar la ira que enronquecía su voz. De algún modo que no podía precisar, quizá recuerdos de las visitas que le hizo al hospital en compañía de Larralde, intuía que aquel individuo de barba cana y arrugas enmarcando la sonrisa era mucho más que un jubilado en busca de una seguridad económica demasiado cara en su país.

—Te repito que no tengo ninguna prueba de maltrato. Pero sí me dio la sensación de que escondía a alguien. ¿Por qué? Quizá le tenía miedo, sí. Pero también puede ser porque no tenga papeles, porque le avergüence que la vean con él... No sé. Lo cierto es que yo soy incapaz de llegar a ninguna conclusión solo con esta visita.

Ambos dejaron que el silencio les envolviera mientras, cada uno anudado a sus recuerdos, inventaban geografías de temor y humillación, de mujeres débiles y hombres todavía más débiles que necesitaban imponer su fuerza física para afianzar una virilidad en entredicho.

—¿Debería poner una denuncia?

—Si sospechas algo, es lo que debes hacer. Yo no puedo ayudarte mucho más. Te recuerdo que estoy de baja.

La respuesta de la *ertzaina* no despejaba esas dudas que no dejaban de atormentarlo. Pero, ¿y si se equivocaba? ¿Acaso Nerea le perdonaría semejante humillación? ¿Y si el senegalés era inocente y la Ertzaintza lo pillaba sin papeles e iniciaba los trámites para expulsarlo del país? ¿Debía asumir el riesgo de destrozar dos vidas por una simple sospecha de abuelo desconfiado?

—Pero ¿Nerea aceptó que la visitaras pasado mañana?

—Eso dijo.

—Entonces, eso haremos. —Levantó la mano, un gesto absurdo para acallar las protestas de Gordobil, invisible al otro lado de la línea—. Hasta pasado mañana la cuidará muy bien, para que la encuentres en buen estado. Y con lo que veas, ya decidiremos.

—Pero ¿a ti quién te ha dicho que voy a volver pasado mañana? Y en cualquier caso, lo único que veré será una obra de teatro.

—Claro. Pero eso no te va a engañar. Enseguida descubrirás qué se esconde debajo de la actuación.

Sí. Nekane sabía que era cierto. No le pareció que Nerea Goiri pudiera ganarse la vida como actriz. Además, esperaba la visita de una asistente social cuyo único interés era rellenar una ficha para su expediente, no la de una suboficial de la Ertzaintza investigando un caso de malos tratos. Sin darse cuenta, se encontró afirmando con un gesto de cabeza, aceptando a su pesar el rol que Arechabala se empeñaba en endosarle.

—Vale. Esperaremos al miércoles.

—Perfecto. Muchísimas gracias, de verdad. Por cierto, si mañana no tienes nada que hacer, ¿te gustaría acompañarme a Balmaseda?

15

Cada día estaba más harta de la carretera. Las últimas curvas de La Escrita, cerradas sobre sí mismas como un avaro desconfiado, escondían en los arcenes trampas de hielo que la temperatura no ayudaba a deshacer. Y ni siquiera se trataba del tramo más peligroso de un trayecto sembrado de curvas sin visibilidad, estrechamientos de calzada y camiones madereros. Alcanzó la cima del puerto, señalizó y tomó el sendero de gravilla maldiciendo una y mil veces la ceguera que la llevó a comprar Ilbeltza.

Maldiciendo a Lola por haberla convencido.

Por haberla abandonado.

La casa la recibió con el calor de los radiadores programados, aroma a leños viejos y la sensación de que las paredes rezumaban un hastío insoportable. Los largos dedos de los manzanos rasgaban la noche con uñas temblorosas. Agurtzane Loizaga recogió la bolsa del pan, cerró la puerta y se derrumbó sobre la butaca. Rodeada de recuerdos de otra vida, de mujeres que sonreían a la cámara desde playas de arena dorada y olas ribeteadas de blanco y verde, era incapaz de reconocerse en aquellas imágenes cercanas que remitían a otra dimensión. La sonrisa de Lola, inmensa en ese Cádiz que la cámara apenas lograba contener, llenaba la estancia de desdeño juvenil, y mientras rellenaba de pacharán un vaso usado pensó que era la sonrisa de una mujer segura de sí misma, una mujer consciente de su poder, de la magia de su piel canela. Cerró los ojos, pero la sonrisa seguía ahí, burlándose de su amor apasionado, de su crónica estupidez.

Los abrió cuando escuchó el crujido. Un sonido claro, nítido. Reconocible.

Arañazos en la puerta principal.

Con toda la cautela posible, dejó el vaso sobre la mesita, se incorporó renqueante como una anciana y se acercó a la entrada. Algo rascaba contra la madera, algo buscaba la forma de introducirse en el caserío, en la fortaleza donde Agurtzane se sentía cada vez más frágil e indefensa.

Las piernas le pesaban mientras, obligándose a afrontar el vacío del recibidor, recordaba noticias recientes de una amenaza real, sin relación alguna con las pesadillas provocadas por la ausencia de Lola. Había lobos en Karrantza, o eso acostumbraban a denunciar los ganaderos en ruedas de prensa ilustradas con decenas de imágenes de ovejas degolladas, prados salpicados de sangre y vísceras dispersas. Crónicas que, hasta entonces, solo sirvieron para que Lola, fingiendo un temor que no tenía, se arrebujara entre sus brazos en busca de una protección que pronto derivaba en sexo. No. Nunca temió la visita de los lobos. Pero eso era antes. Ahora, sin más compañía que sus miedos, se sintió arrollar por su fragilidad. Secuencias de películas de la infancia regresaron a toda velocidad. Y aunque los zarpazos no parecían de un animal de gran tamaño, saberlo no sirvió para mitigar el temblor de sus piernas. Sin ruido, alcanzó la puerta y pegó el rostro a uno de los estrechos cristales que la flanqueaban.

Y suspiró.

No se trataba de lobos, ni de ninguna otra de las amenazas inventadas en los últimos segundos. Desaliñado como un peluche arrojado a la basura, un felino de pelo gris afilaba las uñas contra la madera.

Micifuz.

Se apresuró a abrir, recogió al gato y, estrechándolo contra su jersey, salió en busca del coche de su novia. Pero no encontró nada. Ningún resplandor rasgaba las tinieblas, ningún motor se acercaba jadeando entre los baches. Micifuz se debatía contra su pecho, ansioso por correr hasta la esquina donde, vacío, permanecía su comedero, y Agurtzane comprendió que llevaba tiempo sin probar bocado.

Lo secó de forma apresurada, llenó un plato de leche, otro de pienso, y se precipitó camino del garaje sintiendo en el vientre un dolor cada vez más agudo. El Mercedes descansaba obediente en su plaza, goteando todavía sobre el cemento del suelo. Junto a él, una carretilla olvidada por los albañiles, el cortacésped sin estrenar, con la factura aún adherida a la empuñadura, y el hueco dejado por el Mini de color pistacho. De frente, la estantería abarrotada de latas, herramientas que no pensaba utilizar, bombonas de camping gas, y recuerdos embalados de su vida anterior. En lo más alto, tan a la vista que hasta entonces no se percató de su presencia, el transportín de Micifuz.

Lola no se llevó al gato. Las pruebas estaban ahí, ciertas y tangibles. Y, sin embargo, costaba creerlo. Lola nunca se alejaba del minino. Con él se mudó de Cádiz a Bilbao, y de Bilbao al alto de La Escrita. Con él fueron de vacaciones a Lanzarote, a Mallorca y, finalmente, a Tarifa. Y cuando Agurtzane regresó sola al frío desdén de la facultad, Micifuz permaneció en la caravana donde su dueña prolongó el estío durante dos meses más.

La posibilidad de que el gato se escapara durante una parada improvisada en algún lugar no demasiado lejano se diluyó ahogada por la realidad, tangible como un producto *made in China*: Lola no se llevó el transportín porque no se llevó a Micifuz.

Incapaz de sacudirse al animal, que, saciado el hambre, acudió a enredarse entre sus piernas, ascendió con torpeza las escaleras. En la segunda y última planta del caserío reconvertido en chalet estaba el dormitorio principal, una estancia gigantesca de amplios ventanales abiertos al valle, un baño con jacuzzi y el vestidor sin la ropa de su novia. Dos habitaciones pequeñas lo flanqueaban, dos estudios donde cada una buscaba refugio cuando el aburrimiento o las obligaciones las empujaban a separarse durante lapsos cada día menos breves. Agurtzane reservó para sí el de la izquierda, una estancia abarrotada de libros y archivadores. En la otra, cuya ventana se asomaba a la mole del Armañón, Lola instaló una pantalla que ocupaba la mitad de la pared. Allí conectó la Wii, la PlayStation y el iPad. Era el lugar donde le gustaba esconderse, un lugar ahora desangelado. No estaban la Wii, el iPad ni la PlayStation. Tampoco la guitarra, ni la flauta travesera. En los cajones de la mesa quedaban trastos de apariencia irrelevante: apuntes de economía, bolígrafos mordisqueados, cuadernos en blanco, CD pirateados, un iPod sin auriculares y, al fondo, medio oculto bajo un montón de cargadores, un ordenador portátil muy pequeño que quedó arrinconado en cuanto Agurtzane le regaló el iPad. Basura. Objetos desechables que dejó atrás antes de irse. Como Micifuz. Como ella misma.

Derrotada, se sentó sobre la alfombra y permitió al animal acurrucarse contra ella. ¿Por qué no abandonarlo también a él? ¿Acaso no era obvio ese egoísmo con el que sembraba de sal la tierra que pisaba?

Aburrido, el gato clavó las uñas en la alfombra, abandonó el abrigo de sus piernas y se coló debajo de la mesa. Con el estómago lleno y el cuerpo templado, las ganas de curiosear regresaban con fuerza. Agurtzane le observó sin interés, envidiando su capacidad de pasar página con solo un bol de leche y unas caricias. Pero el objeto con el que jugaba atrajo su atención.

Un móvil.

Pero no cualquier móvil. Era el iPhone que ella le regaló. El teléfono del que no se separaba ni para ir al baño.

Era difícil imaginar a Lola marchándose sin su gato. Pero sin ese móvil, era imposible.

No, al menos, si lo hizo de forma voluntaria.

MARTES

3 DE FEBRERO DE 2015

16

Bajo la suntuosidad de los edificios religiosos, Osmany Arechabala solía percibir la esencia del sudor, la sangre y la miseria de quienes se vieron obligados a priorizar la gloria de la Iglesia a cuestiones banales como dar de comer a sus familias. Pero en aquel viejo convento olía a café y a cruasanes, y entre las mesas dispersas por el claustro ardían unas estufas de butano cuyo calor le hizo olvidar que, sobre los montes que ahogaban el valle, la niebla y la nieve tiznaban unas cumbres demasiado cercanas. Así que decidió aparcar las disquisiciones anticlericales para otro momento.

Como era de esperar, Nekane Gordobil se negó en redondo a acompañarlo a Balmaseda. Cuando le explicó lo que quería, colgó sin darle tiempo a argumentar en su defensa. El mundo se desplomaba en torno a ella, y un individuo apenas conocido exprimía su amistad con el oficial Jon Larralde para pedirle, uno tras otro, favores fuera de lugar.

Una vez se deshizo del cubano, la suboficial buscó en el bolso la caja de Dolocatil y, con ella en la mano, dedicó a la pantalla muda del televisor una mirada de agotamiento. El salón parecía achicarse, absorber un aire que no lograba respirar, asfixiada entre polvo y destierro. Abrió la ventana y dejó al frío de la noche adueñarse de la estancia. ¿Qué iba a hacer todo el día allí encerrada? ¿Y el siguiente? ¿Y el otro? El repentino vacío de su vida, la locura que acechaba entre esas cuatro paredes, la golpeó con todo su peso. No podía regresar a su casa. No podía espiar a su hija desde la distancia, como llegó a plantearse en plena frustración. Pero necesitaba hacer algo. Más resignada que animada, tomó el móvil, memorizó en la agenda el número de la última llamada entrante y pulsó el botón de rellamada.

Y ahí estaba. En Balmaseda. Un municipio que apenas conocía enclavado en el extremo occidental de Bizkaia, demasiado rural y monacal para encontrarse a solo media hora de Bilbao. Sin ganas de participar en la conversación, se dedicó a masticar un pincho de tortilla mientras repasaba una vez más la última conversación con su marido.

—Me ha dicho que si no le doy más dinero, lo consigue haciendo un par de mamadas por ahí.

Nekane guardó silencio ante su tono lastimero. No podía permitir que la oyera llorar. No podía dejar que el miedo la anegara, que las pesadillas donde Izaro aparecía desmadejada en una esquina, a veces violada y asesinada por sombras de formas cambiantes, a veces con una jeringuilla en el brazo y una baba espesa en la comisura de los labios, se adueñaran de su voluntad. No podía, porque Lluís era débil. Era tan débil que, sin su apoyo, sería capaz de claudicar ante el primer farol lanzado por la niña.

No permitió a su voz traslucir ninguna duda.

—Ni caso. Ni un euro. Que sepa que su actitud no merece pagas.

Tardó mucho en responder. Nekane lo imaginó doblado sobre la mesa, estudiando la pantalla del ordenador con las gafas clavadas al puente de la nariz, buscando entre unos y ceros un valor que nunca tuvo. Pero no tardaría en seguir con sus quejas. No tardaría en deslizar, sin llegar a mencionarlo, que Nekane tenía la culpa de una situación llevada al extremo por su intransigencia.

Y a ella no le quedarían fuerzas para contradecirlo.

—También dice que llegará a casa cuando le dé la gana. Que si me pongo borde, se da un golpe en la cara y vuelve donde la jueza para librarse también de mí.

—Ojalá.

—¿Cómo dices?

Comprendió que se tomaba la respuesta como algo personal.

—Ojalá sea tan tonta. Así no va a engañar a ningún forense. Con un poco de suerte, la jueza se daría cuenta de que metió la pata al alejarme de mi hija.

Volvió el silencio. Volvió el temor del hombre a enfrentarse a una adolescente cuyo cariño y obediencia dio siempre por sentados, el pánico de la mujer a las calles vacías, al veneno de la libertad prematura. Volvió el silencio, regresó la lluvia, y la suboficial Gordobil se recluyó en un mutismo que la acompañó durante toda la mañana.

—Estás muy callada, Nekane. ¿Te pasa algo?

—Nada. Pensaba en mis cosas, solo eso.

Cuando accedió a acompañar a Arechabala a la comisaría de Balmaseda, Nekane contactó con la única persona que conocía en aquella plaza. María López Rutherford fue una amiga inseparable en la academia de Arkaute durante los largos meses de formación previa al ingreso en el cuerpo. El tiempo y los destinos las fueron distanciando, pero la amistad pervivía como perviven los buenos vinos: reposada y sincera. La agente estaba de baja, de modo que se citaron en el único hotel de la villa. Pasaron revista a sus familias, a sus hijos y a la facilidad con que una donostiarra como ella se había adaptado a la vida de aquel pueblo diminuto. Compartieron chanzas sobre su paso por Arkaute, evocaron a compañeros que en el origen de los tiempos les parecieron atractivos y ahora solo podían presumir de los implantes de cabello perpetrados en Turquía, rieron un poco y dejaron languidecer una conversación lastrada por la desidia de Gordobil.

—Estoy bien, de verdad. —Sonrió, y la tirantez de sus labios confirmó que la frase distaba mucho de ser verdad—. Pero era Arechabala quien quería hablar contigo.

Para Osmany, saber que Gordobil tenía una amiga en la comisaría de Balmaseda fue un alivio. Bastarían unos minutos de conversación lejos de las tiranteces de los conductos oficiales para confirmar a Valenzuela que la Ertzaintza no disponía de más datos que los que hicieron llegar a la embajada. De modo que, levemente incómodo por la hosquedad de Nekane, se dispuso a explicar los detalles de una búsqueda indigna de tal nombre.

—Recuerdo a la mujer. —Rutte sonreía mientras, inclinada sobre la mesa, enredaba los dedos en su largo cabello pelirrojo—. No hay tantas cubanas en Balmaseda. En cualquier caso, a Panza lo conocía todo el mundo.

—Su marido.

—Sí. Era un individuo muy raro. Se pasaba el día en el monte, con las vacas. Apenas bajaba al pueblo, y era dificilísimo arrancarle más de tres palabras. Iba siempre oliendo a estiércol, sin afeitar, sin peinarse. Los críos le tenían miedo.

—¿Y de ella? ¿Me puedes decir algo?

La agente removió los restos de la infusión, se llevó la taza a los labios y, tras un breve sorbo, la devolvió a la mesa. Intentaba recordar. A juzgar por su expresión, no le resultaba sencillo. Idania no debió de dejar en Balmaseda mucho rastro de su paso.

—Bastante poco, la verdad. En su momento hubo bromas, ya sabéis, pullas contra Panza por haberse ido a Cuba a buscar esposa y volver con esa. —El rubor tiñó los lóbulos de sus orejas mientras, avergonzada, jugueteaba con la cucharilla—. No era una belleza, la verdad. Estaba bastante rellenita, no era guapa, y tampoco era una de esas crías que se van con cualquiera por dinero. Bueno, eso se decía. —Su voz se apagaba a medida que hablaba—. Creo que estaba más cerca de los cuarenta que de los treinta.

Osmany no dijo nada. De jineterismo sabía más de lo que hubiera querido. Imágenes de Camilo, algunas reales, otras inventadas, se agolparon en su mente: Camilo y sus amigos bajando cada noche a Trinidad, regresando de día, envueltos en aromas a sexo y a dinero fácil; Camilo abandonando la universidad, rechazando un empleo digno porque en una noche jineteando ganaba más que un galeno en todo un mes; Camilo presentándole a Nerea, una mujer agostada, de mirada huidiza, y la decisión de sacarlo de la isla impresa en sus temores. Conocía la realidad de muchos jóvenes cubanos, y las expectativas de la pléyade de cazadores extranjeros que desembarcan en la isla oteando el horizonte en busca de una pieza. Al parecer, Idania estaba lejos de encarnar el ideal de aquella caza. De ahí las burlas de quienes no ven más allá de su miopía.

—La embajada de Cuba os pidió datos sobre su desaparición.

—Cierto. —Rutte arqueó las cejas y contuvo un bostezo—. Pero no había ningún dato. No hubo ninguna denuncia. Sé que un compañero habló con las Veletas, las ancianas a las que cuidaba. Ellas le confirmaron que hablaba de irse a Madrid. Accedieron al caserío y, por lo visto, en los armarios no había ropa de mujer. La chica cogió sus cosas y se marchó.

—¿Accedieron al caserío? —Nekane, que seguía la conversación con apatía, regresó desde algún lugar desconocido—. ¿Pidieron una orden de registro sin una denuncia formal, solo para un informe?

—No me acuerdo. Hombre, eso se lleva desde inspección. Yo siempre estoy en recepción. Mi espalda, ya sabes… —Parecía buscar en su vieja amiga una aprobación que, intuyeron, tal vez no hallara en comisaría—. Pero juraría que no. Me parece que les abrieron la puerta.

—¿Algún vecino?

—¡Imposible! —exclamó sin poder reprimir una carcajada—. No. Panza jamás dejaría las llaves a sus vecinos. A ningún vecino. No. Si de verdad les abrieron, serían los herederos. Que yo sepa, Panza tenía un hijo en el extranjero. No sé. A lo mejor fue la inmobiliaria.

A Osmany no le quedaba nada por decir, ninguna pregunta por plantear, ninguna duda que no pudiera rebatir a Valenzuela. Nekane, con la barbilla en el pecho y las manos cruzadas sobre el regazo, estaba muy lejos del pequeño claustro donde desayunaban. Rutte se terminó la infusión y, sin ganas de romper un silencio en modo alguno desagradable, pasó revista a lo poco que sabía de la cubana, a los rumores despectivos que corrieron de boca en boca la primera vez que Panza apareció con ella por el pueblo, a las dos o tres veces que se la tropezó en la panadería o en la cola del Eroski. Y recordó la última vez que la vio.

—Ahora que caigo… Por esas fechas, Idania vino a poner una denuncia.

Osmany alzó la cabeza, sorprendido.

—¿Una denuncia? ¿Por qué?

Rutte se encogió de hombros.

—Ni idea. Ya os he dicho que yo estoy en la puerta. Vino, tomé nota de sus datos, la pasé adentro y ahí la recibieron. No sé más.

Osmany sorprendió la extrañeza en la mirada de Gordobil. Que Idania desapareciera poco después de interponer una denuncia podía no significar nada, o podía significar mucho.

—¿Y no te acuerdas de nada más?

Rutherford negó con un gesto.

—No. Ahora mismo, no. Pero puedo preguntar. Si me pasas tu teléfono, te digo si averiguo algo.

El cubano sacó el móvil y, con ayuda de Gordobil, buscó su propio número. Rutte le hizo una llamada perdida y los tres saltaron de sus asientos cuando el smartphone comenzó a vociferar que «Emiliana es una cubana que en el albergue es fundamental». Nekane dejó escapar una risita, la primera en mucho tiempo, y Arechabala sonrió recordando tiempos amenizados con la música de Carlos Puebla. Pero cuando Rutherford se levantó para pagar, comprendió que no podría enfrentarse a Valenzuela sin saber para qué fue su hija a comisaría.

Ibon Garay dejó una barra en la bolsa que Agurtzane Loizaga colgaba cada mañana de la puerta y, aprovechando el refugio ofrecido por el balcón, se dejó llevar por la tentación de un cigarrillo. Llevaba meses luchando contra aquel vicio, demasiado caro para unos ingresos cada vez más exiguos y aleatorios, pero la nicotina solía imponer su dictadura. De modo que sacó el paquete de Ducados, se prometió a sí mismo no comprar otro en toda la semana y, tras una larga calada, se recostó contra la pared y estudió el paisaje que rodeaba a Ilbeltza.

Una hilera de manzanos desnudos flanqueaba la pista de gravilla que moría frente al caserío, un río de piedrecitas desaguando en el mar de una explanada cuyos límites se confundían con los charcos. El rojo brillante de su Citroën Berlingo era la única nota de color aquella mañana en la que hasta el verde de los campos se rendía a la evidencia del invierno. La lluvia caía con la apatía de cada jornada. Había niebla en torno a Peña Jorrios y sobre el valle que La Escrita dominaba con arrogancia de pedernal. Apuró el cigarrillo, guardó la boquilla en el paquete y permaneció unos segundos disfrutando del rumor del aguacero. A pesar del buen gusto de la reforma, del lujo de los miradores, de la elegancia de la puerta principal y del aroma a dinero que flotaba en cada detalle, aquel era un lugar triste. Conocía a ambas mujeres, a la catedrática de treinta y muchos que contrató los servicios de la panadería, y a la jovencita que solía recibirlo en camisón o envuelta en una toalla que desnudaba sus muslos hasta muy arriba, y era incapaz de comprender por qué vivían allí, aisladas del mundo, rodeadas de montaña, viento y humedad.

Solas.

Con un suspiro de desgana, regresó a la furgoneta. La erección golpeaba contra los vaqueros y, por un momento, la tentación de masturbarse allí mismo le llevó a rozar la bragueta con los dedos. Sin embargo, supo contenerse. Su maestro le educó en la necesidad de pensar antes de hablar, pero los años le enseñaron a pensar antes de actuar. Así que se limitó a accionar el contacto y maniobrar frente a la entrada sin dejar de preguntarse si era normal que no fuera el recuerdo de la joven gaditana lo que le excitaba.

17

Agurtzane Loizaga abrió la ventana de su despacho en la facultad de Sarriko y se apoyó en el alféizar, ajena a la lluvia que oscurecía las mangas de su jersey. Necesitaba el frío. Necesitaba calmar la ira, la vergüenza, que le abrasaban desde que salió del edificio de la Ertzaintza en Balmaseda.

¿Qué haces cuando acudes a denunciar la desaparición de tu pareja y el policía que te atiende no se molesta en disimular que no se cree ni una palabra? Agurtzane cerró los ojos tratando de contener unas lágrimas que llevaban horas agazapadas tras sus párpados, pero solo consiguió revivir, de forma casi cinematográfica, la humillación vivida en comisaría.

El oficial que la atendió pasaba ampliamente de los cincuenta años. Calvo y con un difuso aire de monje benedictino, le pareció muy amable cuando la invitó a pasar a su cubículo.

¡Qué equivocada estaba!

—Entonces... —un suspiro de resignación, el bolígrafo rasgando los incisivos—, su amiga desapareció de su domicilio llevándose el coche y todos sus objetos personales. Sin embargo, usted cree que ha sido secuestrada porque se dejó el móvil —concluyó señalando el iPhone de Lola, encerrado en una bolsita de plástico transparente.

—Mi novia —Agurtzane remarcó la palabra, el significado que el *ertzaina* pretendía arrebatarle— jamás se separaba de su móvil. Ni de su gato. Estoy segura de que no se fue de forma voluntaria.

Cerró la ventana y regresó a la mesa de trabajo. El frío se había adueñado del despacho, el mismo frío que resbalaba desde el Armañón para envolver el caserío en una viscosidad espesa. Lola se quejaba del frío. A todas horas. Mudarse a Ilbeltza en pleno otoño, cuando los manzanos no lucían flores blancas de optimismo sino frutos podridos que llenaban la tierra de su aliento dulzón, fue un error. Pero no podía culpar al invierno de la fuga de su amante. Ya no. Aunque debió comprenderlo mucho antes.

—¿Y por qué ha dejado pasar tanto tiempo?

El oficial no se molestó en disimular un desdén rayano en la grosería. Sus labios esbozaban una sonrisa más amplia y más falsa a cada segundo que Agurtzane demoraba su respuesta.

—Insisto. Afirma que el viernes por la noche alguien estuvo merodeando por su chalet. ¿Por qué ha tardado tanto en denunciar?

—Entonces no le di importancia. Pero ayer, cuando descubrí que Lola no se había llevado su móvil…

—¡No le dio importancia! —El *ertzaina*, cuyo nombre era incapaz de recordar, se llevó las manos a la cabeza en un manido gesto teatral—. Vive sola, aislada en la montaña, y que un fulano armado la acose por la noche no le parece importante. Pero —su voz recuperó el tono serio del principio, un tono en cierto modo inquisidor— que su amiga se deje el móvil cuando se larga con el resto de sus cosas le parece motivo para interponer una denuncia.

Poco a poco, el radiador fue ganando la batalla al breve aliento invernal que perduraba en el despacho. Removió sin ganas las carpetas repletas de apuntes, exámenes y proyectos de investigación, y encendió el ordenador. No podía dejar de pensar en lo insignificante que le hizo sentirse aquel individuo endiosado por el peso de una placa. Firmó la denuncia con trazos temblorosos, el rostro ardiendo y algo denso aflorando a las pupilas. Recogió su copia y abandonó una comisaría donde llegó a creerse culpable de delitos que no sabría precisar. Llovía. Las gotas difuminaban un paisaje de edificios anónimos y montes anegados de humedad. Y decidió que no importaba. La inacción de la policía, el desprecio del oficial, las acusaciones veladas, nada de eso importaba. Lola había desaparecido. Y aunque no contara con la ayuda de la Ertzaintza, Agurtzane Loizaga pensaba dar con ella.

O con su asesino.

18

Las Veletas, las hermanas Socorro y Herminia Sarachaga, estaban en el mismo salón, en el mismo sillón, junto a la misma ventana, donde las dejó dos días antes. Herminia oteaba a través de los cristales con la mirada huidiza de un animal acostumbrado al palo y las cadenas. No paraba de murmurar algo ininteligible a espectros que solo ella veía, actores de una obra cuyo telón cayó tiempo atrás. A su lado, Socorro mantenía una mano aferrada a la de su hermana mientras atendía a un culebrón *made in Spain*. Sonrió al ver a Osmany, pero no pudo disimular que las desdichas amorosas de las muchachas que ocupaban la pantalla eran más importantes que sus preguntas.

En realidad, solo fue una pregunta.

—No. —Sacudió la cabeza, ansiosa por regresar al refugio de la ficción—. Nunca supe que Idania pusiera una denuncia, ¿verdad, cariño? —Palmeó el brazo de Herminia, que giró la cabeza y susurró algo sobre Nélida antes de volver a concentrarse en su reflejo—. Nunca nos contó nada.

Eso fue todo. Osmany pensó en quedarse unos minutos, en revestir de cortesía aquella interrupción de sus rutinas. No lo hizo. Era obvio que la televisión abducía a la anciana con casi tanta intensidad como el alzhéimer a su hermana.

Salió y lanzó un vistazo al acero bruñido que tapizaba el cielo. Con la ligereza del ignorante, decidió que aguantaría sin llover. Se cerró el poncho de agua sobre la chaqueta y comenzó a ascender la carretera que moría en Pandozales, el lugar donde se perdió el rastro de la cubana.

La puerta se abrió sin ofrecer resistencia. Los años de abandono no habían conseguido fosilizar los goznes, que se limitaron a protestar con un chirrido cuando Arechabala forzó la cerradura. Los árboles reclinados sobre la trocha de acceso improvisaban el parapeto necesario para trabajar sin temor a interrupciones. Hacía horas que no llovía, pero las nubes rozaban las copas de los pinos dibujando tinieblas en pleno atardecer. Osmany accedió al interior, se quitó el chubasquero, un plástico comprado en un Todo a Cien, y cerró con la esperanza de que la vivienda retuviera algo de un calor que no dejaba de añorar.

Una esperanza vana, se percató cuando vio que los fantasmas exhalados entre los dientes se enredaban en las telarañas de las vigas.

Aunque pudo llegar sin mojarse a la que fue la vivienda de la hija de Valenzuela, desde los montes bajaba un viento empeñado en torturarlo con recuerdos de Leningrado, exageraciones de una mente que nunca reaccionó bien a las temperaturas extremas de la Unión Soviética. Equiparar el invierno cantábrico al averno azul del Báltico era solo el reflejo de su edad. Y cuando comprendió que añoraba el calor de la residencia recién abandonada, sacudió la cabeza, furioso consigo mismo, y comenzó a buscar.

Nekane Gordobil daba vueltas en torno a la mesita incrustada entre el sofá y un mueble que debió de pasar de moda a mediados del siglo XX. Los sonidos de la calle, el petardeo de las motocicletas, el rugido de los camiones de reparto, los gritos en idiomas indescifrables languidecían bajo el estruendo del granizo. Se alegró de haber llegado a Bilbao antes de que estallara la tormenta. También de que Osmany prefiriera quedarse en Balmaseda, lo que le permitió llamar a Lluís apenas se montó en el coche, una llamada que precisaba desde el momento exacto en que colgó la anterior.

—Se ha levantado a las doce. —Hacía meses que su marido trabajaba desde casa, una buena forma, pensaron entonces, de mantener bajo control a una niña que comenzaba a desmadrarse—. Ha desayunado y se ha marchado sin darme los «buenos días». No ha venido a comer.

Ella recreó la escena sin necesidad de esforzarse lo más mínimo: Lluís encerrado en su despacho, perdido en las tripas de alguno de esos programas incomprensibles por cuyo desarrollo tanto le pagaban, mientras la niña trasteaba en la cocina. Lluís alzando la cabeza con gesto de sorpresa al escuchar el ruido de la puerta cuando se cerró tras los pasos de Izaro. Contuvo un bufido de frustración.

—¿Qué ropa llevaba?

—¿Cómo?

—¿Qué se ha puesto? Habrás hablado con ella después de que se vistiera, ¿no?

Se sintió cruel por imponerle una introspección que era incapaz de llevar a cabo por sí mismo.

—No. Sí. Bueno, la he visto por la ventana. —El gruñido de Nekane le llegó con tanta claridad que le pareció sentir su aliento golpeándole la oreja—. ¡Cómo quieres que vaya vestida! ¡Si la dejas comprarse ropa de puta, se vestirá de puta! Y eso que hace un frío de la leche.

Sin molestarse en retener las lágrimas, se acercó a la ventana y lanzó un vistazo al exterior. En la esquina de Bailén, cuatro africanos estudiaban el vacío de la calle con una indiferencia hilarante de tan falsa. Una vez más, se preguntó cómo era posible que no supieran que los estaban grabando. Una de las cámaras que peinaban por completo aquella África en miniatura enfocaba a ese cruce donde Bailén y San Francisco confluían en un abrazo teñido en dejadez. En comisaría estaban bastante seguros de que se trataba de carne de cañón, pringados para mantener entretenidos a los agentes de la Ertzaintza con un modesto trapicheo cuando, en algún lugar desconocido, las transacciones se pesaban en kilos y los pagos se realizaban en billetes morados y amarillos. Pero mientras el circo funcionara, mientras los medios publicaran cada cierto tiempo imágenes de negros y magrebíes esposados contra la pared, y los responsables políticos de la policía pudieran presumir ante la prensa de la eficacia de sus medidas, nadie se arriesgaría a cambiar nada.

María López Rutherford salió del polideportivo, confirmó que el paraguas era innecesario y caminó de regreso al centro de Balmaseda. Eider, su hija de siete años, pasaría una hora en clase de gimnasia rítmica, hora que Rutte solía dedicar a recorrer a paso ligero los tres kilómetros que forman el perímetro del pueblo. El médico decía que esos paseos, sin el peso de las compras o el agradable lastre de la mano de la niña, eran buenos para sus problemas de espalda. Sería verdad, claro, pero cuando, terminada la caminata, se sumergía en los vestuarios para recoger a la pequeña no se sentía mejor, sino todo lo contrario.

Dejó atrás la protección de las viviendas y sintió cómo arreciaba el viento. Aceleró, atravesó el viaducto y, casi a la carrera, recorrió el kilómetro que faltaba para volver a la zona peatonal, la vieja villa medieval de cuya antigüedad daban testimonio el trazado de las calles, la iglesia de San

Juan Bautista y el palacio de Horcasitas. En la verja de acceso, con esa expresión fúnebre de la que no lograba desprenderse, estaba su dueño, Ramón Echevarría.

A diferencia de la mayor parte de los vecinos, a Rutte no le impresionaba aquel hombre de bigote cerrado sobre los labios y ojos de gato hambriento. El reverencial respeto que le profesaban, la aceptación casi servil de cada una de sus sugerencias, le remitía a tiempos lejanos, cuando al señorito le bastaba con recordar a los labriegos sus amistades en el Gobierno Civil y la Comandancia Militar para gobernar comarcas enteras sin necesidad de ostentar cargo alguno. No había nada de eso, por supuesto. Se trataba de simple escenografía carente del sentido lúgubre de antaño. Pero, aun así, no le gustaba.

Dos hombres flanqueaban a Peseta. Reconoció al hijo por su parecido. Como todos en el pueblo, sabía que regresó de Arizona para el funeral de su madre, pero no había tenido ocasión de cruzárselo. Desde la distancia le pareció un hombre atractivo, pero no era joven. No lo suficiente para colmar los sueños de algunas de sus amigas, empeñadas en asegurar el futuro de sus hijas casándolas con el esquivo heredero de la familia Echevarría.

Al segundo lo conocía mejor. Se trataba de Boni Artaraz, fundador de una empresa de escoltas con quienes en el pasado se coordinaron para proteger a empresarios amenazados por ETA. Desde su labor administrativa, Rutherford apenas tenía relación con los aspectos operativos, pero sabía que tratar con Boni no era fácil ni agradable. Quizá por eso se llevaba tan bien con Ramón Echevarría.

—Hombre, guapa. ¡Qué casualidad! Estábamos hablando de ti.

Algo en esa voz, en la forma de estudiarla con la mirada, hizo que se llevara la mano a la bufanda, como si la aridez de su garganta se debiera al viento húmedo que les rodeaba.

—¡Qué honor, Ramón! —No había en su tono nada de la ironía que imaginó su cerebro—. ¿Por algún motivo en especial?

—No, nada importante. Por cierto, ¿conoces a mi hijo, el gringo? —Ella estrechó la mano de Ricardo sin prestar apenas atención a su saludo—. Supongo que no, porque llevaba seis años sin venir a vernos. Ha tenido que morir su madre para que se digne a aparecer.

Estuvo a punto de seguir su camino, evitando lo que parecía una disputa familiar. Sin embargo, no pudo evitar que la pregunta brotara de sus labios.

—¿Y por qué estabais hablando de mí?

—Bah. Simple curiosidad. Nos preguntábamos —abarcó a Ricardo y a Boni con un gesto de la mano— quiénes eran esos con los que estabas antes en el San Roque.

Rutherford se sentía a gusto en Balmaseda. Le gustaba su reducido tamaño, el ambiente de sus plazas y la amabilidad de los vecinos, que la saludaban como si la conocieran desde siempre. Pero jamás llegaría a acostumbrarse a la pérdida de intimidad que implica vivir en un pueblo. Se obligó a medir la respuesta.

—Unos amigos. Bueno, ella es amiga mía, de Arkaute. A él no le conocía.

Ramón asintió y se perdió en un inesperado mutismo, como si la mujer hubiera dejado de existir. Fue Ricardo quien la retuvo cuando amagaba con marcharse.

—Es que anteayer nos cruzamos con el negro en Los Fueros y estaba perdidísimo. No sabía ni cómo se llegaba a Las Laceras. Por eso nos ha extrañado volver a verlo.

Rutte asintió con una sonrisa.

—Sí, claro. No conoce nada de por aquí. Es amigo del suegro de Panza. Vive en Bilbao, y como la chica lleva años sin llamar a su familia, se ha acercado a preguntar.

Una ráfaga más fuerte sacudió la verja de acceso a la

mansión, arrancándole un gañido de tiempo y óxido. Ramón la contempló con el ceño fruncido, como si nunca hubiera oído chirriar aquella cancela centenaria, y estudió las nubes sin cambiar de expresión.

—Va a nevar. Mejor nos metemos en la casa. Imagino que le dirías —por segunda vez, Rutte se vio obligada a frenar sus pasos— que perdía el tiempo, ¿no? Hace mucho que esa mujer se fue de la villa.

Se encogió de hombros mientras, de forma alternativa, apoyaba su peso en una y otra pierna en un intento de contener el dolor de su espalda.

—Sí, claro. Pero aun así se empeñó en subir a echar un vistazo donde Panza.

—¿Un vistazo? ¿Qué significa echar un vistazo en casa ajena? Eso se puede considerar allanamiento.

La voz de Bonifacio Artaraz, imperativa y desdeñosa, la sorprendió mientras improvisaba una despedida. Se giró hacia él, repentinamente furiosa. No estaba dispuesta a permitir que le hablara en ese tono. Ni que pretendiera darle lecciones. De ningún tipo.

—Te recuerdo que soy agente de policía. Sé perfectamente lo que es un allanamiento, y sé perfectamente qué significa echar un vistazo. Si tú no lo sabes, te puedo recomendar un buen diccionario.

Boni no respondió. Dándole la espalda, hizo amago de decir algo a Ramón, pero este le hizo callar con un movimiento de la mano.

—¡Qué más da! Que haga lo que le apetezca. Pero ya puede darse prisa si no quiere que le pille el temporal.

19

Aunque el reloj de su móvil marcaba las siete y cuarto, era noche cerrada en Pandozales. Pero no era la oscuridad lo que preocupaba a Osmany Arechabala.

Era la nieve.

Concentrado en un registro infructuoso, no fue consciente del momento en que los primeros copos se desprendieron de las nubes, ni de cuándo su aparente fragilidad se transformó en una ventisca que tapizó de blanco los herbazales y escondió la huella del camino bajo una capa cada vez más alta y dura. Ahora, contrariado por haberse dejado atrapar en una jaula tan liviana como peligrosa, estudiaba la fuerza de la tormenta, repasaba mentalmente los horarios del tren, y dudaba entre arriesgarse a un constipado o una pulmonía para regresar a un apartamento donde nadie le esperaba, o acondicionar alguna estancia del caserío para pasar allí la noche.

Las paredes de la vivienda mostraban largas cicatrices por donde corrían las cucarachas, grietas que probablemente llevaban allí desde antes de la muerte de Panza. Las ventanas que daban a la parte trasera, al monte y al anonimato, estaban rotas, y sus cristales, dispersos por el suelo. Sin embargo, todavía era perceptible el rastro de quienes la habitaron, la huella ruda del hombre que amontonaba el estiércol contra el exterior de los muros, el aliento de la mujer que mantuvo la cocina a salvo de la dejadez de su marido. Encastrado en el mármol de la encimera, sobrevivía el viejo fogón de leña, cubierto de polvo pero sin una gota de grasa. A su lado, más moderna y peor conservada, una cocina de gas con la puerta del horno desencajada. En las alacenas quedaban platos desportillados, cubiertos oscurecidos por el tiempo, velas a medio consumir, una diminuta báscula veteada de orín y un par de vasos que dejaron de ser transparentes antes de que el olvido cayera sobre la casa. Una mesa, dos sillas roídas de polilla y un cesto donde encontró leña, periódicos y una caja de cerillas completaban el decorado. Con una sonrisa de gratitud, tomó una de las velas mediadas de la alacena y, siguiendo la vacilante guía de su luz, comenzó el registro.

Necesitó una hora de abrir armarios y cajones, hurgar en el hueco de la escalera, lleno de botellas cenicientas y arañas del tamaño de sus dedos, remover en los colchones, asomarse al depósito vacío del retrete y rebuscar en las estanterías de lo que parecía una despensa, para confirmar que la cocina era el único punto de interés del caserío. Según el informe de la Ertzaintza mencionado por Rutherford, no encontraron ropa de mujer en ningún sitio. Interpretando sus palabras de forma literal, debía suponer que, entonces, aún quedaban prendas del difunto marido. Ahora, sin embargo, no había nada. Solo bolas de pelusa y, en una esquina del cuarto de baño, el cadáver reseco de una rata.

Lejos de amainar, la ventisca arreciaba tiñendo de blanco los prados y de dudas los caminos. Evocó su desangelado apartamento de Bilbao, y decidió que no merecía la pena adentrarse en la tormenta para semejante recompensa.

La vieja cocina de carbón funcionaba perfectamente. Cuando el fuego comenzó a arder, cerró el tiro, se frotó las manos y, a falta de algo para cenar, decidió prepararse la cama. No había sábanas, ni mantas, pero tras echar un vistazo optimista a la leña del cestaño, concluyó que bastaría para dormir a pierna suelta.

El viento arrastraba ráfagas de nieve a través de las ventanas rotas del dormitorio, pero no le importó. Su intención era tumbarse en la cocina, al abrigo de la lumbre. Levantó el colchón tirando de una esquina, lo apoyó en la cama y, a falta de sacudidor, usó la mano para quitar las heces de roedor acumuladas en el centro. Fue entonces cuando el armazón se desplomó sobre la tarima con un estertor semejante al último adiós de un anciano.

Solo dedicó un segundo a evaluar el destrozo. El segundo que tardó en descubrir que, en su caída, una de las patas había desplazado la gruesa lama de madera sobre la que se apoyaba. El segundo que tardó en comprender que era eso lo que buscaba.

A ciegas palpó en el agujero, donde los insectos correteaban furiosos por su repentina intromisión, hasta dar con una funda de plástico ennegrecida por el tiempo. En su interior, en un sobre carcomido por las esquinas, encontró casi seis mil euros en manoseados billetes de veinte y de cincuenta, y un contrato fechado el 28 de noviembre de 2010 en una inmobiliaria de Balmaseda. Despacio, dejó resbalar su índice sobre el documento mientras leía que, en dicha fecha, Idania Valenzuela y un individuo llamado Manuel Larrinaga, imaginó que sería Panza, entregaban seiscientos euros en concepto de señal por la compra de un apartamento en Arrecife, en la isla de Lanzarote. El precio de la vivienda, cuya entrega se estimaba para principios de 2012, ascendía a ochenta y cinco mil euros. Para que la reserva fuera efectiva, los firmantes se comprometían a desembolsar el diez por ciento de ese importe en el plazo máximo de un mes a contar desde aquel día.

Separó el papel de la nerviosa luz de la vela, apoyó la barbilla contra el pecho y trató de hacer memoria. Creía recordar que el marido de Idania falleció en diciembre. Por tanto, no llegó a entregar ese diez por ciento. De ahí la presencia del dinero, casi seis mil euros ahorrados uno a uno, billetes arrugados, manoseados, rasgados por una esquina, reparados con celo o pegamento. El primer paso para escapar de aquel valle de niebla, donde la lluvia era la norma y el calor, una excepción. Imaginó que se trataba del sueño de Idania, un sueño truncado por el accidente de su esposo, despeñado en una de las pistas que horadan las laderas del Kolitza. ¿Qué hacía ese dinero ahí? ¿Panza era el típico avaro que escondía los ahorros incluso a su mujer? Suspiró, se guardó el sobre y el contrato en el bolsillo interior de la chaqueta, y se dispuso a cerrar el escondite. Pero entonces, al fondo del agujero, vislumbró un escudo dorado que reconoció al instante. Y no pudo evitar preguntarse cómo diablos se las iba a arreglar para explicarle a Vladimir Valenzuela que su hija había muerto.

Después de colgar, María López Rutherford permaneció largos minutos pendiente del cuadrado de negrura y nieve que ocupaba el centro del dormitorio. Copos del tamaño de un puño se estrellaban contra los cristales, empujados por el vendaval que azotaba la vivienda. Aquella ventana no estaba orientada hacia el pueblo, sino hacia el monte, lomas erizadas de pinares como olas superpuestas hasta alcanzar la cima del Kolitza. El barrio de Pandozales distaba mil quinientos metros a vuelo de pájaro, aunque la distancia por carretera era casi el doble. Allí, en Pandozales, había una diminuta ermita dedicada a San Isidro. Allí vivían algunos de sus amigos, para quienes la sosegada vida de la villa era demasiado estresante. Y, por algún motivo que no acertaba a comprender, allí estaba todavía el cubano que conoció aquella mañana, el amigo de Nekane Gordobil.

Los gritos de Eider y su padre rebotaban contra las paredes de la cocina. La niña no quería cenar. Andoni quería que cenara. Sacudió la cabeza e hizo el gesto de incorporarse, pero regresó a la pantalla del smartphone. A diferencia de la amena conversación del hotel, la llamada de Arechabala le había dejado una sensación siniestra, una inquietud indefinible. Cerró los ojos y trató de reconstruir la conversación, pero las palabras recién escuchadas se diluían en el tono fúnebre de su interlocutor.

—Es importantísimo. Necesito que hagas memoria, que recuerdes por qué fue la Idania a tu comisaría.

—Pero no se trata de recordar, Osmany —protestó sin comprender la insistencia del cubano—. Yo no la atendí. No hablé con ella. Anoté sus datos y la pasé con un compañero.

—¿Y no puedes hablar con ese compañero? No sé, preguntarle qué fue a denunciar. O pedirle que me deje hablar con él.

—No sé quién fue. En comisaría hay unos cuantos oficiales y suboficiales. Y en estos años han rulado bastante. No tengo ni idea.

—¿Y en el ordenador?

Ahora fue Rutte quien alzó el tono:

—¿Perdona? ¿Me estás pidiendo que me cuele en nuestra base de datos para darte información privada? ¿En serio?

—Lo siento. —Osmany reculó a toda velocidad—. Lo siento, no tengo derecho a pedirte esto. No tengo derecho a pedirte nada. —Un silencio breve, dejar que las disculpas surtieran efecto, que Rutte bajara la muralla erigida por su ineptitud—. Mira. Estoy acá, en la casa donde vivía. No creo que la tormenta me deje salir esta noche.

—Igual sería mejor que no confesaras eso a una agente de la Ertzaintza.

Osmany tragó saliva. Sin embargo, en la voz de la mujer le pareció intuir la sombra de una sonrisa, y decidió seguir:

—El caso es que tengo en la mano el pasaporte de la Idania. Su pasaporte en vigor, sin caducar. Una extranjera no se deja el pasaporte cuando se muda a otra ciudad.

La nieve seguía reventando contra los cristales mientras las palabras de Osmany calaban en su conciencia. Permaneció unos segundos pendiente del teléfono, de la última llamada registrada en la lista de entrantes. Por fin, deslizó un dedo por la pantalla, abrió el teclado y marcó un número que no necesitaba consultar.

20

Por enésima vez aquella noche, Izaro se preguntó qué hacía allí, recostada contra una de las puertas de acceso a la estación de Atxuri, mareada y muerta de frío mientras Jero la manoseaba por debajo de la minifalda. La lluvia reventaba contra el asfalto, como si el agua contuviera en su interior cristales sólidos de hielo. No era nieve, pensó mientras trataba de mantener aquellos dedos rollizos lejos de la tela de sus bragas. No era nieve, no era granizo. Entonces ¿por qué parecía sólida?

La propia pregunta hizo que comprendiera que había fumado demasiado. Brillante descubrimiento. Llevaba fumando marihuana y bebiendo alcohol desde por la mañana, desde que, en compañía de Egoitz, Eva y Jero, decidió disfrutar hasta sus últimas consecuencias de la libertad certificada por la jueza.

Jero, el único mayor de edad, era quien entraba en el supermercado en busca de bebida. Él se ocupaba de hacer durar el dinero, de convertirlo en licores de gusto dulzón, tabaco y marihuana. Izaro sospechaba que ni él ni su hermana aportaban al fondo común, pero no le importó. Si invitar a beber a unos amigos era el precio a pagar por ser feliz, no tenía problemas en pagarlo.

Y, además, estaba con Egoitz.

Lo único malo, pensaba mientras bebía a morro de una botella de whisky barato, era que a Egoitz le gustaba Eva.

Todo se reducía a eso. Egoitz, su amigo desde siempre, el que, en la insondable lejanía de cinco meses atrás, le dio su primer beso de verdad, un beso de esos en los que las lenguas se entremezclan y los pezones se erizan pidiendo algo que no supo descifrar, perdió la cabeza cuando comenzó el curso. Porque en el patio conoció a Eva. Y se olvidó de lo que, con la timidez de la adolescencia, comenzaba a construir con ella.

A duras penas consiguió librarse de la mano de Jero y encogió las piernas bajo su cuerpo. Estaba helada. La camiseta ceñida y escotada, la falda sin medias y los zapatos de tacón no eran prendas adecuadas cuando las temperaturas desplomaban el mercurio de los termómetros. El fino abrigo de paño *vintage* no bastaba para ayudarla a entrar en calor. Pero Eva vestía así. Y era ese erotismo desbocado, esa forma de exhibir más allá del límite, lo que impelía a Egoitz a seguirla como un penitente. Y tras los pasos de Egoitz se arrastraba ella, consciente a su pesar de que no había ropa en el mundo capaz de permitir a su cuerpo competir con el de la colombiana.

Con Eva, siempre aparecía su hermano mayor.

¿En qué momento se perdieron? No podía recordarlo. Las horas previas se diluían en una bruma de droga y alcohol sin freno. Estaban en algún lugar de casas bajas, riendo y burlándose de las señoras que trataban de acceder al portal donde Eva vomitaba por segunda vez. Jero le tocaba el culo, y ella sonreía en un lamentable intento de provocar en su amigo de la infancia unos celos imposibles. Llovía en Bilbao, como en aquella canción que su madre tarareaba a todas horas, pero el día, en vez de saludar pálido y gris, se despedía frío de nieve y soledad. Izaro fingía carcajadas que sonaban a latas arrastradas sobre el asfalto, tarareaba melodías desconocidas, juntaba sus labios a los de Eva provocando a los varones y a sus propias inhibiciones. Y, sin saber cómo, se encontró derrumbada contra la fachada de una estación moribunda, la mano de Jero buceando entre sus muslos, el vacío dejado por Egoitz abrasándole las entrañas.

—¿Te queda plata?

Negó, incapaz de balbucear algo inteligible. No. Lo único que le quedaba era una sensación agria que ni el alcohol lograba diluir.

—Mira esa vieja.

Una anciana doblada bajo un paraguas inútil frente al vendaval se acercaba por la acera de enfrente, adherida al largo edificio del instituto. Las farolas salpicaban la vía, transitada solo por algún vehículo descarriado. Sin viviendas a la vista, solo el liceo y una escuela de primaria vigilaban una calle por donde no pasaba ni un alma.

—Fíjate. No hay ni Dios. ¿Y si le agarro el bolso y salimos corriendo?

Se encogió de hombros, como si su acompañante no le estuviera proponiendo atracar a una octogenaria desvalida. Jero se subió la capucha, ennegrecida de suciedad y agua acumulada, confirmó que no había testigos y, con una despreocupación que habría helado la sangre de su víctima si esta hubiera visto más allá del metro que la precedía, se situó detrás de ella.

De forma casi mecánica, Izaro abandonó el parapeto de la estación y siguió los pasos del muchacho. El agua creaba en sus pestañas una pantalla traslúcida que, con ayuda del licor y la marihuana, confería a la escena un matiz irreal. Jero, casi de puntillas, se acercó hasta la mujer, asió el bolso de la correa y tiró con todas sus fuerzas. Pero las cosas no salieron como estaban previstas. Ni la correa se partió, ni la anciana soltó el botín. Al contrario, dejó caer el paraguas y se aferró al bolso con ambas manos mientras de su boca salía un alarido que las paredes amplificaron hasta el infinito. Jero dudó. Pero entonces llegó Izaro. Apareciendo por detrás, empujó a la mujer y la derribó sobre la calzada, donde se estrelló con un crujido seco. Durante un eterno segundo, la observó sin saber qué hacer. Era el cuerpo frágil de una persona indefensa que solo quería llegar a casa para refugiarse de la lluvia que ahora caía sobre su rostro. Estuvo a punto de arrodillarse junto a ella para rogar un perdón que era incapaz de concederse, cuando Jero tiró de su brazo. Conteniendo la arcada que afloraba a su garganta, salieron escopeteados de allí.

Corrieron en dirección contraria al Casco Viejo. Se adentraron en Atxuri evitando coches y testigos, atravesaron la plazuela desierta y buscaron la endeble protección de una estrecha travesía cuyos edificios, tan juntos que parecían desafiarse, proyectaban sombras cómplices y acogedoras. Había un portal abierto, un rectángulo más negro que la propia calle. Se precipitaron al interior, cerraron y se recostaron contra la pared, jadeantes y asustados. Pasó el tiempo, una eternidad en la mente aterrada de Izaro, algo más de un minuto en el mundo perfecto de los relojes, y la lengua de Jero comenzó a resbalar por su cuello, una mano le anudó los brazos a la espalda y el bulto de la entrepierna rozó feroz contra su vientre. Quiso protestar, pero su lengua se enredó con la del colombiano con una furia que no supo reconocer. Él hablaba mientras buceaba bajo su camiseta, susurraba insultos vejatorios o letras de reguetón, pero ella solo era capaz de sentir la dureza de sus pezones y el fuego de su vientre mientras él, con la mano libre, le arrancaba las bragas. Y cuando notó el roce de su miembro en la cara interna de los muslos, cuando el primer empujón le rasgó el himen y penetró sin resistencia, no pudo contener un alarido que nada tuvo de placentero.

MIÉRCOLES

4 DE FEBRERO DE 2015

21

Ni siquiera el muchacho que estaba de guardia oyó algo. Cuando se despertó, solo era perceptible la tensa calma que sustituía a la paz en las montañas del norte de Nicaragua. Calma de chicharras dormidas, de zenzontles acurrucados en los huecos de los pinos, de viento hastiado de recorrer aquella tierra de lagos rebeldes y volcanes ansiosos por reventar. Había tanta calma, tanto silencio, que cuando el centinela, a quien el servicio militar obligatorio sorprendió en plena ofensiva de la Contra, vio al instructor cubano salir del saco empuñando el AK-47, le hizo un gesto para que regresara al sueño y al descanso. Ignorando sus indicaciones, Arechabala despertó al resto de los soldados y les ordenó situarse en sus puestos de combate.

El ataque de la Contra llegó dos minutos después.

Los M16 barrieron el punto donde, poco antes, dormían confiados en la vigilancia de uno de sus compañeros. No hubo muertos. No hubo heridos. Y cuando los atacantes retrocedieron, al cubano le costó mucho explicar que no tenía un sexto sentido, que carecía de poderes sobrenaturales o de una intuición más allá de la que pudiera tener cualquiera. Que, simplemente, percibió el crujido de las hojas al quebrarse bajo las suelas militares.

Treinta y un años más tarde, en un caserío aislado entre zarzas y niebla, se despertó por la misma razón.

Tardó un poco en recordar que no estaba en una guerra. Estaba en Pandozales, un barrio ínfimo de un pueblo tranquilo donde nada permitía prever la posibilidad de una emboscada.

Sin ruido, se recostó sobre un brazo y escuchó. En el rectángulo de la ventana, un resplandor marchito diluía las tinieblas. La ventisca había pasado, y entre las nubes se filtraba una luz sucia que uniformaba cada sombra. El silencio llenaba la cocina, caldeada a pesar de que el fuego llevaba horas apagado. Por un momento, creyó que sus sentidos, afilados por la lucha y la clandestinidad, le habían traicionado. Por eso no pudo evitar una sonrisa al escuchar el rumor de una bota hundiéndose en la espesa capa de nieve.

Cuando comprendió que el ruido no lo provocaban dos pies sino cuatro, se incorporó y comenzó a buscar en la alacena.

No había cuchillos entre los cubiertos o, como mínimo, no los había dignos de tal nombre. Un trozo de hojalata redondeada para extender mantequilla era lo más parecido. Lo devolvió a su lugar y tomó un tenedor de púas oxidadas que guardó en el bolsillo trasero del pantalón. Los pasos, casi imperceptibles, sonaban más cerca y más distanciados en el tiempo, como si quienes se aproximaban extremaran las precauciones. Conteniendo la respiración, se concentró en escuchar. Que los intrusos eran dos estaba fuera de duda. Que actuaban de forma clandestina, también. Ignoraba sus motivos, pero no perdió el tiempo imaginando a excursionistas descarriados, policías en busca de un okupa o ladrones tras la pista de trofeos improbables. El susurro de un par de botas se acercaba a la puerta principal mientras otro idéntico se alejaba rumbo a las ventanas de la parte trasera. No creía que pudiera hacerles frente armado con un tenedor.

Dentro del horno, recubierta de una sólida capa de grasa apelmazada, halló una sartén de unos treinta centímetros de diámetro y un grosor considerable. Sujetándola como a una raqueta, abrió la puerta de la cocina y, descalzo, corrió hasta la entrada.

Reconoció el torpe quejido de una ganzúa rasgando contra la cerradura. Osmany se situó a un lado de la puerta, alzó la sartén por encima de los hombros y permaneció inmóvil. Un infinitesimal cambio en la disposición de las sombras, cualquier sutil movimiento del aire, podría alertar al intruso. En el extremo opuesto de la vivienda, donde quedaba el dormitorio, un golpe sordo le confirmó que alguien había accedido al interior. Y él permanecía allí, imitando en el zaguán la pose de un tenista practicando una volea.

Con un clic ahogado, la cerradura renunció a su frágil resistencia. La hoja comenzó a abrirse entre quejidos y una mustia franja de luz trazó una diagonal en las tinieblas. Esperó. Se obligó a esperar sin ningún movimiento, sin respirar, sin pestañear, a pesar de que los pasos del segundo ya repicaban en el pasillo. El cilindro de un silenciador se perfiló en la penumbra. Detrás, una pistola. Y, por fin, la mano enguantada que la empuñaba.

Lanzó el golpe con tanta fuerza que, junto al aullido de dolor y el ruido del arma al estrellarse contra el suelo, escuchó con toda nitidez el crujido de un hueso al partirse. Ruido que se repitió cuando, aprovechando la inercia del primer movimiento, hizo girar la sartén y, en un revés nunca ensayado, la estampó contra el rostro del intruso.

El hombre se desplomó sobre la nieve dibujando una estrella fofa con el cuerpo. Pero Osmany no tuvo tiempo de reparar en más detalles. Cerró de un portazo y, en cuclillas, se giró para enfrentar al segundo. Intuyó un cambio en la densidad de las sombras, la silueta de un brazo buscando ángulo de tiro, y se arrojó a la esquina donde la oscuridad era más espesa. Un escondite burdo, incapaz de resistir el simple haz de una linterna.

Pero una voz inesperada vino en su ayuda. Una voz cascada y, en cierto modo, gangosa. La voz de alguien con la nariz rota.

—¡Tiene mi pipa! ¡Cuidado!

Y se hizo el silencio. El cubano contuvo la respiración mientras, palpando en las tinieblas, buscaba esa arma que no tenía. El otro, mimetizado en la negrura de la estancia, no se movió, no apretó el gatillo ni encendió ninguna luz. Probablemente creía exponerse a un balazo si se le ocurría delatarse. Aquel equilibrio extraño duró menos, mucho menos, de lo que le pareció a Osmany. Duró lo que un rumor de jadeos, resbalones y torpes zancadas alejándose del caserío tardó en hacer comprender al segundo intruso que se había quedado solo. Fue entonces cuando algo mutó en el *collage* de grises y negros que colgaba de la pared. Una mancha se materializó cerca de Osmany, tan cerca que llegó a notar el fuerte olor de su miedo, y desapareció en la oscuridad del pasillo. Pero el cubano no abandonó su precario parapeto hasta que el rumor de sus pasos también se diluyó en la distancia.

22

La nieve tardó en llegar a la ciudad. Pero llegó. En torno a las cuatro de la madrugada, las calles de Bilbao comenzaron a desaparecer bajo la misma capa que cubría el resto del territorio. Las autopistas se redujeron a los estrechos carriles abiertos por las quitanieves, las carreteras se tapizaron de hielo prensado y los caminos rurales se diluyeron en la ventisca. Quienes transitaban por las aceras se pegaban a la fachada de los edificios con la esperanza de encontrar un asidero en caso de resbalar. Los niños se asomaban nerviosos a las ventanas mientras sus madres rogaban a los colegios que las clases siguieran su curso normal. En una urbe de bruma y sirimiri, la nieve impuso su caos y su ritmo. Durante una mañana.

Nekane Gordobil colgó, echó un vistazo al paisaje de su nuevo hogar y se derrumbó sobre el sofá levantando una nube de polvo en torno a ella. Llevaba poco tiempo en el modesto apartamento de los abuelos, pero no había dedicado ni un minuto a limpiar, a ordenar la ropa amontonada en la maleta ni, mucho menos, a cocinar. Una caja de pizza y un cubo de cartón rotulado con caracteres siníticos eran la única prueba de que la mujer, que dejaba pasar las horas inerte sobre el sofá, también comía. Por fortuna, había luz y agua. Su padre, víctima de un alzhéimer que le robó los recuerdos y el futuro, seguía pagando los suministros del piso de su niñez a pesar de llevar años recluido en una residencia. Nekane sintió una punzada de remordimiento al confirmar hasta qué punto se desentendió de su progenitor apenas lo dejó en manos de las enfermeras. Ni siquiera se dio cuenta de que las facturas que seguían llegando a su nombre correspondían al piso de los abuelos. Algo que agradeció en los primeros días de destierro.

Según Lluís, Izaro llegó tarde a casa. Muy tarde. Y borracha, con el mentón alzado en un desafío innecesario, los ojos enrojecidos y la melena empapada. Se encerró en su dormitorio y allí seguía a las diez de la mañana, durmiendo la resaca de una noche de martes. Nekane le dejó hablar, concentrada en seguir respirando a pesar del dolor que la rasgaba por dentro. Escuchó sus quejas, protestas donde solo detectó el miedo de quien no sabe afrontar el mundo real, y se despidió con un susurro ininteligible.

La luz que se filtraba a través de los cristales teñía los muebles de colores de otro siglo. Las hormigas se disputaban los restos de su cena. Tenía que hacer algo. Tenía que reaccionar. Por un momento, sopesó la posibilidad de pedir el alta y regresar al trabajo como antídoto a su apatía. Pero las jaquecas no remitían, ni se espaciaban en el tiempo, como predijeron los doctores. En comisaría sería un lastre que sus compañeros no merecían. Recordó la cita con aquella mujer agria y asustadiza, la nuera de Arechabala, pero la simple idea de arrastrarse hasta la ducha, vestirse y resbalar por el hielo de Bailén camino del Casco Viejo se le hizo insoportable. No pasaba nada por aplazarla. Todo lo contrario. Si de verdad había existido algún tipo de maltrato, cosa que no terminaba de creerse, este no se repetiría mientras su madre esperaba la visita de los supuestos servicios sociales. Por esa parte, podía estar tranquila. De modo que buscó la carpeta, el folio donde garrapateó el número de teléfono que le pasó Osmany, y decidió retrasar la visita al día siguiente.

Con veintiséis años recién cumplidos, pocas cosas preocupaban a Abdoulayé Diop. Tenía quince cuando se unió a un grupo de jóvenes pescadores que no creían que su futuro, ni el de Senegal, caminara de la mano de los complejos hoteleros que proliferaban en la vecina playa de Saly, donde blancos de prominentes barrigas se tostaban bajo el sol de África mientras un camarero negro rellenaba sus daiquiris. No. Ellos no querían ser el camarero, sino el turista. De modo que, a bordo de sus cayucos, se lanzaron a una aventura cuya dimensión fueron incapaces de imaginar, una aventura que les llevó a estrellarse contra una monstruosa hilera de vallas erizadas de púas y alambradas que cientos de cámaras, perros y policías de distintos idiomas y uniformes vigilaban con el celo de quien se siente custodio de un paraíso prohibido. Atrás quedaron los naufragios, los rostros muertos de los amigos, las enfermedades que laceraron su piel, las condiciones de los esclavistas que fingieron ayudarle, las humillaciones y el horror. El hambre, no. El hambre seguía ahí, aferrada a las paredes del estómago como una alimaña de la que no podía desprenderse.

Cada vez que, sin la más mínima nostalgia, volvía la vista atrás, Abdoulayé achacaba su fortuna al hastío de un dios travieso que equivocó de cubilete los dados del destino. No sabría explicar de otra manera cómo llegó a labrar una incomprensible amistad con Charles Usman, un nigeriano tan grande como ingenuo, cuyo inglés profundo restallaba contra su francés suave y acomplejado. Charles lo acogió como se acoge a un cachorrillo abandonado y lo presentó a la Organización, donde, contra todo pronóstico, fue aceptado.

Su labor se limitaba a cuidar de las muchachas de pestañas largas y faldas minúsculas que ocupaban las esquinas más oscuras de las ciudades, vendiendo lo único que tenían para pagar deudas que jamás fueron conscientes de haber contraído. En Almería, en Jaén, en Madrid y en Burgos, Abdoulayé, un envejecido veinteañero, y Charles Usman, su amable y tozuda sombra, patrullaban las calles cada noche espantando a moscones sin dinero, enfrentándose a bandas que aspiraban al mismo territorio o vigilando los coches que abordaban a las mujeres sabiendo que, desde algún lugar invisible, otros miembros de la Organización los vigilaban mientras eran, al mismo tiempo, vigilados.

Meses atrás llegaron a Bilbao. Se instalaron en un viejo edificio cuyas columnas gemían a cada paso. Estaba en un barrio de vías sucias y aceras repletas de sonrisas, de miradas desconfiadas, puños cerrados en los bolsillos y africanas sin más ropa que unos *shorts* y un sujetador. Nada nuevo. Nada que pudiera impresionarle. Llevaba la mitad de su corta vida vagando de un continente a otro, extorsionado por miserables un poco menos pobres que él mismo, colaborando con quienes torturaban y prostituían a mujeres indefensas. Estaba cansado, pero sin ganas de intentar algo diferente.

Una mañana como otra cualquiera tropezó, literalmente, con una mujer oportuna como el destino. La ayudó a levantarse, trató de disculparse con la timidez falsa de quien busca algo en cada esquina y terminaron ambos en un bar desierto, compartiendo café y confidencias con la naturalidad de dos amigos.

La Organización aceptó su retirada. La aceptó con la naturalidad de cualquier mafia, deseándole suerte, recordándole los favores debidos, la fidelidad inquebrantable, el silencio impuesto. Y Abdoulayé Diop abandonó el estrecho piso donde era preso y carcelero, el jergón compartido con

Charles, y cruzó el puente que separa el Bilbao de los blancos y los ricos de ese pedazo de África empeñado en seguirlo a todas partes.

Había tardado. Por el camino se dejó más de lo que creía tener. Pero lo había conseguido. No era una casa con piscina, ni una suite con vistas a la playa, pero en la vivienda de Nerea Goiri encontró el lugar que, sin saberlo, añoraba. Allí, el turista era él. Y una mujer blanca se desvivía por atenderle, por rellenarle el vaso de cerveza y satisfacer sus necesidades y caprichos. Y aunque soportar los berrinches de su hija se le hacía cada día más difícil, aunque la mirada de su suegro, un viejo cubano de apellido vasco, le producía escalofríos, nada importaba. A fin de cuentas, aquello no era Saly Portudal.

Era mejor.

Era gratis.

Por eso, cuando Nerea colgó a la asistente social del ayuntamiento, y en los gemidos infantiles que llegaban del cuarto de la cuna intuyó la cercanía del desastre, Abdoulayé Diop comprendió que empezaba a tener motivos para preocuparse.

23

Salir de Ilbeltza era imposible. El grosor de la nieve superaba los treinta centímetros, algo inabordable para el Mercedes. También para la pequeña furgoneta del panadero, que le confirmó con un mensaje que se acercaría al día siguiente. Aquel senderito sin más destino que su vivienda no era una prioridad para las quitanieves. De modo que Agurtzane Loizaga se limitó a preparar el desayuno, avisar por e-mail de la imposibilidad de llegar a la facultad y tomar asiento junto al radiador, un café sobre la mesita, la tablet en el regazo y un paisaje de tintes siberianos asomado a los cristales húmedos del mirador.

La decisión de iniciar una búsqueda que la Ertzaintza no parecía dispuesta a abordar la mantuvo en vilo buena parte de la noche. Y no fueron pocas las ocasiones en que estuvo tentada de dar la razón al oficial cuyo nombre no recordaba. Faltaba el coche. Faltaban su ropa y casi todos sus objetos personales. Que dejara el móvil podía ser casi entendible en una mujer que, tras cada mudanza, cerraba sus perfiles en las redes sociales para reabrirlos con nombres y amistades diferentes. Pero que tampoco se llevara a Micifuz no era normal. Huir evitando la mirada dolida de la novia abandonada podía casar con la personalidad egoísta de la joven. Que no se molestara en garrapatear una nota de despedida, no tanto.

Sin embargo, las implicaciones de que Lola hubiera sido secuestrada eran aterradoras. En todos los sentidos. Para empezar, el agresor estuvo en la casa, en esa casa donde ella dormía sola, sin perros ni, todavía, alarmas instaladas. Tuvo tiempo de husmear con calma en su alcoba para preparar el decorado de una fuga voluntaria. Vació el armario de Lola, lleno de prendas coloridas, sandalias y lencería. Pero cuando cargó con los trastos de la otra habitación, no se percató de que el iPhone resbalaba y caía bajo la mesa. Y, por supuesto, no supo nada de Micifuz, encogido bajo la cama o detrás del sofá hasta que desaparecieron con el Mini. Entonces debió de abandonar su guarida para correr tras el coche y perderse en los pinares de La Escrita.

La tentación de salir huyendo, de abrirse camino entre la nieve hasta alcanzar la carretera, era cada vez más fuerte. Porque si secuestraron a Lola por ser mujer, por ser joven y atractiva, también ella, menos joven, mucho menos atractiva, se encontraba en peligro.

Estaba sola.

Tenían sus cosas, incluidas las llaves de la casa. Tenían el coche, lo que parecía indicar que eran mínimo como dos personas.

Y lo más importante: las conocían. Sabían quién era Lola. Era su cuerpo, su exultante sexualidad, lo que subieron a buscar. Lola no tenía nada más. Sabían dónde vivía, de cuánto tiempo disponían antes del regreso de Agurtzane.

Envuelta en una gruesa bata de felpa, descalza y despeinada, regresó al dormitorio tratando de no pisar al inamovible felino. A pesar de que la temperatura seguía por debajo de los cero grados, no se molestó en calzarse las zapatillas para salir al balcón. El viento le cortaba el rostro y el calor que huía de su cuerpo formaba diminutos nimbos de tristeza. A sus pies, el valle de Karrantza se extendía tapizado en blanco y verde. Entre Ilbeltza, en lo alto del puerto de La

Escrita, y el karst de Ranero, que abría el camino hacia Cantabria, se extendían ciento treinta kilómetros cuadrados, donde dos mil setecientos vecinos dormían en espera del deshielo. Un territorio amplio y poco poblado, salpicado de caseríos dispersos donde una mujer sola podría desaparecer sin que nadie la echara en falta.

El territorio idóneo para un depredador.

Dejó que su aliento flotara mientras repasaba lo poco que sabía de la comarca a donde, ironías del destino, huyó para hurtar a Lola de las miradas de los demás. Las Encartaciones, adheridas a Bilbao y a la asfixiante conurbación de la margen izquierda, tenían diez veces la superficie de la capital. Y solo treinta mil habitantes, casi todos ellos encogidos en torno al río Kadagua, el eje vertebrador del sur del territorio al que se asomaban Gueñes, Zalla y Balmaseda. El resto de la comarca, municipios como Trucios, Galdames, Sopuerta o Karrantza, apenas pasaban de ser acogedoras aldeas rodeadas por caseríos que se aferraban a las laderas de los montes con la misma firmeza con que sus habitantes se aferraban a su amable hosquedad. Desde Concha, en el centro del valle de Karrantza, hasta Bilbao, a solo sesenta kilómetros, se tardaba más de una hora. En coche. En tren, en el único convoy diario que atravesaba las montañas, bastante más. Se trataba de un territorio tan aislado del resto de la provincia, tan orgulloso de su aislamiento, que antes de la Guerra Civil llegó a redactar su propio Estatuto de Autonomía. Un aislamiento triple que separaba la comarca de la ciudad, cada municipio del colindante, y los caseríos de las aldeas. Una soledad buscada que los criminales supieron aprovechar para secuestrar a Lola sin encontrar resistencia.

Pero la doctora Loizaga estaba dispuesta a dar con ella. O con ellos.

24

La nieve formaba ahora un resbaladizo cristal impreso al asfalto por los neumáticos de los pocos vehículos que descendían desde Pandozales. Nadie caminaba por los arcenes, donde los restos de la ventisca se amontonaban en largas cordilleras de veinte centímetros de altitud. Nadie, excepto Osmany Arechabala, que necesitó tres cuartos de hora para recorrer los tres kilómetros que separan el antiguo hogar de Idania Valenzuela del centro de Balmaseda.

Llevaba un día entero sin probar bocado. Su última comida fue un aceitoso pincho de tortilla que tomó antes de subir a la residencia de las hermanas Sarachaga. Por eso, mientras atravesaba las calles arrastrando a duras penas el agujero de su estómago, decidió que las preguntas podían esperar.

La pistola descansaba en el bolsillo derecho de su gabán. Era una vieja Sig Sauer llena de marcas y arañazos, el número de serie limado y la culata descascarillada en una esquina. Un arma con historia. Un arma que debió de conocer muchas manos, casi todas enguantadas. Que se llevó por delante alguna vida. Mientras vagabundeaba por la zona peatonal de la vieja villa le inventó periplos falsos y posibles: mafias albano-kosovares en la Costa Azul, traficantes de diamantes en los suburbios de Abiyán, alumnos aventajados de la Escuela de las Américas conduciendo sedanes oscuros por las avenidas desiertas de Buenos Aires, policías corruptos en España...

Solo una persona sabía que estaba en la casa de Panza. Solo una persona sabía que encontró su pasaporte, la prueba de que Idania Valenzuela no dejó voluntariamente el caserío para mudarse en busca de un futuro mejor. Bueno, tal vez no se tratara de una prueba, pero sí de un indicio, suficiente para que algún juez ordenara remover lodos que alguien precisaba mantener en el olvido. ¿Formaba Rutherford parte de un grupo con mucho que esconder? Parecía evidente. Ella era la única que conocía su paradero.

Pero hacerlo desaparecer suponía un riesgo importante. Quizá Gordobil, o tal vez Socorro Sarachaga, guiaran a la policía hasta la casa de Panza. Si sus agresores sabían lo que hacían, no repetirían patrones anteriores. Lo más probable era que pretendieran sacarlo de la vivienda para, a punta de pistola, empujarlo al interior del bosque. Bastaría un culatazo. La nieve y las temperaturas bajo cero se ocuparían del resto. Un extranjero que no conocía el pueblo, desorientado por la ventisca. Un resbalón, un golpe. Una muerte inevitable.

Mientras dejaba atrás el disonante edificio de la comisaría de la Ertzaintza, adonde no tenía intención de dirigirse, dio otra vuelta de tuerca a su razonamiento. Podía darse la circunstancia de que Rutherford no tuviera nada que ver con la desaparición de Idania. En cuyo caso, le delató sin darse cuenta.

Y solo pudo hacerlo con una llamada. Con esa llamada que el propio Osmany le pidió.

A la comisaría de la Ertzaintza.

De modo que o bien Rutherford, una agente de policía, o bien un compañero de la misma comisaría trataban de silenciarlo.

Uno o varios policías lo querían muerto.

Y, teniendo en cuenta lo que acababa de descubrir, comprendía su empeño.

Apenas amaneció, repitió el registro de la noche anterior. Tenía que haber algo en aquel caserío ruinoso, algo que justificara ese inesperado intento de hacerle cantar el manisero. Sin embargo, no vio nada. No había más escondites improvisados en los agujeros del suelo o las paredes, cuyas superficies golpeó metro a metro. Tampoco en el desván, entre las telarañas que colgaban de las vigas como largos sudarios deshilachados. Nada en el colchón, ni bajo la única losa del zaguán que se movía. Decepcionado, devolvió la cama a su lugar, acondicionó el dormitorio sin saber muy bien por qué y atravesó la cocina en dirección a la salida.

Entonces se detuvo. Retrocedió sobre sus pasos, se apoyó en el mármol de la encimera y, una vez más, confirmó su torpeza. Sin permitirse una sonrisa de satisfacción por un descubrimiento cuya importancia debió comprender muchas horas antes, sacó la báscula de la alacena y la contempló con el ceño fruncido.

A su llegada apenas se había fijado en ella. A fin de cuentas, buscaba el rastro de una mujer evadida de forma voluntaria de una prisión de pinares y niebla. Ahora era diferente. Ahora sabía que aquellas paredes guardaban secretos que debían protegerse con la muerte. Y no le costó darse cuenta de que esa balanza de platillos diminutos, brazos oxidados y unas pocas pesas de gramo y miligramo encogidas en la base no era un utensilio de cocina. Era un viejo instrumento de precisión, semejante a los utilizados en la botica de Santa Clara para medir la dosis de medicamento prescrita a cada enfermo.

El bar por el que se decidió tenía cuatro mesas a la entrada y otras cuatro junto a los ventanales asomados al río.

Una cuadrilla de operarios ocupaba las primeras, un anciano vaciaba su copa en un extremo de la barra y, en el otro, dos hombres discutían entre sí y también con el dueño del local. Uno de ellos era el más alto de los que, el domingo, le indicaron el camino hasta la residencia donde vivían las Veletas. El otro, la melena desordenada sobre la gruesa camisa de franela, era el repartidor del pan. El saco de papel de estraza lleno de barras y la harina que tiznaba sus dedos lo delataban tanto como los gritos dedicados al tabernero.

—Que no te voy a hacer ningún descuento, la hostia. Aquí está todo lo que has pedido, ¿no? ¿Es culpa mía que el puerto haya estado cerrado toda la puta mañana?

—No, ni tuya ni mía. Pero yo no he podido poner pinchos con los desayunos porque tú no me has traído el pan, así que te llevas la mitad, y no se te ocurra cobrármela, que tengo a todos los obradores de la zona detrás de mí. Tú verás.

Ibon Garay contó hasta diez antes de responder. Era consciente de la hilaridad con que lo estudiaban los demás, de la prepotencia con que algunos equiparaban lentitud y simpleza, pero, en su opinión, lo simple sería no reconocer las ventajas de un momento de reflexión. Dejó pasar los segundos escuchando el nervioso tamborileo de las uñas del camarero, y el improperio que aleteaba en su garganta fue perdiendo fuerza hasta desaparecer en un último suspiro.

—De acuerdo, me llevo la mitad. Pero me vas a matar de hambre, tío. Así no hay quien curre.

—Venga ya, Gari. —La mano del otro cliente se posó en su hombro en un rutinario gesto de camaradería—. Deja de quejarte, que te estás haciendo de oro repartiendo por todo Enkarterri.

Garay recogió el saco, se sacudió la mano con una brusquedad innecesaria y le lanzó una mirada de desprecio.

—No me toques los cojones, Dólar. Aquí, tu viejo y tú sois los únicos que estáis forrados. Pero a mí no me engañáis con vuestros aires de coleguitas, que me sé de memoria lo que pasa en cada puto caserío de la comarca.

Osmany se hizo a un lado para dejarlo pasar arrastrando el saco de papel por el suelo empapado. Saludó con un gesto a Ricardo Etxebarria, que regresó a su cerveza sin decir una palabra, y buscó un sitio en las mesas del fondo.

En el menú, el plato estrella era algo llamado *putxera*. Pidió eso, un filete de ternera y una jarrita de un vino que rasgaba la garganta. Saboreó un largo trago antes de sacar del bolsillo el contrato de reserva hallado junto al pasaporte de Idania. Lo desdobló con cuidado y, tratando de recordar el brevísimo tutorial improvisado por Katy Díaz, le hizo una fotografía que, como era lógico, salió borrosa.

—¿Encontró lo que buscaba?

Estaba tan concentrado en la cámara que no se percató de la presencia de Dólar a su espalda. Tampoco de su extrañeza cuando le vio trasteando en el smartphone con torpeza infantil, ni de cómo cambió de dirección para acercarse a saludarlo. Pero sí fue consciente del vistazo que dedicó al contrato mientras extendía la mano en un saludo demasiado formal.

—Buenos días, ¿cómo le va?

—Bien, gracias. Le preguntaba si encontró lo que buscaba.

—¿Lo que buscaba?

—Sí, la residencia de Las Laceras, ¿no? El otro día se le veía perdido.

Osmany comprendió que estaba demasiado cansado, y demasiado hambriento, para pensar con claridad.

—Sí, claro. Me lo explicó usted muy bien. Todo recto, como me dijo.

—Eso es. Por cierto, me llamo Ricardo, aunque por aquí

me llaman Dólar. —Sonrió ante las cejas arqueadas del cubano—. Llevo años viviendo en Estados Unidos.

Recordó que, según la mayor de las hermanas Sarachaga, en Balmaseda los motes estaban a la orden del día: Panza, Veletas, Dólar…

—Pero no todo el que vive en los Estados maneja dólares. Yo me llamo Osmany. Y no me trates de usted, que acá eso se les hace a los viejos.

Etxebarria no pudo evitar una carcajada que flotó sobre sus cabezas antes de diluirse bajo el rugido del río y los gritos de los obreros.

—Tienes razón. No puede decirse que yo maneje muchos dólares, pero mi familia siempre ha tenido dinero. De ahí el apodo.

Una mujer de aspecto cansado le indicó a Ricardo que su mesa estaba lista, dejó frente a Arechabala un plato a rebosar de alubias y se perdió tras la puerta de la cocina arrastrando con desgana un hastío existencial.

—Bueno, te dejo comer. Que aproveche. —Dólar se quitó la chaqueta, la colgó del respaldo de su silla, paladeó el vino y volvió a girarse hacia Osmany—. Por cierto, ¿tienes algún familiar en la residencia o qué?

Era una pregunta inocente, la curiosidad sencilla del parroquiano aburrido que encuentra en un desconocido la forma de romper con la rutina de una villa más pequeña de lo que su padrón daba a entender. Una pregunta que habría respondido con sinceridad si no hubieran intentado asesinarlo por culpa de la respuesta.

Además, alguien que vive en Estados Unidos no podía considerarse un parroquiano aburrido.

—No. —Volvió la cabeza sin soltar la cuchara, y dedicó a Ricardo una sonrisa bajo sospecha—. A una amiga. Bueno, a una conocida de un amigo que vive allá, en Cuba, ya tú sabes. —El otro asintió como si supiera, momento que

Arechabala aprovechó para cambiar el rumbo de la conversación—: ¿Vas a comer tú solo? ¿No vino tu esposa?

—¿Mi esposa?

—Sí. ¿No era la mujer que estaba contigo cuando nos encontramos en la gasolinera?

—¡Ah! Loizaga. —Sacudió la cabeza en una negación de tintes soñadores—. No, hombre. A esa chica acababa de conocerla, no sé por qué has pensado que somos pareja.

Osmany se encogió de hombros. El cocido seguía ahí, llamándolo con fragancia de panceta y chorizo, provocando en su estómago feroces aguijonazos de deseo.

—No sé, compay. Por la forma de mirarte, claro. Además —señaló su mesa, los platos y los vasos dispuestos unos frente a los otros—, os pusieron servicio para dos.

—Siempre nos preparan esta mesa. Vengo aquí a comer con *aita* todos los días. Pero hoy está un poco pachucho, así que he venido solo. Entonces —apoyó ambos brazos en el mantel y se inclinó hacia delante en busca de nuevas confidencias—, ¿te pareció que Agurtzane me miraba de una forma especial?

Osmany tuvo que llenarse la boca para disimular la carcajada.

La carretera que lleva a Zalla estaba limpia, como correspondía al principal eje de comunicación de la comarca. Una quitanieves descansaba en el arcén esperando el momento de volver a regar de sal un asfalto donde el agua pronto comenzaría a cristalizar. A mediodía, era poco el tráfico que corría en busca de los enjambres de Bilbao, de modo que Ibon Garay pudo pisar el acelerador en un intento vano de recuperar el tiempo perdido. Claro que no era él, sino su rabia, quien guiaba el vehículo muy por encima del límite permitido, bastante más rápido de lo que exigiría la prudencia. La rabia de haberse equivocado, de haber permitido a sus instintos olvidar las enseñanzas del maestro. Le habría bastado con volver a contar. Ni siquiera hasta diez. Antes de llegar a cinco habría comprendido que la tontería de Dólar no merecía una respuesta. Tomar aire, improvisar una sonrisa bobalicona, de esas que tanto gustan a quienes se sienten superiores, y marcharse evitando aquella absurda frase que jamás debió escupir al hijo del terrateniente.

25

Gracias a la sal aventada por los barrenderos, en las aceras de Bilbao no quedaba rastro de hielo o nieve. El tráfico ocupaba los cuatro carriles de la calle Autonomía con la normalidad de cada jornada, los autobuses vomitaban su carga de rostros hastiados, y quienes regresaban a casa tras otra jornada de encierro oficinista se encogían en el interior de los gabanes y aceleraban en busca del imperfecto refugio del hogar.

Jero Ramírez, camuflado bajo la eterna capucha de la sudadera, dejaba pasar el tiempo recostado contra la pared de la estación de cercanías, siguiendo sin ganas el ir y venir de gente que no le importaba mientras los recuerdos, menos claros de lo que quisiera, se le anudaban a la garganta. Incapaz de contener el nerviosismo, volvió a marcar, pero el otro teléfono seguía apagado o fuera de cobertura. Lanzó un gruñido de frustración, escupió a un lado y escondió las manos en los bolsillos. Odiaba el frío. Era la primera vez en sus veinte años de vida que tocaba la nieve, y le daba igual si era la última. Él solo quería regresar a Cúcuta, al calor de sus calles, a las sonrisas de sus mujeres y al abrigo de sus amigos. Sabía que en Bilbao jamás dejaría de ser un puto sudaca, útil solo para cargar sacos de basura, limpiar las mesas de los bares y agradecer la limosna de las propinas con sumisas genuflexiones de indito satisfecho. En los últimos doce meses, el tiempo que llevaba en la ciudad, no había dejado de sentir el desprecio de quienes se sentían superiores por el color de su piel o el valor de su dinero. En ese tiempo debió aprender a defenderse. Debió aprender a odiar.

Pero nunca quiso matar a nadie.

Izaro vivía en el décimo piso de la torre erguida frente a él, un bloque de balcones silenciados con mamparas que ocupaba la esquina donde Autonomía confluye con la avenida del Ferrocarril. El tranvía dibujaba una estela verde y silenciosa en el centro de la calle, los autobuses rugían al pasar y los coches detenidos en los semáforos ronroneaban como gatos satisfechos. La absurda monotonía de la ciudad giraba en torno a sus miedos, en torno a la imagen falsa de la celda que su mente se empeñaba en inventar, a la fotografía real del cadáver recogida por la prensa. Trató de escrutar a través de las ventanas, algo imposible para un décimo piso. Sacó el teléfono, marcó, escuchó el cansancio mecánico de la operadora y volvió a guardarlo en el bolsillo.

Si no hablaba con ella, iba a volverse loco.

La vieja había muerto. Probablemente lo supo ya entonces, cuando Izaro la derribó y su cabeza se estrelló contra el asfalto en un ángulo absurdo. Pero estaba borracho. Estaba drogado. Estaba cachondo. No tenía tiempo, ni ganas, ni capacidad de comprender lo sucedido. Pero esa mañana, mientras la resaca cedía su lugar a una galería imprecisa de momentos diluidos en alcohol, regresó a la calle desierta, a la figura renqueante de la anciana, al mechón de cabello blanqueado flotando sobre el agua que corría en busca de un sumidero. Él no quiso matarla. Fue la chica. Ella la empujó ignorando su fragilidad. Él era inocente. Pero eso no importaba, ¿verdad? Si daban con ellos, si desde la lejanía de un vehículo alguien intuyó el momento del tirón, no les costaría llegar hasta Izaro, fácilmente reconocible por su melena rubia derramada sobre el chaquetón de paño burdeos. Pero una menor de edad, la niña bien de una honrada familia bilbaína, no pagaría por su crimen. No si junto a ella localizaban a un extranjero de tez oscura, un latino sin empleo conocido a quien, de forma literal, endosar el muerto.

Tenía que hablar con ella. Tenía que explicarle las consecuencias de cualquier paso en falso. Tenía que dejarle muy claro que, si por casualidad la detenían, se lo pensara dos veces antes de mencionar su nombre.

Sería lo mejor. Para ella. Para su familia.

Escupió otra vez, aspiró una furiosa bocanada de aquel aire que taladraba los pulmones, acarició el mango de la navaja y, en cuanto el semáforo se puso en verde, cruzó en dirección a su portal.

El local hacía esquina con un cantón angosto donde los últimos restos de nieve resistían al paso de vecinos y barrenderos. Los escaparates estaban llenos de fotografías de viviendas desechadas por sus propietarios, inmuebles de los que desprenderse a cambio de cifras incomprensibles para el cubano. Dentro, dos mesas y solo una persona, una mujer muy joven que le saludó con la fría profesionalidad del comercial convencido de que el recién llegado no tiene intención de comprar nada.

Osmany tampoco se hizo muchas ilusiones. A pesar del maquillaje, de los ojos ennegrecidos, los pómulos marcados y los labios demasiado brillantes, pronto comprendió que, cuatro años atrás, aquella muchacha no tenía edad de trabajar. Aun así, decidió intentarlo. Le enseñó la imagen del contrato en su smartphone, se inventó que se la mandó el padre de Idania, preocupado por su silencio, y trató de conseguir datos que ella no supo o no quiso ofrecerle.

—No, lo siento. —Era la tercera vez que repetía lo mismo mientras sacudía la cabeza con paciente impaciencia—. Aunque estuviera al tanto de esta operación, no podría decirle nada. Lo que firman nuestros clientes es confidencial. Pero en 2010 no trabajaba aquí.

Osmany asintió. No esperaba otra cosa. Se guardó el móvil en el bolsillo, calculó cuánto faltaba para la salida del tren y se dirigió hacia la puerta.

—Espere.

La joven abandonó el parapeto de su escritorio y se le acercó desprovista de su máscara de dureza. Fuera de su refugio parecía otra, una chavalita de veinte años preocupada por la historia que acababa de escuchar.

—Me gustaría ayudarle. Imagino que su amigo lo estará pasando mal, tanto tiempo sin noticias de su hija, pero ese contrato es superviejo. —No respondió. Cuatro años era una inmensidad en el universo limitado de la juventud. Ella señaló al frente, a la tienda que en ese momento comenzaba a subir la persiana con la pereza de una siesta truncada—. Panza era amigo de esos de ahí. Quizá ellos puedan decirle algo.

Arrullada por el motor del autobús, agradeciendo la caricia de la calefacción y el relajante discurrir del paisaje, Heydi Huamán recostó la cabeza contra el cristal y se concentró en limpiar el sabor a hiel de su garganta. Doña Juana tenía razón, como siempre. Algunas cosas no cambian, ni con el paso del tiempo, ni con el cambio de continente.

El agente que la atendió en la comisaría de Balmaseda no se parecía en nada a los desagradables policías que acudieron al caserío Llaguno tras su intento de secuestro. Las arrugas de su rostro hablaban de experiencia, de paciencia y saber estar. El cabello, reducido a una fina semicircunferencia en torno a las sienes, le otorgaba el aire amable de un monje benedictino. La invitó a su despacho, un estrecho cubículo con las paredes forradas de pósteres sindicales, con amabilidad y una sonrisa. Por eso le sorprendió tanto su reacción.

—Vamos a ver, señorita… ¿cómo era? ¿Jamán?

—Huamán.

—Huamán, sí. Heydi Huamán. —No se dignó a mirarle mientras hablaba. Su atención se centraba en la hoja donde la peruana había anotado los nombres de las desaparecidas enumeradas por doña Juana—. De acuerdo en que alguien la atacó el pasado domingo. Unos compañeros siguen investigando el tema. Pero no puede pretender que nos traguemos esto. —Le acercó tanto el papel que le rozó la punta de la nariz—. Según ustedes, en los últimos años han sido raptadas nada menos que cuatro mujeres en las inmediaciones de Balmaseda. Y nosotros ni nos hemos enterado. ¿Es eso lo que ha venido a decirme? ¿Que no sabemos hacer nuestro trabajo?

—Mire, señor Salbateta…

—¡Zabalbeitia!

—Como sea. Yo fui víctima de una agresión el otro día. Yo no soy una delincuente. Soy una víctima, deje de fijarse en el color de mi piel. —El oficial encogió la cabeza frente a la pantalla del ordenador, como si algo vomitado desde sus tripas cibernéticas atrajera de pronto su atención—. Y tengo motivos para sospechar que las mujeres que le anoté acá también lo fueron. Por eso vine. Para que ustedes, que son la policía, lo comprueben. ¿Estamos claros?

En el asiento de atrás, alguien la rozó al salir en dirección a la puerta, y Heydi regresó de aquellos cinco minutos durante los que, como doña Juana años atrás, se sintió humillada, vejada casi, por quienes debieran defenderla. Estaban detenidos frente al campo de fútbol, y las luces de Trucios dibujaban estelas duplicadas en la nieve. Suspiró. Había hecho lo poco que estaba en su mano. El *ertzaina* tomó nota de sus sospechas y las incluyó en la denuncia previa. No serviría de nada, pero de aquel eterno viaje de ida y vuelta en autobús, Heydi Huamán sacó una conclusión conocida de antemano.

Una mujer debe defenderse por sí misma.

Al decano no le hizo gracia saber que, por culpa de una nevada de la que Bilbao no guardaba rastro alguno, la titular de Economía Aplicada no podría ocuparse de sus clases ni al día siguiente ni, quizá, al otro. Loizaga intentó explicarle que cualquier parecido entre Karrantza y la capital era pura coincidencia, que tras el esporádico paso de las quitanieves el puerto volvía a llenarse de una pátina fina y resbaladiza, que el manto que rodeaba el caserío era una gruesa capa de hielo imposible de quebrar con la pala que guardaba en el garaje. Fue en vano. El hombre farfulló algo sobre casas en la montaña, irresponsabilidad, crisis de los cuarenta, y colgó tras recordarle que tomaba nota de su ausencia para descontarla de las vacaciones.

Agurtzane apenas si prestó atención a la rabieta, impropia de un catedrático de sesenta años. La pantalla del portátil, el único lugar por donde podía comenzar la búsqueda de Lola, reclamaba su atención.

Estudiando desde el balcón el paisaje que circundaba el puerto de La Escrita, concluyó que aquel escenario parecía fabricado ex profeso para sádicos a la caza de mujeres indefensas. Mujeres solas. Sin embargo, los resultados de Google decían lo contrario. En los últimos treinta años solo constaba una desaparición en la comarca. Y no se relacionaba con un acto criminal. El rastro de Soraya Dumitrescu, una joven rumana de etnia gitana que, junto a su familia, acampaba a las afueras de Sodupe, se perdió a principios de mayo de 2012. Hubo denuncia, y la Ertzaintza comenzó una investigación que terminó cuando un par de conductores declararon haberla visto haciendo dedo con un cartel donde había rotulado su destino: «Rumanía». Suspiró, lanzó una mirada de añoranza al sol, opacado tras las nubes, y dejó pasar los minutos tratando de esbozar formas de dar con su novia sin tener siquiera la certeza de que hubiera sido secuestrada.

Entonces sonó el móvil.

—¿Agurtzane? —La voz llegaba diluida bajo el ulular del viento que se filtraba por la línea—. Soy Ricardo. ¿Qué tal estás?

Cerró los ojos y recordó la tarde del domingo, cuando la soledad y el vino unieron fuerzas contra la lógica, haciendo de su charla con Dólar un intento de flirteo. Intercambiaron sus números, sí. Y logró reprimir el impulso de despedirse con un beso. Pero eso fue todo. El lunes por la mañana, entre el olor del café y las noticias agolpadas en la pantalla de la tablet, no quedaba rastro del día anterior. Ni, mucho menos, del levísimo punto de deseo que creyó sentir cada vez que el hombre se inclinaba sobre ella para contarle anécdotas ininteligibles en un tono ronco y susurrante.

—Bien, estoy bien. ¿Por qué?

—Bueno, por la nevada… Se me ocurrió que quizá estabas atrapada en tu casa. Que quizá necesitaras algo.

—No, gracias. —Por primera vez desde la desaparición de Lola, alguien se preocupaba por ella, y no había tardado ni un segundo en rechazar la oferta—. Hay mucha nieve, pero tengo de todo.

—Ah. Vale. —Silencio. Una ráfaga golpeando los cristales del mirador, colándose entre los teléfonos con la urgencia de las dudas—. El caso es que estoy aparcado en lo alto del puerto y me preguntaba si me invitarías a un café.

Un fugaz instante de vacilación, un chispazo repentino de temor. Si Lola fue raptada por alguien que la conocía, ¿no habría sido así, con una llamada inofensiva, con una visita a plena luz del día, como se coló el secuestrador? ¿Qué sabía ella de Ricardo Etxebarria para permitirle acceder a un caserío donde nadie escucharía sus gritos?

Sabía que no conocía a Lola.

Y sabía que, tras el paso del temporal, no había forma de entrar con el coche hasta Ilbeltza. Tampoco de salir.

—Sí, claro. Si eres capaz de llegar, por supuesto.

Fue capaz, pero le costó más de lo que pensaba. Tras pasar la mitad de su vida en pleno desierto de Sonora, había olvidado lo traicionera que podía ser la nieve. Moverse sobre aquella masa que se quebraba bajo el peso de las botas era tan cansado como lento. Sabía dónde quedaba Ilbeltza, que antes de ser reconvertido en chalet fue un caserío decrépito conocido como «la casa del Sacamantecas», pero sin huellas sobre la nieve virgen, sin rodadas, ni marcas de sendero, solo pudo orientarse por las manchas oscuras que señalaban el linde de los pinares. El resultado fue que tardó quince minutos en recorrer los quinientos metros que separan el alto de La Escrita de la vivienda donde Agurtzane, con el ceño fruncido, esperaba cada vez más preocupada.

Quizá por eso, porque comenzaba a temer que se hubiera extraviado en aquella tundra, se alegró tanto al intuir su silueta cojeando torpemente sobre el hielo.

—Pues me da pena, pero me voy a tener que marchar nada más llegar.

Etxebarria, la taza caldeándole las palmas de las manos, estudiaba la velocidad a la que el firmamento cambiaba de color mientras, sin quitarse el cortaviento, se mecía en el sillón que fue de Lola.

—Aunque salgas ahora mismo, se te hará de noche antes de llegar al puerto, así que no tengas prisa.

¿De verdad? ¿Estaba jugando con la seguridad del visitante para mendigar unos minutos de compañía? ¿De su compañía? ¿Qué era lo siguiente? ¿Invitarle a compartir cama?

—Tengo una linterna muy potente. Te la llevas cuando te vayas.

Ricardo asintió sin decir una palabra, la bebida rozándole los labios, los párpados negando a la mujer la decepción aflorada a sus pupilas. O eso quiso pensar ella. Que su gesto escondía la frustración de no haber sido invitado a pasar la noche. Él vació la taza, la devolvió al plato que esperaba sobre la mesita, estiró las piernas y le dedicó una sonrisa que no supo interpretar.

—¿Y no te da miedo vivir aquí sola?

Después de colgar, Lluís Ballester regresó de puntillas a la habitación de Izaro. Conteniendo la respiración, se acercó al bulto que roncaba ovillado bajo el edredón, posó la yema de los dedos sobre su frente y tragó saliva. La fiebre se negaba a desaparecer. Si seguía así, tendría que llevarla al médico. Solo tenía quince años. A esa edad, una muchacha enamorada es incapaz de entender que no puede salir a la calle en minifalda y camiseta de tirantes cuando el viento del norte congela hasta el fluir de la ciudad. Sacudió la cabeza con nostalgia, depositó en su mejilla un beso que, de haber estado despierta, habría rechazado por infantil, y regresó al refugio de su programa.

A Lluís, que parecía no percatarse de lo que sucedía en torno a él, no le costó comprender que su hija trataba de competir por la atención de un muchacho de su clase con esa chiquilla colombiana a cuyo paso se giraban hombres de todas las edades. Una oleada de pena y ternura erizó parte de sus nervios. Como él, Izaro era alta y delgada, desgarbada y muy tímida. De su madre heredó la belleza sencilla de su rostro y una cabezonería contra la que se estrellaba cualquier argumento. Si Egoitz era uno de esos adolescentes que pierden la razón en cuanto a sus compañeras de instituto les crecen las tetas, su querida niña no tenía nada que hacer. Pero si lo que aquel mocoso veía en las mujeres era un culo prieto bajo la falda, Izaro estaría mejor sin él.

No. Egoitz no era el problema. La chica, tampoco.

El problema era su hermano.

El Jero.

Antes de regresar a la paz organizada de los números, se preguntó una vez más si no debió contarle a Nekane que Jero llamó al portero automático. Que preguntó por Izaro y que, ante su negativa a dejarle subir, se puso muy desagradable. De hecho, recordando ahora los gritos a través del interfono, le daba la sensación de haber sido amenazado. Sacudió la cabeza, descartó temores indefinidos y se lanzó a las entrañas del sistema.

Nekane Gordobil tomó asiento en uno de los taburetes de formica donde, de pequeña, se tomaba el Cola Cao preparado por la abuela, y removió con desgana el batiburrillo de fideos y verduras que zozobraba en un cubo de cartón. La jaqueca había regresado. Tragó saliva. En el bolso, apenas a dos metros de su tortura, esperaba el Dolocatil. Cerró los ojos y se imaginó vaciando la caja de comprimidos, devorando una tras otra aquellas dosis de codeína que prometían liberarla de sus males. De todos sus males. Separó los párpados, lanzó al bolso un vistazo de resignación y se obligó a regresar a los gusanos de alforfón que se retorcían entre las púas del tenedor. Entonces volvió a sonar el teléfono.

Era Rutte.

Y curiosamente no quería hablar con ella, sino con Arechabala.

—Le he llamado un par de veces, pero tiene el teléfono apagado.

—Se habrá olvidado de cargarlo. Creo que es la primera vez que tiene uno.

—Ya. Eso pensaba. Imagino que en la casa de Panza no habrá electricidad. Ni cargadores, claro.

—¿En la casa de Panza?

En el mutismo que siguió a aquella pregunta, Nekane intuyó las dudas de su compañera, quizá incluso la sorpresa. Y el fastidio de quien revela un secreto sin pretenderlo.

—Venga, Rutte. ¿A qué fue Osmany a esa casa?

No tenía sentido seguir callada, así que le contó la última conversación con el cubano, su insistencia en conocer la razón de la denuncia interpuesta por Idania Valenzuela poco antes de su desaparición, la presencia incómoda del pasaporte allí donde la mujer no podría utilizarlo. También le explicó que llamó a comisaría en busca de esos datos.

—Espera, espera. ¿Les dijiste que Osmany estaba en la casa del tío ese?

De nuevo, el silencio. La comprensión tardía del error. Un silencio que alteraba los nervios de Nekane.

—¡María!

—Que no, tía, que no. —El tono afilado de su voz negaba valor al significado de las palabras—. A ver. Yo pregunté por Zabalbeitia. Es un colega con el que me llevo muy bien, aunque a la gente le parezca un borde.

—No te enrolles, Rutte. ¿Qué le dijiste?

—Nada. No estaba, ya se había ido a casa.

—Pero...

Sí. Había un pero. Siempre había un pero. Y Gordobil sabía detectarlos.

—Bueno, le pregunté al chaval que me cogió, un chico muy majo, recién llegado…

—¡Rutte!

—¡Vale! Le pregunté si había alguien a quien pedir datos sobre una denuncia de hacía cuatro años.

—¿Y?

—Pues que antes de contestarme, quiso saber la razón. Le conté que un amigo del suegro de Panza andaba buscando a la cubana.

—¿Y le dijiste que se coló en su caserío?

—¡Que no! Solo le dije que había encontrado su pasaporte, y pensaba que podía haberle sucedido algo grave.

Le costó mucho contener un improperio. En vez de eso, apretó los dientes y aspiró hondo. Muy hondo.

—¿Y qué te dijo el oficial con el que te pasó?

—No me pasó con nadie. Por lo visto, estaban todos ocupados. Dejó una nota.

Nekane alzó la mirada hasta las grietas del techo y negó con la cabeza. No hacía falta ser un genio para averiguar dónde encontró Osmany aquel pasaporte. Quien cogió el recado podría plantear de oficio una denuncia por allanamiento. Claro que también podía tratarse de uno de los muchos que ingresaban en la Ertzaintza en busca de un sueldo fijo y un trabajo cómodo y sin preocupaciones. Como la propia Rutherford.

—¿Sabes que puedes haberlo metido en un buen lío?

No hubo respuesta.

—Bueno, qué más da —exageró la displicencia de su tono, como si quitando importancia a la indiscreción pudiera indultar a su amiga—. Es su problema. Nadie le obligó a forzar ninguna puerta. Entonces, sobre la denuncia, no sabes nada más, ¿no?

—No, nada. Pero quería hablar con Osmany porque Zabalbeitia, el oficial al que dejé la nota, me ha llamado esta tarde para que se pase por allí. Ya sabes, a entregar el pasaporte y, bueno, a explicar de dónde lo sacó. —Dudó, quizá imaginando cómo Gordobil recostaba su desesperación en el sofá, antes de adoptar un tono más confidencial—: Y no te imaginas qué más me ha contado.

Detenido en la estación de Sodupe, esperando al tren procedente de Bilbao para seguir por la vía única que vertebra la comarca de Las Encartaciones, Osmany Arechabala estudió el paisaje con tristeza: farolas bajo las que nadie caminaba, la torre de la iglesia, el cartel morado de una sucursal bancaria y los faros de unos pocos vehículos detenidos en el paso a nivel. Un ramalazo de ausencias se le enredó en la garganta. Muy pocos meses atrás, desde esa misma estación contempló las mismas siluetas mientras trataba de olvidar que había esparcido sobre el lodo de un pinar oscuro las cenizas de Camilo. Allí terminó el breve periplo de su hijo por un mundo que quiso devorar a toda prisa: en un monte de la diminuta villa de donde, si los desvaríos de su madre fueran ciertos, huyó su bisabuelo siendo niño. Cerró los ojos, tragó una saliva con sabor a fracaso y obligó a su mente a alejarse de fantasmas reacios a abandonarlo.

Regresó a Valenzuela, a la casa de Pandozales, a las preguntas sin respuesta. Los amigos de Panza que le señaló la chica de la inmobiliaria, a los que recordaba de su encuentro del pasado domingo, no le desvelaron gran cosa. Ni Ordoki, el más bajo, ni Beltza, el moreno, pudieron aclararle ninguna de sus dudas. Eran dos tipos agradables que se atropellaban al hablar, que fingían discutir mientras cotejaban recuerdos y estallaban en repentinas carcajadas con cada anécdota, siempre aburrida, del colega fallecido.

—A Panza, lo único que le gustaba era estar con las vacas. Por eso nos fuimos separando, porque se pasaba el puto día en el monte. Casi nunca bajaba a echar unos tragos por aquí.

—La peña le miraba mal porque no era muy de ducharse y eso. Además, estaba gordo, y era grandote. Pero era un buenazo. Había que conocerlo.

—Las pasó putas cuando Mabel le abandonó. Joder, lo pasó muy mal. Se tiró meses enteros encerrado en Pandozales. Empezó a salir con gente rara, que no era del pueblo. Y luego dejó de salir. Como si prefiriera las vacas a la gente.

—Es que prefería las vacas.

Osmany, que hasta entonces había escuchado sin interrumpir, se inclinó sobre la mesa y, con el tono susurrante de las confidencias, trató de conducir la conversación a su terreno:

—Me dijeron que, cuando se quedó solo, empezó a recibir visitas de chicos. Chicos jóvenes, ya sabéis.

—¡Bah! Eso te lo ha contado alguna vieja, seguro. Son los típicos rollos que sueltan por ahí las marujas aburridas.

—Y además, ya sé quién. —Ordoki señaló al cubano con la roída uña de un dedo velludo—. Una de las Veletas, ¿no? Para eso buscabas la residencia el otro día, para hablar con las hermanas a las que cuidaba la cubana.

—Exacto. Eres bueno haciendo deducciones.

—No, qué va. Era obvio. —Osmany no pudo evitar sorprenderse al ver que las mejillas de aquel cincuentón se teñían de un brillante rubor adolescente.

—Pero todo es mentira. —La voz del otro, el alto de tez morena, rebotó contra las paredes con la fuerza de su vehemencia—. Panza, de maricón no tenía nada. Todo lo contrario.

—Entonces ¿no subían chavales a visitarlo?

—No. Chorradas.

A pesar de que podían mentir para proteger el nombre de su amigo, la respuesta le pareció sincera. Si, como pensaba, utilizó la vieja balanza para ajustar los gramos de heroína, lo disimuló muy bien. De modo que guardó silencio mientras revisaba los carteles colgados de las paredes, anuncios de viajes exóticos a destinos cercanos: rutas cicloturistas, escalada, rafting y aventuras sencillas para urbanitas empeñados en probar el riesgo sin correrlo.

—¿Te gusta?

Beltza cazó el momento en que su mirada se detuvo en la publicidad de un refugio de vida silvestre, un *collage* con fotografías de osos, águilas y linces donde sobresalía el hocico de un tiranosaurio.

—El Karpin. Está aquí mismo, en Karrantza. ¿Te atreverías a dormir rodeado de animales salvajes?

En su rostro se dibujó una amplia sonrisa al recordar aquellas noches que pasó protegido por un fino saco de dormir mientras, en torno a él, aullidos, gruñidos, rugidos y crepitar de ramas secas componían la banda sonora de las selvas del Congo y Nicaragua, de la sabana de Angola y el desierto de Namibia.

—Bueno, nunca tuve ocasión de dormir con un Rex.

—El dinosaurio es de plástico. —Las mejillas de Ordoki volvieron a iluminarse, consciente de su propia tontería—. Pero hay animales que dan miedo. Nosotros colaboramos con su mantenimiento. Dar de comer a los bichos, limpiar y eso. Es un poco rollo, pero al mismo tiempo una gozada. Cuando nos toca hacer guardia, nos echamos a dormir al aire libre en la zona de los osos. Te juro que acojona. Nos estamos planteando organizar acampadas ahí, a ver si nos dejan.

—Organizamos de todo. Rafting en Navarra, senderismo donde te dé la gana…

—Bajada de barrancos por la zona de Burgos, por los Picos, por los Pirineos…

—Escalada. Aquí cerca hay alguna pared muy buena.

—Y bici. Sobre todo, bici. Hemos llevado a grupos a subir el Tourmalet, hemos hecho salidas de una semana hasta Galicia. Incluso al castillo de Drácula hemos ido en bici.

—¡Pedazo viaje! Alguno empezó la fiesta en el avión. Como para olvidarlo.

—Y tanto. Solo faltó ganar la final. ¡Vaya putada!

—¿La final?

—Claro. Mucha bici y mucha hostia, pero si fuimos a Bucarest fue porque el Athletic se clasificó para la final de la Europa League.

—Pero palmamos. ¡Qué mierda!

El tren se detuvo en la última estación, sobre el graderío asomado a los tejados del Casco Viejo. La niebla y la noche se tragaban el circo de montes que rodean el corazón de la ciudad y, desde el andén, Bilbao remitía a una aldea arrinconada en el tiempo, soñolienta bajo las sábanas sucias que velaban su descanso. Tras casi una hora al calor del vagón, regresar al viento que imprimía arabescos en las lunas de los vehículos se le hizo más duro que pernoctar en la cocina de una casa abandonada. Bilbao le recibió sin más ruido que el susurro de las ruedas de los autobuses y el gruñido de la ría. Agotado, se arrastró en dirección a su apartamento mientras repasaba mentalmente las exiguas provisiones de la nevera, se apretaba la chaqueta contra el cuerpo y añoraba los sueños incumplidos de la hija de Valenzuela.

—Pero no querían el apartamento para mudarse. —A pesar de su tendencia a disertar sobre lo divino y lo humano, Beltza parecía comprender que al cubano solo le interesaba encontrar a su compatriota—. Panza nos dijo que pasarían temporadas largas en Lanzarote, el otoño y el invierno. Pero el tío no podía abandonar sus negocios.

—¿Sus negocios?

—Las vacas. Los ganaderos reciben mucha pasta de la Unión Europea por tener vacas. Si las vendía y se marchaba, no creo que le quedara dinero para vivir. Así que se las iba a cuidar uno de Karrantza, que monte a través está ahí mismo, y Panza volvería en primavera a rellenar los papeles para la subvención.

—Sabía vivir, el cabrón —susurró Ordoki.

—Sí… si te gusta estar siempre de mierda hasta las orejas. Pero mira, justo cuando iba a cambiar de vida, la palma.

—Mala suerte. Si al final…

—¿Y sabéis algo de Idania? —Arechabala se apresuró a interrumpir las reflexiones de Ordoki antes del inevitable duelo de frases hechas y lugares comunes—. Quiero decir, ¿hablasteis con ella después de la muerte de su marido?

—Pues no. La verdad es que con la chica casi no tuvimos relación.

—¿No sabíais que fue a la policía a poner una denuncia?

La que intercambiaron fue una genuina mirada de sorpresa. O eso le pareció a Osmany.

—Ni idea. ¿Una denuncia por la muerte de Panza?

El cubano se encogió de hombros.

—No lo sé. Solo sé que lo hizo. Y no puedo preguntar a la Ertzaintza.

—Lógico. Pero a nosotros tampoco nos contó nada. Nada de nada. Un día dejó la casa donde curraba y se marchó. No sabemos adónde.

No. Nadie lo sabía. Aunque Osmany comenzaba a sospechar que, por desgracia, no llegó demasiado lejos.

26

—¿Y no te da miedo vivir aquí sola?

Hacía horas que Ricardo Etxebarria había abandonado la vivienda, pero la pregunta seguía girando en el vacío mientras subía al dormitorio. ¿Miedo? Desde la desaparición de Lola no dejaba de pensar en preparar una maleta, subir al Mercedes y conducir hasta el abrigo de Bilbao. Poner a la venta el caserío, alquilar un apartamento pequeño y abandonarse a la rutina de sus clases como forma de superar lo insuperable. Pero algo en su interior, algo soterrado por el velado machismo de su marido, ninguneado por la arrolladora personalidad de Lola, se rebelaba contra una fuga impuesta. No huiría de su casa. No antes de descubrir lo sucedido con su novia, aunque los gemidos del viento en torno al caserío invocaran pesadillas que amenazaban su cordura apenas el sueño la derrotaba.

Fue precisamente el ulular del viento lo que le impidió escuchar el motor que, en la cima de La Escrita, se mantuvo unos minutos al ralentí antes de que su ocupante decidiera detenerlo. El asfalto, desierto, comenzaba a cubrirse de una fina pátina de hielo que la quitanieves de la Diputación no tardaría en limpiar. El hombre sabía que la máquina solía detenerse en ese mismo punto, unos minutos de descanso antes de continuar regando de sal las traicioneras curvas del puerto. Pero ella estaba ahí. Sola. Indefensa. La imaginó a punto de acostarse, dejando que la ropa se deslizara por su cuerpo, exhibiendo frente al espejo unos pechos que intuía grandes, rebeldes al paso de los años. Notó cómo su respiración se aceleraba, cómo la luna delantera se teñía de su aliento y la mano buscaba el calor de la entrepierna.

Agurtzane, envuelta en una gruesa bata de felpa oscura, abrió el ventanal que daba al balcón. Pensaba en Dólar. Pensaba en su piel morena, en sus ojos afilados, en su sonrisa y en las arruguitas que cincelaban en su rostro las huellas de la edad. Pensaba que no era normal sentirse atraída por hombres maduros y por mujeres demasiado jóvenes.

Sin embargo, Lola permanecía allí. Su silueta traslúcida se dibujaba entre los faldones de la niebla. Se apresuró a retirar una lágrima repentina, quizá temiendo que pudiera congelarse junto al párpado. No pensaba traicionar la memoria de su novia. Ricardo le caía bien, pero eso era todo.

Hablaron de sus vidas antes de ahora, del matrimonio frustrado de ella, de la empecinada soltería de él. De las alarmas que pensaba instalar en Ilbeltza y de la grandiosidad triste del palacio de Horcasitas. Recordó la melancolía con que Dólar describió a su hermana pequeña, y se sintió arrollar por una ola de ternura. La chica, mucho más joven, nació cuando sus padres ya habían desechado la idea de tener más hijos. Pero nació enferma, víctima de una atrofia que la mantuvo postrada en una silla de ruedas los breves dieciséis años de su existencia. Murió al doblar el siglo, y su madre se hundió en una depresión de la que no supo sobreponerse. Ricardo permaneció a su lado el tiempo que duró la excedencia racaneada a la empresa, pero nada pudo devolver la ilusión a la mujer. Recordó también su entusiasmo al hablar de su vida en Arizona, los paisajes infinitos que rodeaban Phoenix, el placer del motocross en el desierto de Sonora y la añoranza del Athletic, lo único que, afirmó con un mohín de disculpa, extrañaba de su tierra. A pesar de la distancia, jamás se perdió ninguna de las finales de su equipo favorito. El fútbol y las olimpiadas, otra cita a la que siempre fue fiel, eran su única distracción. Para vicios menos confesables, sonrió, le bastaba con recorrer seiscientos kilómetros, un suspiro en el universo inacabable de Estados Unidos. Agurtzane cerró los dedos en torno al cuello de la bata mientras dejaba a su imaginación volar hacia ese paraíso de juego y lujuria conocido en todo el mundo. Y le bastó mencionar que conocer Las Vegas era uno de sus sueños incumplidos para que Dólar se apresurara a invitarla a su casa de Phoenix como primera parada para cumplirlo.

Los destellos que salpicaron el retrovisor le forzaron a regresar del paraíso hacia donde cabalgaba a golpe de muñeca. El coche pasó de largo, pero su presencia bastó para hacerle comprender que intentarlo sería una locura. Mejor esperar. Pero no demasiado. Las circunstancias no volverían a ponérselo tan fácil. Esperar, vigilarla sabiendo que no iría a ningún sitio, que seguiría ahí, indefensa en la casa del Sacamantecas, inconsciente de su madura sensualidad.

Desde la distancia le llegó un rumor conocido. La quitanieves se acercaba barriendo la oscuridad con unos faros que pronto se posarían en él. No era el momento. Se subió la bragueta, arrancó el motor y salió a la carretera. No era el momento. Pero el momento llegaría. Muy pronto.

Y él sabría aprovecharlo.

SEGUNDA PARTE

VÍCTIMAS

El único arma que siempre has usado,
mirar de frente con un par de ovarios.
Has ido labrando tu vida
tirando pa'lante con las manos.
Que no te falten esos besos poco antes del alba,
cuando las pesadillas quieren morder tu cama.

Barricada,
«Con un par»

JUEVES

5 DE FEBRERO DE 2015

27

Marilia Almeida abrió los ojos, clavó la mirada en el techo y se dejó llevar por un bostezo. Sobre la mesilla, el radiorreloj marcaba las tres de la madrugada. Demasiado temprano para levantarse, aunque el gallo no tardaría más de hora y media en sacudir el corral con un canto que todo ganadero apreciaba y odiaba a partes iguales. Entonces no habría excusa para permanecer al calor de las mantas, esperando el milagro de la primavera en pleno febrero. Entonces, las vacas reclamarían la máquina de ordeño, las gallinas exigirían su ración de pienso y las cabras, recluidas en el establo, llenarían el ambiente de sus balidos lastimeros.

Pero Marilia estaba empeñada en apurar hasta el último segundo de descanso. Cambió de postura, apretó los párpados dispuesta a dejarse llevar, pero el recuerdo de lo que la había despertado la hizo sentarse de golpe sobre el lecho. El recuerdo de Cristiano, de su furiosa andanada de ladridos ahogada de forma abrupta tras un último gemido.

El perro ladrando a algo, a alguien. Y callando de golpe.

La escopeta estaba junto a la cocina, en la alacena de la planta baja. Allí la guardaba Manuel cuando las lluvias y la imposibilidad de trabajar en los montes enfangados le obligaban a desplazarse al sur en busca de bosques para talar, acompañado siempre por los dos hijos del matrimonio.

Demasiado lejos de la cama, desde donde, conteniendo el aliento, escuchaba la respiración del caserío; crujidos de columnas, susurros de deshielo en los canalones, el murmullo de la nevera y, en ocasiones, el batir de alas de murciélagos. Eso y el acelerado latir de la sangre contra sus sienes. Nada más.

De puntillas sobre la tarima arqueada por los años, se acercó hasta la ventana. Los dedos le temblaban en el momento de separar la cortina, un temblor que achacó al frío que erizaba el vello de sus brazos. Una luz sucia se filtraba a través del corazón ornamental recortado en la persiana. Despacio, tratando de no arrancar gañidos a la madera, apoyó la frente en el cristal y, sin mover la hoja, oteó entre los ventrículos del agujero. Las nubes tapizaban el firmamento. Le costó distinguir la gigantesca peña de Ranero, volcada sobre el caserío como un amigable demonio. En algún lugar de aquella monstruosa carcasa kárstica, emblema del valle de Karrantza, se encontraban las cuevas, el aparcamiento para turistas, el pequeño edificio de la taquilla, el restaurante y la antigua estación de machaque de la cantera, convertida en centro de interpretación del parque natural. Pero nada, ni siquiera el resplandor de las pocas farolas que bordeaban el parking era perceptible a la mirada. Las luces de Ambasaguas, muy lejos y muy abajo, eran el único punto reconocible en la distancia. No se veía Ranero, el barrio crecido al abrigo de la peña, porque el caserío donde Manuel y Marilia se instalaron para criar a sus hijos quedaba resguardado de la curiosidad de los vecinos por una de las muchas lomas que alabeaban la espalda de la montaña. No se veía nada.

La puerta principal, tres metros dentro del zaguán donde Cristiano se echaba a dormir las noches más frías, quedaba justo bajo su ventana. Dispersas manchas grises delataban la presencia de la nieve. Entre las sombras destacaba la pista, una línea trazada con tiza oscura sobre una pizarra negra. Su destartalado Galloper seguía aparcado frente a la fachada. A medio camino entre el todoterreno y la entrada intuyó un bulto fuera de lugar, una mancha inesperada sobre los restos de la ventisca. Haciendo visera con una mano, se concentró en ella.

Y tuvo que morderse los labios para contener un alarido.

Era Cristiano. Era el perro, derrumbado sobre la fina capa de hielo, inmóvil y desmadejado.

Muerto.

Tardó mucho en reaccionar. O eso le pareció. Alejarse de la ventana le supuso un esfuerzo titánico. Consiguió retroceder, y el crujido de una tabla hizo que se detuviera. Ordenó callar a su respiración, agigantada en el vacío de la alcoba, y se concentró en el silencio que resbalaba por las paredes.

Demasiado silencio.

Como si cada piedra, cada viga y cada teja siguieran sus pasos en espera del desenlace.

Más que caminar, se arrastró sobre los pies desnudos hasta que sus dedos rozaron la barandilla. Abajo estaba la escopeta, colgada de uno de los muchos clavos que taladraban la alacena. Abajo estaba su bolso, su móvil y las llaves del coche, en el primer cajón de la cómoda recostada contra la pared del recibidor. Pero para alcanzarlas debía cruzar las sombras que ocupaban el lugar de la escalera.

¿Y si daba la luz? La pregunta se diluyó en la obviedad de la respuesta. El intruso tenía un arma. A un mastín no se le mata de una pedrada. No. La oscuridad, la certeza de que nadie conocía la casa como ella, era su única aliada. De modo que, afrontando el terror con la firmeza con que afrontó casi en solitario la crianza de dos niños, se pegó a la pared, tanteó con los dedos del pie derecho en busca del primero de los peldaños y, deteniéndose a escuchar tras cada paso, comenzó el descenso.

Las tinieblas velaban los objetos conocidos, los escalones que dejaba atrás, los muebles que, en el recibidor, acumulaban botas y paraguas, herramientas, velas, la linterna, el bolso con el móvil y las llaves del cuatro por cuatro. Ningún ruido se imponía al del motor de la nevera, ninguna respiración, ningún rumor de ropas. Pero la ilusión de que el intruso no hubiera llegado a acceder al interior desapareció en cuanto una ráfaga de viento se enredó en el vuelo de su camisón.

Estaba dentro. Cerca, muy cerca, y, sin embargo, invisible. El sudor le resbalaba desde las axilas, agrio de miedo y desesperanza. Llegó a temer que su olor la delatara, como a un cervatillo agazapado ante la presencia del león. Tragó saliva. Si había contado bien, le faltaban cuatro escalones para llegar a la planta baja. Desde ahí, cinco zancadas en línea recta conducían a la puerta y a la libertad. Pero no sabía dónde estaba él.

En algún lugar del tabique había un retrato enmarcado, una vieja fotografía de sus padres. Las manos le temblaban tanto que estuvo a punto de dejarlo caer mientras intentaba liberarlo de la escarpia. Tomó aire, apretó los dientes en un triste intento de retener un valor que no tenía y volvió a orientarse. De frente, la salida, el coche, la salvación. Detrás, la planta superior, una ratonera de la que no podría escabullirse. A la derecha, la pared. Y a la izquierda, la cocina comedor que ocupaba la mitad de la planta. Al fondo, con la puerta siempre abierta, la alacena. El cansado lamento de la nevera la ayudó a calcular la dirección y la distancia. A pesar de que sus dedos, endurecidos de azada y ordeñadora, amenazaban con doblarse bajo el peso ínfimo del cuadro, Marilia se obligó a pensar que podría conseguirlo. Balanceó el brazo un par de veces, se concentró en los recuerdos de la casa y lo lanzó.

Un segundo. Dos segundos. Nada. Al tercero, un estruendo de cristales rotos, de botes caídos y algo rodando por el suelo. Y pasos, pasos corriendo en dirección a la despensa. Sin ruido, se precipitó escaleras abajo. Tanteó a ciegas la cómoda, sacó las llaves, que tintinearon como una campana delatora, buscó la cerradura de la puerta, giró y salió al frío y a la nieve. Estuvo a punto de caer cuando saltó sobre el cadáver del mastín, pero en un último esfuerzo logró mantener el equilibrio. Comprendió que ya había consumido la ventaja conseguida con su burda maniobra de distracción, pero le faltaba muy poco. Los intermitentes del Galloper parpadearon dos veces, el seguro se abrió con un clic sordo de esperanza, la mujer saltó sobre el asiento e introdujo la llave en el contacto. No tuvo tiempo de cerrar. El motor despertó con un rugido y Marilia pisó a fondo en el momento en que una sombra bruñida en negro y en metal se abalanzaba sobre ella.

28

Pasado Zalla, la carretera resbalaba en dirección a Balmaseda entre curvas y estrecheces. La niebla reptaba sobre el asfalto, limitando la visibilidad al pequeño círculo trazado por los faros. Y solo eran las doce, plena mañana de un día triste, oscuro de invierno y lluvia.

Nekane Gordobil conducía sin hablar, el ceño fruncido mientras, envuelta en un mar de dudas, analizaba cómo afrontar una entrevista de desenlace imprevisible. No conocía a los agentes con quienes acababa de citarse, no sabía si eran flexibles o, por el contrario, les gustaba aplicar de forma estricta el reglamento. A lo largo de sus años en el cuerpo, Gordobil había coincidido con ambas clases de policía: con quienes hacían la vista gorda ante casi cualquier infracción y con los que multaban a los chavales por cruzar la calle a diez metros del paso de cebra. Confiaba en que los de Balmaseda se acercaran más a los primeros.

En el asiento del copiloto, Osmany Arechabala estudiaba el farallón de piedra y pinos que flanqueaba la calzada sin percatarse de los imperceptibles cambios del paisaje, sin intuir el cauce del Kadagua ni la línea de las vías, pendiente solo de dudas y recuerdos. Había quedado con la suboficial en un bar de la plaza Nueva, donde matronas de setenta años y muchachitos de aire oriental compartían pinchos de bacalao y tortillas rellenas de surimi. En teoría, la cita era para que Gordobil le contara los pormenores de su visita a la nuera del cubano. Pero esa era la teoría.

—No había nadie. He estado diez minutos llamando. Primero, al portero automático. Cuando salía un vecino, me he colado y he tocado el timbre, pero nada. No estaban en casa.

—¿Y el teléfono?

—Tampoco. Lo he oído sonar desde el descansillo, pero nadie lo ha cogido.

Osmany apuró su café y se incorporó para marcharse. Pero Nekane le obligó a retomar su asiento sujetándolo con suavidad de la muñeca.

—Escucha. Que no estén en casa no significa nada. Ha salido a hacer las compras, a dar un paseo… lo que sea. Luego la llamo y vuelvo a concertar una entrevista. De todos modos, cada vez estoy más segura de que los miedos de esta mujer no tienen relación con la pequeña, sino con su nuevo novio.

—¿Eso piensas?

—Sí. Le he estado dando muchas vueltas. El otro día no dejaba de mirar hacia una esquina del salón. Era obvio que había alguien ahí, y no precisamente una niña de un año. Pero si este chico, ¿cómo se llamaba?

—Abdoulayé.

—Ese. Si no tiene papeles, es lógico que tu nuera no quiera dejar entrar en el piso a nadie de un organismo oficial, aunque se trate de una asistente social. No todo tiene por qué ser malos tratos. A veces la respuesta es tan sencilla como esta.

—Pero quedaste con ella hoy y no apareció.

Gordobil dejó escapar una risa seca, carente por completo de alegría.

—¿Y qué piensas? ¿Qué se ha fugado con la niña para

que no vea que está llena de cardenales? Venga, Osmany, no te pases. Luego la llamo, en serio, pero te aseguro que puedes estar tranquilo.

—De acuerdo. —Un suspiro, una afirmación muda con el mentón, un desviar la mirada hacia la barra—. Quizá tengas razón. Estoy exagerando mis miedos de viejo chocho. Esperaré a que hables con ella.

—Perfecto. Pero, hasta entonces, tenemos algo importante que hacer.

Y ahí estaba, en el C4 Picasso de la mujer, soñando con su nieta y el calor de Santa Clara mientras, con el pasaporte de Idania Valenzuela en el bolsillo, se adentraban en Balmaseda.

Lo más relevante de lo que Gordobil le contó en el tono susurrante de esas confidencias que no deben hacerse en una cafetería abarrotada fue que, como él ya suponía, Rutherford telefoneó a comisaría apenas le colgó. No consiguió hablar con nadie, pero dejó una nota que cualquiera pudo leer. El *ertzaina* con quien Rutte trató de contactar le devolvió la llamada al día siguiente. Y de esa llamada nacía aquella cita impostergable. La policía quería que Osmany entregara el pasaporte en comisaría y, de paso, les explicara con pelos y señales las circunstancias de su hallazgo. Preocupada por las posibles consecuencias y sintiéndose, de alguna forma que ni ella era capaz de definir, responsable de lo sucedido, Gordobil se ofreció a acompañarlo a Balmaseda.

Sin embargo, la suboficial también le contó una extraña historia sobre mujeres que, de un día para otro, abandonaron sus hogares y desaparecieron sin tan siquiera despedirse. Una historia absurda, útil solo para hacer perder el tiempo a las autoridades, a decir del oficial que se la refirió a Rutherford. Claro que Gordobil tenía otra opinión.

La furgoneta roja de la panadería se perdió por el sendero, y Agurtzane Loizaga dejó escapar el bufido que logró contener durante la conversación. Gari la sorprendió en el momento de sacar el Mercedes del garaje y, en vez de dejar la barra en la bolsa dispuesta a tal efecto, se empeñó en hacerla salir del vehículo para entregársela en mano. Según él, si la guardaba en el interior de la vivienda evitaría que se humedeciera, algo que ni la protección del balcón podía impedir cuando la niebla se adhería a la fachada. Agurtzane asintió a regañadientes, segura de que solo buscaba una excusa para saciar su curiosidad. Acertó. El panadero inquirió por Lola antes incluso de entregarle el pan, clavando sus ojos oscuros en la máscara tras la que la mujer escondía sus sentimientos. Ella se limitó a responder que se había vuelto a Cádiz. Él no dijo nada. Esperó que Agurtzane regresara a la vivienda y, mientras introducía la llave en la cerradura, disparó la pregunta que no dejaba de importunarle:

—¿Y no te da miedo vivir aquí sola?

Cuando Garay desapareció más allá de los manzanos, regresó al Mercedes y salió a la carretera. Regueros de lluvia y deshielo se precipitaban monte abajo, invadían los peraltes y atajaban por el asfalto en su descontrolada carrera hacia el fondo del valle. Ignorando al camión que se pegó a su guardabarros como un mosquito aburrido, condujo muy despacio, atenta a las pocas viviendas sembradas junto a la vía, testigos posibles e improbables del paso, dos semanas atrás, de un Mini verde pistacho.

«¿No te da miedo vivir aquí sola?». Era la segunda vez que se lo preguntaban en menos de doce horas, la segunda vez que un hombre la estudiaba con una sonrisa de suficiencia mientras apostillaba que una mujer no es dueña de su destino, que una mujer sola, sin un macho que la proteja, es poco más que carnaza al alcance de alimañas de dos piernas. La segunda vez que, fingiendo curiosidad, la amenazaban.

¿Acaso no eran conscientes de ello, de la intimidación subyacente en su fingido interés?

Algo debió comprender Gari, algo debió leer en la forma en que se achicaron sus pupilas, porque se apresuró a matizar sus palabras:

—Quiero decir que a mí sí me acojonaría estar aquí solo, en la puta montaña, a kilómetros de la casa más cercana. Yo ya me habría agenciado un buen sistema de alarma.

Terminado el puerto, el camión se lanzó a adelantar sin importarle ni la línea continua ni la cercanía de la siguiente curva. Agurtzane tuvo que frenar para permitirle regresar a tiempo a su carril, lo que no fue óbice para que el conductor le dedicara una afilada sarta de improperios sobre mujeres, coches y caracoles. No hizo caso. La vida era demasiado corta para perder un segundo en semejantes naderías. La vida era demasiado corta y la felicidad podía desaparecer de la noche a la mañana. Sacudió la cabeza y siguió buscando en una carretera salpicada de caseríos adustos y persianas cerradas a alguien a quien interrogar.

El coche de Lola había desaparecido. Quizá con ella, quizá no. Un Mini verde pistacho, pequeño y llamativo como la muchacha. Pero de Ilbeltza solo se puede salir en dos direcciones: hacia Bilbao, asumiendo el riesgo de cruzarse de frente con Agurtzane si, por cualquier motivo, hubiera salido antes del trabajo, o hacia Karrantza, desde donde pronto alcanzaría la nacional que une la meseta con Cantabria. Esa era la ruta más probable.

De vez en cuando la carretera quedaba encajonada entre dos breves hileras de casas achaparradas, dormidas a pesar de lo avanzado de la mañana. La lluvia era cada vez más espesa, gotas gruesas que dejaban sobre la luna imperceptibles marcas de hielo y dudas. Había nieve recostada contra los muros de piedra que marcaban el límite de las propiedades, pero el agua anegaba los prados y amenazaba con desbordar los escuálidos cauces que surcaban el valle. Sin saber adónde dirigirse, dejó atrás el alargado pabellón de una fábrica de quesos y señalizó para entrar en la gasolinera.

No era una mala opción. Que ella supiera, desde que le regaló el coche, Lola no repostó ni una sola vez, por lo que era posible que los secuestradores se hubieran visto forzados a hacerlo a pesar del riesgo que entrañaba. Tomó el iPad, donde había seleccionado una fotografía de Lola con el Mini, trató de controlar unos nervios incontrolables y entró en la tienda.

El hombre que la atendió parecía contar con los dedos de una mano los meses que le restaban para la jubilación. Parapetado tras un bigote que salpicaba en todas direcciones, estudió la imagen mientras de sus labios brotaba un murmullo semejante a la cuerda de un muñeco durante los segundos previos a agotarse.

—Juraría que sí. —Golpeó con el borde de la uña la pantalla y, satisfecho, se atusó el mostacho—. De hecho, estoy casi seguro de haber visto este coche hace no tanto.

Agurtzane necesitó utilizar las dos manos para detener el temblor de la tableta.

—¿Seguro? ¿Y no recuerda cuándo?

—No sé. Dos semanas atrás. Algo así.

Dos semanas atrás. Cerró los ojos, aterrada ante la cercanía de la verdad. Dos semanas. No podía equivocarse. Ningún otro Mini color pistacho pudo pasar por allí justo en esas fechas. Pero ahora venía lo peor.

—Y… —La voz se le quebró antes de dar forma a la pregunta—. ¿Y se fijó en el conductor?

—No sé. Verá, el coche es muy fácil de recordar. —Regresó a la instantánea que sacó el día de Reyes, cuando entregó a Lola las llaves de su flamante Mini Cupé como mezquina compensación por arrebatársela al sol y a las playas de Cádiz—. Mi hija tuvo uno de esos. De los viejos, que eran como una cajita de cerillas. Ya no se ven muchos. Y por aquí, por el valle, tampoco se ve el modelo nuevo. Es un coche de ciudad; en el campo no vale para nada. —Loizaga cambió de pie el peso de su cuerpo, tratando de disimular su impaciencia—. Por eso me fijé. Lo recuerdo aparcado frente al diésel. —El tipo señaló uno de los surtidores y ella siguió su movimiento, esperando casi tropezar con la imagen de su novia—. Pero de la gente… ni idea, la verdad. No suelo fijarme en la gente —concluyó, inventando un gesto compungido, casi una disculpa, ante el rostro demudado de la mujer.

Un camión tocó el claxon y él salió para atenderle. Ella permaneció allí, siguiéndole con la mirada mientras el hombre ensartaba la manguera en la boca del depósito e iniciaba una animada conversación con el conductor. Pero lo que veía era el auto de Lola, el mono azul y naranja del operario y dos sombras indefinidas agazapadas en los asientos delanteros. Y, de nuevo, el mono azul y naranja del operario regresando hasta la tienda mientras guardaba en la vieja riñonera un billete de cincuenta euros.

—¿Atiende usted siempre los surtidores?

El hombre se encogió de hombros sin dejar de trastear en la cartera, como si necesitara contar todo el dinero después de cada venta.

—No siempre. En realidad, solo a los del pueblo. Están acostumbrados a que les sirva, y a mí no me cuesta nada. Pero esto es autoservicio. Los de fuera, los de Bilbao o Ampuero, echan y entran a pagar.

Asintió comprendiendo que se le escurría de entre los dedos la última posibilidad de hacerle recordar. Sin embargo, había otra forma —más lenta, pero más certera— de descubrir quién se llevó a su novia. Y de encontrarla.

«Si sigue con vida», se dijo.

—¿Durante cuánto tiempo guardan las imágenes?

El hombre siguió la dirección de su dedo hasta la cámara de videovigilancia colgada frente a los surtidores.

—Eso lo llevan en la central. Pero, que yo sepa, quince días.

Quince días. Habían pasado trece desde el 23 de enero.

Debía darse prisa.

29

El subcomisario Txema Laiseka dejó las hojas sobre la mesa, dedicó a Peio Zabalbeitia, el oficial que acababa de entregarle las fotocopias, una mirada de decepción y se recostó contra el respaldo a la vez que dejaba resbalar una mano por su abundante cabellera gris. Encogido en el asiento, Zabalbeitia estudiaba, sin disimular su hosquedad, a los culpables de aquella situación: la mujer rellenita que se identificó con su propia placa y el negro de acento caribeño.

—Entonces —Laiseka se dirigió al oficial sin separar la vista del papel— ¿cuánto tiempo hace que tienes esta lista?

Incómodo, Zabalbeitia cambió de postura y cruzó los brazos.

—La sudaca me la trajo ayer.

—Perdona, ¿quién?

Tragó saliva.

—La denunciante. Se llama Heydi Huamán. Es de Perú.

El subcomisario no se molestó en alzar la cabeza.

—La señorita Huamán fue víctima de un intento de agresión el domingo por la noche, ¿no es cierto? —Zabalbeitia no respondió, pero el rubor comenzó a teñir los lóbulos de sus orejas—. Esta mujer, esta víctima, amplía la denuncia aportando un listado de posibles desapariciones sucedidas en nuestra jurisdicción. Y en vez de comunicárselo a tus superiores, la guardas en un cajón.

—Bueno, tampoco te pases, que me la trajo ayer. —Se inclinó hacia la mesa buscando un tono confidencial—. Había comenzado a revisarla para entregártela con datos concretos.

—De acuerdo. Empezaste a revisarla sin avisarme porque, al parecer, no tenía demasiada urgencia. Son cosas de hace años, ¿no es así? —El oficial asintió, levemente esperanzado—. Pero no tuviste ningún problema en comentarlo con una agente fuera de servicio.

—¡Eh! Yo no he hablado con esta tía en mi vida. No sé qué te habrá…

—¡Me refiero a Rutherford! —rugió el subcomisario, estrellando la mano abierta contra la mesa.

Gordobil y Arechabala seguían la conversación como quien sigue un desigualado partido de tenis. No resultaba agradable, aunque a Osmany le pareció sorprender un leve matiz de regocijo en los labios de Nekane.

—Bueno. Si te parece —Laiseka cambió de tono y de sonrisa para dirigirse a su compañera de Bilbao—, podemos repasar lo que te contó Rutherford. Aunque debo decir que, por mucho que me moleste la desidia de ciertos compañeros —Zabalbeitia clavó en su jefe unos ojos enrojecidos—, yo tampoco veo elementos delictivos en esta relación.

—No digo que los haya. En principio, nosotros tampoco dimos mucho crédito al padre de Idania. Pero Osmany encontró su documentación, y luego Rutte me contó lo de esa anciana de Trucios, lo de la lista que tienes ahí. Y empezamos a preocuparnos en serio.

El subcomisario volvió la mirada hacia el pasaporte abandonado sobre una carpeta, la isla de Cuba impresa en dorado. Le dio un par de suaves golpes con la yema del índice y murmuró de forma reflexiva.

—El pasaporte, sí. Ya volveremos a ello. Y a las circunstancias en que se encontró. Ahora, si os parece, comencemos por el principio.

Nadie dijo nada. Zabalbeitia mantenía el mentón caído sobre el pecho, como un niño enfurruñado tras una regañina injusta. Gordobil revisaba mentalmente la forma de convencer al subcomisario para que no denunciara de oficio al cubano. Y Osmany trataba de reconocer en alguno de los agentes que pululaban por la comisaría la silueta de quienes lo atacaron en Pandozales. Como imaginaba, no pudo llegar a conclusión alguna.

—Veamos. —Laiseka carraspeó, alzó la nota hasta la altura de sus ojos y se recostó contra el respaldo de la silla—. Esta muchacha, Heydi Huamán, trabaja de interna en Trucios, en la casa de una anciana minusválida. ¿Es correcto? —Zabalbeitia asintió sin alterar su rictus de ofendido—. Una tal Juana Llaguno. Según esta señora, unas cuantas mujeres han desaparecido en nuestra comarca de forma sospechosa. Por lo visto, afirma haberlo denunciado tiempo atrás a la Guardia Civil y, hace tres años, a nosotros. Sin embargo, Peio, no has encontrado nada al respecto, ¿no?

—Nada de nada. No hay ninguna denuncia con su nombre.

—Sigamos. No hay pruebas, no hay denuncias, ni más sospechas que la de la anciana. Mira. —Entregó a Gordobil una fotocopia de la relación y fue señalando los nombres a medida que iba leyendo—. La primera es una tal Isabel Balani, una joven de origen filipino que cuidaba de la hija de Ramón Echevarría, un terrateniente de Balmaseda. Según esto, sucedió en 1986. —Lanzó una mirada de cansancio a la suboficial, que se limitó a encogerse de hombros—. Esta comisaría se inauguró justo ese año. Y, a decir verdad, no teníamos casi competencias, de modo que la esposa de

Ramón puso una denuncia ante la Guardia Civil. No se sabe nada más.

Zabalbeitia improvisó un bostezo que provocó en su jefe un gruñido de descontento.

—A continuación, habla de una mujer de Ribota de Ordunte. Calcula que en torno a 1992, y no recuerda su apellido. Se llamaba Lourdes y vivía sola. —Dedicó a Osmany una breve explicación—. Aunque está muy cerca, Ribota pertenece a la provincia de Burgos. Si alguien echó en falta a esta chica, lo denunciaría a la Guardia Civil, fuera de nuestra jurisdicción. No podemos hacer nada.

—Podríamos preguntar —susurró Gordobil.

—Igual Boni se acuerda de algo.

El subcomisario lanzó a Zabalbeitia una mirada tan feroz que el otro recordó de golpe su interés por una esquina de la mesa.

—¿Quién es Boni?

—Bonifacio Artaraz. —En la voz de Laiseka era perceptible la desgana con que se veía obligado a dar unas explicaciones que juzgaba innecesarias—. Es el propietario de Baraz, Vigilancia y Escolta. Supongo que los conocerás. —Gordobil asintió enarcando las cejas. Las oficinas centrales de Baraz estaban en Bilbao, en la plaza de Zabalburu—. Es de aquí, de Balmaseda. Vive en uno de los chalets que hay junto al apeadero de La Calzada.

—¿Y qué pinta en todo esto?

Fue Zabalbeitia quien contestó:

—Era guardia civil. Estuvo en el cuartel del pueblo hasta que lo cerraron. Entonces lo dejó y montó la empresa de guardaespaldas. Está forrado gracias a las extorsiones de ETA.

—No tiene ni puta gracia, Peio. En cualquier caso, si tuviéramos que consultar algo, lo haríamos por los cauces oficiales. Sigamos. —Parecía que, según hablaba, la voz de

Laiseka se fuera volviendo más débil y rasposa—. La tercera es Ángela Escudero. Una mujer de unos sesenta años de Lanzas Agudas, un barrio de Karrantza. Según esto, la echaron en falta en el año 2000. No tenemos constancia de denuncia alguna. Y la última es Soraya Dumitrescu, una adolescente rumana cuyo rastro se perdió en 2012. En este caso hubo denuncia, hubo investigación y hubo conclusión. Por eso te decía —matizó, dirigiéndose a Nekane— que este listado me parece poco riguroso. El único caso que nos llegó se resolvió bastante rápido. La familia de la chavala llevaba semanas en un descampado de Sodupe, pero ella quería regresar a Rumanía. Aprovechando que el Athletic jugaba la final de la Europa League en Bucarest, se fugó de la caravana de sus padres y se volvió a dedo a su país. Varios testigos la vieron con una mochila en el corredor.

—¿Confirmaron que llegó a Bucarest?

Aunque lo intentó, Txema Laiseka no fue capaz de disimular que la interrupción de Arechabala no le había hecho ninguna gracia.

—Pasamos sus datos a la Interpol, que contactó con la policía rumana. Nuestro trabajo terminó ahí.

El cubano notó la incomodidad de Nekane Gordobil en la forma en que se removió en la silla. Molestar al subcomisario no parecía la mejor forma de evitar una denuncia.

—También se fugó la chica de Galdames, ¿no, jefe? En 2009, si no recuerdo mal.

Laiseka reclinó la cabeza sobre otro papel.

—Cierto. Arrate García. Diecinueve años. Sus padres denunciaron su desaparición, aunque dejó una nota diciendo que no aguantaba más en aquel poblacho, que se iba a Barcelona con alguien que había conocido. Aquello fue una fuga en toda regla, aunque le dedicamos mucho tiempo. Nosotros y los Mossos. Pero no apareció. De todos modos, no olvidemos que era mayor de edad y dejó evidencias de que se marchaba de forma voluntaria.

—Como la del otro día. —El timbre despectivo del oficial hizo que todas las cabezas se giraran hacia él—. Una tía de veintiséis años, que se pira con su coche y todas sus cosas. Una lesbiana. Vino a denunciarlo su querida, una mujer mucho mayor, que prefiere pensar que han secuestrado a la chavala a reconocer que se ha cansado de ella.

—Ayer eché un vistazo al informe. —El subcomisario tampoco parecía consciente de la mirada de sorpresa con que Nekane Gordobil seguía aquel diálogo—. Vivían en lo alto de La Escrita, ¿no?

—Sí. —Zabalbeitia dejó escapar una risotada fuera de contexto—. En la casa del Sacamantecas. Por mucho que la hayan reformado, aquel no es lugar para una chica joven. No hace falta ser catedrática para saberlo.

—¿Catedrática?

—La denunciante, Agurtzane Loizaga, es catedrática en la facultad de Sarriko. —El subcomisario hizo resbalar el cursor del ratón por la desproporcionada pantalla de un ordenador que parecía llevar allí desde la inauguración de la comisaría—. Estuvo contigo, ¿verdad, Peio? Por lo visto, al principio pensó que la muchacha la había dejado.

—Pues claro —gruñó Zabalbeitia, alzando mucho la barbilla.

—Pero unos días después —Laiseka fingió no haber escuchado— descubrió que no se llevó a su gato. ¿No es raro tardar tanto en comprobar algo tan obvio?

—El bicho apareció de repente. Ella cree que salió corriendo detrás del coche y se perdió.

—Ya. —A Osmany le pareció notar un sutil deje de recelo en la voz de Laiseka—. Ese mismo día volvió a revisar la casa y descubrió que tampoco se había llevado el móvil.

—¿Una chavala de veintiséis años se marcha sin su smartphone?

—Es extraño, sí. —Enredó los dedos en el cabello, algo repetido con tanta asiduidad que Gordobil podría apostar que el subcomisario formaba parte de la legión de *ertzainas* seducidos por las tarifas turcas para implante de pelo—. No tiene mucho sentido que se deje el teléfono y la mascota. ¿Estamos revisando esto?

—Se lo he pasado a los técnicos. —Zabalbeitia apoyó los antebrazos en la mesa y se inclinó hacia delante, animado ante la perspectiva de poder aportar algo—. Es un iPhone. Si los chicos no dan con la forma de desbloquearlo, tendríamos que solicitárselo a los de Apple con una orden judicial. Pero esos se pasan los tribunales por donde yo te diga.

—En cualquier caso, no creo que la chavala tarde en dar señales de vida. Quizá no quiera contactar con su novia, pero seguro que es fácil encontrarla en alguna red social.

Peio Zabalbeitia asintió con demasiado énfasis.

—Eso pensaba yo. Estoy esperando un poco para rastrearla en Instagram y Facebook.

En el silencio que siguió no fue difícil comprender el resquemor de Laiseka sobre la sinceridad de su oficial, ni la indiferencia con que este asumía su recelo. El subcomisario iba a añadir algo cuando llamaron a la puerta.

—Txema, perdona. —Una agente asomó la cabeza esbozando una sonrisa de disculpa—. Nos necesitan en Karrantza. Los bomberos han conseguido acceder al vehículo, pero no hay nadie dentro. ¿Puedo llevarme a Peio?

Zabalbeitia se incorporó, musitó una despedida ininteligible y siguió los pasos de la mujer. Laiseka dejó escapar un suspiro. Quizá fuera alivio, quizá frustración, pero, en cualquier caso, quedó patente que le alegraba continuar sin su presencia.

—Peio es un buen policía. No te dejes engañar por su actitud de hoy. —Se dirigía a Nekane, quizá temeroso de lo que pudiera contar a sus compañeros de Zabalburu—. Llevamos juntos desde siempre, desde que inauguramos esta comisaría en los ochenta, y te aseguro que se puede confiar en él. Pero está enredado en su segundo divorcio. Lo pasó muy mal con el primero, pero ahora... —alzó la vista, como si buscara la figura de Zabalbeitia camino del aparcamiento—, está siendo mucho peor.

Nadie dijo nada. Nekane pensó en Izaro, en la distancia impuesta por una jueza empeñada en robarle su familia, y trató de adivinar las consecuencias de aquella situación en el desempeño de su trabajo. No fue capaz de llegar a ninguna conclusión.

—¿Hubo un accidente?

La pregunta de Osmany arrancó a los *ertzainas* del lugar adonde, por un momento, se habían dejado arrastrar.

—Sí. Esta mañana un vecino de Karrantza ha avisado al 112 de la presencia de un cuatro por cuatro dentro del río. Hemos mandado un par de patrullas y a los bomberos. El resto ya lo habéis oído. Y ahora, si no os importa, explicadme lo de esa mujer que andáis buscando.

Con cautela, pendiente de contar lo estrictamente necesario, Osmany le habló de la llamada de Valenzuela, de la abrupta interrupción de las remesas de su hija, de la visita a las hermanas Sarachaga, de la intención de la cubana de mudarse a Madrid y de su forma de desaparecer sin despedirse. También se refirió a la presencia de Idania en la comisaría, a la solicitud de información por parte de la embajada y, por último, a su hallazgo del pasaporte y del contrato de señal de un apartamento en Arrecife. No mencionó el dinero, la vieja báscula de precisión, ni sus sospechas. Y, por supuesto, no hizo referencia a la emboscada, algo desconocido incluso para Gordobil.

—Bueno. Por pasos. —Laiseka retomó la postura frente al ordenador, y el sonido de sus dedos en el teclado acompañó al fluir de las palabras—. Recibimos una solicitud de información, que respondimos con los datos de que disponíamos entonces: no había constancia de que la mujer no se hubiera marchado de forma voluntaria. Aquí está —dijo, señalando algo que solo él podía ver—. Una patrulla accedió a la vivienda con autorización expresa, vía e-mail, de Iñaki Larrinaga, el hijo de Panza. La casa estaba a la venta. Una de las trabajadoras de la inmobiliaria, que tenía las llaves, los acompañó. Vamos a ver... No encontraron objetos personales que pudieran pertenecer a la mujer, ni nada que les hiciera sospechar de hechos delictivos.

Osmany y Nekane asintieron sin palabras. Aquello no arrojaba ninguna luz a lo que ya sabían.

—Sobre la denuncia interpuesta por la mujer, poca cosa. Fue el 17 de marzo de 2011. Vino directa de la estación. Por lo que pone aquí, estuvo de compras en Bilbao, y en el tren descubrió que le habían robado la cartera, así que en cuanto llegó al pueblo vino a denunciarlo. Documentación, tarjetas, dinero... Ella sospechaba, seguramente con razón, que le abrieron el bolso en el semáforo de El Corte Inglés. Un sitio habitual de carteristas. Eso es todo. —Alzó la cabeza y dedicó a Nekane una mirada de comprensión—. Supongo que no es lo que esperabais.

Ella no respondió. Se encogió de hombros y dejó que el subcomisario siguiera hablando.

—Ahora, y aunque lo siento, no puedo pasar por alto que acabas de confesar un allanamiento de morada.

El cubano no alteró la expresión seria de su rostro. No esperaba otra cosa. En realidad, que la Ertzaintza le buscara las cosquillas por colarse en un caserío abandonado era lo de menos. El recuerdo de dos sombras empuñando una Sig Sauer le preocupaba mucho más.

—En mi opinión, no creo que hayas hecho nada que merezca una actuación de oficio. Al fin y al cabo —añadió con una sonrisa—, se trata de poco más que un armazón. Sin embargo —adoptó el tono serio de las declaraciones formales—, tenemos la obligación de avisar al propietario.

Nekane no se molestó en disimular su alivio.

—El hijo de Panza vive en el extranjero, ¿no?

—Sí. Pero el caserío ya no es suyo. Consiguió venderlo hace unos meses, junto a unos pastizales que tenía su padre por la zona del Kolitza.

—Vaya —murmuró la suboficial con una mezcla de inquietud y decepción—. ¿Y podemos saber a quién?

—Al de siempre. Al rico del pueblo.

30

El paisaje, su paisaje de toda la vida, se limitaba a la pared agrietada de la cuadra, la casa de los vecinos y la sucia pista de cemento que, pocos metros después, cedía su lugar al sendero por donde ganaderos y excursionistas afrontaban las primeras rampas del Armañón. Abandonado contra el cobertizo estaba el viejo Land Rover que nadie había movido en los últimos cuatro años. Ni siquiera los operarios que instalaron en la fachada una farola cuya luz, tras rebotar en el vehículo, imprimía contra las cortinas del dormitorio de Juana Llaguno las mismas siluetas repetidas noche tras noche.

Los pasos en la escalera la devolvieron al mundo real, al Trucios soñoliento de invierno, a la suavidad de Heydi Huamán en el momento de acariciar la garra de su mano y arrastrar la silla hasta la mesa. A Juana se le hacía difícil comprender que la Ertzaintza tampoco la hubiera tomado en serio a ella, superviviente de un depredador que llevaba años operando con total impunidad. Por primera vez en su vida comenzó a dudar de una teoría que tal vez fuera solo fruto de su soledad. Por primera vez se preguntó si la filipina no se hartó de hacer de mucama para unos ricos incapaces; si Ángela no se despeñó por una sima de Lanzas Agudas; si la rumana no consiguió escapar de una familia que la obligaba a vagar por Europa como un gato abandonado. Si ella no fue siempre una vieja atemorizada por fantasmas imposibles. La policía jamás habría despreciado a la víctima de un delito. A no ser que supiera que las sospechas con las que trató de ampliar su denuncia eran pura ficción.

Heydi trasteaba en la cocina, sacaba las naranjas de la bolsa, guardaba el pan, buscaba una cazuela. A través del quicio de la puerta, Juana la espiaba con la ternura de quien observa a la única persona que le queda en este mundo, una persona de cuyo presente, y futuro, se sentía responsable. Sofocada por el contraste entre el frío del exterior y el calor del fuego en el salón, la muchacha se había quitado el suéter, y su piel terrosa brillaba en la prisión de una ceñida camiseta de tirantes. Dudó. Si la policía tenía razón, si no había maniacos a la caza de mujeres, debía concluir que el agresor de Heydi estaba mucho más cerca de lo que imaginaba.

Volvió a pensar en el Land Rover, en su presencia conocida, en la farola y sus destellos sobre el metal. Y, una vez más, se preguntó por qué las últimas dos noches el reflejo de esa luz había trenzado sobre sus cortinas siluetas que parecían encogerse tras el parapeto de la carrocería.

Izaro descansaba en el sofá, arrebujada bajo una manta de princesas Disney, la mirada perdida en el televisor. Y su smartphone permanecía en el bolsillo del gabán sin que hiciera amago alguno de buscarlo.

Lluís Ballester lo descubrió mientras adecentaba una casa que, en ausencia de Nekane, caminaba firme hacia el naufragio. Su hija no había salido del dormitorio ni para comerse lo único que supo prepararle, una sopa de sobre y una tortilla francesa. No tenía fiebre, pero se la veía pálida y avejentada, si acaso esto último era posible en una niña de quince años. Lluís la arropó como solía hacer antes de que la adolescencia se la arrebatara de los brazos, apagó la luz y salió con la intención de trabajar un par de horas antes de acostarse. Pero entonces se fijó en el desorden de la sala, en los platos amontonados sobre la encimera, en el calzado abandonado junto a la puerta de la entrada, y no pudo evitar preguntarse de dónde sacaba su mujer el tiempo necesario para mantener la casa limpia de polvo y suciedad, y la calle limpia de delincuentes.

Y se sintió ruin y mezquino por el simple hecho de planteárselo.

Al coger el abrigo, notó aquel peso extraño en el bolsillo. Incrédulo ante la evidencia de que Izaro llevaba todo un día encerrada en su cuarto mientras su móvil dormía en el chaquetón, lo estudió durante unos minutos. Por fin, se encogió de hombros, concluyó que la niña estaba peor de lo que marcaba el termómetro y siguió ordenando la casa con la callada resignación de un mártir.

Pero ahora era distinto. Aunque apenas había logrado arrancarle cuatro palabras, aunque seguía enfundada en la felpa del pijama y no se había movido del sofá en toda la mañana, Izaro estaba despierta. No tenía fiebre. Comía bien. No se quejaba.

Y no había tocado el móvil. Ni siquiera para cargarlo.

No se lo contó a Nekane. La conocía. Sabía que su instinto de sabueso la llevaría a angustiarse por algo que no podía controlar. Y Lluís no quería preocuparla. Bastante estaba sufriendo, lejos de su familia y de su casa, exiliada en la cara oculta de Bilbao sin tan siquiera el consuelo de acudir a trabajar como placebo para el olvido. Por eso no se lo dijo. Como tampoco le dijo que ese Jero que tanto le inquietaba había vuelto a llamar al interfono. Ni que intuyó algo inesperado en su hija, algo a caballo entre el miedo y la náusea, cuando le rogó que le dijese que no podía hablar con él. No. No hacía falta preocupar a su esposa. Izaro estaba con su padre. Él sabría cuidarla.

31

Nekane Gordobil colgó y permaneció de espaldas unos minutos, negando al cubano la preocupación de sus pupilas. Conocía a su marido. Fuera del universo extraño de la informática, era tan inocente que resultaba sencillo adivinar en su nerviosismo la fecha en que compraba los regalos de cumpleaños o Navidad. En otras circunstancias, el pretendido desenfado de su voz le habría parecido risible. En otras circunstancias. Pero se trataba de su hija. Y Lluís le ocultaba algo. No debía de ser grave, pensó tratando de aferrarse a la lógica. Quizá ni siquiera tangible. Dudas, sensaciones, la premonición irracional de un desastre inminente. No lo sabía. Sin embargo, sabía que la tranquilidad de su tono era tan falsa como las risas de las telecomedias.

Cuando se sintió mejor, regresó al coche. Osmany Arechabala, enfundado en un plástico transparente, esperaba fingiendo no haber escuchado la conversación. Nekane le dedicó una sonrisa de agotamiento y, antes de abrir la puerta, volvió a preguntar:

—¿Estás seguro? Te advierto que no me parece buena idea.

—Seguro. Solo son un par de dudas, para descartar que tenga relación con lo de la Idania. No vamos a meternos en temas policiales.

Si a Nekane le sorprendió que se tomara tan en serio la búsqueda de una desconocida, no lo dejó traslucir. Y Arechabala no quería confesar las verdaderas razones de su empeño. Al menos, por el momento. Poco podía hacer por Idania, de cuya suerte no dudaba. Pero dos tipos habían intentado asesinarlo por buscar a una cubana perdida. Y él no era de los que dejan pasar algo así.

La carretera trepaba entre montes tapizados de bruma y pinares raídos por las plagas. En contraste con la oscuridad del bosque, los pastos brillaban apetecibles, libres del ganado recluido al calor de los corrales. De los caseríos brotaba una fina línea de humo blanco, y en las pocas cimas visibles bajo la niebla, la nieve reflejaba el color plomizo del firmamento. Una relajante campiña engalanada con viviendas solitarias. El paraje ideal para un criminal en serie.

—Dime, Osmany, ¿qué esperas conseguir de la catedrática?

—No lo sé —respondió tras reflexionar unos segundos—. Pero me sorprendió lo que escuché hoy. Yo me compuse una teoría sobre la hija de Valenzuela, y lo de hoy me la estropeó por completo. Por eso quiero hablar con esta señora. Quizá sea verdad que existe un depredador por acá. O tal vez tuvo razón ese policía que culpa de todo a las exageraciones de una vieja.

Gordobil dejó escapar una risita. El cubano había calado bien a Zabalbeitia.

—¿Y cuál es esa teoría tuya sobre tu compatriota?

—Bueno… —Se removió en el asiento buscando aliviar una incomodidad que no era física, y pasó revista a sus conclusiones evaluando la parte a compartir con la suboficial—. Yo pensé que la cosa tenía que ver con drogas.

Nekane no se molestó en disimular la ironía.

—¿Drogas? ¿En un caserío de un barrio diminuto? ¿Una viuda que llevaba ahí encerrada desde que llegó de Cuba?

—No, claro. Yo supuse que fue cosa de Panza. Y no de ahora. De hace muchos años.

—¿Por qué?

A la entrada de Traslaviña, un camión maderero les obligó a detenerse y a esperar mientras el conductor discutía con un vecino. Osmany siguió poniendo en orden sus ideas:

—La anciana a la que cuidaba Idania me dijo que Panza recibía visitas de chicos jóvenes en su casa. Ella creía que se volvió yegüita después de divorciarse, por eso le sorprendió que volviera de Cuba con una mujer. Estamos hablando de los años ochenta. Y algo sé sobre lo que hizo la heroína en esa época.

—Sí. —Gordobil hablaba en voz muy baja mientras, siguiendo la estela del tráiler, avanzaban a paso de tortuga—. El caballo se llevó por delante a toda una generación. En Bermeo y en Ondarroa. En la margen izquierda, en Sestao, Santurtzi, Barakaldo. También en Las Encartaciones, sí. Pero se trata de una conclusión un tanto forzada, ¿no?

—Ya. Pero después encontré una báscula de precisión en la casa. —Ahora Nekane le estudió con el ceño fruncido antes de devolver la vista a la carretera—. Era una balancita vieja, un poco oxidada, con un juego de pesas muy pequeñas. La más grande era de un gramo. Igual que las de las boticas. —Aunque jamás vio algo parecido en una farmacia, entendió la analogía—. Idania la debió de limpiar y la puso en la cocina como adorno. Para guisar, no sirve.

—Entonces, según tú, pasaba droga a yonquis que subían hasta Pandozales a por ella. Demasiado riesgo, ¿no?

—Es posible que los yonquis no le compraran a él. Quizá distribuía a traficantes callejeros. En ese caso, no sería mucha la gente que subía a su cabaña.

Gordobil se tomó un momento para repasar sus propios conocimientos sobre tráfico de drogas. Al fin y al cabo, ella trabajaba en ese supermercado de estupefacientes que es el entorno de San Francisco, donde el hijo de Arechabala encontró la muerte. Sí. Nadie, ningún traficante muerto de hambre, conocía a los grandes capos. A ellos los surtía un intermediario, y a este, otro más grande, en una cadena de fidelidades y amenazas que mantenía a los responsables últimos protegidos y satisfechos en sus inexpugnables mansiones. No tenía motivos para pensar que en los ochenta la cosa fuera diferente.

Pero entonces Osmany lanzó la pregunta que llevaba haciéndose desde el momento de la emboscada.

Y Nekane estuvo a punto de abandonarlo en medio de la carretera.

—¿Pudo haber *ertzainas* involucrados en el tráfico de drogas?

Contó hasta diez. Siguió hasta veinte. Aprovechó una recta diminuta entre las espirales que trepaban el monte y se lanzó a adelantar arrancando rugidos al motor y un gemido ahogado al cubano. Regresó a su carril derrapando sobre el asfalto encharcado, deslizándose contra el peralte hasta que los neumáticos patinaron en la tierra un segundo antes de lanzarse a escalar el puerto de La Escrita a la velocidad de su furia.

—¿Tú de qué vas?

—Déjame que te explique…

—¿Tú de qué coño vas? ¿Crees que puedes acusarnos de tráfico de drogas así, sin más?

—No. No acusé a nadie. Solo fue una pregunta. Y si dejas de hacer el loco y manejas normal, te cuento el motivo.

Inspiró con todas sus fuerzas el aire del habitáculo, oloroso a sudor, polvo y calefacción. Poco a poco, lo expulsó y levantó el pie del pedal.

—Tú dirás.

—Mira. —Temeroso del efecto de sus palabras en la suboficial, midió cada verbo, cada adjetivo, cada duda—. Idania y Panza se compraron un apartamento en las Canarias. Yo no sé cuánto dinero andaban, cuánto tenían en el banco, pero mirando la casa, a mí me parecieron pobres. Un amigo suyo me dijo que vivían del dinero que les daba Europa por tener vacas, no sé cuánto será eso. —Nekane hizo un gesto ambiguo, que lo mismo podía significar poco que demasiado—. Y me pregunté si Panza no habría pensado en volver a lo de la droga, si no trató de contactar con alguien peligroso que prefirió quitárselo de en medio. O quizá trató de chantajearlo para conseguir el dinero. No sé. Son cosas que se me ocurren.

—Ahora me estás diciendo que el marido fue asesinado.

—Solo estoy inventando, no me fusiles tan pronto. —Nekane seguía mirando al frente, pero intuyó un movimiento ascendente en la comisura de sus labios—. Imagina que fue así. Y que Idania sospechó y fue a denunciarlo a la Ertzaintza.

—Venga, acepto la premisa. —Arechabala suspiró al comprobar que en su voz no quedaba nada de la explosiva indignación de un minuto atrás—. Si su denuncia hubiera tenido algo que ver, aunque fuera de lejos, con el accidente del marido, podíamos creer que en comisaría tropezó con alguien conchabado con cierto grupo de traficantes, ¿no es eso? —El cubano asintió sin decir nada—. Pues ya puedes ir olvidándote.

—Sí, ya lo vi. A la pobre le robaron la cartera. Nada raro.

—Sí. Y la Ertzaintza se creó en 1983. De hecho, no terminó su despliegue hasta 1995. A Balmaseda llegó en el 86. Demasiado pronto para liarse con drogas, ¿no? Ni siquiera tenía competencias.

—¿Y quién se ocupaba, entonces?

—La Guardia Civil. En Balmaseda hubo una casa cuartel, no recuerdo cuándo se cerró. Lo ha comentado el sub-comisario esta mañana. Mira —sugirió, repentinamente animada—, si hubieras sospechado de ellos, igual me lo habría tomado más en serio.

Ahora fue él quien dejó escapar una risita.

—Ya veo que no os lleváis muy bien.

—Nos llevamos estupendamente, no se trata de eso. Pero en los ochenta hubo muchas cosas raras.

—¿Cosas raras?

—Sí. —Se pasó la lengua por los labios y exageró el gesto de mirar el retrovisor sin ver nada a su espalda—. Muchas noticias los vincularon con el tráfico de drogas. Basta hacer una búsqueda por internet para encontrarlas: alijos desaparecidos, agentes detenidos, comandantes procesados por importaciones de droga, falsos atestados, pagos con cocaína… Incluso se dice que el fiscal jefe de San Sebastián redactó un informe fantasma sobre la implicación de agentes y mandos del cuartel más grande de la comunidad autónoma.

—¿Y qué decía?

—Según la prensa de entonces, porque poco más se sabe o, al menos, poco más sé yo, un coronel y varios de sus hombres protegían a los narcos a cambio de dinero. Se habló de sueldos de un millón de pesetas al mes. Una burrada para la época. Pero todo aquello quedó en nada.

Osmany regresó a su postura original, devolvió la mirada a la carretera y se permitió un momento para pensar. Aquello cuadraba. Salvo, claro está, por el hecho incuestionable de que, cuando Idania desapareció, no había Guardia Civil en Balmaseda. Aun así, prefirió no dejar resquicios a la duda.

—¿Y no habrá ningún *ertzaina* que en los ochenta estuviera en la Guardia Civil?

—No. En Balmaseda no, puedo asegurártelo.

No importaba. La denuncia interpuesta por la hija de

Valenzuela no tenía relación alguna ni con Panza ni con la heroína que pudo pesar en su vieja báscula. Una pena, porque la aparición en escena de dos sicarios armados con viejas Sig Sauer con silenciador y sin número de serie se ajustaba como anillo al dedo a un escenario de tráfico de drogas. Aunque tampoco creía que unos secuestradores de mujeres se comportaran como hermanitos de la caridad.

Tras tomar la última de las curvas, un cartel les informó de que se encontraban en el alto de La Escrita, a cuatrocientos treinta metros sobre el nivel del mar. A mano derecha nacía una de tantas pistas forestales que comunican los caseríos aislados con un progreso que no parecen añorar. Nekane señalizó con el intermitente y se perdió por ella.

32

Agurtzane Loizaga terminó de anotar algo en un cuaderno antes de dedicar a sus visitantes una mirada de ira, de miedo y de tristeza. Nekane Gordobil se removió en el asiento, cada vez más molesta por las indiscreciones de Arechabala.

El cubano se limitó a sonreír.

—Esto es increíble.

La catedrática dejó caer el bolígrafo, cruzó los brazos y las piernas, y clavó en la suboficial unas pupilas nubladas por la rabia. Y el temor.

—La Ertzaintza me trata como a una mierda cuando voy a denunciar la desaparición de mi novia, y ahora resulta que hay más casos. Y todos siguen el mismo patrón. Pero la histérica soy yo, ¿no?

—Verás, si la persona que te atendió no te trató de forma correcta, acepta nuestras disculpas. —A Gordobil le importaba bien poco que la mujer presentara una queja contra el oficial de Balmaseda. Que se hiciera público que ella misma o su acompañante habían revelado a terceros detalles de una investigación en curso era diferente—. Todo esto ha salido a la superficie gracias a tu denuncia. Yo no participo de las pesquisas, pero el caso de Idania Valenzuela —Loizaga acarició con la yema del índice el nombre anotado junto al de Soraya Dumitrescu— me llegó por cauces no oficiales. Me consta que, en el resto, el subcomisario Laiseka asume en persona la responsabilidad de la búsqueda. —Tuvo la inquietante sensación de que su rostro delataba la mentira—. Nosotros no pintamos nada. Pero estábamos cerca, y Osmany insistió en venir a hablar contigo. Entiendo que ha sido un error.

—No, ni hablar. —Agurtzane improvisó algo semejante a una disculpa innecesaria—. Ahora, como mínimo, sé qué está sucediendo. No te preocupes. No pienso meter en líos a los únicos que me han tratado como a una adulta.

Nekane no supo responder. Se dedicó a cotejar las palabras conciliadoras de la catedrática con el tono agrio de su voz. Hasta que Arechabala rompió un silencio cada vez más incómodo:

—Si la muchacha, Lola, fue raptada, quien lo hizo se tomó muchas molestias. Vació los armarios, se llevó el auto... Para eso hace falta tiempo. ¿Cómo supo que tú no llegarías mientras tanto?

—Porque nos conocía. No puede haber otra razón. Exactamente como en el caso de la hija de tu amigo, ¿no es cierto? —No hubo respuesta—. Son dos secuestros calcados. Las abordaron en sus casas, se las llevaron y vaciaron sus armarios. Las conocían.

Osmany volvió a mirar en derredor. La luz de mediodía teñía de claroscuros el paisaje que les rodeaba. Dos hileras de manzanos escoltaban el caserío, ceñudos cancerberos de uñas afiladas. A lo lejos, un cordón de montañas dormía bajo las nubes ancladas sobre el valle. Ningún tejado delataba la presencia de vecinos, ninguna chimenea trazaba líneas en el firmamento, ningún vehículo rompía un silencio tan acogedor como inquietante.

Muchos paralelismos con la vivienda, infinitamente más humilde, de Panza.

—Alguien que os conocía. Conocía el lugar donde vivís.
—Ella asintió con la mirada perdida en sus propios miedos—. Quizá no sea tan difícil hacer una lista con posibles sospechosos, ¿no?

—No hago otra cosa desde hace dos días. —Suspiró, pasó las páginas del cuaderno, echó un vistazo y lo cerró de golpe—. Llevamos solo unos meses viviendo aquí. Conocemos a un par de cuadrillas en Ambasaguas y Concha, y a algunos más en Balmaseda. Poca gente, la verdad. Ninguno de ellos ha estado nunca aquí. —Comprendió que no era cierto. Ricardo Etxebarria apareció allí el día anterior a pesar de la nieve y la ventisca. Si un desconocido que vivía en Arizona era capaz de dar con Ilbeltza a la primera, cualquiera podría hacerlo—. Pero no me atrevo a dar nombres. No tengo ningún motivo para ello.

—¿Y alguien que venga hasta aquí? No sé, un jardinero, el del mantenimiento del gas…

—No tenemos jardinero. —Sonrió encogiendo las piernas bajo el cuerpo mientras una expresión soñadora asomaba de forma fugaz a sus labios—. Lola quería ocuparse del terreno. Incluso compramos una segadora. Por ahí anda, sin estrenar. No. No se me ocurre nadie. Gari es el único que viene todos los días en su furgoneta.

—¿Gari?

—El panadero. Bueno, el repartidor de pan. Si no me equivoco, trabaja a comisión para el obrador. Por aquí todo el mundo le compra a él, por eso le contratamos.

—¿Ese Gari pasa todos los días por los caseríos de la zona? —El tono de Gordobil reflejaba su sorpresa. En la ciudad, cada cual se ocupa de comprar su pan en la tahona más cercana—. Entonces conocerá a todo el mundo, ¿no? Y sabrá en qué caseríos viven mujeres solas.

A la memoria de Agurtzane regresó la conversación de esa misma mañana, las referencias de Garay a los riesgos de su aislamiento en Ilbeltza, su inocente curiosidad sobre Lola y las alarmas.

Y de golpe comprendió que no fue así. El repartidor no preguntó en ningún momento por las alarmas. Dijo que él ya se habría agenciado un buen sistema de seguridad.

Sabía que ella no disponía de ninguno.

—¿Cómo es ese Gari? ¿Podría ser capaz de raptar a una mujer?

Agurtzane no respondió enseguida. Pendiente del cuaderno que guardaba en su regazo, revisaba una y otra vez las palabras de Garay, su voz seca, la indiscreción de sus preguntas. Cuando contestó, había un timbre de duda en sus palabras:

—Supongo que sí. Tendrá unos cuarenta años. Es flaco, pero parece fibroso. Que yo sepa, vive solo. En una casa de Concha.

—¿Tiene el pelo largo y va mal afeitado?

Alzó la cabeza, sorprendida por la interrupción de Arechabala.

—Sí. ¿Le conoces?

—Lo vi ayer, repartiendo en un bar de Balmaseda.

Prefirió no añadir ningún comentario sobre su discusión con Ricardo Etxebarria.

—¿Y el carro? Es más difícil de esconder que un cadáver, ¿no?

La imagen que la acosaba cada noche, la recreación de una fosa abierta bajo un mar de pinos, el cuerpo marmóreo de su amante, paletadas lentas y sincrónicas cubriendo unos párpados que jamás volverían a abrirse, regresó invocada por las últimas palabras. Sobreponiéndose a la angustia, compartió con ellos sus sospechas, les habló de la gasolinera de Karrantza, de las cámaras y de la llamada que hizo a la Ertzaintza para que recabaran de la empresa las imágenes del sistema de videovigilancia.

—Me ha cogido el teléfono un tío que no se enteraba de nada. Por lo visto, el agente con el que estuve había salido. Así que dentro de un rato pienso bajar a Balmaseda para confirmar que han solicitado las imágenes.

—¿Se pararon a repostar? ¿Con una mujer secuestrada dentro del auto?

—Supongo que no. —Agurtzane abrió el cuaderno y jugueteó con él mientras hablaba—. Le he dado muchas vueltas. Si eran dos, llegarían en su propio vehículo, una furgoneta, un jeep o yo qué sé. Lola no desconfió. La ataron o la drogaron, vaciaron su cuarto y uno de ellos se la llevó en su coche. El otro cogió el Mini para esconderlo. Pero Lola era muy descuidada. Seguro que tenía el depósito casi vacío. Debieron asumir el riesgo de entrar en la gasolinera. Peor sería quedarse tirados en mitad de la carretera.

—¿La Ertzaintza ha comprobado la tarjeta de la chica?

Agurtzane se encogió de hombros.

—No tenía tarjeta. Decía que no creía en los bancos. Tenía una cuenta para que le ingresaran la RGI, pero cuando se vino a vivir conmigo la obligué a renunciar a ella. —Una leve capa de rubor tiñó su rostro mientras, sin prestar atención a lo que hacía, pasaba de un lado a otro las páginas de la libreta—. Formábamos una pareja, y mi sueldo es superior al de la media. No podía permitir que mi novia se aprovechara de unas ayudas pensadas para quienes lo están pasando mal. Así que también canceló la cuenta. La autoricé en la mía, pero en ella no ha habido ningún movimiento —terminó con el tono de quien acaba de exponer una conclusión irrebatible.

A Osmany no debió de parecerle tan evidente.

—¿Y sabes cuánto dinero tenía en la cuenta que canceló?

—No. Pero imagino que poco. Lola era una manirrota.

No había mucho más que decir. Agurtzane los acompañó hasta la puerta y se despidió de Osmany con un sorpresivo abrazo de solidaridad, como si la búsqueda en la que ambos se hallaban inmersos les uniera con un lazo invisible y necesario. Le pidió su número de móvil, prometió mantenerle al tanto de lo que deparara la investigación, estrechó con frialdad la mano de Gordobil y permaneció junto al mirador hasta que el C4 se perdió tras una curva.

Fue entonces cuando la suboficial dio rienda suelta a la rabia acumulada:

—Vamos a ver. ¿A qué ha venido lo de soltarle a esta mujer la lista de desaparecidas, así, sin más? ¿Te das cuenta del jaleo en el que me puedes meter?

—Te pido disculpas. —Nekane comprendió que su acento compungido era puro teatro—. Pero ya oíste a la profesora. Ella no va a decir nada.

—Claro. Y los de la comisaría de Balmaseda son gilipollas, ¿no? Bueno, igual hoy han dado esa impresión, pero te aseguro que no lo son. Y sigo sin entender qué ganas tú diciendo nada.

—Bueno, tres cabezas piensan más que dos. Quise saber si las fechas o la forma en que se perdió el rastro de las demás significaban algo para ella.

—Ya. Difundir datos entre un montón de personas para tener un montón de teorías diferentes, ¿no? Así no se hacen las cosas, Osmany.

—Yo nunca fui policía, ya tú sabes.

—Ya. Por eso deberías dejarnos hablar a los que sí lo somos.

Aceptó la regañina sin inmutarse, sin desviar la mirada de la línea parda del sendero. Llegaron a la carretera y Nekane, tras confirmar que no había coches a la vista, giró hacia la derecha.

—¿Adónde vamos? No vinimos por acá.

—No. Pero, ya puestos, quiero pasar por la gasolinera para confirmar que han recibido aviso de guardar las imágenes. No tengo ganas de que vuelva a pillar en bragas a mis compañeros.

—¿Crees que grabaron la imagen del secuestrador?

En la pregunta de Arechabala flotaba un evidente tono de desconfianza.

—No lo sé. —Adelantó a un camión que descendía con ambos intermitentes encendidos antes de reflexionar en voz alta—: Todo apunta a que la chavala se marchó por voluntad propia. Pero ¿por qué no se despidió? ¿Por qué no dejó una nota?, ¿por qué abandonó al gato y dejó el smartphone? ¿Por qué no ha vuelto a escribir en Facebook o Instagram? Y, sobre todo, ¿adónde va una chica joven sin dinero ni tarjeta?

—Yo diría que la licenciada llevaba mucho tiempo pagándoselo todo. Por poco dinero que cobrara, si no gastaba, pudo tener un pequeño capital ahorrado cuando cerró esa cuenta.

Nekane se permitió separar la mirada de la carretera para dedicarle una sonrisa de complicidad.

—Entonces ¿a qué conclusión has llegado?

Osmany se atusó la perilla con una mano mientras con la otra limpiaba el vaho de la ventanilla lateral.

—No termino de ver nada en todo esto. Quizá deberíamos hablar con la familia de alguna otra desaparecida.

Gordobil sacudió la cabeza con vehemencia, pero Osmany fue incapaz de comprender si negaba o le daba la razón.

33

El frío era la mejor anestesia. El frío que roía cada palmo de su carne con incisivos de cuarzo. El frío que paralizaba sus músculos, que tiraba de sus nervios anulando las órdenes del cerebro, que cristalizaba en su piel y su angustia. El frío consiguió hacerle olvidar el dolor de los pechos flagelados, de las nalgas llagadas, de cada orificio violentado. Y al frío rogaba que se la llevara antes del regreso del hombre.

La enfermiza luz de mediodía iluminaba los rincones de la vieja nave, una sencilla construcción de bloques de hormigón y tejado de uralita. El pavimento era una capa de cemento agrietada por el paso del tiempo, y grandes fardos de paja dispersos en torno a ella constituían el único mobiliario a la vista. Eso y las cadenas. Algunas resbalaban desde el techo; otras, de las paredes, y las que la retenían entonces se clavaban al suelo con ayuda de cuatro grandes estacas de acero. Allí atada, piernas y brazos extendidos, Marilia Almeida se dejaba llevar por los primeros síntomas de hipotermia con la esperanza de que aquella fuera la última de las torturas. Había despertado de la nada, esposada a unos grilletes que colgaban de las vigas como serpientes de un paraíso de fuego y sal. Desnuda y amordazada, mecida en el vacío por sus propios temblores, vio pasar las horas en soledad, acariciada por el viento que se filtraba a través de los huecos de las paredes.

Pasó mucho tiempo antes del regreso de su secuestrador. Tiempo de luchar inútilmente contra el óxido de las argollas, de escupir a través de la mordaza gemidos ahogados que nadie oiría, de balancearse de uno a otro lado tratando de quebrar la madera de la viga sin conseguir más que desollarse las muñecas. Cuando el hombre la liberó de sus ataduras, se desplomó sin fuerzas para resistirse, incapaz de proteger sus pechos y la cara interna de los muslos de los latigazos que comenzaron a llover con sádica precisión. La violó cuando ya no era más que un cuerpo indefenso y entregado, un guiñapo a merced de su torturador. Volvió a encadenarla, esta vez al suelo, se recreó demasiados minutos en sus pezones y, antes de marcharse, la arrojó encima un sucio saco de arpillera, quizá con la intención de que el frío no se la llevara demasiado pronto.

Porque volvería. No dejaría a medias su trabajo. Marilia sabía que jamás saldría viva de allí, que no estaría en su hogar para recibir a Manuel y a los chicos cuando, terminada la tala invernal, regresaran del sur. Por eso, lo único que rogaba a ese Dios en el que últimamente no pensaba lo suficiente era que el aire glacial que se colaba por los poros fuera más rápido que él.

El quejido ronco de un motor acabó con sus esperanzas.

34

—Habríamos tardado menos retrocediendo por La Escrita.

Como dándole la razón, la camioneta que tenían delante abandonó el carril donde permanecían atascados, maniobró entre la ladera y el humilde desfiladero labrado por el río y aceleró en dirección contraria. Arechabala la vio marchar con una sensación de nostalgia en el estómago. Nadie le esperaba en Bilbao. Pero tenía hambre.

Nekane Gordobil martilleaba el volante con las uñas mientras oteaba por encima de los coches que la precedían. En la gasolinera, un empleado de movimientos cansados les había confirmado que desde la comisaría de Balmaseda les habían solicitado una grabación de vídeo. Repostaron mientras el hombre se empeñaba en repetir una y otra vez que su trabajo era atender a los clientes y no hacer de policía. De regreso al vehículo, tomaron la carretera que profundizaba en el valle en vez de volver por las curvas diluidas en niebla de La Escrita. Según Gordobil, tardarían menos siguiendo hasta Laredo, donde podrían tomar la autovía, que ascendiendo el puerto una vez más. Sin embargo, llevaban media hora detenidos en una retención en el mismo centro de Karrantza, algo impredecible en una vía por donde apenas había tráfico.

Maldecía sus palabras por enésima vez cuando la fila comenzó a moverse. El susurro de los neumáticos y la caricia del viento a través de la ventanilla consiguieron diluir el hastío de los últimos minutos, tiempo dedicado por ambos a extrañar a una hija, a una nieta, demasiado alejadas de aquel mundo de bruma y humedad. Absortos en preocupaciones que nada tenían que ver con su presencia allí, ninguno había relacionado el atasco con la conversación escuchada esa mañana en la comisaría de Balmaseda. Pero la desgarbada figura de Peio Zabalbeitia recostado contra la carrocería de un coche patrulla se encargó de recordárselo.

Ignorando los furiosos pitidos del resto de los conductores, Gordobil metió la marcha atrás y retrocedió hasta detenerse en el lugar del accidente, provocando el enfado del *ertzaina* que dirigía el tráfico. Solo cuando Zabalbeitia le indicó que se trataba de una compañera, el agente se encogió de hombros y siguió empujando a los demás vehículos camino de Cantabria.

Sobre la grúa que descansaba en el arcén, los operarios se afanaban en amarrar los restos de un viejo Galloper rescatado del río. La carrocería aplastada contra el habitáculo, los cristales reventados y las puertas deformadas bastaban para confirmar la gravedad del accidente. Aún no habían dado con el cuerpo, pero sobrevivir habría sido un milagro.

—Nos va a costar encontrarla. —Zabalbeitia se acercó sin molestarse en responder a las llamadas que crepitaban en su intercomunicador—. Si no se enreda en alguna rama, a estas alturas debe de estar en el Asón. Y no tardará en llegar al mar.

—¿Encontrarla? —Nekane seguía pendiente de las líneas del todoterreno, de la brutalidad del impacto impresa en el acero—. ¿La habéis identificado?

—Sí. El coche pertenece a unos portugueses que viven

en Ranero. El bolso de la mujer estaba dentro, enredado en un asiento. Marilia Almeida. Unos compañeros han subido al caserío, pero allí no hay nadie. Debió de salir de madrugada. Por lo visto, era normal que bajara muy temprano a comprar pienso para los bichos a Ampuero. Pero a esas horas quedaba hielo en la calzada. Creemos que derrapó en algún tramo sin guardarraíl. Nadie la vio. Los que dieron aviso descubrieron el vehículo enganchado contra el tronco ese que sobresale.

—¿Hay rodadas? ¿Marcas de frenada? —preguntó Gordobil, absorta en la velocidad a la que el agua azotaba la vegetación de las orillas.

—No hemos encontrado nada. Pero ya sabes cómo va esto. Si trató de frenar sobre el hielo, ni marcó el asfalto. Y al derretirse, nos quedamos sin huellas de ningún tipo.

—¿Solo una persona?

—Sí. Eso está confirmado. Esos tíos, los portugueses, tienen una miniempresa de explotación forestal. Ranero Forestal, se llama; no se comieron el tarro buscando nombres. Es un modelo que se da mucho por aquí. Portugueses que contratan a rumanos para tirar pinos cuando hay pinos que tirar, y los despiden cuando no hay trabajo. En los meses de lluvia, muchos ni se molestan en salir de casa. Con lo que ganan el resto del año les sobra. Pero Manuel y sus dos hijos, en invierno, bajan a trabajar a Andalucía o al sur de Portugal. No sé si andan pillados de pasta o se quieren hacer de oro. La esposa se queda en Ranero, cuidando del ganado. He pedido en comisaría que traten de localizar al marido. No quiero ni imaginar el viajecito de regreso que les espera.

Gordobil sí se lo imaginaba. Sin pretenderlo, visualizó el oscuro interior de un vehículo donde nadie era capaz de decir una palabra; donde tres rostros curtidos de sol y monte, endurecidos tras jornadas arrastrando árboles montaña abajo, callaban mientras regueros de lágrimas teñían sus pieles. Y, de golpe, las caras desconocidas de esos hombres se diluían en la bruma, y eran Lluís e Izaro quienes lloraban por la muerte de la esposa, de la madre.

La voz de Arechabala la devolvió de golpe a la realidad.

—¿Y lo hacían cada invierno?

—¿Bajarse al sur? Sí. Estos sí. Trabajaban siempre para la misma empresa, y los llamaban cada año.

—Entonces —el habitáculo vacío del Galloper, el techo hundido contra los asientos, ejercían sobre el cubano una atracción extraña—, todo el mundo sabía que, cada invierno, esta mujer se quedaba en el caserío. Sola.

Zabalbeitia no se molestó en contener la carcajada.

—Claro, claro. La teoría de la conspiración. Tenemos por aquí a un pirado que se va cargando a las mujeres que se quedan solas. Y, además, lo hace tan bien que nadie se ha dado cuenta todavía, ¿no? Vamos a ver… —No había acritud en sus palabras, no había desprecio ni ironía. Quizá una nota lejana de cansancio. Fuera de comisaría, el oficial no parecía tan desagradable—. Estamos ante un accidente. Y la tipa de la casa del Sacamantecas se piró porque le dio la gana. Yo bastante tengo con convencer a los bomberos para que busquen un cadáver en ese torrente. Pero no soy quién para prohibiros echar un vistazo. El caserío de Marilia está nada más pasar el núcleo de Ranero. Delante hay un cartel con el nombre de la empresa. Si os aburrís, ya sabéis.

Sin darles tiempo a replicar, les dio la espalda y respondió a la llamada que llevaba tiempo colándose a través del intercomunicador.

Eva Ramírez se giró en la cama, lanzó a Jerónimo una mirada de incomprensión y siguió golpeando con los pulgares las teclas del smartphone. Pero Jero volvió a gruñir, y Eva se resignó a dejar el móvil para preocuparse por sus lamentos.

—¿Y ahora qué?

—Mira, mira esto. —Su hermano deslizó un dedo por la pantalla del suyo, haciendo correr diferentes entradas de lo que parecía un chat multitudinario—. «Joven salvadoreño condenado sin pruebas en España». A este tío le han metido cinco años de cárcel porque una vieja dijo que se parecía al que le robó el bolso.

Eva se incorporó conteniendo un suspiro de hastío. Adoraba a su hermano, pero desde que abandonaron Colombia para recluirse en aquel anónimo piso de la zona más degradada de Bilbao estaba cambiado. En cada gesto, en cada palabra, en cada omisión de quienes pasaban a su lado veía la huella del racismo. No podía negar que su acento, su piel y su origen constituían un hándicap contra el que no era sencillo pelear. Pero lo de Jero era otra cosa. El muchacho abierto y sonriente de Cúcuta había desaparecido bajo una espesa capa de amargura y desconfianza, sepultado por un victimismo que no dejaba de alimentar buceando entre las heces colgadas en la red.

—¿Quieres dejarlo? Desde que descubriste la mierda del Telegram te pasas la vida en esos grupos, como si no supieras cómo funcionan.

—¿Dejarlo? —Jero se incorporó y comenzó a dar vueltas entre las camas como un depredador en espera de alimento—. Pero ¿no te das cuenta? Cualquier día, un huevón español dice que mataste a alguien y te encierran de por vida solo por ser latino.

—¡No digas tonterías!

—No son tonterías, ¿lo ves? —Puso la pantalla tan cerca de sus ojos que la chica tuvo que apartarla de un manotazo—. En España aprobaron la cadena perpetua justo cuando empezamos a llegar los colombianos y los venezolanos. Para eso lo hicieron, para jodernos cuando quisieran. Mira, mira —Eva se resignó a echar otra ojeada—: «Acusan de atraco a testigo ecuatoriano». Y aquí otra: «Colombiano condenado por violación tras pasar la noche con una española». Y otra: «Casi todos los detenidos por tráfico de drogas en España son latinoamericanos». Y esta otra...

—¡Ya vale, Jero! —Alzó tanto la voz que le hizo retroceder—. ¿De verdad no te das cuenta de que se trata de *fakes*? Pensaba que eras más listo. Ese grupo que tanto te gusta es mero racismo. El mismo de los españoles, pero al revés. Además —suavizó el tono, se sentó sobre la cama y tomó la mano de su hermano entre las suyas—, si tanto te preocupa, ¿por qué no lo dejas?

Jero contuvo el aliento mientras la mirada de la muchacha se colaba en ese lugar donde escondía cada mentira, cada coartada inventada sobre la marcha cuando los viejos le preguntaban por las horas a las que salía de casa, por los lugares que frecuentaba, por las desconocidas amistades de las que jamás hablaba. Tragó saliva.

Eva sabía que trapicheaba.

Pero no sabía que aquel era el menor de sus problemas.

—Que no, tía. —Bajó la cabeza y buscó refugio en el teléfono—. Que no son *fakes*. Las cárceles están llenas de latinos que no han hecho nada a nadie. Es lo único que somos para ellos. Carne de cañón.

—Mira, tío, déjame tranquila, ¿vale? Estás insoportable.

Jero no dijo nada. Abandonó el dormitorio, abandonó la vivienda y el edificio dejando tras de sí el eco de tres portazos, el estruendo de sus pasos contra la madera roída de la escalera y la calma tensa donde nacen tempestades y locuras. Y a pesar de que la lluvia volvía a caer con fuerza, atravesó a toda velocidad el puente de Cantalojas en busca de las calles amplias y luminosas donde viven quienes no han sido desterrados de sus mundos, sin percatarse de que la gente le miraba y se apartaba de su lado porque, como una letanía, no dejaba de repetir a voz en grito que a él ninguna blanquita de mierda le jodería la vida.

Les bastó una ojeada superficial para concluir que los dueños de Ranero Forestal no se estaban haciendo de oro. El caserío necesitaba una reforma urgente. Varios puntos del tejado aparecían parcheados con planchas de metal y lonas publicitarias que los elementos comenzaban a rasgar. Había grietas en las paredes, restos de teja sin recoger debajo de los aleros, y tres oxidados pilares de obra apuntalaban el amplio arco de la entrada.

La pista de acceso, un fangal largo y estrecho que Gordobil no se atrevió a afrontar con su C4, nacía en una de las muchas curvas que, una vez dejado atrás el diminuto núcleo de Ranero, doblaban en busca de la cima. Aparcaron en el asfalto, junto al cartel con el nombre de la empresa, y recorrieron a pie los trescientos metros que los separaban de la vivienda. No intercambiaron opinión alguna hasta alcanzar la puerta principal, el punto donde los surcos paralelos que venían siguiendo se diluían en la gravilla dispersa frente a la entrada.

—Solo un vehículo.

La suboficial asintió a las palabras del cubano.

—Exacto. Solo uno. Si hiciéramos una comparativa de las huellas, comprobaríamos que se trata de las del Galloper que acaban de sacar del río.

Osmany se demoró estudiando la fachada. Se trataba de un edificio muy antiguo, uno de tantos caseríos erigidos siglos atrás por campesinos menos pobres que sus vecinos, heredado generación tras generación por el privilegiado primogénito a quien no obligaron a abrazar los hábitos o a emigrar en busca de una supervivencia prohibida en la tierra que lo vio nacer. En una esquina, un desconchón delataba la ausencia de un escudo, víctima de la desidia que flotaba en torno a la construcción. Supuso, sin más argumento que su imaginación, que el caserío llevaría tiempo abandonado cuando Marilia y su esposo lo adquirieron. Las heridas que rasgaban las paredes alimentaban una imagen que las persianas, cerradas como párpados enfermos, se ocupaban de reforzar.

—¿Por qué piensas que tu compañero nos mandó subir?

—No lo sé. —También Gordobil tuvo la sensación de que Zabalbeitia no se había limitado a quitárselos de encima—. Quizá quiera que hagamos su trabajo. A lo mejor se piensa que ahora voy a llamarle para darle un informe.

—En realidad —Osmany se acuclilló y tomó entre sus manos el extremo de una larga cadena clavada a la fachada—, si no lo haces, le confirmarás que puede ahorrarse el paseo.

—¿Quiénes son ustedes?

Un individuo que lo mismo podría tener sesenta años que noventa los estudiaba inclinado sobre un cayado menos roído que él mismo.

—Ertzaintza. —Gordobil enseñó al hombre su identificación, pero era obvio que el otro estaba más interesado en el negro de barba encanecida que en la placa o en la mujer que la sostenía—. ¿Vive usted aquí?

—En el pueblo. —Sacudió el bastón en un torpe intento de señalar en dirección a Ranero, invisible más allá de las curvas—. Ya me enteré de lo de Marilia. Por eso subí, a ver si estaba Manuel, para darle el pésame. ¡Qué jodida es la vida, la hostia!

—¿La conocía usted bien?

Alzó los brazos y los dejó caer contra el costado en un gesto que podría significar casi cualquier cosa.

—Aquí nos conocemos todos. Bien, lo que se dice bien, no sabría decirle.

—¿Y no sabía que su marido no estaba en la casa?

—¡Pues claro que sí! —Al anciano no le gustó la pregunta de la *ertzaina*—. Ya le he dicho que aquí nos conocemos todos. Pero no sé por dónde anda. Suele bajar *pa'l* sur, *p'Andalucía* o por ahí. Un rico de Balmaseda le busca faena cuando no se puede entrar en sus pinares. Pero a veces se la consigue en Burgos o en Palencia. Por eso pensé que tal vez tuvo tiempo de llegar. Pobre hombre... —Recostó la barbilla contra el pecho y se llevó a los dientes un palillo que emergió de improviso de entre sus dedos. El repentino ramalazo de indignación desapareció a la misma velocidad a la que había llegado—. Toda la vida trabajando como un negro y cuando llegas a casa te encuentras con esto. Usted perdone —añadió, dirigiéndose a Osmany, mientras algo parecido al rubor oscurecía aún más su tez curtida.

—No tenga pena, compay. —El cubano consiguió reprimir una sonrisa—. Si es tan amable, señor...

—Humaran. Nico Humaran, para servirle.

—Señor Humaran, me preguntaba si la señora Almeida siempre salía tan temprano con el carro.

—Sí. —Apoyó el poco peso del cuerpo en la cachava, cambió de lado el palillo y se concentró en los reflejos que un sol invisible arrancaba del asfalto—. Madrugaba mucho. Ella sola atendía la huerta y el ganado. Y les juro que limpiar y alimentar a los cerdos y las vacas —señaló con el mentón la alargada nave que asomaba por detrás del caserío— es muy duro. Si bajaba a Concha a comprar algo, lo mismo le daba ir a mediodía o a la tarde. Pero el pienso lo compraba en Ampuero, en el almacén de un compatriota que a las ocho de la mañana ya tiene la tienda abierta. Ella siempre estaba allí a esa hora. Para las ocho y media la veía yo regresar desde mi ventana. Ese Galloper endiablado hace mucho ruido al subir la cuesta.

—¿Y la oyó marchar hoy? —preguntó Gordobil.

—No, señora. —Se enderezó lo poco que se lo permitió una espalda deformada por los años, y a sus labios afloró una inesperada mueca de suficiencia—. Los coches apenas hacen ruido cuando bajan, ¿sabe?

La suboficial todavía estaba buscando una réplica cuando Osmany decidió cambiar el rumbo de la conversación:

—¿Y el perro?

—¿Cristiano? —Se encogió de hombros y con la mano abierta abarcó la totalidad de la montaña—. A saber. Ese maldito chucho es incapaz de estarse quieto. Apenas le sueltan, sale disparado a ver si encuentra una hembra a la que montar, usted ya me entiende.

—¿Se llama Cristiano? —Arechabala seguía pendiente de la cadena, del mosquetón de su extremo y de la tierra pelada en torno a ella.

—Cristiano Ronaldo. Cosa de los críos, ya sabe. Dicen que es tan fuerte y tan rápido como el del Madrid. La verdad es que es una mala bestia. Un mastín de los que acojonan. Pero si tienes animales, necesitas uno de esos. Por aquí hay lobos. Cada día más, gracias a esos greñudos que no han trabajado en una granja en su puta vida y se vienen al campo a darnos lecciones a los demás.

—Creo que debemos irnos. —Gordobil no tenía ganas de soportar las peroratas del pastor—. Muchas gracias. ¿Nos vamos?

Nico Humaran los vio marchar sin despedirse, estudiando, con la gastada concentración que dedicaba a su ganado, las espaldas dispares de los agentes. Solo cuando desaparecieron en el interior de un utilitario sin marcas oficiales, quizá un vehículo de la secreta, se le ocurrió pensar que, además de negro, el tipo era demasiado viejo para ser *ertzaina*.

Nekane atravesó despacio, casi al ralentí, el centro de Ranero, una estrecha callejuela formada por la propia carretera que se retorcía entre las viviendas. Todavía había endebles líneas de nieve sucia bajo los aleros, allí donde no llegaban la lluvia ni el calor. Un tractor amarrado a un carro como un moderno buey de músculos cromados era la única señal de vida en el pueblito, una de las dieciséis parroquias de Karrantza. Frente a ellos, el valle se cubría de sombras y augurios invernales, un tapiz cetrino salpicado de minúsculos tejadillos sobre los que flotaban volutas blancas y grises. Aunque la línea del río era invisible, ambos pensaban en ella, en la fuerza de una corriente capaz de deformar el acero y arrancar del refugio del vehículo a una mujer cuyo cadáver corría en busca del océano.

—Nada raro, ¿no?

Osmany soltó un bufido.

—Nada —respondió—. Un accidente. No hubo más carro que el de la dueña de la casa. Y uno no sube hasta acá andando en plena noche.

—A cuatro grados bajo cero —apostilló la agente, y sonrió al ver las cejas enarcadas del cubano—. Se me ocurrió buscar en internet la temperatura de la noche.

—No solo eso. —Osmany apoyó la cabeza en el respaldo y se dejó mecer por el lento vaivén de cada curva—. Creo que la otra, la chica de antes, tampoco fue raptada. Creo que abandonó a la licenciada y se marchó al sur. Igual tuvo razón el del nombre largo...

—Zabalbeitia.

—... y acá no pasó nada extraño. Tantas mujeres desaparecidas sin rastro, sin denuncias... No era normal.

—¿Y la hija de tu amigo?

Arechabala no respondió. Durante unos minutos, tantos que Gordobil llegó a olvidar su propia pregunta, solo fue perceptible el ronroneo del motor al deslizarse por la pendiente, el lejano tañer de unos cencerros invisibles y el susurro de los neumáticos desplazando el agua a su paso. Por fin, cuando terminaron el descenso y, detenidos frente a la señal de Stop, estudiaban el escaso tráfico de la carretera general, se animó a decir lo que pensaba:

—Sí. A Idania la asesinaron. Y voy a cazar al hijueputa que lo hizo.

35

Estaba empapado. Estaba cansado. Y, como casi siempre en los últimos quince años, estaba rabioso. Lo único que le apetecía era marcharse, regresar al piso donde acababa de instalarse por tercera vez, tomar una ducha abrasadora y, envuelto en el albornoz, dejar pasar el tiempo en compañía de la música, un libro y la botella de Four Roses.

Peio Zabalbeitia compró aquel apartamento con vistas al río y al puente viejo en cuanto lo destinaron a la recién inaugurada comisaría de Balmaseda. Abandonó Gasteiz, la ciudad agigantada al ritmo impuesto por las administraciones, y se integró en la villa donde trabajaba. Allí se casó dos veces, se divorció otras tantas, y otras tantas realizó la mudanza de regreso al primero de sus domicilios. Abandonar las dos viviendas donde fracasó en el intento de formar una familia fue una experiencia dolorosa, pero cuando la humedad y el frío se le colaban en los huesos, cuando compañeros y denunciantes se empeñaban en poner en duda su labor, llegaba a pensar que el viejo sofá de muelles vencidos, el rumor del Kadagua bajo la ventana y el aroma conocido a polvo y a poca ventilación componían la imagen perfecta de un hogar.

El accidente de Karrantza le había llevado más tiempo del esperado. La retirada del vehículo fue, como era de prever, lenta y complicada. Pero mucho peor fue la frustrante búsqueda del cadáver de la conductora. Bomberos y Unidad de Rescate estuvieron horas peinando las orillas a la caza de restos adheridos a las ramas. Zabalbeitia permaneció en todo momento junto a ellos, en un ejercicio de solidaridad incomprensible para sus jóvenes compañeros, que no dudaron en refugiarse del aguanieve en el interior del coche patrulla. Logró contactar con el marido de la víctima cuando la tarde se apagaba de forma prematura, y los sollozos de aquel hombre a quien acababa de partir por la mitad no dejaban de repetirse allí donde escondió los suyos tras la marcha de Adela. Para rematar la jornada, en comisaría le esperaba la catedrática de La Escrita, empeñada en confirmar que habían solicitado a la gasolinera de Karrantza las imágenes de su sistema de videovigilancia. Se la quitó de encima con un bufido, redactó un apresurado informe preliminar que no pensaba entregar hasta el día siguiente y, temblando todavía, se envolvió en el chubasquero para dar por finalizada la jornada.

—Oficial.

La voz del agente de la entrada le obligó a detenerse en la misma puerta. Se giró fusilando con todo el rencor de sus ojos enrojecidos al muchacho que le tendía el teléfono sin disimular una malévola sonrisa.

—Es para usted, oficial. Una anciana. Se llama Juana Llaguno.

Juana Llaguno. No necesitó hacer memoria. La vieja de Trucios. La responsable de esa fantasmagórica lista de mujeres desaparecidas.

Una conspiranoica nonagenaria.

—No estoy. Coge el recado y dile que la llamo mañana.

Sin esperar respuesta, salió a la calle y corrió hasta el refugio, tantas veces repudiado, de su apartamento de soltero.

Se escondieron de la lluvia en una taberna oscura y alargada desde cuya pared la imagen de Keith Richards dejaba pasar el tiempo con el desdén de quien se sabe inmortal. Dos jubilados de vientres abultados buscaban en sus vasos respuestas a preguntas que antes, cuando la esclavitud diaria del trabajo mantenía sus mentes ocupadas, no se atrevían a plantear. Beltza se detuvo a saludar mientras Agurtzane Loizaga, siguiendo los pasos de Ordoki y Ricardo Etxebarria, ocupaba una de las mesas del fondo. Pidió un café, estudió con envidia los pacharanes de los demás y se recostó en el plástico chillón de la silla mientras, con la mente muy lejos, fingía seguir la conversación.

Tropezó con ellos nada más salir de la comisaría, donde el oficial de siempre le confirmó con un gruñido que no habría necesitado desplazarse hasta allí para confirmar que la Ertzaintza hacía su trabajo. Sin ganas de provocar una discusión que solo podría perder, decidió regresar a Ilbeltza a esperar las noticias en la soledad fría del salón. Pero cuando se dirigía hacia el Mercedes, escuchó la conocida discusión a voz en grito sobre lo divino, lo humano y el Athletic, y aceptó acompañar a Dólar y a sus dos amigos como antídoto a la lentitud del tiempo y la velocidad a la que se aceleraban sus nervios.

—Dale recuerdos a tu padre. —Agurtzane estrechó el brazo de Etxebarria en un gesto de solidaridad. Peseta llevaba unos días en cama por culpa de una gripe que saturaba las urgencias de los hospitales, demasiado débil para afrontar la humedad de ese invierno instalado desde octubre a orillas del Kadagua.

Ordoki le palmeó el hombro con la fuerza acostumbrada.

—Ánimo, chaval. —No pareció percatarse de su mueca de dolor—. Peseta es duro como un roble. Dentro de nada le tenemos otra vez en la calle, diciéndonos cómo hay que organizar la Pasión o chillándole al alcalde por no dragar el río.

—¡Y dale! ¡Que eso no es cosa del alcalde, cojones!

Beltza y Ordoki se enzarzaron una vez más en otra de sus interminables polémicas, y Etxebarria decidió darles la espalda. La mano con la que sostenía la bebida rozó la de Agurtzane, pero no hizo amago de apartarla. Ella dejó pasar unos segundos antes de hacerlo.

—¿Y qué tal por allá arriba? ¿Ya te han instalado las alarmas?

—No. —Cambió de postura para mantener a distancia ese aliento a tabaco y alcohol que la atraía y repelía al mismo tiempo. Como le sucedió con su exmarido diez años atrás—. Tenían que venir el día de la nevada, pero el puerto estuvo cortado toda la mañana. Hemos concertado una cita el lunes a primera hora. —Dejó escapar una risita al evocar el timbre contrariado del rector al otro lado del teléfono—. Como siga faltando a mis clases, van a terminar por despedirme.

Dólar se unió a su risa y, por un momento, Agurtzane llegó a olvidar la razón de su presencia en aquel local oscuro, llegó a sentir la tentación de tararear los acordes de «Angie» que flotaban en el ambiente, de evadirse de la pesadilla. Pero no podía renegar de una realidad en la que la víctima no era ella, sino Lola.

—Deberías mandarlo todo a la mierda y hacer ese viaje a Las Vegas. —Se sintió incómoda ante su propia transparencia—. Pasar de la universidad y desmelenarte un poco. Te vendría bien. Y ya sabes que muy cerca tienes donde quedarte.

—Para disfrutar de esos vicios inconfesables que tanto te gustan, ¿no?

Lo dijo en tono jocoso, pero incluso a ella le sorprendió escuchar cómo sonaba en aquella penumbra de cabezas reclinadas y rock suave afilando los instintos. Etxebarria no contestó, pero Agurtzane habría jurado que sus pupilas se dilataron durante un efímero segundo antes de refugiarse bajo los párpados.

—Lo que necesitamos todos —el vozarrón de Beltza se ocupó de destruir cualquier atisbo de intimidad— es otra eliminatoria guapa del Athletic. Como la de Manchester. ¿Os acordáis?

Ordoki alzó su vaso improvisando un brindis por los buenos tiempos, pero Dólar negó con la cabeza.

—Yo no estuve en Manchester. No me dieron permiso en el curro.

—¡Joder! Si es que casi nunca vienes al pueblo. Se te ve el pelo menos que al 29 de febrero. Pero llegaste para la final, que es lo que importa. Ese sí fue un viaje de la hostia.

—¡Anda que…! Para una excursión decente que hacéis, os pasáis el día hablando de ella.

—Pues claro. Más que nada, para ver si tu viejo nos echa un cable y organizamos otra parecida.

—No te pases, Beltza, que bastante os prestó cuando empezasteis.

—Tienes razón. Peseta es un buen tío, no pienses que le queremos por su dinero.

—No solo por su dinero —apostilló Ordoki antes de apurar el último trago de su vaso.

—Venga, dejad de vacilar con *aita*, ¿vale? —Estiró ambos brazos por encima de la cabeza y los ojos se le llenaron de lágrimas de sueño—. No me ha dejado pegar ojo en toda la noche —añadió ante la cara de extrañeza de los demás—. Estoy que me caigo.

—Pues nada. Un par de cacharros y todos a casa, que el chico está cansado —rugió Beltza, provocando unas carcajadas más inducidas por el alcohol que por la broma.

Agurtzane aprovechó para despedirse. No era tarde, pero la noche madrugaba en los albores de febrero y quería llegar a Ilbeltza antes de que la niebla cubriera el puerto. Se preguntó, una vez más, por el motivo de aquella decisión absurda, de aquella mudanza al centro exacto de la nada. Y cuando la razón regresó a sus recuerdos envuelta en la suave luz de la bahía de Cádiz, se apresuró a abandonar el bar antes de que sus amigos la vieran derrotada por el llanto.

36

Bonifacio Artaraz era un individuo bien parecido, de rostro firme, cabello impecablemente peinado y grandes ojos negros donde se reflejaba el brillo de las lámparas. A Nekane Gordobil le recordó a Tommy Lee Jones interpretando al agente K de *Men in Black*. Llevaba, como él, traje y corbata oscuros sobre una camisa blanca. El mentón recto, la nariz ancha y el rictus serio del que no se desprendió durante toda la entrevista también remitían al actor texano. Una seriedad en ningún momento reñida con la amabilidad.

Fue la suboficial quien, para sorpresa de Arechabala, sugirió hacerle una visita en cuanto llegaron a Bilbao. Detenidos frente a uno de los semáforos de la plaza de Zabalburu, dejó vagar la mirada por los rincones por donde, desde siempre, confluía su vida. Allí moría San Francisco, la calle decrépita de los abuelos, el lugar donde ahora penaba su destierro. Allí nacía Autonomía, una amplia avenida dedicada en exclusiva al tráfico rodado, donde Lluís e Izaro no la esperarían esa noche. Allí estaba la comisaría de la Ertzaintza, su destino de los últimos años. Frente a ella, en una torre de cemento cuyos cristales, plagados de carteles y propaganda, afeaban un entorno feo por definición, estaban las oficinas de Baraz, Vigilancia y Escolta. Recordó otras soledades más profundas y dramáticas que la suya: la del vetusto caserío de Ranero, adonde no regresaría la mujer que hasta entonces lo habitaba; la de la catedrática que, en su lujoso palacio de aislamiento, esperaba un imposible; la de Idania Valenzuela, a quien solo recordaban a ocho mil kilómetros de distancia; la de una desconocida anciana de Trucios que, desde su silla de minusválida, mantenía viva la memoria de mujeres evadidas quizá contra su voluntad. Y decidió que, antes de encerrarse a lamerse las heridas, podría tratar de arrojar algo de luz sobre aquellas soledades.

—Sí. Estuve en la Benemérita hasta 1991. —La voz de Boni era suave, amable, quizá demasiado almidonada—. Pero no sé si podré seros de mucha ayuda, la verdad.

—¿Por qué lo dejaste? —Gordobil retiró la placa de la mesa y se recostó cómodamente en su silla. Aquello no era un interrogatorio.

—Hay muchos motivos. —Suspiró, separó los brazos y se inclinó hacia delante—. Era mucha tensión, ¿sabéis? Y yo no soy ningún héroe. Mirar debajo del coche antes de arrancar, pegarte a la pared si escuchas pasos a tu espalda, sentir que la mitad de tus vecinos te odian o, como mínimo, te desprecian. He estado en demasiados funerales. Algunos de mis compañeros decían que cada muerto, cada atentado de ETA, era una razón más para seguir luchando. Yo, con cada muerto, me moría un poco por dentro. —A la suboficial le daba la impresión de que las palabras no casaban con el lenguaje gestual del hombre, pero era imposible no dejarse llevar por ellas—. Quizá tuvieran razón quienes me acusaron de cobarde, pero hubo un momento en que me fallaron las fuerzas. Además, por las fechas en que nos avisaron de que se cerraba el cuartel le diagnosticaron el cáncer a mi esposa. Y supe que no podría arrastrarla a otro destino. Así que lo dejé.

—Por lo que veo, le salió bien.

La observación de Osmany abrió un resquicio de sonrisa en el rostro de Artaraz.

—Sí. Tuve mucha suerte. Y buenos amigos. Uno me prestó el dinero, y gracias a eso conseguí aguantar los primeros años. Después, todo vino rodado.

Arechabala no necesitó preguntar el nombre del anónimo mecenas.

—¿Y no recuerdas nada de eso? —insistió Nekane, señalando la lista que el hombre hacía girar entre sus dedos.

—Muy poco. ¿Estás segura de que todas estas mujeres fueron secuestradas?

—No, qué va. Es posible que ninguna. Como te he dicho antes, nosotros estamos buscando a esta de aquí, a Valenzuela, la hija de un amigo de Osmany. Pero hablando con el subcomisario de Balmaseda, tropezamos con estos nombres. En realidad, solo queríamos descartar que tuvieran relación con Idania.

—Mirad. La primera, Isabel Balani, cuidaba a la hija de un amigo. Fue su esposa quien vino a poner la denuncia. En este caso os puedo asegurar que no hubo nada delictivo. La chica se fue por voluntad propia.

—¿Cómo lo sabes?

—No puedo revelar nada de las investigaciones, como es lógico, pero lo sé. Sobre eso no tengáis duda.

—¿Y de las demás?

—Ni idea. —Repasó con la yema de un dedo la cuartilla antes de depositarla sobre la mesa mientras negaba con la cabeza—. Una en Ribota, cuando yo ya no estaba en el cuerpo y no había cuartel en Balmaseda. Lo llevarían desde Villasana, digo yo. El resto de las mujeres, lo siento, pero ni me suenan. Lamento no poder aportar nada más.

La suboficial tomó la hoja y la devolvió al bolsillo del abrigo mostrando una resignación que no sentía.

—Nos has ayudado mucho. Si la desaparición que originó la lista fue voluntaria, lo más probable es que las demás también lo fueran.

Boni se incorporó y les tendió la mano. Gordobil se la estrechó agradeciéndole una vez más su amabilidad. El cubano hizo lo propio, pero fue incapaz de reprimir la pregunta que no dejaba de importunarlo:

—¿Recuerdas si en aquellos tiempos se traficaba con droga en Balmaseda?

—No. —La respuesta fue tan veloz como tajante—. Había yonquis, como en todas partes, pero venían a comprar a Bilbao. En el pueblo no se traficaba.

Abordaron el ascensor en silencio, conscientes de la mirada de Artaraz clavada en sus espaldas, conscientes de que salían de una empresa especializada en vigilancia. Por eso esperaron hasta atravesar el portal y aflorar a la humedad, desagradable y liberadora, de Zabalburu para cotejar una última impresión.

—Le ha cambiado la voz al hablar del tráfico de drogas.

—Sí. —Arechabala giró sobre sí mismo buscando cómo orientarse en aquella sucesión de isletas saturadas de vehículos al ralentí, mientras Gordobil se cerraba el cuello del abrigo y lanzaba una mirada de nostalgia en dirección a Autonomía—. Y me gustaría saber por qué.

37

Osmany Arechabala cerró la puerta y permaneció unos segundos recostado contra ella. Nada. No crujían los escalones ante el paso de un extraño, ni rasgaba el silencio un jadeo clandestino. La única ventana del apartamento daba al patio interior del edificio, por lo que vigilar la calle era imposible. Sin embargo, estaba seguro de que el individuo de gabardina oscura y paraguas ceñido sobre el rostro, una triste caricatura de un espía, se demoraría unos minutos fingiendo refugiarse de la lluvia bajo el estrecho arco de acceso al claustro de la catedral de Santiago.

Comprendió que le seguían mientras se despedía de Gordobil frente a un portal de la calle San Francisco. Entonces, al girarse hacia la suboficial, se fijó en él. Caminaba a paso ligero, casi a la carrera, desde Cantalojas hacia Bilbao La Vieja, uno de tantos bilbaínos que aceleraban cada vez que se veían obligados a atravesar las indeseadas calles de la Pequeña África. Entonces no le dio importancia. Pero cuando enfiló el puente de La Merced para regresar a la seguridad burguesa del Bilbao sin rostros de tierra y carbón, se percató de que lo tenía a su espalda, manteniendo el paso y la distancia. Y después de constatar que, tres esquinas más tarde, seguía tras él, se disiparon sus dudas. Una vez llegó a su portal, subió, cogió la bolsa de basura, se guardó la Sig Sauer en el bolsillo y volvió a bajar. Allí estaba, parapetado de la lluvia bajo los aleros de la iglesia, fingiendo esperar a alguien que no iba a llegar. Osmany se acercó al contenedor, arrojó la basura y regresó a casa sin saber aún si se encontraba frente a un espía o un sicario. Los ecos de la emboscada de Pandozales seguían vivos en su mente, pero no podía descartar que la orden de seguirle proviniera de la curiosidad de Bonifacio Artaraz.

Aunque quizá una cosa no excluyera la otra.

El denso aroma de la comida china invadía la salita donde, con la mirada fija en el mueble de los abuelos, Nekane Gordobil pescaba trozos de gamba que tragaba sin degustar. A pesar de que aquella cena con sabor a salsas de otro continente era su única comida del día, no tenía hambre. Se alimentaba, se hidrataba y se vestía porque debía hacerlo; porque si se dejaba llevar por la frustración, cada día se le haría más difícil soportar el vacío abierto frente a ella. Por eso se negaba a dejar pasar el tiempo derrotada sobre la cama, lamentando aquel único error que dio al traste con años de paciente maternidad. Y por eso seguía a Arechabala en una estúpida cruzada que el cubano afrontaba como si se tratara de algo personal.

Arrojó el cartón vacío a la basura, llenó de agua un vaso de bordes mellados y regresó al sofá en busca de su bolso. La jaqueca había regresado, y un matarife invisible se aplicaba en sus neuronas con tanta eficacia que la mujer pronto sería un despojo incapaz de pensar con claridad. Aquel martirio, consecuencia de la herida que la mantenía de baja, desaparecía casi por completo mientras husmeaba en las vidas de mujeres evadidas de sus casas, mientras investigaba accidentes o interrogaba a guardias civiles reconvertidos en empresarios, pero regresaba con una ferocidad redoblada cuando su mente se regodeaba en su doble condena judicial y familiar. No le quedaban fuerzas para preguntarse por qué una neuralgia provocada por un golpe se activaba y desactivaba en función de su estado de ánimo. Las manos le temblaban mientras buscaba la caja de codeína, sacaba un comprimido y se lo tragaba con el ansia de una adicta.

Osmany retiró la cazuela y no pudo evitar un gesto de disgusto. Sabía que improvisar un congrí con frijol de bote y un poco de cebolla podía terminar en un desastre. Sin embargo, el hambre y la nostalgia lo empujaron a la aventura de regar el apartamento con aromas a cuartel y bohío. Sonrió. Con el olor viajaban recuerdos de emboscadas, derrotas absolutas y victorias incompletas. Y aunque el sabor no era el esperado, disfrutó tanto de la cena que lamentó no haber comprado también la botella de Havana Club que le llamaba desde las estanterías más altas de un colmado que sobrevivía en una esquina de Barrenkale.

Terminó, limpió el puchero y la cuchara, y se recostó sobre el lecho. Un pequeño calefactor de barras incandescentes caldeaba la estancia. A través de la ventana se filtraba el silencio del patio y la calma de una calle sin borrachos ni espías al acecho. Poco a poco, sus músculos comenzaron a relajarse, y todo él se dejó vencer por el sopor. En el filo que separa sueño de desvelo, Santa Clara, el Congo y Pandozales comenzaron a brotar y a mezclarse entre sus sueños. Y antes de dormirse por completo, la parte vigilante de su mente alcanzó a preguntarse, una vez más, por qué no le había contado a la suboficial Gordobil lo sucedido aquella noche; por qué seguía empeñado en ocultar que dos hombres intentaron asesinarle.

El móvil comenzó a vibrar, pero Nekane no lo oyó. Derrumbada en el sofá, dormía arrullada por el efecto calmante de la droga. A través de los cristales se filtraba la luz ambarina de las farolas, el rumor incesante de San Francisco y parte del frío que escarchaba los alféizares. Pero nada pudo impedir que la fatiga terminara por derrotarla sobre los ácaros que anegaban la tapicería. El teléfono siguió agitándose sobre la mesa, luchando por arrancarla de un sueño que, por primera vez en mucho tiempo, la acogió antes de que las pesadillas llegaran a desvelarla. Por fin, harto de batallar contra el cansancio y la codeína, regresó a su mutismo habitual y dejó que su pantalla se apagara devolviendo la estancia al silencio.

Contrariado, el oficial José Méndez colgó y dedicó unos minutos a contemplar la imagen congelada en el PC. Tomó un trago del café que llevaba enfriándose junto a su codo desde que le enviaron los archivos, torció el gesto y apagó el ordenador. Debía irse a casa. Su esposa estaría cansada de cuidar ella sola del bebé de tres meses y la niña de cuatro años. Sin embargo, sabía que la felicidad brillaría en su rostro cuando, a su regreso, las encontrara dormidas, abrazadas con la fuerza con la que solo se puede abrazar una madre con sus hijas. Suspiró, y la grabación que acababa de visualizar se proyectó contra las paredes de su cráneo. Sintió náuseas, dolor y pena. Mucha pena. Nekane Gordobil era su compañera desde hacía mucho tiempo. Más que eso. Era su amiga. Una buena amiga. Por eso debía ser él quien detuviera a su hija por homicidio.

38

En cuanto terminó de cenar el sándwich improvisado con las sobras que encontró diseminadas por la nevera, Agurtzane Loizaga se puso el pijama, se envolvió en la gruesa bata de felpa y tomó asiento frente a una chimenea que no tuvo ganas de encender. La botella de pacharán quedaba al alcance de su mano, pero el poder de sus destellos palidecía frente a su nueva determinación. No necesitaba ahogar en alcohol unas penas que nada tenían que ver con el abandono y el desamor. Ahora todo era diferente.

Del revistero sacó la novela que había empezado a leer antes de la desaparición de Lola, la ojeó por encima y la devolvió a su lugar, hastiada antes de terminar una sola página. Se levantó y paseó por el salón como un animal enjaulado. Todo le aburría. Todo se le antojaba inservible, superficial. Sofás de cuero, mesa de roble envejecido, cortinas bordadas, adornos de vidrio y acero. Su hogar, el hogar que diseñó pensando en Lola, no era más que un reflejo de sí misma: suntuoso y prematuramente envejecido. Elegante, pero frío. Un hogar que nunca lo fue, porque el único refugio donde se sentía completa era el cuerpo de la gaditana. El resto, vigas, chimenea, alfombra y ornamentos más o menos lujosos, era simple cascarón.

Pensó en Dólar. Pensó en su sonrisa mientras, en esa

misma habitación, rememoraba el calor de Phoenix, las llanuras inacabables de Arizona, los vicios prohibidos de Nevada, y se sintió arrollar por la falsa nostalgia de lo que nunca llegó a tener. Estaría bien. Cuando todo pasara, cuando el tiempo diluyera las heridas y algo semejante a la rutina le permitiera afrontar lo que ahora se negaba a imaginar, desempolvaría el baúl donde escondió los sueños de una juventud olvidada y viajaría hasta Las Vegas. Quién sabe, tal vez incluso aceptara la hospitalidad de Etxebarria.

Con la tablet en la mano, regresó al sillón y abrió Google Maps. Pasó unos minutos navegando por Phoenix, por sus calles flanqueadas de palmeras, por los parques demasiado verdes y el canal que hacía las veces de río, antes de trazar una línea hasta Las Vegas. Estaba cerca, sí, apenas un salto en el desproporcionado mapa de Estados Unidos. Trazó la ruta sobre el buscador y arrugó la nariz cuando este le devolvió la distancia a recorrer: trescientas millas. Si la memoria no le fallaba, unos cuatrocientos ochenta kilómetros. Se encogió de hombros. Al mencionar sus vicios inconfesables, Dólar habló de seiscientos kilómetros, pero lo cierto es que en ningún momento mencionó la ciudad de Las Vegas. Fue ella quien llegó a esa conclusión. Pero otros templos del pecado también quedaban cerca. Los Ángeles, Hollywood y su famoso bulevar, por ejemplo. Repitió la búsqueda: trescientas setenta y dos millas. Seiscientos kilómetros exactos. Sonrió. Quizá, a fin de cuentas, Ricardo se refería a las cinematográficas calles de aquella ciudad mítica, y no al artificial oasis de casinos y prostitución a la carta alzado en medio del desierto. Usando esa distancia como radio, trazó un círculo con centro en Phoenix. No estaba mal. En seiscientos kilómetros, Dólar tenía mucho donde elegir: los excesos multiculturales de Los Ángeles; las revolucionarias promesas tecnológicas de San Bernardino; San Diego y sus olas para fanáticos del surf; Tijuana, esencia de tequila y desenfado; Ciudad Juárez...

Su dedo se detuvo en ese punto. En torno a él, las manchas rojas del desierto se extendían en todas direcciones, manchas del color de la sangre que no eran sino imágenes de tierras baldías. Ciudad Juárez. La ciudad maldita que durante años ocupó las portadas de la prensa internacional. Una urbe donde las mujeres desaparecían en la más absoluta impunidad. Mujeres cuyos cadáveres, los pocos que aparecían, presentaban huellas de una violencia sexual extrema.

Un golpe le hizo alzar la mirada. Un golpe sobre su cabeza, demasiado cerca del lugar donde rememoraba noticias de violaciones y asesinatos. Notó que el pulso se le aceleraba, que el iPad temblaba en su mano y el aire silbaba entre sus dientes. Encima del salón estaba el dormitorio. En él, la puerta de un balcón al que no sería difícil trepar sin hacer ruido. Pero estaba cerrada. Y lo que acababa de oír no era estruendo de cristales, ni el chasquido de un marco al astillarse. Inmóvil en el sillón, se concentró en escuchar, en buscar sonidos diferentes al rumor de la caldera o al ulular del viento. Esperó sin respirar, aguantando la tensión de su cuerpo, hasta que escuchó un maullido.

Aliviada, dejó escapar el aire y se desplomó contra el respaldo del sillón. Se sintió tonta. Era Micifuz, el impacto de sus patas contra la tarima después de saltar desde la cama donde le gustaba acurrucarse, un ruido conocido que, sugestionada por imágenes nunca vistas, fue incapaz de reconocer.

Ciudad Juárez. Decenas, cientos de mujeres desaparecidas a seiscientos kilómetros de Ricardo Etxebarria. Seiscientos kilómetros. La distancia que a Dólar le parecía insignificante a cambio del placer de unos vicios que él mismo calificaba de inconfesables. Se cerró la bata, pero no logró

conjurar el frío que se le colaba por los poros. «Eres tonta
—se repitió por segunda vez—. Un tío que vive en Estados
Unidos no puede secuestrar mujeres aquí». Esbozó una risita nerviosa, un gesto forzado que se congeló entre sus labios cuando recordó la lista que le enseñaron la *ertzaina* y
el cubano.

Al recordar la primera de la lista.

Isabel Balani. Cuidaba a la hija de Peseta. Desapareció
del palacio de Horcasitas.

De la casa de Dólar.

Cerró los ojos. Trató de serenarse repitiendo una y otra
vez al aire frío de la estancia que aquello era imposible.
Ricardo no conocía a Lola. Pero otro nombre, otro momento, afloró a su mente dejando expedito el camino a la
sospecha.

Soraya Dumitrescu. El único caso que pudo hallar en
internet, el único investigado por la Ertzaintza. Una muchacha empeñada en regresar a Rumanía en las fechas en
que el Athletic disputó la final de Bucarest.

Algo crujió junto a la ventana, una rama agitada por el
viento, una persiana mal asegurada, pero Agurtzane no lo
oyó.

Etxebarria estuvo en esa final.

¿De cuántas mujeres le habló, a regañadientes, la suboficial Gordobil? Con la torpeza de una anciana, regresó al
revistero y tomó el bloc donde anotó lo más importante de
la conversación. Lo abrió arrugando las páginas al pasar-
las, sintiendo que sus dedos no respondían a la urgencia del
cerebro. Cinco. La denuncia de esa muchacha peruana, víctima ella también de un intento de secuestro, hablaba de
cinco mujeres. Bueno, si no entendió mal, de cuatro. La
quinta la mencionó el agente que recogió su denuncia. El
cubano añadió una más. Y ella, a Lola. Siete desapariciones. Y una tentativa frustrada. Ocho.

¿Cuántas coincidencias entre desapariciones de mujeres y visitas de Ricardo Etxebarria a la comarca podría soportar la teoría de la probabilidad?

Algo se estrelló en el cristal del mirador, un golpe seco al que siguieron otro y otro más. Agurtzane dejó escapar un alarido y soltó el cuaderno, que boqueó como un pez fuera del agua al caer contra sus tobillos, las hojas rozándole en una caricia desagradable. Lo recogió sin perder de vista las sombras mecidas por el vendaval, sin dejar de mirar las ventanas contra las que el granizo repicaba en un timbre inquietante. Suspiró al constatar lo efímero de su valentía. Tragó saliva y regresó a la lista de mujeres desaparecidas.

El propio Dólar le confirmó que tenía veintidós años cuando comenzó sus estudios en el UCLA, por lo que el primero de los casos anotados, el de la filipina, le sorprendió en Balmaseda. El segundo, el de Ribota de Ordunte, fue en 1992, una tal Lourdes de apellido desconocido. Ángela Escudero, de Karrantza, en 2000. Nueve años más tarde se fugó de casa Arrate García, de quien nunca se supo nada más. En 2011, la cubana cuyo rastro seguía Arechabala. En 2012, Soraya Dumitrescu. Y tres años más tarde, Heydi Huamán era atacada en su caserío de Trucios, y Lola desaparecía de Ilbeltza. Repasó varias veces aquella relación, aprehendiéndose de nombres y fechas. Las dos últimas, en el presente, coincidían con la presencia de Ricardo Etxebarria para el funeral de su madre. Aquello no significaba nada. Más significativo le pareció lo de la muchacha rumana y la final de la Europa League de la que no dejaban de hablar. Recordó a Dólar presumiendo de no haber faltado jamás a ninguna final, de las entradas, inaccesibles al común de los mortales, que el club regalaba a su padre. Regresó a la tablet, lanzó una mirada ansiosa en derredor, como si precisara cerciorarse de que nadie había aprovechado el estruendo de la tormenta para colarse, abrió el buscador y tecleó: «Athletic + Bilbao + Finales».

Hacía frío. Quizá el termostato había saltado demasiado pronto. O quizá el aire del exterior se filtraba por alguna puerta mal asegurada. Erguida en el sillón, oteó la estancia sin atreverse a moverse. Solo entonces se dio cuenta de que no era la temperatura del salón la que había descendido. El frío provenía de su interior.

Una coincidencia. Año 2009. El 13 de mayo, en Valencia. ¿En qué mes se fue esa chica de Galdames? No lo sabía. Aunque en ese caso hubo una nota de despedida. Algo que no dejaron ni Lola ni la cubana.

Una coincidencia. Sonrió. Supuso que la ley de probabilidades podría soportar una coincidencia sobre ocho. Bueno. En realidad, dos. Soraya en 2012 y Arrate en 2009. Y si incluía la primera, acontecida antes de que se fuera a Estados Unidos, y las dos últimas, tan recientes que aún dolían, eran cinco sobre ocho. Aun así, dejó el iPad sobre la mesita y se frotó los párpados con el dorso de las manos. Aquello era una tontería. No podía establecer evidencias basándose en casualidades.

Abrió los ojos, tomó la libreta para devolverla al revistero y de pronto un año agitó sus recuerdos, un año escuchado tantas veces en ámbitos tan diferentes que ya formaba parte de la idiosincrasia del país: 1992.

La mujer de Ribota de Ordunte desapareció en 1992. El año de las Olimpiadas de Barcelona.

Y, como sucedía con las finales de su equipo favorito, Dólar siempre asistía a las Olimpiadas.

Y si estuvo en Barcelona, también estuvo en Balmaseda. Seis de ocho.

No soltó el cuaderno. Consiguió no dejarlo caer a pesar de que las manos le temblaban tanto que rasgó la página por donde lo sujetaba. Una vez más, estudió sin moverse cada rincón de la vivienda, cada sombra, cada silueta agitada por el viento: el acceso a la cocina, donde la puerta trasera debería estar cerrada, los cristales empapados del mirador, las escaleras… Algo se le heló en el pecho cuando tropezó con dos grandes iris verdes espiándola desde lo alto. No llegó a gritar, porque el pánico atenazó cada músculo de su cuerpo y porque Micifuz, sabiéndose descubierto, se animó a bajar en busca de la cena.

Seis de ocho.

El corazón le latía a tanta velocidad que podía sentir cómo fluía la sangre por sus sienes, cómo sus neuronas absorbían el oxígeno en ansiosas bocanadas. ¿Era posible semejante coincidencia? Por supuesto. ¿Era probable? No tanto.

Idania Valenzuela. Año 2011. Ni rastro de Ricardo Etxebarria. ¿Estuvo allí? ¿No? Imposible saberlo.

Faltaba otra mujer, una que vivía en un caserío aislado de Karrantza como una réplica de Ilbeltza. Su rastro se perdió en el año 2000, una fecha mágica para muchos, pero no precisamente para los aficionados del Athletic. Tampoco hubo Olimpiadas en las proximidades. De hecho, no pudieron ser más lejos: en Australia. Por ahí no encontraría relación alguna con el hijo de Peseta.

Fue entonces, al pensar en los hijos de Peseta, cuando las piezas terminaron de encajar.

«Al doblar el siglo». ¿Fueron esas sus palabras? Sí. Utilizó una fórmula tan inusual que era imposible confundirse. Su hermana falleció «al doblar el siglo». Y él pidió una excedencia para permanecer junto a su madre todo el tiempo posible. En el año 2000.

Siete de ocho.

Escuchó a Ordoki, su vozarrón enronquecido de tabaco y pacharán, recriminando a Etxebarria que apenas se le veía por el pueblo.

Pero, cada vez que llegaba, desaparecía una mujer.

Incapaz de permanecer sentada por más tiempo, se incorporó y comenzó a dar vueltas en torno a la butaca. La tormenta arreciaba en el exterior, el granizo imprimía en los cristales huellas de dedos imposibles y el viento aullaba contra los canalones. Pero la tempestad, la de verdad, crecía en su interior a la velocidad a la que se repetían en su mente las imágenes de Dólar en esa misma estancia, las piernas cruzadas en el sillón de Lola, la sonrisa amplia, la seguridad, quizá la prepotencia, en su rostro bronceado.

Y el interés con que preguntó por su sistema de alarma, un sistema que, se lo había confesado esa misma tarde, no llegaría hasta el lunes.

El resplandor de un relámpago distorsionó las sombras y proyectó contra la fachada las siluetas afiladas de los manzanos. Agurtzane dejó escapar un grito que provocó la desbandada de Micifuz, cansado de esperar junto a su cuenco vacío. El trueno llegó sin tiempo para contar los segundos como hacía de pequeña, sin tiempo para confirmar que la figura armada con un hacha que creyó intuir entre los árboles era fruto de su imaginación. Atenazada por un pánico que su parte racional fue incapaz de controlar, permaneció paralizada hasta que un chasquido en el tejado, quizá una teja vencida por la fuerza de la ventisca, la hizo reaccionar. Tropezando con los muebles, corrió hasta la puerta, accionó el interruptor de los focos exteriores y se permitió un segundo para confirmar que su luz azulada no delataba la presencia de intrusos. Subió a la carrera hasta el dormitorio, se puso los vaqueros, las botas, un jersey sobre la chaqueta del pijama, un abrigo, y regresó a la planta baja. Nada había cambiado. A través de los cristales, los rayos trazaban senderos de locura. Jadeando, buscó su bolso, confirmó que el móvil, la cartera y las llaves estaban dentro, añadió la tablet y el cuaderno, y salió por la puerta del garaje.

El abrazo blindado del Mercedes le devolvió algo de cordura y un ápice de ese valor que se le escurría entre los dedos. El motor rugió contra las paredes, como un felino preparado para el ataque, y de repente comprendió que esa tonelada de acero propulsada por una bestia de ciento noventa caballos era infinitamente más poderosa que cualquier arma blanca. Impulsada por esa fuerza voluble que a veces la abandonaba y, en ocasiones, regresaba con la urgencia de la rabia, cerró las manos sobre el volante, accionó el mando a distancia y rogó que el secuestrador de su novia, y de tantas mujeres arrebatadas de sus hogares, la estuviera esperando.

Poco a poco, bajo la línea metálica del portón comenzó a abrirse un hueco por donde viento y pedrisco se colaban en ráfagas violentas. Las luces exteriores se apagaron automáticamente, pero no le importó. Accionó las largas, apretó las mandíbulas como un boxeador preparando el gancho, metió primera y aceleró arrancando chirridos de victoria a los neumáticos. El coche salió encabritado como un astado del toril, y la noche retrocedió ante la furia de sus halógenos. Agurtzane no fue consciente del alarido que brotó de su garganta, un grito que nada tenía que ver con el terror que había sentido minutos antes mientras, salpicando gravilla en cada curva, daba vueltas en torno al caserío a la caza de un intruso al que despedazar con el filo romo de las ruedas. Por fin, frustrada, confusa y asustada, regresó a la pista, regresó al lado gris y cobarde de la cordura, y descendió el puerto de La Escrita cuidando de no derrapar por el granizo.

39

Quizá la despertó el frío, el aire que se colaba por los resquicios de la madera arrastrándose hasta rozar la piel expuesta bajo el camisón. Quizá el ulular lejano de una lechuza, el ladrido de algún perro o el rumor de un vehículo trepando por la ladera. Quizá. Pero, por imposible que pudiera parecer, Juana Llaguno sabía que fueron las sombras errantes sobre el techo del dormitorio, filtrándose a través del velo de sus párpados, las que la habían arrancado del sueño y la tranquilidad.

El radiorreloj señalaba la una de la madrugada, y las siluetas danzaban inquietas sobre su cabeza, réplicas negras y anaranjadas de quien, desde el otro lado del Land Rover aparcado frente a la casa del vecino, acechaba la vivienda. Frustrada por la inmovilidad que le impedía acercarse a la ventana, Juana las estudió desde su lecho buscando en ellas una pista que le permitiera desenmascarar al intruso.

Desechó el impulso de llamar a Heydi. Fuera quien fuese, llevaba días apostándose frente a la vivienda, sin atreverse a traspasar el parapeto de un coche abandonado. La casa, cerrada a cal y canto, le parecía inviolable. Y en cuanto el policía a quien dejó recado respondiera a su llamada, estaba segura de poder desvelarle la identidad del merodeador y, posiblemente, la del agresor de la muchacha.

Tranquilizada por esa certeza, volvió a recostar la cabeza en la almohada, se subió la manta hasta la barbilla y se permitió un atisbo de sonrisa. Podía relajarse y dejar que el sueño la venciera. Y eso hizo, a pesar de que las paredes no dejaban de recortar el negativo de un hombre acechando su soledad.

VIERNES

6 DE FEBRERO DE 2015

40

—Lo siento.

Méndez trató de añadir algo, una frase hecha, una fórmula capaz de arrancar a la mujer del infierno al que acababa de enviarla. No lo hizo. Pensó en su esposa, en la fiera ternura con que protegía al bebé recién nacido, y comprendió que nada de lo que dijera, nada de lo que hiciera, serviría para reconfortarla.

Nekane Gordobil seguía pendiente de la imagen congelada en la pantalla. Era una fotografía de Izaro captada en el momento de iniciar la carrera. Las piernas flexionadas para coger impulso, el tronco inclinado hacia delante, la melena derramada sobre los hombros dejando al descubierto su rostro pálido y aterrorizado. La precedía un joven aferrado a un bolso de charol negro. Y en el suelo, la mitad del cuerpo en la acera, la cabeza torcida sobre el asfalto en un ángulo inverosímil, una anciana contemplaba el infinito con la faz deformada de dolor. Izaro la estaba mirando. Estaba viendo cómo sufría, cómo languidecía sobre el agua que buscaba las alcantarillas. Pero no se detuvo. No intentó ayudarla, no hizo ningún esfuerzo por minimizar su error, no sacó el móvil del bolsillo para implorar una ambulancia.

La dejó morir.

Aunque había visto dos veces la secuencia completa del atraco, grabada con todo lujo de detalles por las cámaras que custodiaban la estación de Atxuri, era esa escena la que mantenía a Gordobil inmóvil sobre la silla, pendiente del último fotograma de un drama que no supo impedir. ¿Cuándo se estropeó todo? ¿Cuándo dejó de ser una niña para convertirse en una adolescente desconocida? Había una fecha, por supuesto: septiembre. Entonces, con el inicio del nuevo curso, conoció a Eva y a su hermano. Pero aquella era una conclusión más cobarde que simplista. Dos amigos nuevos, uno de ellos mayor, que frecuentaban ambientes diferentes, que bebían, fumaban y vivían el sexo con una naturalidad aterradora. Sí. Culparles a ellos, a las discotecas de Bolueta, a los DJ latinos y a los canales de YouTube. Culpar a cualquiera para sortear esa responsabilidad que no supo ejercer.

—A veces, los chavales hacen cosas raras. Supongo que forma parte de esa etapa de la vida. No debes torturarte.

Gordobil separó los ojos de la pantalla y los clavó en su compañero.

—Hay una mujer muerta, José. La ha matado mi hija. ¿Tú crees que la culpa es solo suya?

Méndez no interpretó la pregunta de forma correcta.

—Claro que no. El sudaca es tan culpable como ella. Yo diría que más. Pero el vídeo es demasiado nítido. Es Izaro quien la derriba.

Homicidio imprudente. Omisión del deber de socorro. Robo con violencia. Todo en un segundo. Su vida, la vida de ambas, destruida en un segundo.

Y una anciana asesinada por atreverse a caminar sola por una acera desierta.

Una mujer sola. Siempre, una mujer sola.

—¿Y ahora?

Era una pregunta absurda. Conocía de sobra la respuesta.

—Estamos a la espera del Juzgado de Menores. —Méndez hablaba despacio, sintiéndose miserable por infligirle ese dolor que trató de amortiguar avisándola de la detención antes de llevarla a cabo—. También he solicitado la suspensión cautelar de tu orden de alejamiento. Espero que nos la concedan. —Nekane oprimió con una mano temblorosa el brazo del oficial. No le quedaban fuerzas para expresar su gratitud de otra manera—. Para el tal Jero, he preferido esperar. —Ella le interrogó con la mirada, y no pudo evitar una triste sonrisa al escuchar la respuesta—. No voy a limitarme a pillarlo por un tirón de mierda.

Revisó mentalmente las imágenes captadas por las cuatro cámaras de la estación. Izaro estaba tan borracha que no parecía consciente de que, mientras Jero la manoseaba sin disimulo, la gente que subía a los andenes los estudiaba con una mezcla de extrañeza y desagrado. Pero el tiempo pasó, el flujo de peatones fue languideciendo hasta desaparecer, las puertas se cerraron, los coches dejaron de iluminar los charcos del asfalto, y por la acera opuesta apareció aquella vieja que no debió haber estado allí. Gordobil comprendió que estaba a un paso de victimizar a su hija culpando de su propia suerte a la anciana a la que le había partido el cuello. Jero se puso la capucha, como si no hubiera mostrado el rostro a todas las cámaras posibles, y cruzó tras la senda del bolso que la anciana protegía contra su pecho. Izaro siguió sus pasos. No pudo quedarse quieta, no. Tuvo que apoyarle, tuvo que hacer gala de ese absurdo código de honor adolescente que no es más que el seguro de impunidad de los macarras. La empujó. Y salió huyendo mientras la mujer agonizaba.

Como madre, Nekane sabía que Jero era culpable de muchas cosas. Como policía, tenía claro que endosarle el homicidio sería imposible.

Pero la madre luchaba por imponerse.

—¿Y qué tenías pensado?

41

Decenas de ociosos paseaban por el Campo Volantín, en pleno centro de Bilbao, disfrutando de la sensación extraña de llevar cerrados los paraguas. Entre ellos, Agurtzane Loizaga no podía evitar sentirse culpable y desnuda. Culpable, porque estaba muy cerca de la facultad de Ciencias Económicas y, sin embargo, no tenía intención de acercarse a retomar las clases abandonadas con la excusa de la nevada. Y desnuda, porque debajo del abrigo y el jersey, sus grandes pechos danzaban al ritmo de sus pasos, sin un sostén que los mantuviera en su sitio. Sabía que era imposible y, sin embargo, tenía la impresión de que todos aquellos con los que se cruzaba, los ancianos vencidos sobre sus bastones, las mujeres que hacían footing o los comerciales que paseaban sus carteras fingiendo trabajar, se recreaban en el espectáculo de esos senos bamboleantes. Sacudió la cabeza con resignación y abordó el artificioso puente de Calatrava cuidando de no romperse un hueso en la pista deslizante diseñada por el arquitecto.

Lo primero era ir de compras. Salió de Ilbeltza sin nada, imbuida en un terror tan irracional como real. Y regresar al caserío no figuraba entre sus proyectos inmediatos, aunque la luz de la mañana y, sobre todo, el inesperado talante comprensivo del oficial Zabalbeitia cuando le llamó para ponerle al corriente de esas sospechas que no dejaban de torturarla la ayudaron a recuperar una cordura perdida entre sombras y sospechas. El hotel donde estaba alojada tenía vistas a la ría, una habitación acogedora y un delicioso desayuno bufet que había devorado con hambre inesperada. Solo necesitaba un par de blusas, calcetines, bragas y un sujetador para permanecer en Bilbao el tiempo que hiciera falta.

No pensaba volver a La Escrita ni a recoger la ropa.

Osmany Arechabala se obligó a esperar un par de minutos, pero desde el interior no brotó sonido alguno. Ni pisadas arrancando gemidos a la tarima, ni el llanto de Maider, ni los alaridos del programa favorito de su nuera, grupos de ignorantes y divas de la prensa rosa empeñados en dirigir el pensamiento de los telespectadores en una patética alucinación orwelliana. Así que, tras un vistazo a las otras dos puertas del rellano, sacó del bolsillo las llaves que «olvidó» devolver cuando abandonó el piso.

Aquella mañana había salido de su apartamento con la inquebrantable decisión de ver a su nieta. Por eso llevaba las llaves y, por si la mujer había cambiado la cerradura, el llavero en forma de punzón que usaba de ganzúa. También la guerrera de camuflaje, en cuyos bolsillos la Sig Sauer pasaba desapercibida. Si la niña presentaba marcas en la piel, se aseguraría de que Abdoulayé Diop no se le volviera a acercar jamás. Y si la simple amenaza no era suficiente, acabar en la cárcel por proteger a su nieta le pareció un intercambio justo. Había prometido a Camilo, a las cenizas de Camilo dispersas en un pinar de madrugada, que cuidaría de su hija a cualquier precio. Por eso acariciaba el gatillo en el momento de acceder al interior de la vivienda. Pero allí no había nadie. Un dulzón olor a kebab se filtraba por las ventanas abiertas del dormitorio principal, donde la cama deshecha y el camisón arrugado sobre la colcha hablaban de provisionalidad y prisas. Maider ya no compartía cama con su madre, privilegio que ahora correspondía a Abdoulayé. Habían instalado a la pequeña en la habitación que Osmany utilizó durante su breve estancia en aquel piso, un espacio de ocho metros cuadrados con vistas a la fachada de enfrente, donde la bolsa de los pañales y la ropa regalada por viejas compañeras de facultad se peleaban por el espacio que la cuna dejaba libre. Revisó el colchón y el edredón raído por el uso, el parquet y la madera de la puerta, deteniéndose ante cada mancha inidentificable. Repitió la operación en el baño, en la alcoba, en la cocina y en la sala, sin encontrar restos de esa sangre inocente que cada noche anegaba sus sueños. Solo entonces se permitió un momento de respiro.

Y una sonrisa.

Sí. Existía la posibilidad de que su ausencia tuviera relación con la visita de la supuesta asistenta social. Pero se trataba de una posibilidad en la que prácticamente había dejado de creer. Tanto las palabras de Gordobil como el hecho de que, como sabía, Diop careciera de papeles le llevaban a creer que la actitud esquiva de Nerea tenía más que ver con esconder al senegalés que a Maider. Que un viernes por la mañana no estuvieran en casa era lo más lógico; al fin y al cabo, la nevera no se llenaba sola. Y cuando descubrió una bolsa de farmacia con dos pequeños botes de antibiótico y paracetamol, sus temores se disiparon por completo.

La niña estaba enferma.

Se separó del aparador, de las facturas impagadas sobre las que descansaban los fármacos, y dedicó un vistazo de inquietud a las ventanas. La humedad de la mañana y el repetido aroma a carne demasiado especiada que se filtraban por ellas despertaron en sus recuerdos preguntas que en ese momento no estaba en disposición de responder. En realidad, era él quien precisaba una respuesta. De modo que sacó el móvil de uno de los bolsillos de la guerrera, satisfecho al comprobar que había sabido cargar la batería al cien por cien, sacó de otro la libretita de papel café que llevaba a todas partes, buscó un número anotado en las páginas finales y consiguió teclearlo a la primera sobre sobre la pantalla táctil.

Ibon Garay estudió la vivienda desde el interior de la furgoneta. Le gustaba Ilbeltza. Le gustaba su arquitectura tradicional, le gustaba el acierto de la reforma, la amplitud de las ventanas, el balcón y el jardín lleno de manzanos. Le gustaba la tristeza que emanaba. Y le gustaba verse a sí mismo como señor de aquella hacienda, el valle a sus pies, dos mujeres satisfaciendo sus caprichos más oscuros. Pensó en la catedrática, en su mirada y su cabello, en las caderas anchas y los pechos que intentaba disimular bajo la amplitud de los jerséis. Sabía que estaba sola, que cada noche regresaba a ese chalet donde nadie la esperaba, que su aliento matinal evocaba resaca y abandono. Suspiró, metió el pan en una bolsa de plástico y salió del vehículo. El saquito que Loizaga solía dejar no estaba en su sitio, así que colgó del picaporte la que llevaba, sin dejar de acariciarse a través de la tela de los vaqueros. La imagen de las mujeres, la cercanía de su hogar, de sus olores y pecados, le provocaba unas erecciones a veces frustrantes, a veces placenteras.

Entonces se fijó en la puerta del garaje.

Abierta.

Sin perder de vista la casa, regresó al coche y tocó el claxon. Nadie se asomó a las ventanas, nadie protestó por el bocinazo, nadie apareció de improviso tras una esquina.

Ilbeltza estaba vacía, algo que confirmó cuando, al colarse de puntillas, vio que el Mercedes de Agurtzane no descansaba en su sitio.

Sonrió.

Despacio, pendiente de los sonidos que pudieran llegar desde el camino, revisó cada esquina de la estancia, las herramientas, el interruptor de la persiana y la puerta de acceso a la vivienda. Una puerta abierta de par en par.

Volvió a sonreír.

Nerea Goiri colgó, devolvió el viejo Nokia a las profundidades de su bolso y dedicó a Abdoulayé Diop una mirada de angustia y duda. El senegalés se la devolvió sin decir nada, incapaz de aliviar el peso de esa losa que poco a poco les hundía en un fango del que no sería sencillo salir.

Estuvo a punto de no responder. No conocía el número que flotaba en la pantalla, y la sala de espera de Pediatría del hospital de Basurto no le pareció el lugar adecuado para atender a los consabidos comerciales de telefonía móvil. Pero descolgó. Y no tardó en arrepentirse apenas escuchó, al otro lado del auricular, la voz ronca y el acento suave de Osmany Arechabala.

Lo más difícil fue convencerlo para que no tomara el primer autobús en dirección al hospital.

—Maider está bien. —Era el mantra repetido al final de cada frase, el único argumento válido para librarse del acoso de aquel viejo cabezota—. Teníamos cita en las consultas externas de Basurto. Nada grave. Está bien. Lo que pasa es que hay mucha gente y vamos a tardar. Maider está bien. No, no vengas, por favor. Abdou está aquí.

No estaba segura, pero le pareció escuchar cómo rechinaban los dientes del cubano. Y decidió seguir por ahí. Insistió en que Diop se quedaría con ellas todo el día, en que no podían reunir en un hospital a toda una familia por un simple constipado. Y cuando prometió llamarle a su regreso para que subiera a ver a su nieta, comprendió que Arechabala se daba por vencido. Se reafirmó en su promesa, le agradeció su preocupación, disimulando lo mejor posible la ironía, y se apresuró a colgar antes de que el otro pudiera añadir algo. Dejó escapar un largo suspiro de agotamiento, cerró los ojos y, cuando los abrió para clavarlos en Abdoulayé, sus pupilas brillaban más de lo debido.

Peio Zabalbeitia consultó el reloj, dedicó una mirada al despacho vacío de Laiseka y se acercó hasta el agente de la entrada, que se apresuró a minimizar la pantalla del ordenador.

—Carlos, ¿ha dicho el subcomisario cuándo llegaría?

—No lo sabía. Por lo visto, le ha surgido un problema familiar, y tardará más de la cuenta.

Asintió. Laiseka era puntual como pocos, pero la familia es la familia. Invitado muchas veces a su chalet de Villasana de Mena, Peio conocía a la perfección a su esposa y a sus cuatro hijos. El mayor era *ertzaina*, como su padre y los amigos de su padre. Las gemelas también siguieron sus pasos, pero nacidas, criadas y casadas en la provincia de Burgos, terminaron engrosando las filas de la Guardia Civil. Eran las joyas de la corona, los vástagos de quienes Txema jamás se cansaba de presumir.

Pero a Zabalbeitia quien más le gustaba era Oier.

El hijo pequeño tenía veintidós años, una pasión incurable por el deporte extremo y una tendencia patológica a visitar, cada cierto tiempo, la ciudad sanitaria de Cruces para que le remendaran algún músculo desgarrado, le soldaran otro hueso o eliminaran los parásitos que corrían por sus tripas. Laiseka despotricaba contra él a todas horas, se quejaba de sus aficiones y su nulo interés por el estudio, repetía a quien quisiera escucharlo que estaba harto del mocoso y, cada vez que recibía una llamada de su esposa, salía corriendo con el rostro desencajado y algo semejante a una plegaria colgando de los labios.

Que el subcomisario se retrasara por motivos familiares significaba, siempre, que Oier había hecho una de las suyas.

Perfecto.

Echó otro vistazo al informe, y una sonrisa oscureció sus iris en vez de iluminarlos. Al final, la catedrática no era tan tonta como parecía. O sí. La teoría que acababa de esbozarle por teléfono cuadraba. Era tan absurda que cuadraba. Era solo una teoría. No había pruebas. En realidad, pensó mientras acariciaba la funda de su arma, jamás las habría. Pero, por primera vez en mucho tiempo, Peio Zabalbeitia tenía entre sus manos la forma de cobrarse una venganza largamente esperada.

De tan simple, el argumento era casi incuestionable. Tanto como ilógico y circunstancial. Ricardo Etxebarria vivía en Estados Unidos. Viajaba poco, muy poco, a Balmaseda. Y con cada viaje que hacía, una mujer desaparecía. De hecho, la relación comenzó en su propia casa, con la filipina que cuidaba de su hermana. Y se repetía en casi todos los casos: 1992, 2009, 2012, 2015.

Y, por supuesto, en 2000.

Sí. Dólar estuvo en Balmaseda en el año 2000. Llegó para el funeral de su hermana, y allí permaneció, fingiendo cuidar de su madre, hasta la ceremonia inaugural de las Olimpiadas de Sídney, una enternecedora muestra de sus fraternas prioridades. El rico. El chico alto, guapo, deportista. Siempre bronceado, siempre perfecta su sonrisa, siempre elegante en el vestir, siempre amable con ese acento gringo que encandilaba a las mujeres. Soltero. Irresistible.

Había dejado de llover. En la distancia se intuían unos

claros titubeantes que aguantarían un par de horas antes de la llegada del siguiente frente. Pero mientras durara la tregua del aguacero, las calles se llenarían de gente corriendo de tienda en tienda. De curiosos que no tardarían en arremolinarse frente al palacio de Horcasitas cuando se percataran de la presencia en sus jardines de dos furgonetas policiales iluminando la fachada con destellos naranjas y azules.

Era circunstancial, sí. De hecho, era descabellado. No habría juez en el mundo dispuesto a autorizarlo, pero él no tenía intención de solicitar orden alguna. Laiseka montaría en cólera, se negaría a protegerlo. Pero el recuerdo del hijo del terrateniente cabalgando sobre el cuerpo desnudo de Adela llevaba quince años agostando su existencia. Ahora tenía la forma de vengarse. Reclutó una pequeña tropa de agentes y se juró que nada ni nadie le impediría disfrutar de la humillación pública de Ricardo Etxebarria, esposado y detenido frente a la mirada atónita de sus vecinos.

42

Osmany Arechabala volvió a leer el mensaje antes de devolver el móvil al bolsillo y apoyar la frente en la ventanilla, como si algo en el cauce del Kadagua llamara su atención.

Tengo un problema familiar. Ahora mismo no puedo pensar en otra cosa.

Lo suponía. Nekane Gordobil llevaba la pena impresa en el rostro, la preocupación en unas ojeras que no dejaban de crecer y un difuso timbre de temor en la voz cada vez que, tratando de hurtar al cubano sus palabras, se alejaba para llamar a su marido. La razón de esa tristeza había reventado. Por eso no cogió ninguna de sus llamadas. Por eso se limitó a enviarle aquel SMS con aire de despedida.

El viejo capitán de las FAR no podía imaginar que, en ese preciso momento, Gordobil contemplaba desde una distante cercanía cómo Méndez, su inseparable compañero en el cuerpo, ayudaba a Izaro a subir a la parte trasera de un coche patrulla. Las lágrimas apenas le permitían intuir la expresión aterrorizada de la niña, ni el rostro demudado del padre al tomar asiento junto a ella. Y la atracción hipnótica de aquellas siluetas que eran toda su familia le impidió fijarse en el muchacho de tez morena que, embozado bajo la capucha de una sudadera arrugada sobre la gorra de los Knicks, apretaba los dientes con la misma rabia con que cerraba un puño en el bolsillo.

Arechabala tenía sus propias preocupaciones. Por un lado, estaba el individuo alto y delgado que había tomado asiento en el otro extremo del vagón, un desconocido cuya presencia recordaba demasiado a la del hombre que la noche anterior le siguió hasta su apartamento.

Por el otro, estaba Maider, aunque esos temores habían remitido casi por completo. Nerea no le mintió. La niña estaba enferma. Mientras hablaba con ella, escuchó a través del teléfono la megafonía del hospital, un par de llamadas a médicos y enfermeros. Claro que nada excluía la posibilidad de una bofetada. Pero estaba tranquilo. Nerea había prometido llamarle en cuanto regresaran a casa. Y era cierto que en la consulta del pediatra solo sería un estorbo.

Sin embargo, algo en aquel piso que siempre hedía a kebab hizo vibrar esa parte de su mente acostumbrada a mantenerse despierta en pleno sueño. Una nimiedad, un detalle minúsculo, casi absurdo, que le perseguiría mientras no pudiera confirmar que se trataba de una tontería. Por eso recurrió a Gordobil. Y por eso se encontraba ahí, en el tren tortuga que, con desgana centenaria, recorría Las Encartaciones al hastiado ritmo de la vía única.

Cuando llegara a Balmaseda, Osmany no encontraría la villa adormilada que conocía, las conversaciones quedas en la barra de algún bar, los saludos a voz en grito que, como memoria de épocas pastoriles, se cruzaban en calles y cantones. La noticia de que dos furgonetas de la Ertzaintza habían accedido a los jardines de Horcasitas se propagó a la velocidad a la que comadres y ociosos comenzaron a improvisar teorías sin pies ni cabeza, sospechas repetidas como verdades probadas y juzgadas.

La policía pasó mucho tiempo en la casa torre. Tanto,

que podría pensarse que Zabalbeitia, ese *ertzaina* cuya sonrisa resultaba extraña en un rostro siempre ceniciento, dilataba la operación en espera de que más y más gente se congregara tras las verjas de los jardines. Ricardo Etxebarria, esposado y en pijama, fue sacado a la calle donde, sin razón aparente, permaneció largos minutos expuesto a la curiosidad de la muchedumbre. Y nadie supo decir de dónde salió el bulo o la noticia, pero los gritos de «violador» y «asesino» que se estrellaron contra el vehículo en el momento de su traslado a comisaría obligaron al oficial al mando del operativo a contener una carcajada.

Arechabala, no obstante, seguía en el tren, esperando que la vía quedara expedita para continuar su lento traqueteo, mientras no dejaba de dar vueltas a la forma de acceder al caserío de la portuguesa accidentada. Lo cierto era que solo se le ocurría una manera. De modo que sacó el teléfono del bolsillo izquierdo, desbloqueó la pantalla con la torpeza habitual y buscó el número de María López Rutherford.

43

—A ver, tío, tranqui, ¿vale? ¿No dices que no había nadie en la calle?

Jero sacó las manos de los bolsillos, se aferró a la lata caliente de cerveza que el Troncho acababa de ofrecerle, tomó un trago y se encogió como un gasterópodo buscando protección bajo la concha de su sudadera.

—¡Yo qué sé! Yo no vi a nadie, pero estaba supermamado. Si han trincado a la tía, será que alguien nos vio, ¿no te parece?

—¿Os vio? ¿O la vio?

Sí. Esa era la pregunta.

Jero sabía que el Troncho era un tipo listo. Por el barrio se decía que, de haber estudiado, habría llegado sin problemas a médico o a ingeniero. Pero precisamente porque usaba la cabeza para algo más que lucir melena, el Troncho sabía que pasar costo a unos colegas para que lo distribuyeran por ahí era mucho más cómodo y rentable que dejarse los codos en un pupitre. Tenía veinticuatro años y nunca lo habían trincado por nada serio. Sí. El Troncho era un tío listo. Por eso, y porque Jero era uno de sus pequeños traficantes, había decidido sincerarse en busca de consejo.

—Ni puta idea —respondió—. Cerca no había nadie,

pero la tonta esa llevaba una chaqueta roja que se veía a kilómetros.

—¿Y tú?

Se señaló la sudadera gris oscura, la capucha que nunca se quitaba, la gorra de los Knicks encorsetada contra las cejas.

—De puta madre. Quien os vio no te reconocerá ni en un millón de años.

—Ya, pero…

—El problema es la piba, está claro. Escucha. —Adelantó su rostro anguloso, la mirada saltando sobre el estilete de la nariz—. Ella se cargó a la vieja, ¿no es cierto? Pues que pague. Es menor de edad, no le pasará gran cosa. Pero si le da por acojonarse, si le da el ataque de histeria y empieza a decir que no ha hecho nada, que fuiste tú quien la empujó, te joderán vivo. Lo sabes, ¿no? Eres mayor de edad, eres sudaca, no le importas una mierda a nadie. Te joderán vivo.

Jero apretó la lata y parte de la espuma se derramó cuando el metal cedió a la presión de sus dedos. No era agradable escuchar en voz alta el catálogo de su día a día.

—¿Cómo saber si te traiciona? Fácil, tío. La han trincado esta mañana, ¿no? Pues si la sueltan, es que te ha echado la mierda encima. —El Troncho era un tipo listo, de eso no cabía duda—. Cuando te cargas a una vieja, no te dejan pirarte de un día para otro, por muy cría que seas.

Cierto. No iban a soltarla así como así. A no ser, claro, que mintiera. Que dijera que fue él quien la empujó, que diera su nombre, sus datos, su dirección. Pero él no iba a permitirlo. Pensaba vigilarla. Acecharía la comisaría día y noche. Se enteraría de cada paso, de cada traslado a los juzgados, de si la encerraban o, por el contrario, la soltaban a pesar de ser culpable de la muerte de una anciana. Y si el Troncho estaba en lo cierto, si para volver a su piso de lujo, con sus padres de lujo y su vida de lujo, no tenía reparos en vender al latino muerto de hambre, él se ocuparía de que no pudiera ratificar sus mentiras en un juicio.

—Nadie debería traicionar nunca a sus colegas. Por si acaso.

Asintió sin separar la vista de la esquina de la mesa, tan absorto en la ira que le abrasaba por dentro que no comprendió la amenaza subyacente en las últimas palabras del Troncho.

El subcomisario Laiseka debería estar acostumbrado a las excentricidades del menor de sus vástagos, pero eso sería pedirle demasiado. De alguna forma lejana, intuía que el muchacho tenía razón cuando, en las muchas discusiones provocadas por su afición al deporte extremo, insistía en que trabajar de policía implicaba riesgos de mayor envergadura que los derivados de dormir al raso. Era mayor de edad. Laiseka no podía impedirle hacer lo que quisiera. Por eso, cuando le vio partir pertrechado con su mejor ropa técnica de abrigo, linternas y bicicleta, se limitó a arrancarle la promesa de que regresaría antes del alba.

A las siete de la mañana, tras el segundo desayuno, se dio por vencido y le llamó. Pero el móvil de Oier comenzó a repicar desde el dormitorio, y Laiseka se rindió a la evidencia de que ni el teléfono ni el GPS tenían cabida en una práctica de supervivencia.

Todavía aguantó una hora más repasando mentalmente los itinerarios preferidos de su hijo. Pero solo una hora. Terminó el tercer café, sacó el Range Rover del garaje y salió en su busca.

Por eso llegó tarde a Balmaseda. Muy tarde. Arrullado

por el calor del vehículo, detenido en un paso de cebra mientras una abuela inclinada sobre un carrito de bebé se eternizaba cruzando la calle, se recreó en el alivio de saber que Oier se encontraba en su cama, extenuado y a salvo. Tropezó con él después de recorrer una a una cada pista que llagaba la ladera. Estaba sentado en un tronco caído, estudiando con gesto de agotamiento la rueda partida de la bicicleta. El lodo le cubría por completo, y el frío que trepaba desde las perneras empapadas de los pantalones quebraba sus palabras, pero en su rostro brillaba una felicidad tan sencilla que fue incapaz de vomitarle la rabia que burbujeaba en su interior.

La anciana alcanzó por fin la acera, el coche de enfrente saludó con un guiño de luces encendidas que él correspondió con un gesto de cabeza, metió primera y entonces, en la pared de enfrente, descubrió la pintada.

«Nos roban la tierra, nos violan, nos asesinan… Etxebarria al paredón».

El motor se caló y él ni siquiera se dio cuenta. Tan reciente que la pintura resbalaba bajo la lluvia, un anónimo acusaba a la familia más prominente del pueblo de crímenes desconocidos para el subcomisario de la Ertzaintza. De forma mecánica, arrancó y dejó al vehículo deslizarse al ralentí mientras estudiaba cada fachada. No vio nada más. Pero pronto comprendió que había algo extraño en los corrillos de vecinos congregados bajo sus paraguas, en las cabezas dobladas hasta rozar la de enfrente, en su forma de alzarlas cuando alguien llamaba la atención sobre el Range Rover, en las miradas y el silencio que le acompañaban mientras dejaba atrás a grupos de transeúntes cada vez más numerosos. Algo había sucedido. Algo relacionado con el cuerpo, algo relacionado con Dólar y Peseta. Y no le costó dar con un nexo de unión.

—¿Qué cojones has hecho, Peio?

El timbre del móvil vibró como anticipo de la respuesta.

—Laiseka. —Le bastó esa única palabra, filtrada a través del manos libres, para reconocer la voz imperativa de Ramón Echevarría—. Pásate por mi casa ya mismo. Tenemos que hablar.

44

El bar era oscuro y alargado. Un añejo olor a vino y a dejadez brotaba del serrín apelmazado en las esquinas, un aroma que Osmany solía relacionar con hombres hastiados acodados frente a un barman hastiado de los hombres, conversaciones trabadas, desconfianza y soledad. Estaba en la entrada de Balmaseda, justo frente a la estación de ferrocarril. Y aunque no era el más alegre de los locales, el diluvio que caía a su llegada le llevó a agradecer la elección de Rutherford.

Solo había un cliente, un individuo de labios plegados y mejillas hundidas que, inmóvil al fondo de la barra, estudiaba su vaso de vino como quien analiza el universo. Osmany pidió un café, se acodó de espaldas al triste microcosmos de la taberna, confirmó que la sombra de gabardina oscura que había descendido del tren siguiendo sus pasos deambulaba de un lado a otro soportando el aguacero con estoicismo, y confió en que la amiga de Gordobil no se retrasara.

En cuanto la silueta de Rutte, embozada en un grueso anorak de colores chillones, se perfiló junto al paso a nivel, Osmany se deshizo de los fantasmas anclados en su mente para preguntarse, una vez más, si la agente era de fiar. Fue ella quien le delató, sobre eso no cabía duda. Sin embargo, cada vez estaba más convencido de su inocencia. Una nota sobre la mesa de un compañero pudo alertar a un policía con mucho que ocultar. O provocar una llamada, quizá sin mala intención, a los nuevos dueños del caserío, los ricos del pueblo, en palabras de Laiseka. En cualquier caso, tras la rotunda negativa de Gordobil, Rutte era la única opción que le quedaba para llegar a Karrantza y a Ranero.

Aunque no pensaba abandonar las precauciones.

La mujer le saludó con un par de besos, pidió un cortado y bromeó con el taciturno bebedor del fondo antes de abordar la razón de la llamada del cubano.

—¿Y no sabes qué tipo de problema familiar tenía Nekane para no poder acompañarte? —Arechabala negó sin separar la mano de su taza medio vacía—. Bueno, espero que no sea grave. Pero mira, así puedo unirme a esta excursión campestre tuya. —Superado el tono grave de la primera pregunta, la voz de Rutherford volvía a mostrar la despreocupación del día en que la conoció—. Eider se queda en el comedor y no sale hasta las cuatro y media. Tenemos tiempo de sobra para ir y volver. ¿De qué se trata? Por teléfono me has dicho que era importante, pero tendrías que explicarte un poco más.

Osmany removió la bebida con la mirada perdida en ningún sitio, abrió la boca y volvió a cerrarla. Ahora que debía poner voz a su teoría, esta se le antojaba más endeble por momentos.

—Verás, ya sabes que ayer desapareció una mujer en un accidente, un carro que cayó al río. —Rutherford asintió sin decir nada—. Gordobil y yo estuvimos en su caserío, allá, en Ranero. —Esperó de la agente una confirmación que no llegó—. No vimos nada raro. Un vecino nos dijo que era normal que marchara pronto en la mañana. Solo faltaba el perro, pero eso también debía ser normal. Ella lo soltaba, y el bicho se perdía por el monte cuando le daba la gana.

—¿Entonces?

Terminado su vino, el hombre del fondo de la barra seguía su conversación sin disimulo. Los estragos de la droga eran visibles en su rostro, en los pómulos esculpidos sobre la flacidez de las mejillas, en los labios doblados contra las encías y en el brillo apagado de la mirada.

—No había nada raro. Y, sin embargo, todo el tiempo tuve la sensación de que sí, de que algo no era del todo normal. Recién esta mañana me di cuenta. Las persianas estaban cerradas. Todas. —Comprendió lo irrelevante de su argumento, pero decidió que no había vuelta atrás—. ¿No abres la ventana de tu dormitorio cuando te levantas?

—Hombre —se encogió de hombros, tomó la taza y la sostuvo entre las manos, como si quisiera calentárselas—, depende del frío, ¿no? De la lluvia. En Ranero, igual hasta depende de la nieve.

—Precisamente. Si vas a salir, ¿no es mejor que se ventile la casa mientras estás fuera para cerrar en cuanto regreses?

Ella se encogió de hombros, terminó el café de un trago y esbozó una sonrisa resignada.

—No sé. ¿Qué dijo Nekane?

Ahora fue el cubano quien guardó un silencio poco sincero.

—De acuerdo. Pero si vas a hacerme subir hasta allí para comprobarlo, mejor salgamos cuanto antes.

Caminaron a lo largo de la pared muda de la estación vigilados por la penetrante mirada del hombre de la gabardina, el mismo que la noche anterior hizo guardia frente a su portal tras haberlo seguido desde el otro lado de la ría. La certeza de que no intentaría nada, de que su función se limitaba a informar a un superior, se afianzaba en la mente de Osmany a pesar de que en ningún momento dejó de acariciar la culata de la Sig Sauer. El Chrysler Voyager de Rutherford estaba aparcado en una explanada que el viento azotaba sin tregua. Ocupó el asiento del copiloto y dedicó una mirada de curiosidad a la sombra que, fingiendo buscar su propio auto, pasó de largo frente a ellos. Ahí terminaba su labor. Como él, había llegado en el tren, de modo que no tenía forma de ir tras ellos. Desde luego, no creía que, copiando a las películas estadounidenses, se abalanzara sobre un taxi para seguirles.

Todavía en Balmaseda, la carretera comenzaba un ascenso que no terminaría hasta alcanzar el alto de La Escrita. Abajo y a su derecha, el río se precipitaba por presas de otros tiempos. A la izquierda, un largo muro de hormigón protegía la calzada de unos derrumbes más probables con cada aguacero. Allí, una pintada garrapateada en toscos trazos de color rojo les hizo girar la cabeza en un gesto doble de incredulidad.

«Peseta, ladrón. Dólar, asesino y violador».

Asesino. Y violador. Recordó a Etxebarria, alto y espigado, su amabilidad de vendedor de seguros, su interés por la catedrática. Recordó a su padre, achaparrado y rechoncho, los ojos inquisitivos, la soberbia en el gesto altivo de la mandíbula. Dibujó ambos perfiles sobre el lienzo de su mente y los superpuso a las siluetas intuidas de los sicarios que acudieron a visitarlo en Pandozales.

Encontró muchas coincidencias.

Bonifacio Artaraz cerró la carpeta, apoyó la cabeza en el respaldo y se frotó los párpados con fuerza. Todavía eran las doce y ya estaba harto del ordenador. Lo único que le apetecía era arrojar a la papelera esos informes cuyas tripas no lograba comprender y regresar a la agradable soledad de su chalet, a la presencia ausente de su esposa, de cuyo fallecimiento se cumplirían pronto veinte años. Tenía que tomar una decisión, pero la maraña legal y administrativa que llevaba meses envolviéndolo apenas le permitía pensar con tranquilidad. Desde que ETA anunció el cese de su actividad armada, había dedicado más tiempo y energías a despedir empleados y enfrentarse a los sindicatos que al negocio propiamente dicho. Un negocio que no aspiraba a reflotar. El noventa por ciento de la facturación de Baraz, Vigilancia y Escolta provenía de este último rubro. Pero sin la amenaza terrorista, nadie estaba dispuesto a pagar un guardaespaldas. Boni exhaló un suspiro hastiado, se aflojó el nudo de la corbata y reabrió la carpeta para estudiar, una vez más, el plan de liquidación de la empresa remitido por la asesoría.

El zumbido del teléfono le dio la excusa que buscaba para dejar de lado el papeleo.

—Lo he perdido. —A través de la línea, el sonido de la lluvia distorsionaba las palabras—. Ha quedado en un bar de Balmaseda con una mujer alta, de melena pelirroja, y se ha subido con ella en un monovolumen. Han salido por la carretera de Karrantza, pero no tengo forma de seguirlos. ¿Qué hago?

Boni ordenó a su hombre regresar a Bilbao, y dedicó unos minutos a pensar en aquella mujer alta y pelirroja. La vio el martes, cuando confesó a Ramón Echevarría que ese cubano llamado Arechabala pensaba meter las narices en la finca que acababa de comprar a los herederos de Panza. El mismo cubano que dos días después se presentó en su oficina preguntando por mujeres desaparecidas y tráfico de drogas. Cerró la carpeta, abandonó el asiento y se acercó al armario blindado donde guardaba el revólver y la sobaquera. Pero no tuvo tiempo de abrirlo. El móvil volvió a sonar.

—Boni, necesito un favor. —La voz de Peseta sonaba extraña, frágil y, sin embargo, imperativa. Voz de depredador herido—. No. En realidad, necesito que me devuelvas uno de los muchos favores que te he hecho yo a ti.

45

—¡Estás pirado o qué coño te pasa!

Zabalbeitia no respondió. En el desdén de su sonrisa se resumía todo lo que Laiseka necesitaba saber. Y no parecía que la rabia del subcomisario le afectara lo más mínimo.

—Te estás cargando tu jubilación, ¿es que no lo ves?

—Ya sabes que me la suda la pensión.

—¿Y por eso te lanzas como un miura contra Etxebarria? ¿Estás ciego o qué? Te consideraba más listo, joder.

—Había indicios suficientes para…

—¡A la mierda tus indicios! ¡Deja de decir gilipolleces! No eres quién para detener a nadie sin una orden.

El oficial cruzó las piernas, estiró los brazos exacerbando la ira de su jefe y repitió el argumento de su defensa con el tono neutro de quien recita un texto aprendido de memoria:

—Te lo he dicho un montón de veces. No hemos detenido a nadie. Durante la investigación de una serie de desapariciones no aclaradas, algunos indicios nos hicieron sospechar de Ricardo Etxebarria. Dado que el comisario está de baja y el subcomisario no daba señales de vida —fingió no escuchar el gruñido de Laiseka—, tomé la decisión de acudir a su vivienda a fin de hacerle unas preguntas. Pero él se negó a colaborar, por lo que nos vimos obligados a trasladarlo a comisaría para proceder al interrogatorio.

Laiseka exageró la desgana de los aplausos que dedicó a la manida explicación del oficial.

—Vale, Peio, vale. Eres un tío muy listo, pero deja de repetir ese rollo como un disco rayado, ¿quieres? Si piensas que con esas chorradas te vas a salvar cuando Dólar ponga la denuncia, tú mismo. No tienes ninguna posibilidad.

Zabalbeitia no se molestó en contestar. Estudiaba la pared con el gesto del niño seguro de que su travesura merecía la pena.

Laiseka no pensaba lo mismo.

—¿De verdad crees que unos cuernos de hace quince años son motivo suficiente para terminar así tu carrera?

—No sé de qué me hablas. Yo me he limitado a indagar en una serie de desapariciones de las que Etxebarria era sospechoso.

—¡Venga ya, Peio! Ni tú te crees que haya algo extraño en esas supuestas desapariciones.

—Nuestra obligación es investigar cada denuncia. Siempre.

El subcomisario dejó escapar un suspiro de frustración, interrumpió su deambular por el despacho, lanzó una mirada al cristal esmerilado de la puerta, del que al instante desaparecieron las sombras de varias cabezas, y se desplomó sobre la silla. Al otro lado de la mesa, el oficial aguardaba a que su jefe dijera algo.

—Vale. Vamos a jugar a eso. Vamos a fingir que nos creemos la denuncia de la loca de La Escrita. Vamos a suponer que un montón de mujeres han sido secuestradas en nuestra jurisdicción sin que nadie se entere.

—No es solo la catedrática —le interrumpió Zabalbeitia—. Una mujer fue atacada en Trucios la semana pasada. Los rumanos de Sodupe denunciaron la desaparición de su hija. Y una familia de Galdames.

—Lo que tú digas. Hay un pirado, o un grupo de pirados, raptando a mujeres por ahí. —Se inclinó sobre la mesa y acercó su rostro al del oficial—. ¿Qué cojones tiene eso que ver con Ricardo Etxebarria?

La sonrisa de Zabalbeitia se hizo más amplia. Imitando la postura de Laiseka, se adelantó sobre el eje de los brazos hasta que sus narices se rozaron.

—Cada vez que Dólar viene a Balmaseda, desaparece una mujer.

—Ya. —El subcomisario volvió a levantarse y reanudó su nervioso deambular. Peio comprendió que estaba asustado. Y no precisamente por la suerte de su subalterno—. ¿A eso lo llamas investigar? En esas fechas, Ricardo estaba en Balmaseda, sí. Junto a otras siete mil personas. Vamos a pensarlo fríamente: estaba en Bizkaia, junto a un millón doscientas mil personas más. Pero ninguna de ellas es sospechosa, claro que no. El único sospechoso es el tío que se follaba a tu mujer.

—No te pases, Txema.

—No necesito explicarte cómo hacer tu trabajo. —Prefirió ignorar el odio que rechinó en las últimas palabras de Zabalbeitia—. No has investigado porque no te ha salido de los cojones. De lo contrario, enseguida te habrías dado cuenta de que, por ejemplo, Dólar no estuvo en Balmaseda cuando desapareció la rumana. Voló directo de Arizona a Bucarest. Y después de la final del Athletic, cogió un vuelo de regreso a Phoenix.

—¿Seguro?

—Me ha enseñado los localizadores.

Zabalbeitia cambió de postura, tomó el bolígrafo que descansaba sobre el teclado de su ordenador y se puso a juguetear con él. No parecía preocupado.

—Bueno, en este caso concluimos que la chica se volvió a Rumanía en busca de su novio. Ya sabíamos que no hubo nada punible.

—Cierto. Como en todos los demás.

Zabalbeitia negó con la cabeza mientras, sin abandonar el papel de alumno recitando la lección, improvisaba una protesta.

—No. Olvidemos a la rumana, de acuerdo. Aun así, hay otras cinco mujeres desaparecidas sin dejar rastro, Txema. Cinco. Y una sexta fue atacada la semana pasada. ¿Te parece normal? La primera que se evaporó vivía en el palacio de Horcasitas, con nuestro sospechoso. Hubo denuncia. Pero Dólar se marchó al extranjero. Y cada vez que regresaba, desaparecía otra.

—¿Estás seguro? Que yo sepa, desde que vive en Estados Unidos ha aparecido por aquí más de cinco veces.

—Puede ser. Pero no muchas más. Y quizá haya desaparecido alguna otra mujer que no conocemos.

Laiseka dejó de dar vueltas de una a otra esquina del despacho, apoyó las manos en el respaldo de la silla y clavó en Zabalbeitia unos ojos enrojecidos de cansancio.

—Si de verdad hubieras interrogado a Ricardo en vez de empeñarte en vejarlo públicamente, sabrías lo que pasó con la chica que trabajaba en su casa. He hablado con Ramón.

—¡Cómo no! Ramón Echevarría, el dueño del pueblo. ¡Joder, Txema! Llevas toda tu puta vida lamiéndole el culo a Peseta.

—¡Cierra el pico! —Zabalbeitia se replegó contra el respaldo, sorprendido por la repentina ferocidad del subcomisario—. ¿Sabes por qué se fue la filipina? Peseta se la tiraba. En su casa. Delante de las narices de su esposa, sin que ella lo supiera. Pero un día se la encontró en la cama con Ricardo…

—¡Qué sorpresa!

—… y la echó de forma fulminante. No le contó nada a Anita. Le dijo que no sabía nada de la chica, que si se había marchado sin despedirse era cosa suya, y se puso a buscar a otra cuidadora para su hija.

—¿Todo eso te lo acaba de contar Ramón? —El tono del oficial ya no era tan firme, tan indiferente, como cuando Laiseka irrumpió en su cubículo despotricando a voz en grito. Algo comenzaba a desmoronarse en la coartada de su venganza.

—Sí. —Laiseka regresó a la silla y siguió hablando en voz baja, como si los nervios y la tensión acabaran de derrotarlo—: Si le hubieras preguntado, te lo habría contado a ti. Tras la muerte de Anita, todo le daba igual. Al final, ese fue el único problema. Tenía tanto miedo de que se enterara su mujer, que no se atrevió a inventarse una mentira que pudiera descubrir. Se limitó a no decir nada. Pero no contaba con que ella acudiría a la Guardia Civil.

—¿Y qué pasó con la denuncia?

El subcomisario se encogió de hombros.

—Cuando le preguntaron, les contó la verdad y archivaron el caso. Dice que, si hay dudas, le consultemos a Boni Artaraz.

Zabalbeitia desechó la idea agitando una mano. Parecía concentrado en la pantalla del PC, pero en el cristal solo era visible el reflejo de un hombre demasiado mayor para asumir riesgos innecesarios.

Junto a los pilares que apuntalaban el arco de la entrada había un Nissan Patrol. A pesar de la llovizna, el zumbido del ventilador delataba la alta temperatura del motor. Un hombre de unos cincuenta años estaba sentado sobre el cabestrante, la cabeza calva reclinada hacia el suelo, la derrota en los hombros hundidos. Dos jóvenes de expresión ausente erraban en torno a la casa, perdidos en el vacío dejado por la madre. Desde la distancia, a Rutherford le pareció un lienzo de desolación. A pesar de los años que llevaba en el cuerpo, nunca le había tocado enfrentarse a la desesperación de aquellos a quienes el azar, la mala suerte o la violencia privaron de una madre, de un hijo o de un hermano. Sus funciones siempre fueron administrativas. Cuando se apuntó a las pruebas de acceso a la Ertzaintza solo buscaba un trabajo fijo y un buen sueldo. Estar ahí, involucrada en algo semejante a una pesquisa policial, era extraño a su carácter.

Sin embargo, no se arrepentía de haber acompañado a Arechabala hasta Ranero.

El marido de Marilia Almeida apenas si dio muestras de comprender la razón de su presencia. Con voz entrecortada, logró hacerles entender que acababan de llegar. Turnándose al volante, habían atravesado la península en diagonal rogando sin palabras un milagro que no se produjo. Lanzó un vistazo desganado a la placa de Rutte, asintió, sin alzar la mirada, cuando le pidieron permiso para entrar en la vivienda, y regresó al refugio de sus recuerdos, el único lugar donde, en adelante, podría encontrarse con su esposa.

En el interior hacía casi tanto frío como en el exterior. Un amplio vestíbulo amueblado con un recio aparador de madera ennegrecida por el tiempo les recibió con el silencio de los mausoleos. Rutte se llevó la mano al cuello del anorak y lo apretó contra la garganta. La humedad flotaba en el ambiente. Era un edificio grande, demasiado grande para cuatro personas, gigantesco para una mujer sola. Imaginó que Marilia se limitaría a caldear el dormitorio y la cocina que asomaba a la derecha, al fondo de un estrecho pasillo sin ventanas. A la izquierda, adosada a la pared, una escalera trepaba hasta el piso superior.

—¿Qué están buscando?

Uno de los hijos, el que parecía menor, los estudiaba

incapaz de disimular una esperanza que Osmany no quiso alimentar.

—Nada concreto. Solo andamos reconstruyendo los pasos previos al accidente. —El chico asintió y sus ojos se apagaron—. Quizá puedas acompañarnos.

Los escalones crujieron bajo su peso. El cubano abría la marcha, pendiente del olor adherido a las paredes, del ambiente cargado y las tinieblas cerradas. Rutherford le seguía tratando de no sentirse mezquina por inmiscuirse en el sufrimiento de aquella familia rota por el hielo y el azar. Y el chico cerraba la marcha sin ánimo para volver a preguntarse por qué la Ertzaintza registraba el domicilio de la víctima de un accidente de tráfico.

En el dormitorio, solo unos macilentos surcos de luz sucia se filtraban por los corazones recortados de las persianas, líneas donde el polvo flotaba como la niebla frente a los faros de un vehículo. Era la penumbra de una alcoba sin recoger, un paisaje hogareño teñido de drama por la ausencia de su dueña. El hijo de Marilia accionó el interruptor y la electricidad rompió el hechizo que les mantenía inmóviles frente a la cama deshecha y la mesilla donde un viejo despertador seguía contando los segundos.

—¿Tu madre no ventilaba nada más levantarse?

El muchacho se encogió de hombros mientras Osmany abría las batientes para permitir a la claridad mustia del mediodía colarse a través de los cristales.

—Supongo. No sé.

No había mucho que ver. Un gran armario ocupaba una de las paredes. Junto a él, una silla vacía y, debajo, unas zapatillas de felpa. Dos alfombras de arabescos desteñidos tapaban los puntos más podridos de la tarima. El lecho ocupaba el centro de la estancia. A su lado, la mesilla, el despertador y un vaso de agua. Nada más. Si esperaba hallar signos de lucha, huellas que delataran la presencia improbable de un intruso, podía darse por vencido. Allí no había nada.

—Una pregunta, chico. Por cierto, ¿cómo te llamas?

—Lucas.

—Dime, Lucas, ¿tu madre solía dormir con pijama?

El joven frunció el ceño en un gesto de desafío.

—¿A qué viene eso?

—Es importante.

Lucas golpeó el suelo con la punta del pie y buscó la complicidad de la agente frente a los desvaríos de aquel negro. Ella se limitó a esbozar una sonrisa tranquilizadora.

—Sí, claro. Era muy friolera. En invierno se ponía unos camisones muy gordos, de franela.

Arechabala oteó en torno al dormitorio con gesto de incomprensión.

—¿Y dónde está?

—¿Qué?

—El camisón. Se levantó muy de mañana, con tanta prisa que ni abrió la ventana ni hizo la cama. Yo esperaba encontrar el camisón entre las sábanas o encima de la silla. Pero no lo veo.

Lucas removió la almohada, sacudió la manta hasta separarla del colchón y se arrodilló para buscar debajo de la cama. Ni rastro de prenda alguna.

—Igual lo echó a lavar.

—¿Puedes confirmarlo, por favor?

El joven salió haciendo retumbar los escalones. Rutte aprovechó para abrir el armario y estudiar su contenido en busca de algo que negara la normalidad del dormitorio. Desde la ventana, Osmany estudió el paisaje derramado a sus pies: el valle sitiado por montes y nubarrones, las primeras estribaciones de la peña Ranero, las curvas plateadas de la carretera surgiendo y desapareciendo al capricho del relieve. Cerca, contra el arco de la entrada, el Nissan y la tristeza. Inmóvil sobre la gravilla, la cadena que debería agitar un perro.

El estruendo de la escalera les anunció que Lucas había cumplido con su recado.

—Nada. —Jadeante, se dobló sobre sí mismo y apoyó las manos en la pernera de los vaqueros—. No estaba en la lavadora, ni en el cesto de la ropa sucia. No había ningún camisón. —Alzó una mirada suplicante y preguntó con un hilo de voz—. ¿Qué significa eso?

—No estoy seguro. Pero tengo otra pregunta. —El muchacho asintió sin un ápice de resquemor—. ¿Dónde dejaba tu madre la ropa que se quitaba por la noche? ¿En esta silla?

—Sí. La dejaba ahí para ponérsela al día siguiente.

—¿Y el calzado?

Lucas iba a responder, pero las palabras se quedaron prendidas en el gesto de la boca. Acababa de fijarse en las zapatillas de felpa alineadas bajo el asiento, y su sorpresa bastó para confirmar a Osmany sus sospechas.

—Abajo. —Parecía que pensara en voz alta mientras articulaba en una misma frase lo que veía y lo que recordaba, secuencias que tiraban en sentido contrario de sus labios—. Aquí, las botas están siempre llenas de barro. Nos descalzamos en la entrada, las dejamos ahí y nos ponemos las zapatillas de andar por casa. Lo que pasa…

Se interrumpió para tomar aire. El calzado de su madre era un imán al que no podía resistirse.

Osmany decidió darle un empujón.

—Es que esas zapatillas no deberían estar ahí.

—Eso es. Es rarísimo que bajara descalza con este frío. La cocina es una nevera. Y la entrada, ni te cuento.

—¿Y no pudo subir con las botas? —La voz de Rutherford se coló en busca de explicaciones simples, lejos de la lógica criminal—. ¿Y luego ponérselas al levantarse, igual que la ropa de la silla?

—¿Mi madre? Ni de coña. Además, el suelo estaría todo embarrado. En casa estaba siempre en zapatillas. Solo se ponía las botas para salir. —Con las manos en los bolsillos, se acercó a Osmany y clavó en él unas pupilas cargadas de emociones—. ¿Qué está pasando aquí?

—Bueno… —se acarició la perilla mientras meditaba una respuesta que no estaba seguro de poder ofrecer—, viendo todo esto, casi parece que tu madre salió en camisón y descalza.

—No, qué va. Falta la ropa de la silla.

—Lo sé. Y también el bolso con su documentación, que apareció en el carro hundido. Pero el pijama no está, y no se puso las zapatillas para bajar.

Rutte trató de seguir el hilo de su razonamiento.

—¿Piensas en serio que alguien la encerró en su propio coche y regresó a por su ropa y su bolso para fingir un accidente?

—No sería la primera vez —murmuró Osmany sin percatarse de cómo el horror distorsionaba el rostro de Lucas—. Si se trata de lo que pienso, estamos hablando de alguien muy cuidadoso.

El silencio regresó al dormitorio, poblado ahora de sospechas y angustia. El cubano, la barbilla recostada en una mano, recapitulaba los posibles pasos de un sospechoso tan etéreo que parecía no existir. Revisó la tarima con la mirada y confirmó que era cierto, que las escaleras y la entrada de la habitación mostraban las marcas del barro que ellos arrastraban, pero en ningún lugar había restos resecos del lodo del camino. La mujer no subía con el calzado de la calle.

Ni ella ni ningún otro.

Fue Rutte quien sacó a cada cual del infierno de sus pensamientos.

—Deberíamos dar aviso.

—Un momento —la interrumpió Osmany, acercándose a la ventana—. El perro. Por la noche, el perro está atado a la cadena, ¿verdad?

—Sí.

Lucas se acodó en el alféizar y oteó el paisaje más cercano al caserío, el Patrol con las puertas abiertas, su padre y su hermano mirándose sin hablar, la cadena de Cristiano Ronaldo inmóvil, extendida en toda su longitud.

—Un perro grande, imagino.

—Si te pilla la mano, te la arranca.

Osmany hizo un gesto de conformidad.

—De acuerdo. Si alguien se presentó acá con la intención de atacar a tu madre, primero tuvo que eliminar al chucho. Tuvo que hacerlo rápido y sin ruido.

—¿Con una pistola?

A su espalda, Rutte no disimulaba su incredulidad.

—Y un silenciador —respondió rozando con los nudillos la Sig Sauer.

—En ese caso, los técnicos encontrarán sangre en la cadena o en el suelo.

—Y comenzarán la búsqueda de una vez —susurró Osmany mientras abandonaba la habitación y descendía las escaleras atento a posibles huellas. A su espalda, el hijo de Marilia hablaba a toda velocidad, un ininteligible balbuceo de miedo y ansiedad que el cubano no escuchaba.

Faltaban cuatro peldaños para alcanzar el recibidor cuando encontró la nota discordante que estaba buscando.

—Dime, muchacho. —Lucas siguió el dedo que señalaba la porción de pared donde un rectángulo de color más claro que el resto, y una alcayata vacía, delataban la ausencia de un marco—. Cuando os fuisteis, ¿faltaba ese cuadro de ahí?

—No. Ahí estaba la foto de mis abuelos. Desde siempre. No sé por qué la quitaría.

Sin moverse del escalón, giró sobre sí mismo buscando indicios que pudieran orientarle. De frente estaba la entrada, su suelo de piedra salpicado de sirimiri, un aparador a la derecha, las botas de caucho alineadas contra el tabique. Allí no había nada, ninguna señal de lucha, ningún cristal roto. Hacia el interior, al final del pasillo, se intuía la cocina y la puerta abierta de una habitación que podía ser un almacén. Había manchas de barro, huellas que quizá dejó Lucas al correr en busca de la ropa sucia.

O quizá no.

—¿Piensas que trató de defenderse con lo primero que encontró a mano?

—No. —Terminó de bajar las escaleras y, caminando pegado a la pared, se acercó a la cocina—. Creo que trató de ganar tiempo.

—¿Ganar tiempo?

Rutte le seguía pisando con la punta de los pies en los mismos sitios que el cubano. Lucas los imitó, pendiente de cada palabra de aquel individuo que parecía convencido de que su madre no se había ahogado en las aguas del río Karrantza.

—Eso es. Lanzó el cuadro lo más lejos posible de la salida para alejar al intruso y huir. Pero no lo consiguió.

Arechabala atravesó la cocina, encendió la luz de la alacena y se acuclilló junto a una estantería repleta de botes de miel y mermelada. Allí, encogidos contra un marco hecho añicos, los abuelos de Lucas estudiaban el vacío con ojos de papel, unos ojos en los que el cubano creyó leer el destino de su hija.

—No podemos perder más tiempo. —Se giró hacia Rutte, y en su mirada descubrió el mismo horror que brillaba en las pupilas del muchacho—. Llama a comisaría.

—Ni te molestaste en fingir que investigabas. Si lo hubieras hecho, cuando Asuntos Internos exija tu cabeza, podrías intentar defenderte. Pero ahora...

No era difícil comprobar que la sonrisa desdeñosa de Zabalbeitia era solo una máscara, que la lividez de su rostro era más pronunciada que de costumbre y que, si alzaba el mentón, no lo hacía prolongando un desafío, sino tratando de seguir las incesantes idas y venidas de Laiseka por su despacho.

—Sabes de sobra que esta mierda de las desapariciones no es más que el histerismo de una loca abandonada por su pareja. Por cierto, hablando de la loca, acabamos de recibir el vídeo de la gasolinera. Nos lo han mandado sobre la marcha. Se lo he pasado a Miren —añadió ante el súbito interés de Zabalbeitia—. A ti te quiero a kilómetros de todo esto. ¿Está claro?

El oficial guardó silencio y devolvió su atención a la pantalla. Empeñado en negar a Laiseka su zozobra, la forma en que sus dedos rozaban el teclado bastaba para delatarlo.

Aunque el subcomisario ni siquiera le miraba.

—¿Quién más? Ah, sí. La chica de Galdames, la que dejó una nota y se marchó. ¿Llamaste a sus padres? Han pasado, no sé, ¿seis años? Tiempo de sobra para arrepentirse de su fuga, tiempo de sobra para volver a contactar con ellos. ¿Te has molestado en meter su nombre en Facebook o en Instagram? Seguro que se ha abierto cuentas con su nueva vida en Barcelona. ¿Has hecho algo? —No necesitó mirarlo para saber que negaba con la cabeza, que se mordía un labio y escribía códigos absurdos en el ordenador—. ¿Ni siquiera para protegerte? Pareces gilipollas, Peio.

—¿Ya le has soltado?

Ahora fue Laiseka quien improvisó un tono burlón:

—¿Soltarlo? ¿Acaso estaba detenido? Según tú, lo invitaste a acompañarte para hacerle unas preguntas. Descalzo, en pijama y exhibido ante el pueblo como una atracción de feria. —Ya no quedaba ironía en su voz. Era un gruñido, una explosión de rabia percutida en la garganta. Tomó aire antes de seguir—: Sí. Ya lo han llevado a casa. Le he tenido que pedir disculpas a él, a su padre y casi a la memoria de su madre. Pero van a denunciarnos, de eso no te quepa duda.

—Habrás disfrutado con las genuflexiones.

Laiseka interrumpió sus idas y venidas, apoyó ambas manos en la mesa y se inclinó hacia Zabalbeitia como una bestia herida.

—No me toques los cojones, ¿quieres? Deberías saber con quién te la estás jugando. —Soltó una palmada tan fuerte que los bolígrafos amontonados en un bote tintinearon dentro de su encierro—. Ni una puta llamada, Peio. Ni una. En cinco minutos habrías descartado a Dólar de un mínimo de tres de esos supuestos secuestros. Y se te habrían quitado las ganas de suicidarte tocándole los huevos a alguien como Echevarría.

—Bueno, Txema —Zabalbeitia trató de recuperar algo de la dignidad perdida bajo el aluvión de reproches del subcomisario—, no todos vivimos pendientes de lo que diga Peseta.

—¡Lárgate! Me da igual lo que tengas que hacer. Vete a dar una vuelta, vete a patrullar o invéntate la excusa que te salga de los huevos, pero desaparece de mi vista. No quiero verte hasta el lunes. Por mí, como si te vas a casa y no regresas.

Laiseka desapareció con un portazo, y Zabalbeitia dejó transcurrir los minutos recreando el rostro devastado de Ricardo Etxebarria mientras esperaba junto a la furgoneta, mientras el tráfico de curiosos aumentaba y los primeros gritos de «asesino» y «violador» le flagelaban con la hiel de unos vecinos que, de repente, se sentían libres de arremeter contra el cacique. Recordó la velocidad a la que se propagaron las sospechas filtradas por él mismo, y trató de esbozar la sonrisa franca de minutos antes.

No lo consiguió.

Tenía que hacer algo. Tenía que pensar en otra cosa, tenía que moverse y arrancarse aquel sabor de la garganta. Entonces recordó la llamada del día anterior, la nota del agente de la entrada. «Juana Llaguno. Trucios. Que la llames por una agresión a una mujer. Quiere cambiar algo de su declaración». Seguía el número de un fijo, pero no se molestó en mirarlo. Laiseka lo quería fuera, y Trucios era un lugar tan bueno como cualquier otro.

Cuando Zabalbeitia salió en busca de un coche, el subcomisario lo siguió desde la ventana, un agotamiento más allá de lo físico reflejado en el semblante. Peio era un buen amigo, un buen investigador. Pero desde que tropezó con Dólar y Adela desnudos en su propia cama, algo lo devoraba por dentro, algo incontrolable incluso para Begoña, su segunda esposa. Suspiró, se sentó frente a su escritorio, apretó los párpados y se masajeó las sienes con los dedos. Al menos, así se daba carpetazo al absurdo tema de mujeres desaparecidas sin dejar rastro.

Entonces le llamaron por la línea interna.

—Subcomisario, tengo a Rutherford al teléfono. Está pidiendo refuerzos en Ranero. Al parecer, investiga la desaparición de una mujer.

Volvió a cerrar los ojos.

46

Nekane Gordobil los vio partir desde la puerta de la comisaría. Con las palmas de las manos en la ventanilla del coche patrulla, como un reo aferrado a los barrotes de su celda, Izaro le lanzó una súplica muda que terminó por rasgar una entereza fingida. Aunque Lluís le oprimía una mano entre las suyas, Izaro no dejaba de buscar a su madre, rehén de la orden de alejamiento exigida por ella misma. El vehículo desapareció por Hurtado de Amézaga, y Nekane se abandonó al llanto.

Méndez la dejó llorar, consciente de que no había nada que hacer. Quizá las lágrimas tuvieran el efecto balsámico del que tanto se habla en las novelas románticas. Quizá no sirviera para nada. En cualquier caso, solo se movió cuando estuvo seguro de que había terminado. Entonces, arropándola con un brazo, la guio de regreso a su despacho.

—Como puedes imaginar, lo de ahora no es más que un trámite para fijar la fecha del juicio que, por cierto, será el lunes. El Tribunal de Menores es el único rápido de todo el sistema, y las diligencias, en lo que se refiere a tu hija, han concluido. Mira, solo tiene quince años. —Se recostó en la silla, cruzó las piernas y le guiñó un ojo tratando de arrancarle una sonrisa que no pudo encontrar—. Es casi imposible que la jueza dictamine medidas cautelares para alguien menor de dieciséis. Y menos en este caso. No estamos hablando de navajeros. —Nekane tomó un trago sin prestar atención a lo que decía su compañero—. Empujó a una señora durante un tirón. Vale, las consecuencias del café que acababa de ofrecerle fueron las que fueron, pero a nivel penal es muy diferente. No tengo la menor duda de que en un par de horas la tenemos de regreso, con el levantamiento de tu orden de alejamiento bajo el brazo. No te libras de vigilarla durante el fin de semana —tímida, casi imperceptible, la sonrisa curvó de forma fugaz el vértice de sus labios— para llevarla el lunes al juzgado. Te apuesto mil a uno que no le cae ninguna medida de internamiento. Trabajo social, encierro domiciliario de fin de semana… No lo sé. Pero vas a tener que aguantar a Izaro durante muchos años.

Nekane trató de aferrarse a la esperanza. Como profesional, sabía que Méndez tenía razón. Conocía la Ley Penal del Menor. Había llevado ante la fiscalía a decenas de críos de diecisiete, dieciséis y quince años a quienes sorprendió vendiendo hachís o empuñando una navaja contra niños aún más jóvenes. Los había visto salir a los diez minutos, un desafío en cada carcajada, la promesa de reincidir impresa en las calles donde luchaban por la subsistencia. Pero, como madre, solo podía sentir el terror del condenado frente a un verdugo dispuesto a amputarle el más querido de sus miembros.

—Vale, igual tienes razón. Vamos a esperar a la fiscalía.

—¡Esa es mi chica! Y, mientras tanto, ¿qué te parece si nos ocupamos de que Jerónimo Ramírez pase muchos años sin poder acercarse a tu pequeña?

Lo había conseguido. Por primera vez en todo el día, una sonrisa había aflorado al rostro de Nekane Gordobil. Una amplia sonrisa de satisfacción.

Desde el burdo parapeto de una taberna paralela a la comisaría, a caballo entre la cuarta y la quinta cerveza, Jero daba vueltas y más vueltas a las palabras del Troncho. Ese chaval era listo, muy listo. Sabía que la llevarían al juzgado. Que no se quedaría todo el día allí encerrada. Pidió otra cerveza, buceó en el paquete de patatas fritas y, a pesar del ingente océano de alcohol donde zozobraban sus neuronas, trató de pensar. Nadie se va de rositas si se carga a una vieja. Del juzgado la mandarían directamente al talego, o a donde manden a los críos cuando se cargan a alguien.

Asunto resuelto.

Bebió un trago, un largo trago que, como los anteriores, no sirvió para calmar su sed, y regresó a la imagen que le inquietaba: la de la madre esperando en el cuartelillo.

¿Por qué estaba allí? Jero no sabía en qué trabajaban los padres de Izaro. Le importaba bien poco de dónde procediera el dinero de la mocosa, siempre que lo compartiera de forma desprendida. Pero la madre seguía ahí, como si supiera que su hija iba a regresar, como si todo aquello no fuera más que otro trámite antes de retomar sus perfectas y burguesas vidas de mierda. ¿Era policía? No lo creía. No era muy alta, estaba rellenita y sus tetas eran demasiado grandes para imaginársela persiguiendo a un delincuente. ¿Tenía amigos allí? Eso podía ser. De hecho, desde el bar le pareció que uno de ellos la abrazaba antes de acompañarla al interior. Sí. Tenía un amigo. Por eso sabía que su niña iba a regresar. Porque le habían explicado que para irse de rositas solo tenía que culpar de su crimen al sudaca que la acompañaba. La furia que le envolvió quemaba tanto que ni vaciar la jarra de un trago consiguió aplacarla.

«Estás jodido, Jero», pensó mientras pedía otra cerveza.

«Sí. Muy jodido. Pero no tanto como ella».

A Peio Zabalbeitia no le resultó difícil dar con la vivienda de Juana Llaguno. En Trucios, una aldea anclada al pasado con más fuerza que a la montaña, todo el mundo se conocía. Sin embargo, ni siquiera necesitó preguntar.

Apenas llegó al pueblo, un resplandor azul lo condujo hasta un callejón cementado que reptaba por las primeras estribaciones del Armañón. Dos vehículos tapaban el acceso: un coche patrulla, junto al que descansaba un joven agente, y la tétrica silueta del auto de la funeraria, una mole negra en cuyo interior un ataúd esperaba a su inquilino. Tras ellos, en un desagradable contrapunto, la Berlingo roja con letras verdes de la panadería. No pudo evitar un suspiro de desaliento. Si no recordaba mal, Juana Llaguno pasaba ampliamente de los noventa años.

La vivienda era un caserío vencido por los años, de techo hundido y paredes cuarteadas. En la puerta, una *ertzaina* atendía a los sollozos de una joven de tez morena que, según pudo entender, repetía lo mismo en cada frase. Reconoció a Heydi Huamán, la peruana que dio forma escrita a las divagaciones de su jefa. Al otro lado de la calzada, bajo la protección de su propio zaguán, un matrimonio de edad avanzada y un hombre de unos cuarenta años hablaban con el panadero, un individuo de largas greñas y camisa de franela que, apenas le vio, se despidió apresuradamente para regresar a su furgoneta. Zabalbeitia lo siguió con la mirada tratando de recordar el nombre de ese repartidor con quien a veces coincidía en los bares de Balmaseda, chascó la lengua, frustrado consigo mismo, se quitó la *txapela* y se acercó a su compañera.

Huamán ni le miró antes de refugiarse en el interior del caserío. No le sorprendió. Era consciente de haber sido injusto, cruel incluso, cuando se presentó en Balmaseda. Tampoco le importó. No tenía nada que hablar con ella.

—Juana Llaguno, noventa y cuatro años. Ha fallecido

esta noche en su propia casa, de muerte natural. —Era incapaz de recordar el nombre de esa agente que apenas llevaba unos meses con ellos—. La chica que la cuidaba la ha encontrado sobre las once, al volver de unos recados. No hay nada que hacer. Esperar a que aparezca el forense antes de que se nos congele el culo.

Un movimiento a su espalda atrajo la atención de Zabalbeitia. El más joven de los vecinos que observaban la escena acababa de deslizarse detrás de un cuatro por cuatro que, a juzgar por el estado de los cristales y los neumáticos, llevaba allí aparcado desde tiempo inmemorial, para orinar contra sus ruedas mientras espiaba las ventanas del *baserri* Llaguno. Se caló la boina sobre la calva y, caminando de forma falsamente reflexiva, se acercó hasta el matrimonio.

—Es mi hijo. —El más anciano comenzó a justificarlo antes de que el *ertzaina* abriera la boca—. A veces le da por hacer cosas raras, ya ve usted. Últimamente le ha dado por mear contra el coche del abuelo, y mire que tiene un buen baño en su dormitorio. Pero ni caso. Hasta de noche se desvela y se viene aquí a mear, debajo de la farola. Cosas raras, ya ve usted —concluyó con un suspiro de resignación.

«Cosas raras», pensó Zabalbeitia, pendiente del ansioso nerviosismo con que el hombre se masajeaba el pene de una forma que nada tenía que ver con la micción.

—¿Conocían bien a su vecina?

—¿A Juana? De toda la vida, claro. Ella siempre vivió allí, y nosotros siempre aquí. Estaba muy mayor, pero tenía la cabeza mejor que usted y que yo juntos. Bueno, es una forma de hablar, ya me entiende. —Peio asintió, pero su mirada persistía en saltar por encima del campesino para detenerse en los movimientos onanistas de su hijo—. Era muy buena mujer, muy cariñosa con todo el mundo. Sobre todo con Txiki. Bueno, así llamamos al chaval. Ella nunca dijo que fuera retrasado, como se decía antes. Ella decía que era especial.

Txiki, el chaval especial, aceleraba el sube-baja de los dedos sobre el mástil de la entrepierna mientras sus ojos permanecían clavados en el mismo punto, una ventana que, Zabalbeitia podría jurarlo, debía de pertenecer al dormitorio de Heydi Huamán.

—Hace unos días, alguien intentó violar a la mujer que la cuidaba. ¿Saben algo de eso?

—Claro. Ya nos preguntó la Ertzaintza, y ya le dijimos. Nos despertó el disparo, y cuando salimos, nos encontramos a la chiquilla llorando en el suelo. Mi esposa entró con ella y la acompañó hasta que llegó la policía.

—Esa noche, ¿su hijo estaba en su cuarto? ¿O había bajado a mear?

El hombre retrocedió. Su rostro mutó de la amabilidad al recelo, y del recelo al miedo. Solo entonces la mujer pareció comprender lo que hacía Txiki y, agarrándolo del brazo, lo arrastró al interior de la casa sin darle tiempo a esconder el miembro enhiesto. El conductor del coche fúnebre y la joven agente seguían el espectáculo con risas mal contenidas, pero entre Zabalbeitia y el labriego el silencio era hosco, silencio de orgullo roto, de desafío inminente.

—Mi hijo no ha hecho daño a nadie. Nunca.

—No estoy diciendo eso. Solo me preguntaba si podría haber visto algo. Según nuestros datos, el atacante la esperaba en un vehículo, el mismo en el que huyó. Si Txiki bajó, pudo verlo.

—No. Le puedo asegurar que no bajó. —Superado el temor inicial, el ancestral imperativo de proteger a la familia de malvados y de agentes de la ley, retomó el tono amable del principio—: Mala suerte, ya ve usted. Porque si hubiera bajado, otro gallo cantaría. A mi hijo le encantan los coches. No sabe conducir, claro, pero tiene muy buena memoria para las marcas, los modelos y todo eso.

Zabalbeitia asintió sin dejar traslucir una decepción casi inexistente. En realidad, no esperaba nada de aquella visita. Juana Llaguno no podría hacerle partícipe de sus nuevas teorías, aunque, tras conocer al hijo de los vecinos, era posible que sospechara de él. Sin embargo, lo único seguro de aquel intento de agresión era la presencia de un vehículo, lo que descartaba a Txiki, el chaval especial.

—De acuerdo. Muchas gracias por su ayuda. Supongo que últimamente no habrán visto nada extraño por aquí, ¿no? Ningún coche desconocido, ni nada de eso.

—Nada. Por aquí no se mueve ni el aire, ya ve usted. Bueno, anteayer vino el notario, y eso casi fue una fiesta para Txiki. Imagínese cómo se puso al ver su BMW.

—¿El notario? ¿A su casa?

—No, a la de Juana. Aparcó ahí, donde está el de los muertos, y no sé cuánto tiempo estuvo. No sería ni media hora. No quiero saber lo que le pagó Juana por hacerle subir hasta aquí.

—¿Está seguro de que se trataba del notario?

—¡Claro! Solo hay uno en toda la comarca. Como para no conocerlo, ya ve usted.

Sí. Antes o después, todo el mundo en Enkarterri acababa sentado frente a la misma mesa, firmando una escritura de compra, hipoteca, capitulaciones o lo que sea. A Zabalbeitia le tocó visitarle un par de veces por motivos personales, y algunas más en el desarrollo de áridas investigaciones sobre agresiones por ínfimas diferencias en la demarcación de los pastos. El hombre no pudo equivocarse.

Pero ¿para qué requirió Juana al notario un día antes de su muerte?

Hacía mucho tiempo que Agurtzane Loizaga no comía en uno de los muchos restaurantes que saturan el Casco Viejo de Bilbao. Desde que se mudó a Ilbeltza, sus viajes a la capital se limitaban a la facultad de Sarriko y su entorno, donde en ocasiones compartía un menú apresurado con algún compañero antes de regresar a sus clases o su despacho. No le interesaba redescubrir ese ambiente que, tras el divorcio, llegó a enamorarla como no lo había hecho en su adolescencia. En lo más alto de La Escrita, Lola esperaba su regreso. La ciudad no tenía nada que ofrecerle.

El camarero acababa de dejar el segundo plato frente a ella cuando el teléfono comenzó a vibrar. No pudo reprimir el temblor de sus labios al reconocer el número.

—¿Diga?

—¿Agurtzane Loizaga? Buenos días. Soy Miren Ruíz de Heredia, de la comisaría de Balmaseda. La llamo en relación con la denuncia interpuesta por la desaparición de Dolores González.

—Sí. —Apenas fue capaz de arrancar de la garganta la pregunta que llevaba haciéndose desde entonces—. ¿La han encontrado?

—No, no se trata de eso. —Cerró los ojos y apoyó la frente en la mano libre. «Claro que no, no seas tonta»—. Hemos recibido unas imágenes grabadas en la gasolinera de Karrantza el día de su desaparición. —Una pausa, unos segundos de respiración contenida—. Me gustaría que se pasase por aquí para verlas con usted.

—Pero ¿no me puede adelantar nada? ¿Han reconocido al secuestrador? ¿Sabe quién se la llevó?

Varios clientes se giraron al escuchar el tono agudo de la última súplica.

—Creo que lo mejor será que lo veamos juntas. ¿Podría desplazarse ahora hasta aquí?

—Claro. Sí, claro. —Separó el plato, la carne que comenzaba a teñir de rosa las patatas, y buceó en el bolso en busca de la cartera—. Estoy en Bilbao. Tardaré un poco.

—Tranquila, no se preocupe. —La voz de la agente era suave, ajena por completo a la urgencia de Loizaga—. Yo estaré aquí hasta las ocho. Tenemos mucho tiempo.

Colgó, pagó y salió corriendo a las calles empedradas bajo la lluvia. Y, mientras corría, no dejaba de preguntarse a qué se refería aquella *ertzaina* al afirmar que tenían «mucho tiempo».

—Notaría de Balmaseda, buenos días. ¿En qué puedo ayudarle?

—Hola. Soy Peio Zabalbeitia, de la comisaría de la Ertzaintza.

—Ah, hola, Peio. Soy Ander. Muy formal llamas. ¿Es por algo oficial?

Desde una calleja de Trucios, recostado en el coche patrulla de sus compañeros, Zabalbeitia se permitió una sonrisa. Ander llevaba toda la vida en aquella notaría. Y también formaba parte del reducido grupo de amigos con los que el policía se juntaba, de forma cada vez más esporádica, para tomar unos tragos.

—Pues sí. Hoy es algo oficial. O extraoficial, ya veremos.

—¿Quieres hablar con el jefe?

—En realidad, estoy pensando que igual tú me puedes echar un cable. ¿No le acompañarías anteayer a la casa de una viejilla de Trucios?

—Pues claro que le acompañé. ¿No pensarás que sabe valerse por sí mismo? ¿Qué pasa con eso?

—Pasa que la anciana ha fallecido esta noche. Y me preguntaba para qué llamó a un notario justo el día antes de su muerte. Solo por si acaso.

—Tenía noventa y muchos años, Peio. Estaba en una silla de ruedas.

—Ya, pero eso no justifica que la palme nada más cambiar el testamento.

—No, claro que no. Pero tampoco significa lo contrario. —Un gruñido repentino—. Oye, cabronazo, ya me has sacado la razón de la visita. ¿Tú no sabes que los notarios debemos guardar secreto de nuestros actos?

—Ya, pero tú no eres notario. Además, no me has dicho nada.

—Eso es cierto.

—No voy a preguntarte nada más, así que no necesitas desvelar ningún secreto. Doy por hecho que la vieja dejó parte, o quizá toda su herencia, a una muchacha que se llama Heydi Huamán. Si me equivoco, tendré que pagarte una cerveza.

—La cerveza te la tendré que pagar yo a ti. Al final, siempre me toca pagarlo todo. —Remarcó la última palabra, exagerando ambas oes para que no quedara duda del subrayado.

Media hora más tarde, un equipo de la Policía Científica rodeaba el cadáver de Juana Llaguno, empequeñecido, casi momificado, entre las sábanas revueltas de su lecho. Desde una discreta esquina del dormitorio, Zabalbeitia escoltaba a la peruana, cuyo rostro demudado alimentaba el optimismo del *ertzaina*. Los vieron tomar huellas de su rostro, hurgar en sus fosas nasales, en sus labios y sus párpados. Los vieron revisar sus manos y el envés de las uñas. Guardar los almohadones en bolsas asépticas. Responder a las preguntas del juez, convocado de forma urgente. Los vieron asentir sin palabras, susurrar algo al oído de Zabalbeitia, retirarse con un brillo de triunfo en las pupilas y una certeza en la suficiencia de sus gestos. Y Heydi Huamán se derrumbó antes incluso de que el oficial profundizara en el interrogatorio, antes de que le preguntara por su vivienda, por las finanzas de su familia, por la pobreza donde se hundían cada día un poco más. Antes de que la guiara de regreso a esa misma noche, al insomnio, las prisas y la ambición.

Al tacto reconfortante de la almohada.

47

Arechabala dejó a Rutte discutiendo por teléfono y salió al exterior. En torno al Nissan Patrol, Lucas informaba a su padre y a su hermano entre gritos atropellados y toda clase de aspavientos. Osmany aprovechó para escabullirse pegado a la fachada y regresar al sendero por donde acababan de llegar. Seguía sin llover, pero la monstruosa cicatriz kárstica por donde Karrantza huye hacia Cantabria se veía deforme, cambiante bajo la niebla que arrastraba el frío de las cumbres. Se cerró la guerrera, oteó en derredor con el ceño fruncido y, pendiente del suelo que pisaba, alcanzó la carretera.

No dejaba de darle vueltas a la misma pregunta: ¿cómo lo hicieron? Debieron aparcar en la calzada, en el mismo punto donde ahora descansaba el Voyager de Rutherford, y se acercaron caminando sobre la hierba helada, seguros de que el amanecer derretiría sus huellas en la escarcha. Uno de ellos descerrajó un tiro al mastín y el otro se coló en la vivienda. Marilia los estaba esperando. Los ladridos de Cristiano tuvieron que despertarla. Usando como proyectil el retrato de sus padres, improvisó una maniobra de distracción que, a la postre, no sirvió de nada. La obligaron a subir a su propio vehículo, donde cargaron el cuerpo del perro, la ropa, las botas y el bolso. Se detuvieron al regresar al asfalto, y uno se llevó a Marilia. El otro se ocupó del mastín y el Galloper antes de que el primero acudiera a recogerlo en algún punto de la carretera.

Aquella era la hipótesis más creíble.

Pero no se la creía.

Cruzó los brazos, encogió la cabeza para protegerse del viento y trató de concentrarse. Para empezar, atravesar varias veces la estrechísima calleja de Ranero, en cuya cuesta los motores reverberaban contra las fachadas despertando a vecinos y curiosos, era un riesgo casi inasumible. También le costaba creer que dos o más individuos llevaran décadas perpetrando secuestros en un área poco poblada, sin cometer jamás ningún error. Era difícil, muy difícil, para una persona sola. A una sangre fría excepcional debía unir una inteligencia metódica, paciencia y medios: acceso a pistolas y silenciadores, locales aislados, vehículos adecuados, dinero. Si se tratara de más de una, dueña cada cual de sus vicios, ansias y flaquezas, mantener tanto tiempo en secreto aquella trama sería casi milagroso.

Todo cómplice es un testigo.

Todo testigo es un delator.

El nombre de Ricardo Etxebarria surgió de forma espontánea en esas reflexiones, improvisadas como antídoto a la impaciencia. Dinero, medios, inteligencia… y una extraña pintada a la salida de Balmaseda. Una pintada cuya razón desconocía. Regresó a la emboscada de Pandozales. ¿Pudo ser cosa de Etxebarria? ¿Pudo ser su padre, ese a quien llamaban Peseta, el cómplice perfecto?

Las sombras, las siluetas intuidas durante su intento de asesinato, podían cuadrar. El que derribó sobre la nieve era más bien bajo, y parecía rechoncho. Del otro solo le quedó la vaga sensación de que se trataba de un individuo alto. Pero a uno le rompió un dedo y el hueso de la nariz. No era probable que secuestrara a la portuguesa en esas condiciones.

Aunque tampoco era imposible.

Recordó la conversación con Gordobil en aquel mismo lugar, cuando confirmaron que las únicas huellas visibles pertenecían al Galloper de Ranero Forestal. Entonces no se plantearon la posibilidad de un cómplice y un segundo vehículo. Tenían muy claro que si un criminal asaltaba los caseríos habitados por mujeres sin familia, se trataba de un lobo solitario.

Él lo seguía pensando.

En cualquier caso, era la única teoría comprobable. Dos personas en un coche eran difíciles de rastrear. Pero un único secuestrador tuvo que llegar a pie, porque salió conduciendo el Galloper de Marilia.

Acuclillado al borde del sendero, estudió con calma las rodadas. No resultaba muy complicado separar las viejas, las que moldearon la pista con años de intemperie y toneladas de caucho y acero, de las recientes, donde la humedad oscurecía el barro recién aplastado. La obligación de caminar siempre atento a las huellas que los vehículos enemigos dejaban en los caminos del Congo y Namibia le enseñó a leer en el libro de la tierra. Fue sencillo descartar las del Patrol del marido para confirmar que el único vehículo que pasó por allí en las últimas jornadas fue el de Marilia. Pero el asfalto era otra cosa. Allí, el lodo arrastrado a lo largo del tiempo dibujaba una mancha que, mezclada y dispersa por la lluvia, tendía hacia abajo, hacia Ranero, el valle y la civilización. Pero Osmany estaba dispuesto a jurar que aquel círculo deforme, aquel rostro garrapateado con neumáticos en la calzada, tenía dos cuernos diminutos, el endeble rastro de una rodada ascendente que el agua se empeñó en confundir con las anteriores. O las posteriores. No tenía forma de saberlo. Lo que sí sabía era que, para evitar el riesgo de ser visto por los vecinos de Ranero, el único acceso, y la única salida, era hacia arriba, en dirección a las cuevas y la cima de la montaña.

Hacia la soledad.

Con los brazos cruzados contra el pecho, comenzó un lento ascenso a lo largo de la calzada. El viento arrastraba gotas de aguanieve que se clavaban en su rostro. Los dedos le dolían, agarrotados por un frío que, pasado el mediodía, parecía más intenso que a primera hora. Si algún vehículo dejó su huella en ese asfalto, desierto cuando la gruta de Pozalagua permanecía cerrada, la lluvia se había ocupado de borrarla.

Tras caminar cerca de un kilómetro tropezando solo con regueros que saltaban nerviosos sobre los arcenes, descubrió un angosto sendero abierto a su derecha, una trocha de ganado camuflada entre los arbustos que surcaba la ladera hasta perderse en un raquítico pinar de maderera.

Había huellas de neumático sobre el barro. Unos neumáticos cuyo dibujo reconoció al instante.

A pesar de la humedad que le resbalaba por la piel, sintió cómo el frío y el cansancio desaparecían de golpe.

Avanzó a buen ritmo por aquella cañada que, casi en horizontal, trazaba una larga herida en el regazo de la montaña. Atravesó el rectángulo de pinos sin perder de vista las rodadas que allí, en el lodazal de un bosquecillo donde nunca entraban los rayos del sol, eran más visibles y profundas. Calculó que había recorrido más de un kilómetro cuando desaparecieron los árboles, el sendero se hizo más ancho y, a lo lejos, un tejado delató la presencia de una borda.

Aquel parecía un lugar idóneo para encerrar a una mujer sin preocuparse demasiado de sus gritos. Y para protegerse de visitas inesperadas. Estaba en el centro de un amplio prado entre arboladas donde ninguna piedra, ningún matojo, le ayudaría a acercarse sin ser visto. De modo que, descartado el factor sorpresa, sacó la pistola, comprobó el seguro, el cargador, y salió a campo abierto.

Pronto comprendió que sus precauciones eran innecesarias. No había nadie en la cabaña. Las huellas de neumático pasaban de largo frente a sus paredes cariadas y se perdían en la siguiente foresta. Se permitió unos segundos para recuperar el aliento y, casi a la carrera, siguió tras ellas.

El sendero desembocaba en una pista que, a juzgar por su aspecto, debía de soportar a menudo el paso de vehículos pesados, propiedad de ganaderos o empresas madereras. Temió que el rastro del Galloper se diluyera entre los surcos labrados por los camiones, pero enseguida vio que se trataba del único reciente. Con una mano en la Sig Sauer, siguió las rodadas hasta que, abandonando el camino, se desviaron hacia la izquierda, hacia un pequeño pabellón de bloques de cemento y tejado metálico camuflado tras los troncos de tres hayas desnudas.

No había nadie a la vista. Ningún vehículo, ningún pastor recelando de su presencia, ningún asesino empuñando una escopeta. Solo la niebla, el vacío de los campos y el susurro de las ramas mecidas por el viento. Un lugar dormido. Un lugar propicio para una emboscada.

Las huellas llegaban hasta la puerta, giraban y regresaban a la pista que, tras serpentear en torno a un minúsculo altozano, se perdía montaña abajo. Antes de continuar un camino que terminaría en el lecho del río, el cuatro por cuatro se detuvo en ese punto. Desde la protección de los árboles, Osmany estudió el terreno con la misma atención con que lo haría en las montañas del Congo. La nave era un edificio sin ventanas, ni en la fachada principal ni en las laterales. Una gran puerta corredera, diseñada para el paso de tractores, ocupaba la mitad del frontal. Estaba cerrada con un candado tan aparatoso como, desde su perspectiva, fácil de forzar. En el suelo, junto a las rodadas del Galloper, una única línea delataba la presencia de otro vehículo.

Una motocicleta.

Esa era la respuesta. Así subió el criminal hasta aquella construcción destinada a almacenar madera o maquinaria, un lugar lo suficientemente cercano al caserío de Marilia para llegar andando, pero, al mismo tiempo, lejos de cualquier sitio habitado. ¿Qué pasó después de reducir a la mujer? Debió de conducir a través de unos senderos que, posiblemente, no guardaban secretos para él, hasta el pabellón donde había aparcado la moto. La cargó en la parte trasera del todoterreno y salió a sepultar el Galloper en las aguas del Karrantza.

Una vez más, el criminal conocía a su víctima. Conocía incluso las dimensiones de su coche.

Sabía que la motocicleta cabría en su interior.

Con la Sig Sauer sujeta con ambas manos, corrió hasta la puerta.

No se había equivocado. El candado era un modelo antiguo, aparatoso, sí, pero sencillo para cualquiera con un poco de experiencia. Sonrió. Que estuviera cerrado era buena señal. Con el punzón del llavero entre los dedos, comenzó a hurgar en la cerradura cuando de pronto algo le hizo detenerse.

El olor.

Desde algún lugar cercano llegaba el inconfundible hedor de la carne podrida, el mismo que casi lo hizo enloquecer en las fosas de Cassinga. Tragó saliva, soltó el candado y se incorporó. El viento resbalaba a lo largo de la fachada, estiraba en todas direcciones los brazos incorpóreos de la niebla y arrastraba aquel olor que no procedía del interior de la nave, sino de uno de los laterales. Con la pistola bien sujeta, se dejó guiar por la fetidez de aquel aliento.

Excavado al fondo del terreno, allí donde el edificio se recostaba contra un breve promontorio calizo, descubrió un viejo pozo de unos dos metros de diámetro. Pero no tenía agua. No, al menos, potable. Aquella boca abierta sobre la tierra despedía un olor de cuyo origen no albergaba duda alguna.

Conteniendo la respiración, se inclinó sobre lo que un día fue el brocal. Al principio le costó distinguir algo en las tinieblas. Poco a poco, los ojos se fueron acostumbrando y los perfiles comenzaron a definirse, más claros a cada segundo, hasta dibujar de forma nítida la silueta enorme de un mastín.

Si en algún momento se permitió dudar de sus propias conclusiones, ese tiempo había pasado. Regresó a la puerta, acometió el candado y penetró en la nave empuñando la Sig Sauer en la línea de su mirada.

La única luz que iluminaba el interior se filtraba por los huecos abiertos entre el techo y las paredes, una claridad incierta que teñía los contornos de sombras y melancolía. Un vetusto tractor ocupaba la parte central, un remolque cargado de leña se recostaba contra una de las esquinas, y grandes fardos de paja regados por el suelo dotaban a la estancia de la equívoca imagen de un lugar abandonado tiempo atrás. Fardos de paja que podían servir de escondite a un fugitivo, o de parapeto a un tirador.

Con la prudencia interiorizada desde siempre, se desplazó de hato en hato barriendo cada palmo de terreno con el cañón del arma. El viento se filtraba por el gigantesco hueco de la puerta desplazando briznas dispersas que se le enredaban en las botas y los nervios. Por fin, rodeó el último de los fardos, salió a la parte trasera de la nave y la vio.

Estaba atada a cuatro postes atornillados al cemento, los brazos y las piernas abiertos en un aspa maltrecha. Largas líneas carmesíes recorrían sus muslos, su vientre y sus pechos. A su lado, esparcidos como los juguetes de un niño malcriado, distinguió un par de fustas, vibradores de todos los tamaños, una batería de cuyos cables colgaban dos pinzas de dientes acerados, agujas de tejer y un largo látigo de cuero negro.

Ni rastro del violador.

Arrodillado junto a ella, comprobó que estaba fría. Demasiado fría. Los labios, rasgados por diferentes zonas, presentaban el color de la flor del azafrán. La palidez de su piel era extrema, casi fantasmagórica. Hileras de sangre seca cubrían sus mejillas, el contorno de los pezones y el interior de los muslos. Osmany se inclinó hasta rozar el rostro con el suyo, contuvo el aliento y, por fin, sacó el móvil del bolsillo, se quitó la chaqueta y cubrió con ella a la mujer. Pero tuvo cuidado de no taparle la boca ni la nariz.

Respiraba.

48

En cuanto los surtidores se dibujaron en la pantalla, Agurtzane Loizaga sintió que el temor ocupaba el espacio de su rabia.

La rabia apareció al descubrir que la *ertzaina* que la había citado en la comisaría de Balmaseda no se encontraba allí. Y que tardó más de una hora en aparecer, tiempo que debió dilapidar en una minúscula estancia amueblada con sillas de plástico y revistas sindicales, el estómago revuelto y una vena palpitando en la zona de la sien.

Pero la displicencia de la oficial, el aroma a café que brotaba de sus labios, el frío del cuchitril donde le habían pedido que esperara, carecían ahora de importancia. Porque en el monitor situado frente a ella, un Mini de color verde pistacho entraba en la gasolinera.

La *ertzaina* no dijo una palabra. No seguía la película, cuyo contenido, sin duda, ya conocía. Loizaga notaba sus ojos clavados en ella, en su reacción cuando se enfrentara al rostro del secuestrador.

La puerta del Mini se abrió y se bajó una figura menuda enfundada en un aparatoso chaquetón de goretex. Descolgó la manguera del surtidor y, tranquila, sin lanzar vistazos de inquietud en derredor, comenzó a repostar. Agurtzane siguió sus movimientos con las manos agarrotadas contra la mesa. La joven terminó de llenar el depósito y entró a pagar. La escena cambió, y la cámara instalada en el interior de la tienda les ofreció, desde su privilegiada ubicación, un primer plano del rostro aniñado de Dolores González. Pero la catedrática no necesitó llegar a ese momento. La había reconocido desde que la primera pierna asomó del interior del vehículo. Era su despreocupada forma de moverse, el cabello enredado en el cortaviento que le había regalado al principio del invierno, el color cobrizo de la piel, las sortijas engarzadas en los dedos. En el pasado capturado al otro lado de la pantalla, Lola intercambió una broma muda con el dependiente antes de regresar al Mini, cuyo interior, expuesto desde un ángulo diferente, solo ocupaba alguna bolsa dispersa.

Nadie la secuestró. Nadie se la llevó contra su voluntad. Nadie se encogía en el coche amenazándola con un arma.

Lola la había abandonado.

El Mini arrancó, la película se detuvo y Agurtzane permaneció inmóvil, incapaz de asumir una realidad incuestionable.

Lola la había abandonado.

—Debemos alegrarnos, su amiga no fue víctima de ningún criminal. Al parecer, se encuentra perfectamente.

Estaba tan absorta tratando de asimilar el contenido de la grabación que no fue consciente del tono mordaz de la mujer, ni se percató de que, al igual que Zabalbeitia, había utilizado el término «amiga» para referirse al amor de su vida. Pero las palabras lograron poner orden en la confusión de sus neuronas.

«Debemos alegrarnos».

Sí. Lola estaba bien. No fue raptada por ningún sádico, no fue violada ni torturada, su cuerpo no descansaba bajo dos palmos de tierra excavada a toda prisa.

«Debemos alegrarnos».

—No lo entiendo —dijo, y se sobresaltó al oír su propia voz, un sonido chirriante en el que le costó reconocerse—. ¿Por qué no me dijo nada? ¿Por qué no dejó una nota? ¿Por qué se fue de esa manera?

Ruíz de Heredia se encogió de hombros, aunque en esta ocasión trató de revestir de amabilidad una respuesta cuya validez desconocía:

—En realidad, eso es algo que nunca sabremos. Bueno, a no ser que consiga hablar con ella, por supuesto. Aquí hemos comentado un poco el tema —Agurtzane imaginó una charla de colegas en torno a una cerveza, carcajadas y pullas dedicadas a la histérica que les obligaba a perder el tiempo con sus desengaños amorosos—, y creemos que sí le dejó un mensaje.

—No había nada —gruñó, convencida de que aquella afirmación escondía una nueva andanada de desprecio.

—Me refiero al iPhone. —La oficial sonreía, una sonrisa donde Agurtzane no intuyó un ápice de ironía—. Usted declaró que a Dolores le gustaba soltar amarras cuando se mudaba de un lugar a otro, ¿no es cierto? Llegó a Bilbao y borró los perfiles que mantenía en Cádiz. Compró un móvil nuevo, con un número y un contrato diferentes al anterior, ¿verdad? —La catedrática asentía a cada puntualización, tratando de anticiparse a unas conclusiones a las que tal vez debió haber llegado antes—. Eso nos hizo pensar que pudo repetir la jugada. Buscó otro terminal, otro número, otra compañía para, como usted dijo, soltar amarras.

—Pero eso es imposible.

Miren Ruíz de Heredia sacudió la cabeza con vehemencia.

—Es lo que sucedió. —Y atajó el amago de protesta mientras tecleaba en el ordenador—. Mi compañero envió una consulta a los principales operadores para saber si se había dado de alta en alguno. No les pidió números, ni datos que no podrían facilitar sin una orden. Bastaba un sí o un no. Y una de ellas nos dio incluso la fecha en la que contrató una nueva línea: una semana antes de desaparecer.

Loizaga escuchó sintiéndose peor, más triste y herida, que mientras creyó que su pareja había sido víctima de un sádico. Una semana antes de su desaparición, seguían compartiendo lecho, carne y caricias. Una semana antes, estaba planificando la forma de irse de su lado.

—No podremos comprobarlo mientras no nos den acceso, pero suponemos que dejó algún mensaje en el iPhone. Nos hemos encontrado con casos parecidos, siempre entre gente joven. Se deshacen del móvil para no ser geolocalizados, pero graban un vídeo de despedida. Es muy fácil dejarlo desbloqueado para que pueda visionarse sin problemas. Cuelgan el vídeo en la pantalla principal y listo. El problema, en su caso, es que cuando lo encontró estaba sin batería. Sin la clave, no podemos encenderlo.

—Se cayó debajo de la mesa. —No hablaba con la policía. Rememoraba el momento en que, asustada por la inesperada irrupción de Micifuz, se decidió a rebuscar en cada rincón de la vivienda. Cerró los ojos, agobiada por los recuerdos, y se llevó las manos a la cara—. ¡Dios mío! He montado todo esto porque un gato tiró un teléfono de un escritorio.

—Creemos que dejó al gato porque estaría mejor en el caserío que en el lugar al que se dirige. Es probable que el animal se extraviara siguiendo el coche de su dueña y le costara regresar al hogar.

Sí. Claro que sí. Micifuz estaría mejor en Ilbeltza que en una caravana destartalada a la orilla de una playa ventosa de Tarifa. Comprendió que la rabia regresaba. Difusa, tamizada en pena y alivio, pero regresaba como único salvavidas al que aferrarse.

—Disculpe —Miren Ruíz de Heredia cruzó ambos brazos sobre la mesa y la estudió con un brillo de impaciencia en la mirada— ahora tengo que preguntarle si desea retirar la denuncia.

Bonifacio Artaraz dejó atrás el núcleo de Ranero, la estrecha calleja en curva donde los aleros goteaban restos de deshielo, cruzó frente al monovolumen y los vehículos de la Ertzaintza aparcados junto a un oxidado cartel donde se leía el nombre de Ranero Forestal, y siguió subiendo en dirección al aparcamiento de las cuevas. Un par de curvas más arriba, un Nissan Patrol oficial custodiaba el acceso a una trocha que las rodadas de decenas de todoterrenos habían transformado en una pista amplia y enfangada. Los agentes que haraganeaban en los asientos delanteros le dedicaron un fugaz vistazo de desinterés, uno de tantos pastores en busca de una res descarriada o un perro celoso de su labor. Se permitió una sonrisa de autocomplacencia. Acertó al detenerse en casa para cambiar el Audi por el viejo Land Rover, y el impoluto traje oscuro por unos vaqueros y un forro polar. Por las montañas de Karrantza, el ir y venir de asmáticos cuatro por cuatro conducidos por aldeanos de pieles cuarteadas era algo habitual. La presencia de vehículos de lujo y empresarios trajeados, no tanto.

Cuando llegó al punto donde moría la carretera, abandonó el asfalto y, campo a través, retrocedió unos metros, los justos para dominar desde la altura el caserío en torno al que se afanaban los *ertzainas*, y el sendero escoltado por el Patrol. Aunque no imposible, era difícil que lo vieran, aparcado contra una de las muchas rocas calizas que salpicaban el entorno de la cueva, pero la presencia de un desvencijado todoterreno en esa zona no debería levantar sospechas.

Boni abrió la puerta, dejó que el aire frío de media tarde refrescara el habitáculo y salió dejando encendido el receptor. Intervenir la frecuencia de la policía era algo tan sencillo que ya no precisaba ayuda de ninguno de los técnicos a quienes, junto al resto de los empleados, pensaba despedir en los próximos meses. Pero la inminente liquidación de Baraz, Vigilancia y Escolta quedaba lejos, ahogada bajo la aguardentosa voz de Ramón Echevarría. Buscó el tacto reconfortante del Smith & Wesson, el revólver que seguía utilizando a pesar de que sus empleados disponían de armas más modernas y letales, y recordó cuánto debía al terrateniente. A veces, su esposa se materializaba en sus sueños para recordarle que había pagado con creces el apoyo de Peseta, sus préstamos sin intereses, su forma de conseguirle clientes y algún otro favor que nadie conocía. Pero Boni creía que la fidelidad no sabía de cuotas ni de años. Siempre le fue fiel a ella, a pesar de las muchas ocasiones en que trataron de pagar con sexo su trabajo, y le sería fiel a Echevarría, sin cuyo concurso Baraz jamás habría logrado abrirse paso en un negocio controlado por muy pocos.

Un Nissan Patrol apareció entre las casas de Ranero. Artaraz tomó los prismáticos y buscó las siluetas uniformadas intuidas tras el vaho que empañaba la luna delantera. Según Peseta, la Ertzaintza estaba inventando cargos contra su hijo para satisfacer las ansias de venganza de Peio Zabalbeitia, cornudo y divorciado por culpa de Dólar. Aquella mañana lo habían detenido en su propia casa de forma tan ilegal como humillante, una detención que duró lo que tardó el abogado de la familia en hablar con el subcomisario. Pero el terrateniente era perro viejo. Sabía que la cosa no quedaría ahí. El odio macerado durante quince años no se desinfla en fuegos de artificio. Por eso, en cuanto le comunicaron que decenas de agentes abandonaban la comisaría y se lanzaban por la carretera de Karrantza haciendo aullar las sirenas, se apresuró a llamarlo. La mitad de las laderas del valle eran de su propiedad. Junto a los miles de pinos y eucaliptos que devoraban la tierra para alimentar su cuenta corriente, poseía decenas de pabellones, maquinaria y caseríos arrendados a empleados más o menos leales, lugares a los que un policía sin escrúpulos podía enviar a sus hombres para fabricar indicios que le permitieran saciar su sed de venganza.

Peseta quería saber qué hacían, qué buscaban, qué encontraban. Quería anticiparse a su emboscada.

Boni no dedicó más que un segundo a pensar que a Zabalbeitia le costaría movilizar a toda una comisaría por unos cuernos caducos. Acababa de llegar a Balmaseda cuando la radio comenzó a enloquecer con mensajes ininteligibles sobre una mujer, Ranero y una ambulancia. Siguiendo el eco de aquellas llamadas, llegó al aparcamiento de las cuevas de Pozalagua mientras los avisos cruzados por los transmisores exacerbaban sus dudas. Pero cuando, en ese último Patrol que resbalaba sobre el lodo del sendero, descubrió el rostro demacrado del subcomisario, comprendió que se trataba de algo serio.

El coche de Laiseka se perdió tragado por la sombra de los pinos, y Bonifacio Artaraz se apresuró a marcar el número de Ramón Echevarría.

—Se llama Andoni Agirre, pero todos le conocen como el Troncho. Comenzamos a seguirle poco después de que cogieras la baja. —Nekane Gordobil no dijo nada, pero un pinchazo en la sien se empeñó en recordarle los días pasados en el hospital, las tinieblas, el miedo a no recuperarse—. El mecanismo de siempre. El Troncho les pasa algo de costo a un grupo de camellitos que llevan siempre cantidades que podrían considerarse consumo propio. De momento, nos limitamos a observarlo. Si le dejamos confiarse, es posible que nos lleve a su proveedor. Pero podemos trincarlo cuando nos dé la gana.

El conocido ruido de la puerta le hizo olvidar las explicaciones de Méndez. Izaro y Lluís seguían en la fiscalía. Sabía que su marido llamaría en cuanto salieran, pero aun así no dejaba de buscar en cada transeúnte, en el susurro de la lluvia, en el rumor de las botas salpicando contra el suelo, la huella invisible de los suyos. Habían transcurrido tres horas, poco tiempo para el vagar cansino de la justicia, una eternidad para una madre asustada.

—A nosotros nos interesa uno de sus camellitos. El amigo de tu hija. —La expresión ceñuda de Nekane le dio a entender que la frase no era la más afortunada—. Jerónimo Ramírez. Es fácil detenerlo. Pero pillarlo cuando solo lleve un par de chinas en el bolsillo es una tontería.

—¿Entonces?

—Los cogeremos juntos. Al Troncho y a Jerónimo. Con tal cantidad de jaco que no habrá juez que los suelte.

—Espera, espera. ¿No has dicho que pasaban hachís?

Méndez se reclinó en el asiento, las piernas estiradas, la confianza en la sonrisa.

—Pasarán lo que nosotros queramos y en la cantidad que nos salga de los huevos.

La suboficial Gordobil dedicó unos segundos a sopesar aquella forma, sencilla y sin riesgos, de sacar de circulación al miserable que condujo a su pequeña por el camino del alcohol, la droga y la violencia. Pensó en Izaro, en sus largas piernas de garza exhibidas bajo la macilenta luz de las farolas. Pensó en la mano de aquel baboso veinteañero sumergida en el microcosmos de su falda. Pensó en la anciana exangüe en la calzada, en el gesto extraño de su cuello, en la jueza que decidía el futuro de la niña.

—En la cantidad que nos salga de los ovarios —respondió sin poder contener una sonrisa.

Al otro lado de Zabalburu, recostado contra la barra del bar, Jero jugueteaba con un vaso vacío mientras su inquietud crecía de forma proporcional al tiempo que la madre de Izaro llevaba dentro de comisaría. Entre cerveza y cerveza, no dejaba de revisar las injusticias cometidas en España contra negros y latinos que anónimos denunciantes colgaban de los chats de Telegram sin aportar jamás prueba alguna.

Pero él sabía pelear.

A pesar de que no era tarde, las farolas comenzaron a encenderse. Sobre las aceras, haces color durazno iluminaban los rostros angustiados, tristes o resignados de quienes pasaban frente a la cafetería. Rostros negros, asiáticos, latinos. Rostros hastiados de una jornada idéntica a la precedente, tan inútil en la lucha por alejarse del abismo de la supervivencia como rentable para quienes, desde la comodidad de los vehículos que colapsaban los cruces, contrataban sus servicios a precios cada vez más bajos. Sintió náuseas. Sacó la cartera, confirmó que le quedaba dinero para algunas cervezas más y se dispuso a esperar, con la paciencia del recluso, a que el regreso de Izaro confirmara sus temores.

49

Llovía, una lluvia gélida que cristalizaba en las ramas de las hayas y en las pieles de quienes se aventuraban fuera de la nave. Más allá no se veía nada: ni las luces acogedoras de una vivienda, ni los faros de un vehículo descarriado, ni, mucho menos, los borrones titilantes que deberían señalar la ubicación de Ranero, Concha o Ambasaguas. Solo tinieblas en torno a la prisión donde Marilia Almeida fue capaz de sobrevivir al frío y a las torturas.

Sin embargo, en los aledaños del pabellón la actividad era frenética. Los Patrol de la Ertzaintza, alineados a lo largo de la pista, iluminaban las idas y venidas de decenas de sombras embutidas en chubasqueros rojos, las miradas teñidas de alarma. El estruendo de los generadores rasgaba un silencio que hasta entonces pertenecía al viento y a los grillos. Conectados a ellos, varios focos iluminaban la nave, los alrededores y el interior del pozo, donde un par de agentes se acuclillaban sobre el cadáver del mastín. A pesar de los problemas de cobertura, Rutherford había conseguido contactar con una amiga para que recogiera a Eider a la salida de la ikastola. Ahora, sentada sobre una bala de paja, esperaba en compañía de Arechabala que alguien acudiera a tomarles declaración. El subcomisario Laiseka corría de un lado a otro dando órdenes, tratando de ofrecer al juez recién llegado explicaciones que era incapaz de arrancar a sus hombres, el rostro tan desencajado como cuando traspuso el umbral de esa construcción donde, a decir de una agente de la escala administrativa que llevaba meses de baja por enfermedad, alguien mantenía secuestrada a una mujer que suponían ahogada tras un accidente de tráfico.

Lo primero que hizo Osmany en cuanto arropó a Marilia Almeida fue llamar a Rutherford. Y solo unos minutos después, el cuatro por cuatro de Ranero Forestal apareció rugiendo por el camino, salpicando lodo en cada curva. Rutte acompañaba a Manuel y a sus hijos, que bajaron cargados de mantas, miedo y esperanza. Envolvieron a la esposa, a la madre, con una delicadeza extraña para sus manos encallecidas, y el marido la recostó en el asiento trasero del vehículo. Subieron la calefacción, se acomodaron a su lado y, despacio, condujeron de regreso a la carretera por donde había de llegar la ambulancia medicalizada que la trasladaría al hospital de Cruces.

Poco después, un reguero de todoterrenos de la Ertzaintza, decenas de agentes y técnicos de la Científica en su interior, llenó las inmediaciones de la nave. Tras un somero interrogatorio a Rutte y al cubano, algunos se desplazaron hasta el caserío de Marilia Almeida, donde fotografiaron cada centímetro cuadrado del suelo de la planta baja, tomaron muestras de la tierra reseca del interior, del lodo encharcado sobre el que descansaba la cadena de Cristiano Ronaldo, y barrieron el perímetro en busca de evidencias invisibles. Pero el grueso de los investigadores se desplegaron allí, seguros de que la clave para identificar al agresor se escondía entre aquellas paredes de hormigón. Laiseka fue de los últimos en llegar. Como una brújula sin norte, dio vueltas de un lado para otro escuchando las sospechas de sus hombres, impartiendo órdenes y asimilando una realidad hasta entonces negada. Cuando se acercó a ellos, Rutte y Arechabala calmaban el hambre con un café de termo y unas galletas que un compañero acababa de ofrecerles. Agotado, dejó pasar el tiempo sin hablar, quizá luchando contra el sueño que colgaba de sus ojeras. Osmany terminó de masticar y se limpió las migas con el dorso de la mano.

—Entonces ¿ya saben de quién es este lugar?

El subcomisario cruzó los brazos y asintió con desgana.

—Sí, claro. Todo, la ladera del monte, los pinos, la construcción y la maquinaria, pertenece a un terrateniente de Balmaseda.

—Ramón Echevarría.

—Exacto.

—Mucha casualidad, ¿no? —repuso Rutherford.

—Todavía no podemos concluir nada —gruñó Laiseka—. Hay que dejar trabajar a los técnicos.

—Correcto. —Osmany se sirvió del termo y saboreó otro trago antes de continuar—: Pero entonces ¿a qué vino la pintada esa de «Dólar asesino y violador»?

Sin ninguna razón para guardar silencio sobre algo que era de dominio público, el subcomisario les resumió la operación orquestada por Zabalbeitia, las sospechas de Agurtzane Loizaga, que a la postre no tuvieron nada que ver con la fuga de su novia, el traslado de Ricardo a comisaría y la filtración que disparó una rumorología aceptada como cierta por quienes, fingiendo admirar a los Etxebarria, los envidiaban y temían a partes iguales.

—Pero ¿le soltaron?

—Sí, claro. Se trata de indicios sin ningún valor. Además, confirmamos que la primera desaparición de la que hablaba la catedrática, la de la filipina que trabajaba para ellos, no fue tal. Ramón la despidió. Sobre la rumana tampoco hay duda alguna. Dólar no pasó por el pueblo ese año. Voló directo desde Estados Unidos hasta Rumanía. Ida y vuelta.

—De todos modos —Rutte seguía las evoluciones de los de la Científica, que, arrodillados entre los cuatro postes donde habían amarrado a la mujer, recogían muestras microscópicas que tardarían semanas en analizar—, el caso de esa chica no parecía un secuestro, ¿no?

—No. Y ahora ¿por qué no me contáis todo desde el principio? Quiero que mañana os paséis por comisaría para una declaración en condiciones, pero necesito la historia completa.

A Osmany no le llevó mucho tiempo. Desde el momento en que Peio Zabalbeitia, junto al arcén de la carretera donde una grúa cargaba el Galloper accidentado, los empujó a visitar el caserío de Ranero Forestal, hasta llegar al retrato roto en la alacena y la huella de las rodadas impresas en el barro, no tardó más de diez minutos. Laiseka escuchó sin interrumpir, cerrando a veces los ojos, golpeándose la barbilla con el índice y dejando escapar murmullos inaudibles que no parecían palabras.

Iba a decir algo cuando un técnico los interrumpió:

—Subcomisario, ya hemos sacado al perro.

—Bien. ¿Algo que deba saber?

—Sobre el bicho, poca cosa. Tiene un agujero entre los ojos. Le dispararon desde cerca, algo bastante fácil con el animal atado a una cadena. El proyectil parece seguir en la cabeza, así que pronto se lo enviaremos a balística.

—De acuerdo. Informadme si encontráis algo más.

—De eso se trata.

La preocupación con que el *ertzaina* se mordisqueaba el labio inferior anticipaba el escenario.

—¿Qué pasa?

—Es el pozo. Está seco, claro. Imaginamos que desde hace muchísimos años. Pero debajo del mastín no hay tierra.

—¿Cómo que no hay tierra? ¿Y qué cojones hay?

—Cal.

Silencio. Silencio mientras asimilaban las implicaciones de esa palabra.

—Por lo que nos han dicho —el técnico hablaba cada vez más bajo, como si las baterías que lo mantenían en funcionamiento estuvieran a punto de agotarse—, existe la posibilidad de que nos encontremos ante un asesino múltiple, ¿no es cierto? —Tragó saliva antes de continuar—: Vamos a necesitar un antropólogo forense.

Agurtzane Loizaga era consciente de que no debería coger el coche. No en ese estado. Mucho menos si su intención no era regresar a Bilbao, al hotel donde la ropa recién comprada descansaba sobre la cama, sino a su hogar, a Ilbeltza, atravesando el puerto de La Escrita, en cuyas curvas opacadas por la niebla esperaban el hielo y el granizo.

¿Acaso importaba algo? ¿Acaso importaba a alguien?

No sabía cuánto tiempo llevaba en el bar donde corrió a refugiarse en cuanto salió de comisaría. Recostados en su eterno sofá de color rojo, los Rolling Stones la contemplaban con un gesto burlón entre los labios, sorprendidos quizá de ver cómo ahogaba sus penas en alcohol en vez de celebrar que la mujer a quien amaba no había sido víctima de un maniaco. En algún momento de su borrachera, entre el tercer y el cuarto pacharán, se enfrentó a la censura implícita en sus miradas impresas en la pared, discutió con Richards y Jagger sobre el derecho a disfrutar del propio dolor, sobre el egoísmo del amor, sobre el abismo de la traición. Poco a poco, la taberna comenzó a llenarse de quienes los viernes saciaban la sed de toda la semana, y ella siguió zozobrando en alcohol y angustia, sustituyendo lágrimas por licor y tristeza por furia.

Cuando reunió los ánimos precisos para aparcar una compasión autoimpuesta, se arrastró hasta el Mercedes y se dejó caer en el asiento del conductor. Las horas dilapidadas frente a una copa que no cesaba de rellenar giraban ante sus ojos en un baile sin fin, un círculo de imágenes difusas, gritos y rock and roll. Ahí estaba la preocupación de la joven de la barra cuando pidió la última bebida, los cantos desafinados de un grupo de borrachos, el inquietante saludo de alguien conocido, las aceleradas confidencias de una mujer sin rostro definido, y también el momento en que sus ojos se anegaron al escuchar a Lalo Rodríguez interpretar el «Devórame otra vez» que Lola solía susurrar mientras, con una sensualidad irresistible, se desprendía de la ropa. Tratando de conjurar a sus fantasmas, arrancó y puso la radio a todo volumen. Atravesó las calles desiertas salpicando en charcos que no dejaban de crecer. Cruzó el río, pasó frente al frontón y los talleres ferroviarios, saltó el Kadagua y tomó la carretera de Karrantza. Allí desaparecían las farolas, y la noche se tragaba un asfalto que los potentes halógenos del vehículo rescataban en rectángulos breves e inseguros. Sin ver la pintada que acusaba al hijo de Peseta de violar y asesinar a mujeres, se sumergió en las serpenteantes tinieblas de la carretera intentando recordar la razón que la había llevado a llamar un par de veces al cubano que acompañó a la suboficial Gordobil hasta su chalet.

Pronto aparecieron los primeros huesos.

Sería una labor compleja, pero bastaba un primer vistazo para comprender que el esqueleto aflorado por las brochas de los expertos era humano. «Humano y de mujer», afirmó sin ninguna duda el responsable de la macabra excavación.

—¿Cuántos años puede llevar ahí?

El subcomisario debió carraspear un par de veces antes

de formular la pregunta. La realidad cargaba de razón a la anciana de Trucios, que insistió en que había un depredador en la comarca; a la catedrática de La Escrita, aunque su novia no fuera una de las víctimas y, en última instancia, a Peio Zabalbeitia, que fingió creer esa teoría para perpetrar una venganza largamente anhelada. Era a él, Txema Laiseka, a quien toda la comisaría había escuchado renegar a voz en grito de unas denuncias cuya veracidad se materializaba ante sus ojos.

—No puedo contestar a eso. Hay que trasladarla al laboratorio. Varios años, de eso no hay duda. Pero, ¿sabes?, ahora mismo la pregunta no es cuántos años, sino cuántos cuerpos.

Laiseka se apoyó sobre la carpa que protegía la fosa, provocando que el agua cayera en una larga catarata que desató improperios y gritos de protesta en lo hondo. A su espalda, mudos e invisibles, María López Rutherford y Osmany Arechabala seguían la conversación con la absurda sensación de haber llegado tarde a unos crímenes cometidos décadas atrás.

—¿Qué quieres decir?

—Mira. Esto es un pozo. Un pozo de verdad. —Frotó la pared con la palma de la mano y dejó al descubierto las piedras con que fue construido—. Eso significa que es más profundo de lo que parece. Hemos metido una varilla. Solo hay cal. Mucha cal.

—Sacos de cal viva encima de cada cadáver.

—Eso creo. Vamos a pasar toda la noche aquí encerrados.

Heydi Huamán firmó la declaración con mano temblorosa, se dejó conducir al calabozo y se recostó contra la pared maldiciendo la impaciencia que la había empujado a asfixiar a Juana Llaguno en cuanto se supo heredera del caserío, las tierras y sus ahorros. Peio Zabalbeitia regresó al diminuto espacio de su despacho, y solo entonces se percató del vacío de la comisaría.

—¿Dónde está todo el mundo? ¿Se han ido a casa o qué?

—No, claro que no. Están casi todos en Ranero. —Erguido sobre la silla, el joven de la entrada intentó disimular un bostezo incontenible—. Hay incluso gente de Erandio.

—¿En Ranero? ¿Qué ha pasado?

Sorprendido por la ignorancia del oficial, el agente le puso al corriente de la localización de una mujer encadenada en un pabellón agrario, la llegada de la Científica y la evidencia de que fueron más, muchas más, las víctimas de aquel sádico desconocido.

Aunque Zabalbeitia estaba seguro de que no se trataba de un sádico desconocido.

—Esas tierras pertenecen a Echevarría. Los portugueses trabajan para ellos. Los conocen perfectamente, conocen a la mujer, sabían cuándo se quedaba sola. ¡Joder! —Comenzó a dar vueltas en torno a la entrada como un animal enjaulado—. Tenía razón, ¡joder! Es Dólar. Es ese hijo de puta. Tenemos que detenerlo.

—Ya, lo que pasa es que...

Una llamada interrumpió la protesta del agente.

—Diga, *nagusi.*

—A ver. —Laiseka, como Zabalbeitia a treinta y seis kilómetros de distancia, no dejaba de caminar mientras hablaba, de trazar círculos en torno a un hato de hierba seca donde Arechabala y Rutherford permanecían en el más completo silencio—. Necesito ya mismo una orden de detención contra Ricardo Etxebarria. No sé a quién tienes en comisaría, pero quiero que alguien salga a toda hostia para Horcasitas. Que se quede vigilando hasta que el juez nos envíe la orden.

—Yo me ocupo.

El subcomisario torció el gesto en algo que quizá fue una sonrisa, o quizá una mueca exhausta de resignación.

—Vale, Peio. Lo dejo en tus manos. Hacedle ver al juez lo urgente de la petición. Tenemos varios cadáveres en una finca de su propiedad, tenemos desapariciones que coinciden con sus estancias en Balmaseda y tenemos las huellas de una moto que debemos cotejar con la suya. Y contaremos con la declaración de la víctima en cuanto recupere el conocimiento.

—Sí, pero una cosa. —La voz del agente se filtró, tímida y nerviosa, en la urgencia de sus superiores—. He visto a Dólar marcharse hace un par de horas.

—¿Qué?

—Sí. Hace dos horas —repitió en el tono asustado del niño que espera una regañina sin estar seguro del motivo—. Salía del aparcamiento del Ateneo en el Ferrari del viejo. Pasó quemando rueda por el puente. Me imaginé que estaría furioso por el interrogatorio de la mañana, pero, claro, no había motivos para retenerlo, ¿no? —concluyó, encogiendo la cabeza entre los hombros, como si temiera que Zabalbeitia descargara su furia sobre su cráneo.

—Se nos ha escapado. —Arechabala y Rutherford, que seguían la conversación en completo mutismo, intercambiaron una mirada de desaliento—. En un puto Ferrari. A ver —alzó la voz, dispuesto a no permitirse más errores—, cambio de planes. Quiero una orden de búsqueda y captura para Ricardo Etxebarria. Una orden internacional. Con semejante bólido puede estar en cualquier lado. Quiero autorización para registrar su casa, su jardín y su garaje. Que alguien se ocupe de la moto. Hay que tomar muestras del dibujo de la cubierta y confirmar que cabe en la parte trasera del Galloper de Marilia Almeida. Quiero que alguien elabore una lista de los viajes de Ricardo a Balmaseda y la coteje con las posibles desapariciones. —Se detuvo a tomar aire y lanzó un vistazo a los técnicos que seguían recogiendo y documentando cada brizna de paja, cada grano de polvo, cada centímetro cuadrado de vacío—. Peio, localiza a quien puedas y buscad a las familias de las desaparecidas. Necesitamos muestras de ADN. Y que Miren vaya a hablar con Peseta. No, Peio, tú no —añadió, anticipándose a la protesta del oficial—. Si esta mañana no te hubieras dejado llevar por la bilis, Dólar no habría sospechado que lo tenemos pillado por los huevos. Que vaya Miren. Aún no sé si imputarlo por encubrimiento o por algo más, así que vamos a cuidar las formas para que sus abogados no impugnen todo el proceso, ¿queda claro? —Murmullos de afirmación, silencios explícitos, golpes y carreras—. De acuerdo entonces. Y vosotros —añadió dirigiéndose a Rutte y al cubano—, volved a vuestras casas. Que Lydia coja un Patrol y os acerque a vuestro coche. Mañana os quiero en comisaría para tomaros declaración.

Nadie dijo nada. Laiseka regresó al pozo, a la luz triste de los reflectores que iluminaban un escenario de pesadilla, y Arechabala y Rutherford siguieron la estela de la agente que los condujo hasta la carretera.

La lluvia le concedió una tregua cuando terminaba de trazar la última curva, una estrecha herradura que conducía directa a la cima del puerto. Agurtzane Loizaga señalizó y se permitió un suspiro de alivio al dejar atrás el asfalto y acceder a la pista de gravilla que conducía hasta Ilbeltza.

Por algún motivo que era incapaz de comprender, quizá porque su mente huía del dolor por callejones secundarios, dedicó todo el trayecto a pensar en Micifuz. Se sentía culpable por haber abandonado al animal durante un día, como si aquel fuera el peor de sus pecados. Por eso pisó el acelerador más de lo debido, por eso derrapó y, durante un segundo angustioso, hizo volar las ruedas del lado derecho sobre el precipicio. Aquel era el único peligro de vivir en el monte, pensó mientras las espigadas falanges de los manzanos emergían al paso del Mercedes: la necesidad de ir en coche a todas partes. Los esqueletos mustios que la escoltaban solo eran árboles en espera de la primavera, los fantasmas que acechaban su descanso eran fruto de una imaginación alterada por la traición de Lola, y los ruidos que, en ocasiones, se filtraban en sus sueños eran los pasos del gato y el crujir de las vigas de madera. Nada más. Por eso, y porque sus neuronas se encontraban en el apogeo de la borrachera, no le intimidó la silueta que, recostada en la carrocería de un vehículo, esperaba junto a la puerta de su casa.

—Y este ¿qué quiere ahora? —murmuró mientras detenía su propio coche e, improvisando una sonrisa beoda, salía a hablar con el intruso.

50

Bonifacio Artaraz los vio partir, y la certeza de que aquel negro era algo más que un lejano conocido de la viuda de Panza se asentó firmemente entre sus dudas. Uno no interroga a un ex guardia civil por tráfico de drogas si lo que quiere es encontrar a una amiga desaparecida. Uno no aparece en el escenario de una operación de la Ertzaintza si se trata de un recién llegado sin conexión alguna con los cuerpos policiales. Estuvo a punto de ceder a la tentación de seguirlos cuando los vio subir al Chrysler, pero recordó el timbre ahogado del viejo Echevarría y se resignó a mantener la vigilancia. Ya tendría ocasión de investigar al cubano con más calma.

Maniobrando con prudencia, Rutherford comenzó el descenso siguiendo la lechosa senda impresa por los antiniebla. En silencio, pendientes del sonido del aguacero contra la carrocería, atravesaron a veinte kilómetros por hora la estrecha calleja central de Ranero para sumergirse en la densa oscuridad de la montaña. Solo entonces se animó a poner voz a sus reflexiones.

—Hace tres días que viniste con Nekane a preguntar por la mujer de Panza. ¡Quién iba a decirnos que todo terminaría así!

La mención a Gordobil recordó a Osmany que tal vez debería aprovechar el refugio del Voyager para poner a la suboficial al corriente de lo sucedido. Pero decidió posponerlo. No tenía ganas de narrarlo todo una vez más.

—Si te soy sincero, hasta ahorita mismo pensé que lo de Idania fue un asunto de drogas.

La agente olvidó la carretera por un momento y le lanzó una mirada de incomprensión. Él, pendiente del baile de algo invisible más allá de las tinieblas, no pareció darse cuenta.

—¿Drogas? ¿Y qué pintan las drogas en todo esto?

Todavía sopesó unos segundos la posibilidad de contarle lo sucedido durante su visita a Pandozales. Había interiorizado con tanto celo la necesidad de mantenerlo en secreto que, incluso entonces, le costaba dar el paso. Pero lo dio.

Ningún coche les impedía acceder a la carretera principal, la que atravesaba el valle desde Cantabria. Sin embargo, Rutte seguía detenida frente a la señal de Stop, estudiando a Osmany con una mezcla de alarma y fatalismo. El cubano devolvió al bolsillo la Sig Sauer que acababa de enseñarle y esbozó una sonrisa de inocencia.

—¡¿Estás majara o qué te pasa?! Dos individuos armados suben a por ti en plena noche, ¿y no pones una denuncia? ¿Para qué crees que está la policía?

—Verás. Ahorita tengo claro que fue cosa de los Etxebarria. El que tumbé era el viejo. Bastará confirmar que tiene rota la nariz para probarlo. El otro era el que llaman Dólar. Secuestraron a la hija de Valenzuela, que aparecerá en el maldito pozo de ahí arriba —hizo una pausa al comprender que, antes que a Gordobil, debía informar al gordo Cruz y al padre de Idania— y vaciaron su casa. Pero se dejaron el pasaporte y la plata. Quien vio la nota que dejaste en comisaría los avisó, porque la casa es de ellos. Acaban de comprarla. Entendieron lo que pasaría si llevaba a la Ertzaintza ese pasaporte. Y subieron a por mí.

—Entonces, Ramón Echevarría está tan involucrado como su hijo.

—Seguro.

—¿Y por qué no le has dicho nada a Laiseka?

El cubano dejó escapar un largo suspiro, y una línea de vaho diluyó el paisaje frente a sus ojos. Se apresuró a limpiarla con la mano.

—Hoy todo fue muy raro. Y aún no puse denuncia por la emboscada aquella. Mañana lo haré.

Rutherford asintió mientras se incorporaba a la carretera nacional.

—¿Y por qué no denunciaste entonces?

Le escuchó carraspear, y no supo interpretar si se aclaraba la garganta o disimulaba una risita.

—Pues porque no me fiaba mucho de vosotros. —Esperaba una protesta, quizá un estallido como el de Gordobil cuando se atrevió a insinuar algo parecido, pero ella siguió conduciendo sin que su semblante delatara emoción alguna—. Lo cierto es que solo tú sabías dónde estaba. —Esta vez sí giró la cabeza de forma fugaz antes de regresar a la interminable sucesión de curvas que bordeaban el río—. Y tú diste aviso en la comisaría. Por tanto, o me delataste u otros policías me emboscaron.

—Comprendo tu razonamiento. —Atravesaron una breve isla de luz en la oscuridad, el cruce de Ambasaguas, la gasolinera y una alargada nave industrial, antes de que las sombras regresaran para envolverlos—. Y seguro que fue eso lo que pasó. Pero sin mala intención. Si el jefe vio la nota, se daría prisa en llamar a Peseta, que acababa de comprar la finca. No te imaginas cómo le hace la pelota. ¡Si hasta me ha extrañado que ordenara interrogarlo!

—Pero que no lo hiciera Zabalbeitia.

—Eso, no vaya a molestarse el viejo.

Rutte se unió a la carcajada de Osmany y, por un momento, el tétrico paisaje de cadáveres superpuestos entre láminas de cal viva quedó atrás, imagen de una ficción de la que ya no formaban parte.

Osmany siguió con unas sospechas desterradas a golpe de realidad:

—El caso es que Panza estaba comprando un piso en las Canarias. Vi el contrato. Pero no parecía tener dinero. Así que pensé que tal vez tuvo la mala idea de chantajear a alguno de sus socios.

—Ya veo por dónde vas. —Rutte dejó escapar una risita, quitó las largas para no deslumbrar a una furgoneta que tomaba el cruce de Biañez y volvió a ponerlas en cuanto la carretera quedó libre—. Según tú, se cargaron a Panza y, por si las moscas, hicieron lo mismo con la mujer.

—Más o menos. Yo pensé que el error de Idania fue denunciar algo en la Ertzaintza. Entonces estaba seguro de que la policía tenía relación con todo esto…

—O sea, que se metió ella sola en la boca del lobo.

—Eso es. Pero Laiseka me confirmó que la denuncia fue por robo. A la pobre le quitaron la cartera y la documentación en Bilbao.

—¿Ves lo que te pasa por desconfiar de la policía? —Una sonrisa desganada, un vistazo fugaz y una palmada en el volante—. Yo llevo aquí diez años y, sobre droga, te puedo decir que no he visto gran cosa. Cuatro críos pasando hachís, unos que plantaban marihuana para autoconsumo. —Frunció el ceño en un gesto de concentración—. Nada parecido a los años ochenta, la heroína y todo eso. El comisario que había cuando llegué comentó alguna vez que entonces hubo bastante impunidad en el trapicheo.

—¿Impunidad?

—Algo así, sí. Según él, la Guardia Civil no hacía lo suficiente. Bastante tendría con el terrorismo, no sé. Pero aquello terminó. Pasó la moda del caballo, y no he vuelto a oír que se traficara por aquí.

Sin embargo, Osmany había dejado de prestar atención. La vibración del móvil le acababa de anunciar que tenía un mensaje de voz. Una llamada perdida una hora antes.

—¿Qué pasó? ¿No funcionan los celulares por acá?

Rutte se encogió de hombros.

—En el valle, sí. Bastante bien. Pero en cuanto subes un poco, empiezan los problemas. Hay operadores con los que es imposible contactar. La cobertura va y viene. ¿Quién es? —preguntó mientras reducía para afrontar las primeras curvas del puerto de La Escrita.

—La licenciada. A ver qué quiere —respondió mientras, con la torpeza de siempre, marcaba el número del buzón de voz.

No habían dado las ocho y, aunque Zabalburu y la calle Autonomía eran un hervidero donde convergían quienes salían del trabajo y quienes huían del hogar, Nekane Gordobil se encontró preguntándose cómo sería la noche del viernes en el puerto de La Escrita, donde una catedrática obsesionada con la desaparición de su amante vivía rodeada de manzanos y soledad; en el caserío decrépito de Ranero, vacío en ausencia de su dueña accidentada; en las calles de Balmaseda y en las casas dispersas de Pandozales, de donde Osmany se llevó unos documentos que podrían costarle una sanción. No era extraño. Lluís había llamado para tranquilizarla en torno a las seis. Izaro quedaba bajo la custodia de sus padres hasta el lunes. En cuanto terminaran unos trámites que amenazaban con eternizarse por errores informáticos y ausencia de funcionarios, volverían a casa. Y el fiscal les había confirmado que en ningún caso pedirían penas de privación de libertad. Nekane prometió esperarlo en comisaría, antes de fundirse con Méndez en un largo abrazo de alivio. Desde entonces, libre de la tensión de una jornada interminable, llevaba casi dos horas desgranando con él chascarrillos sobre sus idas y venidas por Las Encartaciones en compañía de ese cubano que meses atrás trabó una inexplicable amistad con el oficial Jon Larralde. De hecho, llegó incluso a marcar en un par de ocasiones el número de Larralde para preguntarle sobre Arechabala, pero en ambos casos el teléfono estaba apagado o fuera de servicio.

Y como era lógico en dos agentes acostumbrados a fajarse en el mercado de la droga de San Francisco y Las Cortes, la conversación pronto derivó hacia las sospechas de Arechabala sobre Panza, la heroína y una posible connivencia policial.

—El primer comisario que tuvo Balmaseda está jubilado, claro. —Méndez sacó su smartphone y comenzó a trastear en la agenda mientras hablaba—: Se llama Ibarretxe, Pablo Ibarretxe. Poco antes de irse a casa lo mandaron a la de San Inazio. Yo le conocí ahí. Me llevaba bien con él, pero no tengo su número. —Apagó la pantalla y devolvió el móvil a la mesa—. Pero, si no me equivoco, era muy amigo de Leire, de administración. ¿Quieres que intentemos hablar con él?

Pablo Ibarretxe los atendió con la amabilidad y el interés de quien sabe que el trabajo al que le encadenaron con grilletes de familia e hipoteca fue lo único capaz de llenar una vida que ahora se le hacía insoportable de tan plácida. Desde el otro lado de la línea, Méndez y Gordobil casi podían visualizar la sonrisa que le distendía los labios mientras se explayaba sobre su labor en la comisaría de Balmaseda.

—Sí. Hubo un problema grave con la heroína en toda la zona. Bueno, ¿dónde no lo hubo en los ochenta? Te podías encontrar jeringas en cualquier lado. Fue muy triste. Veías cómo chavales con los que te cruzabas todos los días se convertían en zombis a la caza del siguiente chute.

—¿Detuvisteis a alguien? ¿Hicisteis alguna redada?

—¿Nosotros? No, qué va. La Ertzaintza estaba naciendo. No teníamos competencias para nada. En realidad, no pintábamos una mierda. Dirigir el tráfico y poco más. Las competencias las tenía la Guardia Civil, pero no recuerdo redadas significativas, ni alijos, ni nada. Algún que otro camellito de vez en cuando, de esos que salen a los dos días. Poca cosa.

—Pero ¿en Balmaseda se traficaba? ¿O los yonquis venían a Bilbao?

—Sí. Había camellos en Balma, en Zalla, en Sodupe... Chavales que todo el mundo conocía. A veces los encerraban una temporadita, pero los jueces enseguida los soltaban. Ya sabéis cómo va todo.

De forma somera, Gordobil compartió con él las sospechas del cubano, la posibilidad de que alguien distribuyera heroína entre los pequeños traficantes que pululaban por las calles a la caza de jóvenes hastiados del día a día.

—Sí. Nosotros supimos de uno. Quizá hubiera más, no lo sé. Este disimulaba muy bien. Tenía un caserío, ganado, huerta y todo eso. No creo que la gente del pueblo sospechara nada. Pero nosotros sí. Seguimos a un camellito que solía pasar por delante de comisaría, y nos guio a su chabola. Muy cutre todo, la verdad. Habría sido sencillo detenerlo, pero si nos metíamos donde nadie nos llamaba, los jueces anularían todo el proceso.

—¿Sabes cómo se llamaba?

—Tenía un mote. Todo Dios en Balmaseda tiene un mote. No me acuerdo bien, el Gordo o algo así.

—¿Panza?

—Panza, eso es. Ya ves. Sabíamos quién surtía de heroína a los camellos y no podíamos subir a metérsela por el culo, como se merecía. Nos tuvimos que limitar a pasarle la información a la Guardia Civil, pero nunca lo detuvieron.

—¿Se te ocurre algún motivo?

—Bueno, qué quieres que te diga —carraspeó, y durante unos segundos el sonido de una uña golpeando sobre la mesa fue lo único que se oyó—. Yo estoy jubilado, pero ni así puedo deciros lo que pienso. No, sin pruebas. Y pruebas nunca conseguimos. Vamos a dejarlo en que el tipo tuvo suerte.

—Bueno, yo, a lo que estás insinuando, no lo llamaría suerte.

—Sin embargo, tuvo mucha suerte. No recuerdo el año, igual fue el ochenta y nueve. La Guardia Civil desarticuló un comando de ETA listo para actuar. ¡Bah! No llegaba ni a comando. No eran más que dos críos sin cerebro. Cuando los pillaron, les decomisaron un par de pistolas y una lista de objetivos. En aquellos años, ETA se llevó por delante a unos cuantos traficantes. Y el primer objetivo de su lista era ese Panza.

La suboficial Gordobil buscó en su memoria recuerdos de aquella operación, pero en 1989 tenía catorce años, y ni los atentados ni las operaciones policiales formaban parte de su universo. Sin embargo, algo no le cuadraba.

—Pero ¿eran de Balmaseda?

—No, qué va. Si no recuerdo mal, esos chavales eran de Álava.

—Has dicho que allí nadie sospechaba de Panza, ¿no es eso? —Un gruñido de confirmación al otro lado de la línea—. Entonces ¿quién pasó su nombre a gente de fuera del pueblo? ¿Quién le señaló?

Era imposible, pero ambos vieron cómo, en la soledad de su vivienda, el comisario jubilado encogía los hombros en un gesto de desdén.

—Yo qué sé. Cualquiera. Este país está lleno de chivatos. Cualquier *borroka* pudo delatarlo, ¿no te parece?

Claro, pensó Gordobil sin dejar de dar vueltas a su propia pregunta. Pero para chivarte de algo…

¿Quién sabía que el tráfico de drogas en Balmaseda giraba en torno a Panza?

Osmany, tenemos que hablar. ¿Sabes lo que hizo la hija de
tu amigo? Pues lo mismo que Lola. Y nosotros aquí,
preocupados por ellas. ¡Qué par de gilipollas!
Osmany, tenemos que hablar.

La voz gangosa de Agurtzane Loizaga invadió el silencio del vehículo a través del móvil. Arechabala escuchó el mensaje por segunda vez, colgó e interrogó a Rutherford con la mirada.

—Está borracha. Es lo único que puedo decirte.

—Obvio. Pero ¿qué significa lo que dijo?

—Cualquiera sabe. —Pendiente de la calzada, Rutte apenas se molestó en responder—. Llámala y nos enteramos.

Sin embargo, nadie respondió. La señal se repetía hasta extinguirse cada vez que Osmany marcaba el número. Decepcionado, devolvió el teléfono al bolsillo sin ahorrarse un inquieto suspiro de frustración.

—Tranquilo. No creo que esa mujer tenga ningún dato que ofrecerte. Ya has visto qué pedo llevaba.

El cubano asintió con la mirada perdida en la noche, sin reparar en los contornos de los árboles ni en las esporádicas viviendas que salpicaban la subida. Pero sí reconoció una estructura orillada en el arcén: el silo donde se almacenaba la sal de las quitanieves.

—La licenciada vive acá no más, justo en lo alto del puerto. ¿Te importa que paremos a preguntar?

339

«A veces es necesario dejar las dudas atrás, olvidar la posibilidad de que los problemas se resuelvan a través del diálogo o la negociación. A veces uno debe actuar. Cuando todo está perdido, solo queda cerrar los ojos y disparar.

»Cuando todo está perdido, solo queda la venganza».

En eso pensaba Jero Ramírez mientras, desde el precario equilibrio de la barra, seguía el momento en que Izaro Ballester, acompañada de su padre, descendía del coche patrulla y, con la tranquilidad de los inocentes o, mejor dicho, de los exculpados, entraba en comisaría.

«Solo queda la venganza».

Nekane Gordobil dejó el smartphone donde buceaba a la caza de noticias de veinticinco años atrás y se abalanzó sobre su hija con el ansia del desterrado. Allí, en la falsa intimidad de una sala de espera policial, se fundieron en un abrazo largo y mudo, y se pidieron perdón sin necesidad de hablar ni de mirarse, sin prestar atención a las sonrisas de los agentes que transitaban de uno a otro lado, a la presencia de Méndez, ni al silencio con que Lluís se mantenía al margen de un universo del que formaba parte, pero al que no pertenecía.

Cuando consiguieron separarse, retirar las lágrimas de sus ojos y controlar las risitas que las asaltaban a cada segundo, la suboficial Gordobil agradeció a Méndez su apoyo, le pidió discretamente que la mantuviera al tanto de lo que sucedía con el Troncho y se dejó guiar por el brazo del marido, empeñado en regresar lo antes posible a la seguridad de sus rutinas.

Salieron a la humedad de la noche, a la normalidad de un cruce abarrotado de vehículos y peatones sorteando los semáforos. No llovía, pero sobre el aroma de la ciudad flotaba el indefinible olor de la tormenta. Nekane estudió el firmamento con una sombra de preocupación en el semblante. Al otro extremo de la plaza, la calle San Francisco y el puente de Cantalojas abrían el camino a ese Bilbao desconocido para la mayor parte de sus vecinos.

—Id vosotros. Yo tengo que recoger mis cosas. No tardo nada.

—Voy contigo.

Izaro se colgó de su brazo sin darle opción a protestar.

—De acuerdo. ¿Vas preparando la cena, Lluís?

—Por supuesto.

El hombre se despidió con un beso antes de perderse entre la gente que llenaba Autonomía. Ellas, tomadas de la mano, atravesaron la plaza en sentido contrario sin percatarse de la silueta que, protegida bajo una gorra de los Knicks, seguía sus pasos con un puño cerrado en el bolsillo y algo turbio asomado a las pupilas.

María López Rutherford detuvo el monovolumen y ambos permanecieron inmóviles en su interior, escuchando el rumor del aguacero mientras en sus mentes se afianzaba la certeza de que la pesadilla recién desvelada no había hecho más que comenzar.

Estaban al final del camino de gravilla. Al fondo, iluminado solo por los faros del vehículo, Ilbeltza dormía rodeado de manzanos de ramas desnudas, largos dedos ondeando al ritmo del vendaval. Un Mercedes estaba detenido junto a la entrada, seguramente el coche de Loizaga que, borracha, no se había molestado en meterlo en el garaje.

La puerta del conductor estaba abierta.

El viento empujaba la lluvia dentro del vehículo dibujando una triste imagen de abandono en aquel entorno de coches caros y chalets rehabilitados a todo lujo. El agua empapaba el cuero de los asientos, improvisaba charcos sobre las alfombrillas y resbalaba desde el salpicadero en largas lágrimas zigzagueantes. La embriaguez podía justificar que no tuviera ganas de maniobrar para aparcarlo correctamente, pero ¿dejar la puerta abierta con ese tiempo?

—Aquí ha pasado algo.

Lejos, más allá de los montes que rodean la ciudad, les pareció escuchar el eco del primer trueno. Gordobil volvió a estudiar el horizonte, invisible tras las nubes que rozaban las antenas de los edificios más altos, y decidió apresurarse. Apretó su mano contra la de Izaro, pegada a ella como una gata, dejó atrás las primeras casas de San Francisco, las erigidas en el lado correcto de la trinchera ferroviaria, y cruzó el puente de Cantalojas. Como siempre, un grupo de africanos dejaba pasar el tiempo en la pequeña plaza construida sobre las vías, estudiando las losas grises del suelo y recordando tiempos más allá de las pateras, cuando combatieron la miseria con una esperanza diluida ahora en la pobreza rutinaria de Bilbao. Al confrontar sus rostros negros, la suboficial volvió a pensar en Arechabala. Y en la búsqueda que mantenía abierta en el smartphone. Así que, sin soltar a su hija, sacó el teléfono del bolsillo y regresó al enlace que estaba leyendo cuando la llegada de Izaro la interrumpió.

Jero las vio sumergirse en la irreal oscuridad de San Francisco, y una sonrisa ocupó el lugar de su rabia. Allí sería más sencillo. En las estrechas aceras de aquel barrio multicolor, quienes corrían buscando la salida y quienes permanecían sentados a la puerta de sus comercios se cruzaban sin mirarse, demasiado preocupados por sus miedos o sus fracasos para interesarse por el destino de los demás. Allí, en el fango donde los bilbaínos de bien enterraban a quienes molestaban, un navajazo no sería noticia.

Nekane Gordobil aminoró el ritmo para intentar distinguir la letra de la última noticia. Saltando de uno a otro medio, sorteando banners engañosos y afinando las preguntas, había conseguido dar con los nombres de los terroristas que, según el comisario jubilado, planeaban asesinar a Panza. Uno de ellos murió en el enfrentamiento con la Guardia Civil. El otro falleció en presidio ocho años después. La noticia que trataba de leer era de esa época. Una asociación de víctimas se querelló contra una ikastola por un homenaje póstumo al etarra, homenaje que desde el centro escolar se empeñaban en separar por completo de su actividad terrorista. Al parecer, ambos jóvenes formaban parte de la primera promoción de alumnos del centro. Por ese motivo decidieron recordarlos, que no homenajearlos, puntualizaba el director.

Separó la vista de la pantalla cuando Izaro le apretó la mano con más fuerza. Estaban cerca de la pequeña vivienda donde Nekane penó su breve exilio. Junto al portal, un magrebí hurgaba en unas bolsas abandonadas contra la pared. Comprendió el temor de la joven, el miedo a la indigencia, a la impredecible reacción de quien carece hasta de cama, pero su experiencia patrullando esas mismas calles le decía que no era a los más pobres a quienes había que temer. Le dedicó una sonrisa tranquilizadora y, antes de buscar las llaves en el bolso, se detuvo para terminar de leer la noticia.

Pocos metros por detrás, Jero también se detuvo. Un par de coches cruzaban hacia el puente. En la otra acera, dos mujeres de raza negra arrastraban las chancletas de goma sobre la glacial humedad de la calle. De frente, un mendigo hozaba en la basura. Era perfecto. Sacó la navaja, accionó el resorte y su hoja reflejó los destellos cobrizos de las farolas.

Una foto de los alumnos de aquella primera promoción en el día de su graduación ilustraba la crónica. Nekane soltó la mano de su hija y usó dos dedos para ampliarla. Los futuros terroristas aparecían rodeados por un círculo. Eran dos críos de dieciséis años que desafiaban a la cámara con una sonrisa tan inocente como la de Izaro. Tratando de evitar analogías, recorrió con la mirada al resto del grupo, adolescentes congelados en el tiempo, expuestos a la opinión pública por un medio que, sin censurar sus rostros, los incluía en una noticia sobre terrorismo. El más cercano a los dos muertos atrajo su atención. Su brazo se apoyaba en el hombro de uno de ellos con la camaradería de la juventud, sus ojos apuntaban a la cámara con arrogancia, y la melena enmarcaba un rostro que creyó reconocer. Inclinándose sobre el móvil, aumentó la imagen todo lo que pudo.

—¡Tengo que avisar a Osmany!

Alzó la cabeza, se giró hacia Izaro, incrédula ante las implicaciones de aquel hallazgo, y entonces lo vio. Y supo que se trataba de Jero aunque solo tuvo tiempo de intuir una sudadera oscura, una visera y la navaja que descendía sobre la espalda de su hija.

Consiguió empujarla contra la pared un segundo antes de que el puñal la atravesara. Pero no tuvo tiempo de apartarse. La hoja le rasgó la piel, atravesó la protección falsa de las costillas y se le clavó en el pulmón como un dardo envenenado, un hierro que a su paso abrasaba carne y esperanza. Vomitando sangre, se desplomó entre las bolsas de basura mientras luchaba por incorporarse para proteger a la niña, paralizada de terror contra la fachada. Pero no pudo. Los edificios comenzaron a diluirse, la bruma se abatió sobre sus ojos, y lo último que vislumbró fue cómo el colombiano arrancaba el cuchillo de su cuerpo y densas gotas carmesíes salpicaban en todas direcciones.

51

Nadie respondió.

Osmany mantuvo el dedo sobre el botón hasta que el sonido del timbre comenzó a repicar en su cerebro.

La puerta siguió cerrada.

Protegido de la lluvia por el balcón delantero, retrocedió un paso y oteó a través de los cristales. Nada. Ninguna luz encendida, ninguna sombra reacia a la inmovilidad, ninguna señal de vida. Pero la presencia del Mercedes a su espalda era la prueba irrefutable de que Agurtzane Loizaga estaba allí.

«No —se corrigió mientras, haciendo visera con la mano, insistía en escrutar en las tinieblas—. El carro prueba que la licenciada llegó hasta acá. Nada más».

—Le ha tenido que pasar algo.

Rutherford llegó chapoteando en la gravilla. El agua le oscurecía el cabello y trazaba surcos de duda en sus mejillas.

—La llave del coche sigue en el contacto. Y su bolso estaba en el asiento del copiloto.

Conteniendo el impulso de arrancárselo de entre las manos, Arechabala dejó que fuera sacando, de uno en uno, objetos cuya presencia en un vehículo abierto confirmaban sospechas que no se atrevían a explicitar.

—La cartera. —Hizo desfilar delante de sus ojos los carnets de identidad y de conducir, el de la facultad de Sarriko, las tarjetas bancarias y de fidelidad—. También está el móvil.

Pulsó el botón del lateral para confirmar que las últimas llamadas, perdidas, eran las de Osmany.

—Y las llaves.

En la voz de la agente vibraba una nota de temor.

—No pudo entrar sin las llaves. O se fue por ahí, demasiado bebida para comprender que puede congelarse, o se la llevaron.

—Quizá guarde otro juego en algún sitio.

Arechabala no perdió el tiempo en responder. Rebuscó en el llavero, eligió una y abrió la puerta.

Ningún aullido mecánico se sobrepuso al rumor del vendaval. No hubo parpadeos de luces en las esquinas, ni avisos de ningún tipo.

—¿No hay alarma? —Rutte sacudió la cabeza con incredulidad—. Es lo primero que instalaría si viviera aquí.

—Quizá no la conectó cuando salió. O quizá sea silenciosa. O quizá la licenciada esté en la casa, durmiendo la borrachera.

Ella negó con gesto de cansancio.

—Aquí no hay nadie. La cerradura tenía dos vueltas echadas. Puede que llegues tan pedo que te dejes el coche abierto con las cosas dentro, pero entonces no das dos vueltas a la llave cuando cierras.

—A no ser que no fuera cosa del alcohol, sino del miedo.

Rutherford aceptó aquella posibilidad. Si Loizaga detectó que la seguían, pudo acelerar hasta llegar a la vivienda, salir del Mercedes sin pensar en nada más que en refugiarse, olvidar el bolso, la puerta y el vehículo. Quizá sacó otra llave, alguna que por casualidad o por prudencia guardaba en el bolsillo o debajo del felpudo, se precipitó al interior, cerró y corrió a esconderse en algún rincón del caserío.

—¿Y por qué no la dejó puesta por dentro? A su perseguidor le habría bastado con coger las que llevaba en el bolso para abrir, igual que a nosotros.

Osmany se encogió de hombros.

—Echemos un vistazo.

Pronto comprendieron que el único habitante de Ilbeltza era un gato que maullaba con famélica desesperación. Para sorpresa del cubano, Rutte se dirigió a la cocina y comenzó a rebuscar entre armarios y estanterías hasta tropezar con las latas de alimento para felinos. Abrió un par de ellas, llenó su bol y dedicó unos segundos a acariciar al animal.

—¿Seguimos?

Rutte se incorporó y, en compañía de Osmany, reanudó la búsqueda. Registraron la casa y el garaje, encendieron todas las luces y examinaron el suelo y las paredes en busca de sangre o señales de lucha. Conectaron los focos exteriores y rastrearon el entorno, ateridos y empapados bajo el diluvio. Pero no encontraron nada que modificara, en ningún sentido, la impresión inicial: Agurtzane Loizaga llegó hasta la puerta del chalet, se bajó del coche y desapareció sin dejar rastro.

—Pero es imposible. —Más que una afirmación, era un ruego, una inútil protesta fruto del miedo y el hastío—. Hemos descubierto al asesino. Tú has descubierto al asesino. —Apoyó una mano trémula sobre su hombro, y Osmany pudo sentir las pulsaciones de su cuerpo—. No puede haber golpeado de nuevo. El mensaje en tu buzón de voz es de las seis y media. Para entonces, Etxebarria ya estaba huyendo.

El cubano desvió la mirada hacia los coches aparcados junto a la entrada; el Mercedes con la puerta del conductor abierta, el monovolumen cuyas luces trenzaban halos de lluvia y niebla. Tragó saliva antes de responder.

—Entonces, nos equivocamos de persona.

Todo era fuego en torno a ella. Un fuego azul que abrasaba como el hielo, fuego de gasoil y estiércol. Crucificada, las piernas y los brazos tan abiertos que sus articulaciones se desencajaron como piezas de un juego infantil, solo era capaz de seguir con la mirada la danza del demonio que, en torno a su desnudez, hacía retumbar el suelo con las pezuñas mientras las garras le abrían surcos en la piel. Su miembro, surcado de gruesas venas del color del plomo, la penetraba una y otra vez, ácido y sanguinolento. Y regresaban los latigazos, los golpes que exacerbaban el sádico placer del leviatán. El fuego se avivaba y la envolvía, se filtraba por sus poros, su boca, su ano y su vientre, quemaba y dilataba, roía y rasgaba; los golpes se aceleraban y el sosiego de la muerte se negaba a acogerla en su regazo.

Y saltó. Era imposible, porque las correas que mordían sus muñecas y sus tobillos la empotraban al cemento. Sin embargo, comprendió que volaba, que caía en un abismo de aire fresco y aromas conocidos, un abismo de dolores atenuados, agua y silencio. Supo que el suelo hacia el que se dirigía a toda velocidad era la metáfora del final, el túnel en cuyo extremo afirman los moribundos divisar la luz de la otra vida. Y cuando sintió el impacto, le sorprendió comprobar que era mullido, que algo suave la arropaba, que el silencio no era total. Había pasos, rumor de voces susurrando. Algo fluía junto a sus oídos. Y lejos, pero reconocible, el estruendo del tráfico en la ciudad, un sonido que, encerrada en su casa de Ranero, había llegado a olvidar.

Abrió los ojos.

Lo primero que vio fue el gotero, un pequeño patíbulo del que colgaba una bolsa transparente. El líquido salino se colaba por sus venas a través de un catéter sujeto al brazo con esparadrapo. Por la ventana se filtraba un frágil resplandor ambarino. La cama era cómoda, y el dolor, apenas un recuerdo soportable. Volvió la cabeza y tropezó con el rostro pálido de su esposo, las bolsas de los ojos hinchadas y amoratadas. Pero no pudo recordar cuándo vio por última vez la inmensa sonrisa que colgaba de sus labios.

Su primer impulso fue abrazarlo, abandonarse y dejarse transportar de regreso al universo al que pertenecían, a la sencillez del caserío, a la compañía de los hijos y al calor de la cocina. Pero antes debía saberlo.

—¿Lo atraparon? ¿Detuvieron a ese malnacido?

Manuel se inclinó sobre ella, la tomó de las manos y trató de controlar el temblor de su voz.

—¿A quién? ¿Quién te hizo esto, cariño? ¿Sabes quién fue?

Marilia Almeida asintió. Pero fue incapaz de responder antes de que el llanto ahogara sus palabras.

—No podemos estar equivocados.

Dentro del garaje, Rutte seguía buscando una pista que enlazara la desaparición de Agurtzane Loizaga con la vieja nave de Ranero.

—Es imposible que otra persona lleve años escondiendo cadáveres en un pabellón propiedad de Ramón Echevarría sin que el dueño se entere. Tiene que ser él. Lo que no sabemos es cómo ha podido llevarse a esta mujer mientras lo buscamos.

Osmany se acercó a la parte interior del portón y escudriñó a través del hueco abierto que había entre la pared y el metal. Pensó en abrirlo accionando el polvoriento interruptor encastrado en un lateral, pero desistió. En el jardín, las luces dibujaban difusas manchas parduzcas, sucias pantallas donde las gotas flotaban desganadas y las siluetas, lejos de definirse, se distorsionaban entre dudas e incertidumbre. Dudas e incertidumbre que no solo derivaban del reflejo de los faros en la niebla.

—¿Y un trabajador? ¿Un capataz? ¿Alguien de confianza?

La agente negó con todo el énfasis posible.

—¿Y que decida actuar justo cuando Dólar está en Balmaseda? No tiene sentido. Imagínate que sí, que se trate de un encargado, alguien seguro de que Peseta jamás subirá por ahí. ¿Para qué arriesgarse justo en las fechas en las que viene su hijo de visita? A Dólar a lo mejor le apetece darse una vuelta por sus dominios.

Osmany regresó a la vivienda, atravesó el salón y salió a estudiar las posibles huellas del sendero. Pero sobre la gravilla, las rodadas apenas si eran surcos de piedras desplazadas de uno a otro lado, imposibles de identificar.

Al menos para ellos.

—Bien. Yo también creo que Etxebarria es el principal sospechoso. De hecho —por un momento interrumpió su deambular, alzó la cabeza y lanzó a Rutherford una mirada de reconocimiento— sé que la licenciada le gustaba. —Ignoró la extrañeza de la *ertzaina* y siguió hablando—: Si es un loco obsesionado, al verse descubierto pudo tratar de quemar su última nave.

—Por lo que nos dijo Laiseka, Peio se lo llevó a comisaría sin tener nada tangible. Pero lo asustó. Quizá pensó en borrar sus huellas. Cogió el coche y subió a Ranero. Según el compañero, salió de Balmaseda en torno a las cuatro. Por mucho Ferrari que tenga, no pudo llegar antes de las cuatro y media. A esas horas el caserío de la portuguesa estaba lleno de *ertzainas*, así que dio la vuelta y salió huyendo. Vino a por Loizaga. Acabas de decir que le gustaba. Y ella no sospechó. Ya has oído al subcomisario. Acababan de confirmarle que su novia se fugó por voluntad propia. Debió de pensar que todas las desapariciones eran falsas. Eso es lo que te quiso decir cuando te llamó. —Osmany escuchaba acariciándose la barba, la mano izquierda en el bolsillo donde guardaba el móvil—. No desconfió. Se bajó del coche, se acercó a Ricardo y él la obligó a subir al suyo. Tuvo que ser muy fácil —concluyó, sintiendo que la voz se le apagaba a la velocidad a la que crecía su temor.

—Pero ese Etxebarria ¿no tendría más carros? ¿Solo un Ferrari?

—Por lo que sé, su padre debe de tener todo un parque móvil en el garaje del Ateneo.

—Si su intención era subir hasta donde estaba la portuguesa, ¿por qué elegir un deportivo? El Ferrari es bueno para correr por autopista, pero seguro que se quedaba atascado en esos caminos de vacas.

—A lo mejor desistió de subir a Ranero y vino directo a por Loizaga.

Rutte estudió la pantalla de su móvil y dejó escapar un suspiro de fastidio.

—Tenemos que llamar a comisaría, pero no tengo cobertura. ¿Y tú?

—Tampoco. Por lo visto, tenemos el mismo operador. Pero dentro habrá un teléfono, ¿no? —añadió, señalando el interior de la vivienda.

Sin embargo, no pudieron encontrarlo. Ni junto a la mesita donde le invitó a un café cuando acudió en compañía de Gordobil, ni en la cocina, ni en el dormitorio del piso superior, ni en el despacho donde se amontonaban gruesos ejemplares de economía y desordenados tacos de exámenes sin corregir.

—No me puedo creer que vivieran acá incomunicadas.

Rutherford dejó escapar una risita de desaliento.

—No están incomunicadas. Hay internet. Y tienen sus

móviles. Hoy en día, casi nadie utiliza el fijo. La mayor parte de las compañías ni siquiera te lo ofrecen.

—De acuerdo. —Osmany regresó al piso de abajo y se sirvió un vaso de agua. Rutte le imitó mientras sopesaba la posibilidad de abrir la nevera en busca de algo con que saciar el hambre, pero rechazó la idea sintiendo una vaga forma de vergüenza—. Entonces, el celular de la licenciada tendrá cobertura, ¿no es correcto?

Sin duda. Loizaga no contrataría un servicio de telefonía móvil a quien no le garantizara su funcionamiento en aquel lugar alejado de la civilización. Pero fueron incapaces de desbloquearlo.

—Hay que bajar al valle. Lo más importante es avisar a la Ertzaintza. Ya perdimos demasiado tiempo.

Rutherford estuvo de acuerdo.

—Sí. Aquí no pintamos nada. Y hemos alterado el escenario mucho más de lo debido.

Apagaron las luces, cerraron la puerta y, tras un momento de duda, devolvieron al asiento del copiloto del Mercedes el bolso, las llaves y el teléfono.

—¿Sabes? —Osmany seguía detenido entre ambos coches, estudiando las tinieblas cerradas sobre el camino—. No termino de creerme que Etxebarria viniera a esperar a la licenciada sabiendo que iban a descubrirlo. Lo normal sería huir antes de que las carreteras se llenaran de controles. Sigo creyendo que para eso cogió el Ferrari.

Sin molestarse en responder, Rutte subió al vehículo y lo hizo girar sobre la gravilla, la misma maniobra que el secuestrador debió de hacer una hora antes. El cubano siguió la trayectoria de los faros, los fantasmas lechosos que imprimían su perfil sobre la niebla. El sirimiri le empapaba el cabello y la guerrera, pero ni siquiera se dio cuenta porque un pequeño detalle reclamaba toda su atención.

Rutherford lo vio caminar unos metros antes de detenerse. Estaba tan absorto estudiando algo situado sobre su cabeza que no pareció notar la urgencia de la mujer, ni siquiera cuando salió dando un portazo y se acercó exagerando el ruido de las botas.

—Mira esto.

Su dedo rozaba la parte final de una rama en el punto donde esta invadía el camino, a unos dos metros por encima de la gravilla. Estaba rota, rasgada en una irregular diagonal de color más claro que la corteza. Arechabala buscó en el sendero, iluminado por los faros del Voyager, y no tardó en agacharse a recoger un palito cuya base encajó perfectamente en la rama mutilada.

—Acaban de partirla. Todavía se nota la humedad.

—Lleva toda la tarde jarreando, Osmany. Lo raro sería que estuviera seca.

—Correcto. Pero la lluvia no es pegajosa. Tócala. —Rutte comprendió que tenía razón. A pesar de estar empapada, era sencillo diferenciar el agua y la savia adherida a la madera—. Alguien pasó por acá hace muy poco y la rompió.

—Sería Loizaga. O el secuestrador, yo qué sé. O a lo mejor la hemos golpeado nosotros. Pero esto no cambia nada. ¡Venga! Tenemos que bajar a llamarlo antes posible.

—Esto lo cambia todo. —Sin disimular su fastidio, la *ertzaina* dejó de tirar del cubano—. ¿Qué clase de carro podría golpear en esta rama? El de la licenciada, no. Si no me equivoco, un Ferrari mucho menos. Ni siquiera el tuyo, que es bastante alto, llega a rozarla. De hecho, no creo que una furgoneta de tamaño normal pudiera romperla.

Tenía razón. Aparcadas las urgencias por un momento, retrocedió hasta situarse bajo la rama y alzó la mano. Eran más de dos metros. Poco más, pero suficiente para que ningún vehículo convencional llegara a rozarla. Por eso había crecido tanto, estirándose hasta superar el límite de la pista sin miedo a las tijeras de un hipotético jardinero. Porque los coches pasaban por debajo.

—De acuerdo. Pero pudo ser cualquiera, ¿no? El panadero, un mensajero… No sé, cualquier cosa.

—¿Precisamente hoy? ¿Precisamente ahora? Verás, en mi trabajo aprendí a leer el rastro que dejan otros en la selva, a medir el paso del tiempo en la forma en que se aplasta un matorral, en lo verde o seco que esté un árbol desgajado. Esta rama se partió hace poco. Debió necesitar semanas para crecer hasta acá, y en ese tiempo nadie la molestó. Y de repente, el mismo día en que desaparece la licenciada, ¿el panadero se viene con una camioneta de las grandes? ¿O un camión? Demasiada casualidad.

Rutte volvió a sacar el móvil del bolsillo, confirmó que seguía sin red y lo devolvió a su lugar, incapaz de controlar los nervios. Sin embargo, el pequeño trozo de rama que Osmany sujetaba entre los dedos la mantenía clavada en el camino, buscando respuestas a preguntas que un minuto antes no había necesitado plantearse.

Aquel insignificante palito lo cambiaba todo.

El oficial José Méndez no pudo conseguir nada coherente de las declaraciones de Izaro. Acurrucada en uno de los incómodos bancos de la sala de espera del hospital de Basurto, una mano asida a la de su padre, un móvil en la otra, la joven no hacía más que repetir ininteligibles frases autoinculpatorias. Lluís Ballester retenía entre las suyas aquella mano temblorosa fingiendo una falsa entereza. No podía consolar a su hija porque el esfuerzo de contener su propio llanto absorbía toda su energía. Y de una forma mezquina y nebulosa, una parte de su mente no deseaba aliviar el sufrimiento de la muchacha. Ella era la responsable de que Nekane estuviera en el quirófano con un pulmón perforado y la vida pendiente de un azar más esquivo a cada minuto. A duras penas, luchando contra el dolor y el miedo, lograba rehuir esa rabia empeñada en corromper el amor que sentía por su hija. Pero su eco no dejaba de repetir que fue Izaro quien atrajo al asesino hasta sus vidas. Y Lluís volvía a enfrentarse a su simplismo, cada vez más débil y menos convencido.

Méndez abandonó el pequeño pabellón donde esperaban los familiares de quienes permanecían en urgencias. Protegido por el chubasquero rojo del uniforme, paseó en torno al jardín rumiando una frustración que no le dejaba en paz. Mientras ellos, desde la cómoda prepotencia de la comisaría, planeaban la forma de acusar al colombiano de delitos que no había cometido, él los acechaba jurando venganza por afrentas inexistentes.

Izaro era el objetivo. Sobre eso no había duda. Gordobil, al precio de recibir el navajazo, logró impedirlo en primera instancia, pero fue un indigente magrebí quien se abalanzó sobre Jero cuando, con la suboficial fuera de combate, volvió a intentarlo. A duras penas consiguió derribarlo y retenerlo el tiempo que tardaron dos subsaharianas en cruzar la calle y sentarse sobre su espalda. Así lo encontró la patrulla que atendió la llamada de auxilio: inmovilizado bajo el peso de dos gruesas africanas mientras un moro de ropas raídas y suciedad en cada palmo de la piel trataba de contener la sangre que huía del cuerpo de la víctima, y una adolescente repetía a voz en grito frases incoherentes que no cesaron hasta la llegada de los sanitarios. Méndez, quien tardó un minuto más que estos en acudir al lugar de los hechos, no dejaba de dar vueltas a la imagen mientras luchaba por mantener bajo control una ira que no era más que el eco amplificado de su impotencia.

Lluís Ballester se desprendió de la mano de su hija y salió al exterior. Izaro no hizo gesto alguno para retenerlo, no dijo nada, ni siquiera alzó la vista. Se quedó sola, la mirada perdida en la pantalla de un móvil que no había soltado en ningún momento. Solo entonces se dio cuenta de que no se trataba del suyo, sino del de su madre. Debió de recogerlo al arrodillarse junto a su cuerpo, pero no lo recordaba. No recordaba nada de los instantes posteriores al ataque, retales inconexos de rostros conocidos y anónimos, luces azules danzando sin parar, gritos, agudos gritos de histeria y, por fin, la sala de espera, el mutismo de su padre, las preguntas del *ertzaina*.

Y el teléfono. Aquel smartphone que le había salvado la vida. Porque eso sí lo recordaba. Mientras buceaba en internet, Nekane descubrió algo y se giró hacia ella. «Tengo que avisar a Osmany», le dijo con la urgencia de lo inaplazable, como si Izaro supiera quién era ese Osmany o qué se traían entre manos. Ese movimiento le permitió descubrir a Jero en el momento del ataque. Ese movimiento le había salvado la vida.

Las lágrimas regresaron para velar los perfiles de una realidad que no deseaba ver. Se las limpió con la manga de la chaqueta y estudió la pantalla con curiosidad. Era sencillo distinguir el rastro de los dedos de Gordobil, el dibujo que repetía una y otra vez para desbloquearlo. Y, siguiendo el trazo de sus yemas, se encontró frente a un artículo de prensa, algo referente al homenaje a un terrorista que, en modo alguno, podía justificar el nerviosismo de su madre.

Estaba fechado casi veinte años atrás.

—Entonces ¿piensas que Ricardo Etxebarria vino en furgoneta?

—No. —Osmany se guardó el trozo de rama en el bolsillo y siguió a Rutherford hasta el monovolumen—. Lo que pienso es que el secuestrador vino en furgoneta.

—Es decir, Dólar no es culpable. —Accionó el contacto, subió la calefacción y se percató de que estaba tiritando. Tenía el cabello empapado, y el agua le resbalaba por la espalda en una desagradable caricia invernal—. Volvemos a la teoría de un tercero con acceso al pabellón de Ranero.

—No estoy seguro. —Osmany se ajustó el cinturón, acercó las manos al aire caliente que brotaba de las rejillas y chascó la lengua con fastidio—. En realidad, es el único que cuadra. El pabellón es suyo, las desapariciones coinciden con sus viajes al pueblo, salió huyendo en cuanto comprendió que sospechaban de él…

Traqueteando sobre la pista, avanzaron pendientes de lo que las luces desvelaban a su paso: árboles torturados por hielo y vendavales, espinos que aparecían y se esfumaban, y un río de gravilla en cuyos surcos ilegibles se escondía la respuesta al enigma que trataban de alumbrar.

—No puede ser otro. No es posible que haya dos tíos raptando a mujeres de la misma forma, al mismo tiempo y en el mismo sitio. Si lo de la camioneta del panadero te parecía casualidad, a esto no sabría cómo llamarlo.

Arechabala tamborileó con las uñas sobre el salpicadero mientras trataba de dar forma a la respuesta.

—Yo tampoco sé cómo llamarlo, pero no es casualidad. No tiene nada que ver con la casualidad.

—¿Entonces?

—Quizá Etxebarria tuvo un cómplice.

—Pero eso lo descartamos, ¿no?

—Demasiado pronto. Y sin ninguna prueba.

Habían llegado al final del sendero. La lluvia arreció y los limpiaparabrisas aceleraron de forma automática. Rutte detuvo el vehículo y se volvió hacia el cubano, más pendiente de lo que hervía en su interior que de expresar en voz alta sus reflexiones.

—¿Alguna otra idea?

—Solo se me ocurre que tenga un imitador.

—Imposible. Para que alguien imite un crimen, ese crimen debe ser público. O, por lo menos, conocido. Pero, hasta ahora, nadie sabía lo que estaba sucediendo.

El cubano se mantuvo encerrado en su mutismo, buscando respuestas que no alcanzaba a bosquejar. Podría apostar a que cuando Dólar salió quemando rueda en su Ferrari solo pensaba en atravesar la frontera antes de que una orden de búsqueda y captura sembrara de controles la autopista. Y tenía una prueba —endeble, eso sí— de que un vehículo más alto que el monovolumen de Rutherford había subido a Ilbeltza esa misma tarde.

¿Había un segundo secuestrador?

—No existen las casualidades. Imitador o cómplice, quien raptó a la licenciada trató de aprovecharse de la presencia de Etxebarria.

—¿Para que le culparan de esta desaparición? Pero para eso debía tener ciertos datos sobre lo que hacía Dólar. No sé, como mínimo tendría que ser capaz de guiar a la Ertzaintza hasta la nave de Ranero, para que toda la investigación se centrara en esa línea.

—Quizá esa fuera su intención. Pudo pensar que sería sencillo librarse del secuestro de la licenciada si la policía descubría el juego de Dólar. Si lo descubría gracias a él, claro. Pero tuvo mala suerte. Lo intentó el mismo día en que fueron a por el violador.

—¿Y no se ha enterado de la que ha montado Peio esta mañana? Me parece raro. Seguro que ya lo sabe todo Balmaseda.

—Pero no tiene por qué ser de Balmaseda, ¿no? Además, ni tú ni yo lo sabíamos, y estuvimos allí esta mera mañana.

Rutherford asintió y regresó al móvil para confirmar que seguían sin cobertura. Debían bajar el puerto. Pero antes necesitaba una respuesta.

—¿Quién sabía a qué se dedicaba Dólar?

Osmany dejó escapar un suspiro de agotamiento.

—Su padre. Es el único que se me ocurre. Pero no pudo ser él. Tiene la nariz rota, o eso creo. Y Laiseka mandó a una agente a interrogarlo.

—Estoy de acuerdo. No pudo ser Ramón. ¿Quién, entonces?

Arechabala se giró hacia la mujer lo poco que le permitió el cinturón de seguridad. «¿Quién sabía a qué se dedicaba Dólar?». La pregunta flotaba en torno a ellos desafiando la lógica y sus propias conclusiones. «¿Quién sabía a qué se dedicaba Dólar?». Rutherford indagaba en su rostro en busca de respuestas imposibles, cuando el cubano retomó su postura en el asiento y señaló hacia atrás.

—Da la vuelta.

—¿Qué?

—Que volvemos a la casa de la licenciada. Quiero mirar una cosa.

Rutte prefirió no preguntar. Giró como pudo y regresó a Ilbeltza. Una vez allí, Osmany corrió hasta el Mercedes, sacó el llavero del bolso de Loizaga y accionó el mando a distancia del garaje.

El portón comenzó a subir doblándose sobre sí mismo entre gemidos de pereza. Rutherford entró y encendió las luces mientras Osmany se inclinaba sobre el interruptor que, desde el interior, accionaba la puerta. Pasó un dedo sobre su superficie y se lo llevó a la boca con gesto de concentración.

—¿Qué pasa?

—Intentaba recordar —volvió a mirar la lluvia, el sendero sumido en la oscuridad, el manzano de ramas mutiladas— dónde escuché a alguien decirle a Dólar que él sabía todo lo que pasaba en la comarca.

—¿Y para eso necesitas chupar el polvo de las paredes?

—No es la pared —ignoró el gesto de fastidio de la agente ante la obviedad de la respuesta—, sino el pulsador para cerrar el portón de la cochera. Y no se trata de polvo, sino de harina.

52

Una enorme fotografía de Arrate ocupaba la pared principal del salón. Junto a ella, imágenes más pequeñas de la niña en la playa o subiendo una montaña, de la joven recogiendo el título de bachiller, o de la mujer en la que estaba a punto de convertirse posando frente al pequeño Hyundai que le regalaron en su decimonoveno cumpleaños. Meses antes de su desaparición.

Sus padres, envejecidos por la angustia, atendían las explicaciones del *ertzaina* con las manos enlazadas y un frágil destello de esperanza en las pupilas. Hacía seis años que no sabían nada de ella, seis años durante los cuales construyeron la ficción de que se encontraba bien, que su silencio era fruto de un orgullo mal llevado, de la irresponsabilidad propia de la juventud y la vorágine de esa Barcelona adonde, según la nota de despedida, huyó para evadirse de la asfixiante rutina de Galdames. Y de improviso, a las diez de la noche de un viernes de invierno, un policía se presentaba en su vivienda con preguntas que no ayudaban a tranquilizarlos.

—No, no sabemos nada. —La voz de la mujer era un largo suspiro, un jadeo moldeado para emitir mensajes inaudibles—. Como la Ertzaintza no hacía nada, contratamos a unos detectives catalanes, pero no dieron con ninguna pista. No tiene perfiles en internet ni cosas de esas. Seguimos esperando que se decida a perdonarnos.

—¿Perdonarlos?

Ella se estrujó las manos hasta que Peio Zabalbeitia escuchó con claridad el crujido de sus nudillos.

—Perdonarnos, sí. Se fue porque no la dejamos estudiar en la Complutense, la universidad de Madrid, ya sabe. Quería hacer Medicina. Pero la obligamos a matricularse aquí, en Leioa. Desde entonces, solo hablaba de marcharse y no volver.

El oficial se removió incómodo en el asiento. Se aclaró la garganta y trató de no mirar a los ojos de la madre mientras hablaba.

—Verá, necesitamos saber si tienen algún objeto de aseo personal de su hija. Quizá algún peine, o un cepillo, donde podamos encontrar restos de cabello.

—¿Necesitan una muestra de ADN?

No respondió. La mujer se tapó el rostro con las manos, se derrumbó sobre el regazo del marido y, durante muchos minutos, sus sollozos fueron el único sonido perceptible en una estancia presidida por los retratos de una hija en cuya espera dilapidaron seis años de sus vidas.

La casa era pequeña. No era fea, aunque tanto su estado como la chatarra que llenaba la parcela donde se ubicaba delataban la desidia de su dueño. Para llegar, debieron dejar atrás Concha, el núcleo principal del valle de Karrantza, cruzar el río y trepar por una estrecha carretera encajonada entre taludes. Encontraron el desvío en cuanto doblaron la segunda de las curvas que zigzagueaban por la ladera. Cien metros más allá estaba la vivienda.

A Rutherford le bastó con llamar al móvil del anuncio colgado en internet por la panadería para que el propietario le facilitara la dirección de Ibon Garay, su repartidor, sin molestarse en preguntar la razón. Solo quiso saber si su curiosidad estaba relacionada con algún accidente provocado por la furgoneta de la empresa. En cuanto supo que no, dejó escapar un suspiro y le ofreció el dato sin más consideraciones. Y ahí estaban, estudiando la oscuridad que envolvía la vivienda sin decidirse a llamar a la Ertzaintza hasta no tener algún tipo de prueba de la culpabilidad de Garay.

—Un sitio muy aislado.

Osmany asintió mientras, sin despegar los ojos de la verja, pasaba revista a los indicios que manejaba hasta el momento: la certeza de que Gari conocía al dedillo la comarca, que sabía quién vivía en cada caserío, en cuáles había familias, perros y escopetas, en cuáles vivían mujeres solas y desprotegidas; la velada amenaza que lanzó a Ricardo Etxebarria en aquel bar de Balmaseda; sus dedos impresos con harina en el interior del garaje de Loizaga.

Y aquel caserío aislado. Casi tanto como la nave donde había encontrado a Marilia Almeida.

Mientras volaban en dirección al centro de Karrantza, trató de poner en orden sus ideas.

—Quizá pensó en matar dos pájaros de un tiro. Raptar a la licenciada y hacer que culpen a Dólar.

—Gari no es de Balmaseda. —Rutte adelantó a un tractor que circulaba con medio cuerpo fuera del arcén y aceleró camino de Ambasaguas—. No se habrá enterado de lo sucedido con Dólar esta mañana. No podía imaginarse que todo se desvelaría hoy mismo.

—Por eso estaban las llaves en el bolso. Ella accionó la puerta del garaje y trató de esconderse allí. Pero él la siguió.

La agente redujo frente a la gasolinera, señalizó y giró hacia la izquierda. Una vez hubo dejado atrás el núcleo de Ambasaguas, pisó a fondo en dirección a Concha. Un par de arrugas asomaban a su entrecejo.

—No lo veo muy lógico, la verdad. La puerta del garaje es lentísima. Tuvo que comprender que no le daría tiempo.

El cubano se encogió de hombros mientras, con disimulo, revisaba el cargador de la Sig Sauer.

—Estaba borracha. Y supongo que aterrada. No sé. Quizá no pudo pensar con claridad.

—¿Y qué pasa con la ramita? —Cuanto más se acercaban a su destino, más crítica parecía con las conclusiones de Arechabala—. Estabas seguro de que la rompió el vehículo del secuestrador. Pero Gari pasaba por debajo todos los días. Su furgoneta es una Berlingo roja que se ve a kilómetros, más pequeña que mi Voyager.

Osmany no daba su brazo a torcer.

—Quizá precisamente por eso, por ser un carro muy llamativo, hoy prefirió coger otra. Una mayor y más discreta.

Habían llegado. Rutte apagó las luces y el motor, y dejó que el monovolumen se deslizara sin ruido hasta detenerse a unos cincuenta metros de la valla de acceso. La noche velaba la vivienda y el terreno oculto por la cerca, donde cualquiera que esperara con un arma entre las manos sería invisible por completo. Osmany sacó la pistola y, sin ruido, abrió la puerta.

—¿Adónde vas?

—¿A ti qué te parece?

—Tenemos que llamar a Laiseka. Esto es cosa de la policía, no tuya.

Arechabala negó con la cabeza.

—No hay tiempo. Si es el culpable, la tiene ahí dentro. Escucha, creo que ya te dije que soy militar. —La agente tragó saliva, incapaz de contener su nerviosismo—. No voy a dejar que la viole o la asesine mientras miramos desde fuera. Quédate acá, y si oyes gritos o disparos, llama a tu gente.

Rutherford lo vio mimetizarse con las sombras y contuvo el aliento. Pensó en seguirlo, pero pronto comprendió que, desarmada, sería más molestia que ayuda. La placa le pesaba en el bolsillo, como si aquel metal al que nunca había dado importancia se empeñara en recordarle su cobardía, protegida al abrigo del Chrysler mientras un extranjero al que apenas conocía se enfrentaba a un peligroso criminal.

Y entonces, al pensar en un extranjero desconocido, una idea brotó de alguna esquina de su mente, un chispazo tan fugaz que no logró entender su significado.

Pero supo que era importante.

Osmany saltó la valla, una construcción rústica que no le llegaba a la altura del pecho y, protegido por la maleza y la chatarra esparcida de cualquier manera, alcanzó la parte trasera de la casa. Pegado a la pared, se detuvo para orientarse y escuchar. Solo se oía el gotear del agua retenida en los canalones, los crujidos de las ramas y el lejano motor de un tractor que ascendía desde Concha. Ninguna luz rasgaba las tinieblas, ningún olor se filtraba por los resquicios de las ventanas. Tampoco había vehículos a la vista. El caserío era la única construcción de la finca. No había garaje ni cobertizo donde pudiera esconderse un auto.

Garay no estaba en la casa.

Esa conclusión, en vez de tranquilizarlo, le apremió a moverse deprisa. Se le ocurrían muchos motivos para su ausencia, y todos apuntaban a un desenlace trágico y abrupto. A la carrera, rodeó el edificio y estudió la puerta principal. Era una vieja plancha de madera tachonada de clavos gruesos y oxidados. Una puerta de apariencia inexpugnable cuyo cierre se limitaba a un listón de madera que retiró para acceder al zaguán, un espacio semejante al del caserío de los portugueses de Ranero. En su centro, otra puerta, esta moderna y dotada de una cerradura de seguridad, guardaba el interior de la vivienda.

Sin embargo, Osmany no necesitó ir más allá. Junto a

un alargado banco entre cuyas patas se amontonaban botas salpicadas de barro y estiércol, descubrió una cortacésped recién comprada, una máquina tan nueva que la etiqueta que indicaba al transportista el nombre y la dirección de entrega todavía colgaba del manillar. Y aunque utilizó la luz de su móvil para leerla, adivinó de antemano quién era la destinataria del envío.

La temperatura había descendido tanto que Boni Artaraz apenas se aventuraba fuera del Land Rover. Desde allí, con ayuda de unos prismáticos de visión nocturna, seguía el tránsito de los vehículos policiales atento a cada llamada, cada alerta y cada aviso interceptado por su receptor. Avisos que presentaban un panorama más negro a cada momento.

Se hablaba de cadáveres enterrados en cal viva. De antropólogos forenses. De sanitarios y de refuerzos.

Hacía tiempo que ningún cuatro por cuatro iluminaba el sendero con sus faros. Más abajo, en torno al caserío de los portugueses, todo era oscuridad. Los técnicos que habían pasado casi toda la tarde rastreando la casa y sus alrededores terminaron mucho antes. Algunos descendieron valle abajo, atravesaron Ranero y se perdieron entre la niebla que resbalaba desde las cimas. Otros, la mayoría, ascendieron en busca de la pista que conducía al lugar donde, de algún modo que Artaraz no acertaba a comprender, se amontonaban esqueletos femeninos.

No obstante, de entre las dudas que el paso del tiempo no hacía más que aumentar, la presencia del cubano era la que le volvía loco. Un cubano al que no se mencionaba en ninguno de los mensajes interceptados por su equipo. El mismo que el día anterior se pasó por su despacho preguntando por mujeres desaparecidas y tráfico de drogas.

Tráfico de drogas cuya existencia debía seguir siendo un secreto.

Mujeres que empezaban a aparecer emparedadas en cal y olvido.

El fantasma de su esposa tenía razón. Había pagado con creces los favores de Peseta.

—¿Una cortacésped?

Osmany asintió mientras, con la cabeza por fuera de la ventanilla, vigilaba que Rutherford no se saliera del sendero al retroceder en dirección a la carretera.

—Eso es. Le robó la segadora. La licenciada debía guardarla en el garaje. No sé cómo pudo entrar. La cosa es que se la llevó y, al cerrar, manchó de harina el interruptor.

—Entonces ¿descartamos que la secuestrara?

El coche salió al asfalto, giró sobre sí mismo y, esta vez sin prisa, retomó el camino de Concha. El silencio duró todavía unos minutos, el tiempo que tardaron en dejar atrás el caserío de Ibon Garay y la niebla que resbalaba ladera abajo.

—Sí. Comprobé que allá no había nadie. Solo la segadora. No sería tan tonto de inculparse de esa forma. Y sin embargo… —alzó la mirada al techo y dejó escapar un suspiro de desaliento—, ¡cuadraba tan bien!

Ya en Concha, Rutte detuvo el monovolumen junto a un pequeño triángulo rodeado de edificios bajos y alargados, una mezcla de cruce y plaza arbolada coronada por un tobogán y unos columpios.

—Lo importante ahora es dar aviso. Esperar tanto ha sido una irresponsabilidad.

Arechabala no dijo nada mientras la *ertzaina* buscaba en la agenda y marcaba el número del subcomisario. Tenía razón. Jugar a detectives solo había servido para demorar el inicio de la búsqueda, para regalar al criminal un tiempo que la Ertzaintza debería recuperar.

Rutherford colgó con un bufido.

—Sin cobertura. Quería hablar directamente con Laiseka, pero va a ser imposible. Tendré que informar a comisaría.

Osmany la dejó discutiendo a través del auricular y bajó del coche. La humedad se podía palpar, pero no llovía. Se recostó en la carrocería, sin importarle el agua que oscurecía el faldón de la guerrera, y cerró los ojos. La sensación de haber fracasado, de haber abandonado a su suerte a Agurtzane Loizaga, era más poderosa que cualquier otra consideración.

Rutherford salió del vehículo y le palmeó el hombro con la camaradería de quienes comparten frustración.

—Me ha costado un montón explicarles todo a los que se han quedado en Balmaseda. Pero me han prometido que van a contactar con Laiseka para que me llame en cuanto pueda. Venga, te invito a un pincho. Me muero de hambre.

Siguiendo la colorida estela del chubasquero de Rutte, entró en el bar frente al que habían estacionado. Era un local oscuro, lleno de mesas vacías y pósteres del Athletic disimulando los lamparones de las paredes. El camarero, un individuo de unos cuarenta años y el triple de kilos, les dedicó un hosco saludo mientras se echaba al hombro el trapo con el que secaba los vasos. Pidieron dos cafés, dos raciones de una tortilla reseca que debía de llevar ahí desde la mañana, y tomaron asiento en los taburetes que flanqueaban la barra. Seguían en silencio, Rutte tecleando en el móvil un mensaje para su marido, Osmany rendido a la evidencia de que el secuestrador podría ser cualquiera de las miles de personas que vivían y trabajaban en torno a la comarca. Llegaron los cafés y las tortillas recalentadas al microondas, y solo fue capaz de lanzarles un vistazo de desgana. No recordaba cuánto tiempo llevaba sin comer. Sin embargo, no tenía hambre.

—¿Conoces a Garay, el de la panadería? —Alzó la cabeza al escuchar la voz de Rutherford—. Lo estaba buscando.

—Todo el mundo conoce a Gari. —El camarero pasó el trapo por la barra, anegando el ambiente de un denso olor a suciedad, y lo devolvió al refugio de su hombro—. Pero hoy no lo encontrarás por aquí. Se casa uno de la cuadrilla y han organizado la despedida en Balmaseda. Ya sabes. Comida en Ribota, bajar a la villa y fiesta hasta que cierren los bares. Mañana el pan nos lo traerá otro, que a Gari las resacas cada día le duran más.

—Los años no pasan en balde.

Sin nada más que añadir, la agente se concentró en saciar el hambre con aquella masa de patata deshecha que, sorprendentemente, tenía mucho mejor sabor que apariencia. Terminó, vació los restos del café, y entonces se dio cuenta de que Osmany, con la mirada fija en un punto de la pared, no había tocado el pincho ni la bebida.

—¿Qué te pasa?

Por toda respuesta, extendió un dedo y señaló una fotografía que, enmarcada y estratégicamente situada, destacaba entre los pósteres del equipo de fútbol.

—¿Te suena eso?

No había visto jamás aquella imagen, pero la reconoció al instante. Casi una veintena de hombres ataviados con culotes de ciclista y camisetas del Athletic que desbordaban sus barrigas posaban acuclillados frente a la cámara. Reconoció a varios vecinos de Balmaseda, incluido Ricardo Etxebarria. Una fortaleza erizada de tejados cónicos les vigilaba desde la distancia. Había bicicletas esparcidas por el suelo, recostadas contra el tronco del único árbol visible y sujetas a la baca de la furgoneta aparcada junto a ellas.

—El castillo de Drácula.

—Un viaje de la hostia. —El barman se situó frente a ellos y se giró para observar el cuadro—. Yo soy ese de ahí. —Se trataba de una precisión innecesaria, porque le delataban su tamaño y el tono bermellón de los mofletes—. La putada fue que perdimos. Lo organizaron para la final de la Europa League, ¿sabíais?

—Tuvo que ser una paliza.

—Hombre, sí. Sobre todo para los que no estamos hechos para el ciclismo. Pero peor habría sido ir en coche. Mi cuñado fue en autobús por ahorrarse algo de pasta y dice que fue la experiencia más jodida de su vida.

—Entonces —Osmany tomó un trago de café frío sin separar la vista del retrato— vosotros fuisteis en avión.

—Sí, señor. Como putos reyes.

—Y las bicis y la furgoneta de asistencia las alquilasteis en Rumanía, ¿no?

—Para nada. —Un anciano encogido bajo un desproporcionado impermeable verde se acercaba renqueando, y el camarero comenzó a buscar entre las botellas sin dejar de hablar del que seguramente fuera uno de sus temas favoritos—: Son de la agencia que organizó el viaje, unos tíos de Balmaseda que se lo montan de puta madre. Uno fue con nosotros en avión y el otro se pegó la paliza con el material.

—¿Recuerdas quién llevó las bicis?

El camarero se encogió de hombros sin detenerse a pensar en la respuesta.

—Pues no. A la ida nos acompañó uno y a la vuelta, el otro.

Fue suficiente. Dejó un billete sobre la barra, tomó a Rutte del brazo y, sin esperar el cambio, la arrastró de regreso a la calle, al monovolumen y a la urgencia.

—¿Qué pasa?

—Creo que lo tengo. —Cerró la puerta de golpe y esperó a que la agente arrancara antes de dar rienda suelta a su impaciencia—. Vuelve por donde hemos venido. Si tengo razón, hay que hablar con Laiseka lo antes posible.

—¿Me quieres explicar de qué va todo esto?

—Claro, claro. Verás, llevo todo el tiempo preguntándome si, en el caso de que exista un imitador, la licenciada es su primera víctima.

—No. —Rutherford redujo para cruzar el puente, dejó atrás el ayuntamiento y tomó el camino de Ambasaguas—. La chica de Trucios. La peruana. Fue un intento de secuestro muy torpe. No tuvo nada que ver con las desapariciones anteriores. Fíjate en las molestias que se tomó con la portuguesa. Pero lo de Trucios fue una chapuza.

—Cierto. Y con la licenciada pasó lo mismo. Al imitador no le importa que se sepa lo sucedido. Está convencido de que irán a por Etxebarria. Quizá incluso tenga pensado delatarlo él mismo.

—No se me ocurre ninguna otra.

—Yo creo que la primera fue la rumana, la chica que quería volverse a su país.

—No sé. La investigación determinó que se fue por voluntad propia.

—No. —A Rutherford le sorprendió la vehemencia con la que el cubano rechazaba las conclusiones policiales—. Lo que dijo la investigación fue que se la vio haciendo dedo. Nada más. Pasaron los datos a Rumanía y dieron carpetazo al asunto.

—Pero que los testigos la vieran haciendo autostop demuestra que no la secuestró nadie.

—No, qué va. Demuestra que no la raptaron en su casa. Escucha. —Alzó la mano para frenar la protesta de la agente—. Ella quería regresar con su novio. Aprovechó que vuestro equipo de fútbol jugaba una final en Bucarest, se fugó y se puso a hacer dedo en la autopista. —Rutte mostró su conformidad—. Imagina ahora qué habría pasado si se tropieza con el imitador. Un imitador que todavía no lo es. Solo es un amigo de Ricardo Etxebarria, alguien a quien, en alguna borrachera que quizá ni recuerde, le contó más de lo debido. Lleva soñando con ello desde entonces. Es una chica joven. Sola. Subirá voluntariamente a su furgoneta. Improvisó. Tendrá tiempo para hacer lo que quiera antes de llegar a Rumanía, y todo un continente para deshacerse del cadáver. Es perfecto. Solo debe asegurarse de que nadie le ve en el momento de recogerla. No corrió ningún riesgo. Y le gustó. Debió gustarle. Por eso quiere repetirlo. Pero tiene que esperar a que Dólar vuelva a Balmaseda. Probablemente sepa lo de la fosa de Ranero, porque ese es su seguro de vida. Se llevará a otra, hará con ella lo que quiera y, cuando se denuncie su desaparición, guiará a la Ertzaintza hasta allí. O les dará las pistas necesarias para que lleguen ellos solos. Quizá incluso tuviera planeado arrojar el cuerpo al mismo sitio. Todos irán a por Dólar.

Rutherford aspiró hondo antes de responder.

—La fotografía.

—Exacto. Ya oí hablar de ese viaje, pero nunca supe que se llevaron la furgoneta desde aquí. ¿La viste? —Rutte asintió mientras, sin éxito, trataba de dejar atrás a un pequeño camión de reparto—. Es muy alta. Lleva un portaequipaje en el techo. Y la condujo una sola persona.

Señalizó y se lanzó a adelantar casi sobre las vías, pocos metros antes de alcanzar el cruce. Las palabras del cubano comenzaban a abrirse camino entre sus dudas, pero no llegaba a aprehenderse por completo de la imagen que intentaba describir.

—Pero, entonces, ¿dónde la tiene? Un terrateniente como Etxebarria puede esconderse casi donde quiera, pero estos dos no nadan precisamente en la abundancia. ¿Usará la furgoneta?

—Creo que no. Acá, gira a la izquierda. —Rutherford le

lanzó una mirada de extrañeza, pero decidió no discutir—. Creo saber dónde encontrarlos.

—¿Dónde?

No tuvo tiempo de responder. Una llamada se filtró por los altavoces, el nombre del subcomisario Laiseka parpadeó en el salpicadero y Rutte se apresuró a responder.

Tenían mucho que contarle antes de que se volviera a perder la cobertura.

53

Desde la ventana del albergue, el pueblo parecía excavado en antracita. La roca oscura de la iglesia y el frontón, el empedrado del suelo y el perfil adusto del viejo campanario eran inmunes a los tímidos destellos de la luna. Las montañas que cercaban el valle se cubrían de una espesa capa de nieve y la brisa congelaba los charcos de las esquinas, los vidrios de los vehículos y los labios de quienes, como él, permanecían absortos en la calma de aquella esquina pirenaica, un rincón de paz roto solo por los esporádicos gañidos de cuatro borrachos descarriados. Tenía frío. Mucho frío. Pero no cambiaría por nada aquel momento.

Por eso fue incapaz de contener una maldición cuando el móvil comenzó a vibrar en su bolsillo. No conocía el número, así que estuvo a punto de desconectarlo para retomar la simple contemplación de una villa anclada en el Medievo. Sin embargo, se resignó a contestar.

—¿Andoni Beraza? Buenas noches. Soy el subcomisario Laiseka, de la comisaría de la Ertzaintza de Balmaseda.

—¿Ha pasado algo?

—No, no se preocupe. Se trata de unas comprobaciones rutinarias sobre un tema bastante antiguo.

—¿A las diez de la noche de un viernes?

Desde la puerta de la decrépita nave de Ranero, en cuyo

interior una legión de *ertzainas* recopilaba pruebas mientras él escoltaba a quienes, excavando el pozo con manos y pinceles, anunciaban el hallazgo del cuarto cadáver, Laiseka frunció el ceño y apretó los dientes. Estaba cansado. Estaba furioso, frustrado y congelado. Lo último que necesitaba era hablar con un listillo.

—Es antiguo, pero importante. ¿Puede limitarse a responder a mis preguntas, señor Beraza?

—Sí, sí, claro. Disculpa. Y, oye, llámame Beltza. Hace siglos que nadie me llama por mi apellido.

—De acuerdo. —El subcomisario se permitió una sonrisa que Beltza supo interpretar en el cambio de tono—. Lo primero, pedirte disculpas por la hora. ¿Puedes hablar?

—Sí, tranquilo. Estaba a punto de acostarme. Mañana madrugamos para iniciar una travesía con raquetas, y hay que descansar.

—¡Ah! Entonces no estás en Balmaseda.

—No, qué va. Estamos en Isaba. Hemos organizado una travesía por los Pirineos para el fin de semana. Me pillas en el albergue con quince tíos de más de treinta tacos que no paran de portarse como críos.

—Tú con quince tíos. —Laiseka aspiró profundamente antes de seguir hablando. Por increíble que pudiera parecer, las piezas comenzaban a encajar allí donde el cubano había dicho que encajarían—. Entonces, Ordoki no está con vosotros.

—No. Se ha tenido que volver. Hemos venido los dos para traer a la peña en dos furgonetas, pero teníamos otro compromiso para esta noche, así que nos hemos desdoblado. Yo llevo al grupo a hacer marcha y él se ocupa de la otra historia. El domingo le toca venir otra vez para devolver a estos gandules al pueblo. Es una paliza, pero...

Laiseka cerró los ojos y se frotó los párpados con el pulgar de la mano libre. Nada más colgar a Rutherford, el subcomisario había llamado a Peio Zabalbeitia. El personal que se afanaba en torno al pozo de Ranero era imprescindible allí, de modo que, a pesar de lo sucedido aquella mañana, recurrió a su viejo amigo para cotejar la hipótesis de la agente. Para su sorpresa, al oficial le pareció factible tanto la teoría de un imitador como la posibilidad de que comenzara su macabra carrera con la rumana. Y, entre ambos sospechosos, no dudó en señalar directamente a Ordoki.

—No sabría explicártelo, pero creo que la vieja de Trucios, la jefa de la peruana, sospechaba de su vecino —le había dicho.

—¡Pero si fue ella la que empezó con la lista de desaparecidas!

—Sí, pero ayer me dejó una nota. Por lo visto, había cambiado de opinión. Bueno, algo así. El caso es que cuando he ido esta mañana, había muerto. La peruana se la ha cargado.

—¿Qué?

—Tienes el informe en mi mesa. Y a la tipa en una celda. Déjame hablar de una puta vez. Creo que sospechaba de su vecino, uno retrasado, gordito y bajo. Juraría que, de algún modo, ella llegó a ver al agresor. Por eso disparó al aire. Que entonces fuera incapaz de describirlo no significa que, con el tiempo, no fuera atando cabos.

Si las sospechas de Peio eran correctas, aquella descripción exculpaba a Beltza y a Ricardo Etxebarria, ambos altos y delgados. Pero no a Ordoki.

El subcomisario retomó la conversación con Beltza.

—Entonces, tu socio estará en casa, ¿no? También necesito hablar con él.

Beltza sopesó la posibilidad de salir a la calle, dejarse envolver por el febrero pirenaico y buscar una taberna donde tomar un carajillo antes de regresar en busca de su catre y su cuarto compartido. Decidió que lo haría apenas colgara.

—No. Es que nos han llamado del Karpin. Por lo visto, no tienen a nadie para la guardia de este fin de semana. Somos voluntarios del patronato, así que suelen tirar de nosotros. Este finde nos venía de pena, pero no queremos decirles que no a nada, a ver si así nos permiten organizar algo en el parque.

No. Ese fin de semana no les venía tan mal como pensaba Beltza. Laiseka estaba seguro de que le bastaría otra llamada para confirmar que no fue el patronato de la Reserva de Vida Salvaje quien llamó a Ordoki, sino justamente lo contrario. Hasta en eso tenía razón el cubano.

—De acuerdo. —Su voz era más ronca de lo normal. Y lo siguió siendo a pesar de carraspear un par de veces—. Verás, quería preguntarte si conducías tú cuando fuisteis a Rumanía para la final de la Europa League.

—No. A la ida fue Ordoki. A mí me tocó volver. ¿Por qué?

Todo encajaba. Cada pieza de aquel puzle absurdo ocupaba su lugar con la precisión de una ciencia exacta.

—Por nada. ¿De qué furgoneta se trata?

—Una Transit Jumbo de color negro.

—¿Con baca?

—Pues sí.

—¿La tienes ahí?

—No. Yo me he quedado la nueva. Ordoki se ha vuelto con la Transit. ¿Me puedes decir qué coño pasa?

—No, no puedo. Pero sí puedo ordenarte que apagues el móvil y no llames a nadie esta noche, ¿está claro? Si descubro que has pegado un toque a tu colega, me encargaré de que te caigan unos cuantos años por obstrucción a la justicia.

Cuando el subcomisario colgó, y un silencio más intenso que el de la aldea comenzó a filtrarse por la línea, Beltza desconectó el móvil, buscó el chubasquero de goretex y salió al frío de la noche sabiendo de antemano que, dijeran lo que dijesen sus clientes, al amanecer no estaría en condiciones de guiar la marcha.

No pensaba limitarse a un carajillo.

Izaro cerró los ojos y sacudió la cabeza de un lado a otro.

Aquello no tenía sentido.

Se trataba de un artículo viejo, muy viejo, sobre la denuncia contra una ikastola por homenajear a dos etarras, uno de ellos muerto en la cárcel, el otro fallecido años antes. Izaro amplió la imagen en busca de algo que pudiera explicar la urgencia de su madre, pero no encontró nada. El periodista recogía las justificaciones del director del centro y las acusaciones del Gobierno Civil y una asociación de víctimas, para terminar con una breve descripción de la actividad del comando y su desarticulación por parte de la Guardia Civil. Datos referentes a los años ochenta que no deberían haber provocado la mirada de asombro de Nekane Gordobil un segundo antes de que Jero se abalanzara sobre ellas. Sus manos comenzaron a temblar y se obligó a asir el móvil con más fuerza. A través de la ventana, la silueta de su padre, recortada bajo el sirimiri, bastó para recordarle su culpa y su condena. Cerró los ojos y una lágrima se deslizó entre los párpados. En vez de consolar a su hija, Lluís prefería arriesgarse a un resfriado aquella noche de termómetros bajo cero. Contuvo el llanto y regresó a la noticia. Un grupo de greñudos adolescentes posaban para la fotografía que ilustraba la crónica. En la parte central, un círculo identificaba a los terroristas, muertos y enterrados a pesar de la insultante vitalidad con que se enfrentaban a la cámara. Jóvenes que arruinaron su vida, y la de otros, por una decisión equivocada.

Como ella.

Tratando de no pensar, abrió la agenda del teléfono y pasó un dedo por la lista de contactos. Encontró un Osmany Arechabala. Se preguntó quién era ese desconocido cuyo número se codeaba con los de amigos y familiares. No importaba. Solo importaba la mano de su madre aferrando su brazo, la expresión incrédula de su rostro en el momento en que, en un gesto que le salvó la vida, le gritó que tenía que avisar a Osmany.

Si tenía que avisar a Osmany, lo haría.

Acababa de mandar el mensaje con el enlace a la noticia cuando por los altavoces solicitaron la presencia de los allegados de Nekane Gordobil.

Se le erizó la piel al pensar que era demasiado pronto.

Por lo que pudo ver , el Karpin era una amplia ladera rodeada de un muro de piedra cuya altura no constituía ningún obstáculo. Aunque la puerta de acceso parecía inexpugnable, los laterales apenas superaban los dos metros, nada que no pudiera saltar usando como escalera la carrocería del monovolumen.

Con el motor apagado y la impaciencia mal contenida, se resignaron a esperar. Era una orden. Tras emplear el poco tiempo de trayecto en atropelladas explicaciones al subcomisario Laiseka, este les prohibió de forma tajante acceder al Karpin. En un cuarto de hora como máximo, afirmó con la voz enronquecida, estarían allí. De modo que permanecieron al abrigo del Voyager sin dejar de otear por la ventanilla en busca de las luces de los *ertzainas*.

—Ya no hay dudas sobre Dólar.

Arechabala asintió mientras medía la tapia con la mirada. A lo largo de la conversación, Laiseka les confirmó que Marilia Almeida había identificado al hombre que la secuestró, violó y torturó. Era Ricardo Etxebarria, el hijo del

379

patrón, que cada invierno enviaba a su marido Manuel a trabajar lo más lejos posible. Era él quien coleccionaba cadáveres en el pozo de su finca, cuerpos desgarrados, exprimidos hasta el límite, sepultados bajo capas de cal viva. Cuerpos de mujeres que nadie buscaría.

—¿A cuántas habrá asesinado?

—No lo sé, pero apostaría que algunas más de las que pensamos.

Rutherford recordó el agujero en cuyo fondo los técnicos se afanaban con delicadeza de pianista, y se cerró el anorak en torno a la garganta. Seguía lloviendo, y el ruido de las gotas al reventar contra el techo evocaba relatos devorados en la niñez, textos repletos de ataúdes de tapas desgarradas por dentro, esqueletos con el horror impreso en las cuencas vacías de los ojos.

—¿Y el imitador? ¿A cuántas habrá matado el imitador?

—A una, de momento. La chica rumana debió de ser la primera.

—No. Tiene que haber más. La hija de tu amigo, por ejemplo.

—Lo dudo. Lleva la firma de Etxebarria. Ninguna huella, ni un solo rastro. Aprovechó que Idania dijo a sus conocidos que se iba a mudar. Así nadie la buscaría. Se llevó su ropa y sus objetos personales. Y no olvides que cuando supo que encontré el pasaporte, vino a visitarme con su papá y un par de pistolas. Eso no es cosa del imitador.

Rutte apoyó el hombro en el respaldo y dedicó unos segundos a estudiar la oscuridad del habitáculo, donde apenas era visible el perfil de Arechabala.

—Entonces, tenemos un problema.

Osmany percibió un cambio en la voz de la agente, como si el cansancio hubiera cedido su lugar, una vez más, al desaliento. Se giró hacia ella y trató de escrutar su rostro en las tinieblas.

—Hace seis años que Dólar no viene a Balmaseda.

—¿Segura?

—Sí. Me lo dijo su padre. No creo que mintiera en algo que cualquier vecino podría saber.

No tuvo tiempo de procesar aquella información. Su mente volaba de regreso a la casa decrépita de Panza, al rumor de pisadas en la nieve, a la presencia extraña de una vieja báscula de precisión en la cocina, cuando el timbre del móvil le avisó de la llegada de un mensaje.

Sonrió al ver el nombre de la remitente.

El subcomisario Laiseka se cerró el chubasquero y dio la espalda a los expertos que no dejaban de extraer huesos del pozo. Tal vez se tratara de cansancio, quizá de la incapacidad de su cerebro para asimilar el aluvión de cadáveres que literalmente brotaban de la tierra, pero sentía que no lograba razonar con claridad. Necesitaba dormir, volver a casa, alejar a sus neuronas del horror de aquella sima. Algo que no podía permitirse.

No dijo a nadie adónde iba. Al volante de uno de los Patrol que custodiaban el pabellón, afrontó el lodo del sendero consciente de que, aunque quisiera, no podía ignorar las palabras de Rutherford. Aunque fueran, en esencia, una locura.

Una locura que la conversación con Beltza se empeñaba en confirmar.

Resbalando sobre las huellas labradas por el continuo tráfico de vehículos policiales, alcanzó el asfalto en el momento en que minúsculos copos de nieve comenzaban a estrellarse contra los cristales, confirmó por radio que Zabalbeitia no tardaría en llegar y aceleró en dirección al Karpin.

Bonifacio Artaraz estaba a punto de abandonar cuando una conversación captada a través de la radio le hizo cambiar de opinión. Reconoció al subcomisario y a Peio Zabalbeitia, los dos *ertzainas* que, según Peseta, trataban de involucrar a su hijo en delitos que ya no parecían ficticios. Mencionaron a la agente pelirroja que acompañaba al cubano, a una mujer que vivía sola en el puerto de La Escrita y a los propietarios de una empresa de deportes de aventura que conocía. Demasiadas lagunas, demasiadas referencias a puntos que ambos policías daban por sabidos, le impidieron comprender el mensaje en su totalidad. Pero no se resignó a dejarlo pasar.

Un Patrol de la Ertzaintza apareció traqueteando por el sendero. Boni confirmó que se trataba de Laiseka, esperó a que la oscuridad se tragara el brillo de sus luces traseras y, sin prisa, se dispuso a seguirlo.

Al fin y al cabo, ya sabía adónde iba.

El mensaje no contenía texto. Solo un enlace que Arechabala pulsó con la mente en la última frase de Rutherford. Línea a línea, como si las limitaciones de la red le hicieran caminar a trompicones, un artículo de prensa comenzó a dibujarse en la pantalla. A duras penas consiguió entender que la noticia, fechada en 1996, hacía referencia a la denuncia interpuesta por una asociación de víctimas del terrorismo por un homenaje a dos miembros de ETA, una crónica sin ninguna relación con la búsqueda de Idania Valenzuela. Siguió leyendo, seguro de que pronto recibiría un segundo mensaje pidiendo disculpas por el lapsus, hasta que tropezó con la frase que le hizo erguirse en el asiento.

En el momento de su desarticulación, el comando estaba listo para actuar. Tenía incluso una lista con las direcciones de dos agentes de la Policía Nacional y un supuesto narcotraficante de Balmaseda.

Separó la vista de la pantalla, confirmó que Rutte permanecía atenta a la ventanilla contraria y se tomó un segundo para recapacitar. A pesar de sus problemas personales, Nekane Gordobil había seguido investigando. Y lo había hecho por la senda marcada por Osmany antes de que las víctimas comenzaran a brotar del seno de la tierra. El supuesto narcotraficante de Balmaseda tenía que ser Panza. Regresó a la imagen ampliada de aquella crónica de diecinueve años atrás y se centró en la fotografía que la ilustraba. Se trataba de la primera promoción de estudiantes de la ikastola organizadora del homenaje. Los etarras, cuyos nombres no le dijeron nada, posaban juntos, enmarcados en un círculo más acusador que informativo. Osmany los estudió sin llegar a ninguna conclusión. Dos críos de dieciséis años, vaqueros y camisetas reivindicativas, pañuelos palestinos al cuello, la insolencia tan marcada en las pupilas que la cámara la reflejaba con nitidez. Eran iguales a los demás, idénticos a las chicas acuclilladas en primera fila, a los chavales de mentones alzados y brazos en jarras, al muchacho que, confiadamente, apoyaba su brazo en el hombro de uno de los futuros terroristas, un joven a quien, a pesar de la frondosa melena que enmarcaba su rostro sonriente, no tardó en reconocer.

Peio Zabalbeitia.

54

La nieve sorprendió al coche patrulla del oficial Zabalbeitia cerca de la cima de La Escrita. Con las sirenas barriendo de azules la calzada, adelantó al camión de la basura y
pasó a toda velocidad el cartel del puerto. Aunque no llevaba encendida la calefacción, amplios cercos de sudor
teñían de oscuro las axilas de su uniforme. Conocía la sensación. Era el nerviosismo de la caza, el momento previo a
enfrentarse a un enemigo a quien reducir con las armas en
la mano.

No importaban las dudas de Laiseka. Si la catedrática
había desaparecido después de la fuga de Dólar, tenía
que tratarse de otra persona. Recordó la torpeza del agresor de Heydi Huamán. Recordó la cobardía del acosador
denunciado por Agurtzane Loizaga, que huyó de Ilbeltza en cuanto se supo descubierto. Ese no podía ser Etxebarria.

La segunda llamada del subcomisario le sorprendió a la
salida de comisaría, donde acababa de dejar un cepillo con
cabello de la chica de Galdames. Y todo se aceleró. Zabalbeitia corrió a su apartamento, ese refugio desangelado que
nunca quiso vender, rebuscó en la caja fuerte camuflada
junto al mueble bar y, tras unos segundos de duda, rechazó
la Glock y se decantó por la Sig Sauer. Con ella escondida

en la parte trasera del pantalón, regresó al vehículo y salió de Balmaseda camino del Karpin.

Ahora, mientras descendía La Escrita, el recuerdo de ese cubano empeñado en descubrir lo sucedido con la mujer de Panza alimentaba sus nervios y su urgencia. De lo contado por Laiseka, dedujo que Arechabala estaba en el Karpin, donde, si sus sospechas eran ciertas, tendría lugar una operación policial contra un peligroso secuestrador. Una operación policial durante la que algún disparo fortuito podría provocar una víctima inocente.

Víctima «colateral». Ese fue el término empleado por Somoza en cuanto Zabalbeitia le puso al corriente de lo que sucedía. Víctima «colateral». Un eufemismo para calificar a personas que nada importan, humanos insignificantes, inservibles, en el gran teatro de la guerra. «El negro ese podría ser la víctima colateral de un tiroteo, ¿no te parece?».

Somoza. Su tono rudo, siempre despectivo, le devolvió a los postreros años ochenta, a la heroína circulando por el pueblo, al descaro de los camellos, a los jóvenes que se arrastraban por las calles mendigando una dosis, a la rabia y a la impotencia.

A la habitación cerrada.

Zabalbeitia tenía entonces veintinueve años, apenas un aprendiz incapaz de comprender la magnitud de lo que sucedía delante de sus narices. Él, como otros muchos, ingresó en la Ertzaintza convencido de estar construyendo la policía del futuro Estado vasco. A su espalda dejó una adolescencia marcada por cientos de manifestaciones, decenas de encontronazos a pedradas con la Policía Armada y la Guardia Civil, y la convicción, labrada en asambleas, en tabernas saturadas de humo y *kalimotxo*, de que la independencia solo sería posible si el nacionalismo contaba con un cuerpo policial sin nexos con la dictadura franquista ni el gobierno de Madrid.

Otros, incluidos sus dos mejores amigos, prefirieron integrarse en ETA.

A pie de puerto se vio obligado a reducir antes de adelantar a una furgoneta que jadeaba bajo la endeble nevada. Fue un movimiento mecánico de sus piernas, de la mano que manejaba la palanca de cambios. Peio Zabalbeitia estaba lejos, a muchos años de distancia, confirmando con una sonrisa de desprecio que entonces, en el endogámico entorno donde se movía, ambas opciones parecían aceptables.

Fue a ellos, a sus dos mejores amigos, a quienes pasó los datos de Panza.

El motor rugió cuando, rebasadas las casas de El Callejo, metió la segunda para girar en dirección a Biañez y el Karpin. Pero los fantasmas de bruma que se desfiguraban frente a los faros del vehículo eran incapaces de atraer su atención, centrada en la estupidez que marcó su vida y su carrera: el momento en que, harto de la inacción de la Guardia Civil, cansado de que la Ertzaintza no pudiera actuar contra los traficantes, compartió sus sospechas con dos terroristas.

Ni siquiera fue consciente de cuándo fueron a buscarlo. Despertó en la habitación cerrada que poblaría sus pesadillas durante muchos años. Desnudo, aterido de frío y de terror, encadenado a una silla anclada al suelo, lloró y pidió clemencia el tiempo que duró su tortura, una clemencia que, estaba seguro, no iban a concederle. Porque su secuestrador en ningún momento se molestó en ocultarse.

Salvador Somoza, sargento de la Guardia Civil, se presentó así, con su nombre y rango. Era, por supuesto, innecesario. Todos en Balmaseda sabían quién era el sargento. También sobró la puesta en escena, la forma en que le explicó, con todo lujo de detalles, cómo le avisaron sus compañeros de Vitoria de que el comando recién desarticulado planeaba atentar en Balmaseda. Y la sonrisa que desfiguró su rostro al añadir que le permitieron visitar en el hospital al etarra herido, fallecido poco después de delatar a Zabalbeitia. No. Peio no estaba detenido. Aquello no era una celda. Y el encapuchado que, siguiendo las instrucciones del sargento, se dedicó a teñir de morado cada palmo de su piel no era un abogado de oficio. Por mucho que gimiera, por mucho que llorara, el joven agente de la Ertzaintza, el ingenuo colaborador de una organización terrorista, estaba seguro de que jamás saldría vivo de allí.

Y, sin embargo, salió. Solo tuvo que vender su alma a cambio de su vida. El mismo agente de policía que, harto de la impunidad de los narcotraficantes, planeó el asesinato de un triste camello, aceptó integrarse en el grupo de Salvador Somoza, una banda pequeña, pero muy activa, que llevaba años regando de polvo blanco y miradas vacías los alrededores de Balmaseda. Pronto comprendió que ni patrias, ni independencias, ni seguridad ciudadana, ni juramentos de fidelidad podían competir con un negocio tan lucrativo y con tan pocos riesgos. Un negocio que ahora no iba a sacar a la luz un negro metomentodo.

Somoza insistió en ello. En el tono bajo, levemente lastimero, de quien habla con la nariz rota, le recordó que el peligro no había pasado. Las pruebas de ADN confirmarían que Idania Valenzuela no se encontraba entre las víctimas que llenaban el pozo de Ranero. Y si el cubano seguía molestando con la evidencia de aquel pasaporte que ellos no supieron encontrar, algún juez hastiado de la rutina podría ordenar remover la tierra en torno a la vivienda. Algo que no pensaba permitir.

El coche derrapó sobre la nieve del arcén, pero Zabalbeitia no redujo la velocidad a la que trazaba unas curvas cada vez más cerradas sobre la montaña. Estaba cerca, muy cerca, de cerrar de forma definitiva la grieta abierta en el blindaje de la organización por culpa de la ambición de Panza, y aunque no tenía claro cómo hacerlo, pensaba aprovechar su oportunidad.

Al fin y al cabo, no era difícil que a un policía se le escapase un disparo a destiempo.

Cualquier juez lo entendería.

55

La nieve comenzaba a juntar endebles telarañas que no llegaban a cristalizar sobre la luna delantera, y la niebla devoraba los tejados de Biañez, la única aldea visible desde el Karpin. Ninguna luz asomaba por la carretera, ningún ruido rasgaba la calma. A dos kilómetros en línea recta, afloraban de la tierra los esqueletos enterrados durante décadas por un millonario impune. Al otro lado de la larga pared junto a la que se encontraban detenidos, una mujer podría estar siendo vejada y asesinada mientras ellos esperaban a salvo del frío y de la lluvia. Pero en la montaña todo parecía estar en paz. La paz falsa de los muertos.

Arechabala fue incapaz de soportarlo por más tiempo.

—Voy a entrar.

Rutherford le asió de un brazo.

—Ni se te ocurra. Se trata de una orden directa de un mando de la Ertzaintza. Y puede ser peligroso.

Osmany se desprendió de su mano y abrió la puerta del monovolumen.

—Tranquila, compañera. No puedo quedarme acá, sin hacer nada, mientras ahí dentro están violando a una mujer. Por cierto, no será la primera vez que desobedezca la orden de un mando. Ni la segunda —añadió antes de bajarse y cerrar la puerta sin hacer ruido.

A pesar de la insistencia con que una vocecita repetía en su cerebro que aquello era un error, Rutte accedió a acercar el coche a la parte más accesible de la pared. Cada minuto perdido era otro minuto de tortura para Loizaga. Recordó la Sig Sauer, lo sucedido en Pandozales, que el cubano le describió con una sencillez aterradora, y consiguió que aquella voz hablara un poco más bajo. De modo que se limitó a seguirlo con la mirada mientras, desde el techo del Voyager, trepaba al muro y desaparecía al otro lado. Y contemplando la oscuridad dejada por su marcha, se encontró repitiéndose la pregunta que no dejaba de importunarla: si Dólar estaba en Phoenix cuando secuestraron a Idania Valenzuela, ¿por qué actuó el imitador?

Debido a la acusada pendiente de la ladera, hacia el interior del parque la altura del muro era mucho menor. Osmany aterrizó sobre el césped sin más ruido que un leve chapoteo. A duras penas fue capaz de distinguir entre las sombras el perfil de una barandilla y el largo cuello de una farola dormida. Solo entonces se planteó la posibilidad de que hubiera algún sistema de alarma, quizá incluso cámaras grabando a los intrusos, pero la desechó al momento. Caso de existir, el imitador las habría desconectado para no dejar huellas de su hazaña. Con la respiración contenida, prestó atención a los sonidos de la noche, al chirrido de los grillos, al aleteo de las hojas de los árboles y al rumor imperceptible de la nieve al reventar en su cabello. Y escuchó los pasos que, lentos, cautelosos, se aproximaban protegidos por las tinieblas. Maldiciendo sin palabras, se acuclilló contra la pared, preparó la pistola y esperó que la silueta del intruso emergiera de entre las sombras. Algo salpicó muy cerca de su posición, y el perfil de un ciervo de gran tamaño se recortó, negro sobre negro, en la pantalla de la noche. Bajó el arma, dejó escapar la tensión con un suspiro, y el animal, asustado, se giró para huir al galope, el eco de sus pezuñas repicando en todas direcciones. Osmany aprovechó para abandonar el cercado y salir al camino que trepaba por la ladera.

A su espalda quedaba la caseta donde se comprimían la taquilla y la tienda de souvenirs. No había vehículos a la vista. Según Rutherford, el parque estaba salpicado de edificios: centro de interpretación, taberna, almacenes, sanatorio de animales heridos y, destacando sobre todos, la mansión abandonada que se hizo construir el primer dueño de la finca. Podían encontrarse en cualquiera. Pero no necesitaría registrarlos uno a uno. Solo el que tuviera una furgoneta estacionada a su lado.

Recorrió el primer tramo, una recta en ascenso continuo, mimetizado en una oscuridad que le traicionaría con la misma facilidad con que le camuflaba. Avanzó midiendo cada paso, incapaz de perforar la niebla más allá del radio de sus brazos, usando el tacto y el olfato como sucedáneos torpes de la vista. Pero no percibía más olor que el de los animales que dormían en los corrales alineados al camino.

Algo fallaba. Rutherford no sabría definir la razón de su desasosiego, pero estaba segura de que algo no encajaba en la laboriosa reconstrucción de los crímenes perpetrados por Ricardo Etxebarria y su imitador. Y ese algo se llamaba Idania Valenzuela.

Arechabala tenía razón: su desaparición no cuadraba con la torpeza del imitador; un imitador que, estaba segura, no disponía de sicarios armados a su servicio para intentar silenciar a quien encontró su pasaporte.

Y Dólar no pudo raptar a Idania. Estaba en Phoenix.

Cerró los ojos y trató de recordar. Revivió la angustia de Osmany cuando, a través del teléfono, le preguntó por la presencia de Idania en la comisaría poco antes de desaparecer. Sin embargo, aquella era una vía muerta. La cubana se limitó a denunciar el robo de su cartera.

Algo fallaba.

Osmany comenzaba a ser consciente de su error, de la imposibilidad de encontrar a Loizaga en las tinieblas de aquel lugar que ocupaba media montaña, cuando un grito amortiguado se coló por los jirones de la bruma, un grito procedente de algún punto situado a su espalda pero mucho más alto. En silencio, maldijo la oscuridad y su torpeza. O bien el sendero circundaba la ladera en una espiral larga y poco tendida, o bien se había saltado algún desvío. Dudaba entre retroceder en busca del cruce o seguir con la esperanza de toparse con algo que le sirviera de guía, cuando el grito se repitió, más siniestro y agudo. Pero Arechabala se permitió una sonrisa.

Era un rugido. El rugido, largo y perezoso, de un gran felino marcando su territorio.

Siguió caminando a tientas, tropezando en la irregularidad de los adoquines, hasta que la nevada comenzó a amainar y los primeros resuellos del viento trocearon la niebla en largos harapos que flotaban sin rumbo ni destino. Y sus ojos comenzaron a ser capaces de perfilar las siluetas de las farolas, las barandillas y la mansión que, surgida de la nada, se recortaba contra el lienzo de la noche.

Un resplandor enfermizo, tan frágil que estuvo a punto de pasar de largo sin percatarse de su presencia, brotaba de las ventanas del primer piso.

El coche patrulla de Zabalbeitia y el Patrol conducido por Laiseka aparecieron al mismo tiempo por la carretera de

Biañez, distorsionados por una niebla que, al disiparse, dejaba a su espalda una negrura más limpia y oscura. Se detuvieron junto al Chrysler, y Rutherford comprobó sorprendida que venían solos. Aquellos no eran los refuerzos que imaginaba.

—Estamos sobrepasados en Ranero. —Laiseka no perdió el tiempo en explicaciones innecesarias—. No puedo retirar a nadie por una simple corazonada. ¿Por qué estás sola? ¿Y el negro?

La mujer agradeció que la noche camuflara el rubor de sus mejillas.

—Dentro —respondió, encogiéndose de hombros ante el gesto estupefacto de su jefe—. Intenté detenerle, pero no me hizo caso. Dice que es militar y que sabe lo que hace. Además, va armado.

El subcomisario se acercó tanto que le rozó el rostro con el suyo.

—¿Qué significa eso? ¿Por qué va armado?

—No lo sé. Me dijo que tenía una pistola.

Peio Zabalbeitia no reaccionó ante la revelación de su compañera, pero Rutte ni se percató. Tenía a Laiseka tan cerca que podía percibir el calor de su cuerpo y el olor de su aliento. Cohibida, asustada casi, llegó a preguntarse si haber permitido al cubano actuar por su cuenta y riesgo podría ser motivo de sanción. Decidió que no. Aunque, confundidos por la oscuridad, *ertzainas* y soldado podrían enzarzarse en un tiroteo de consecuencias impredecibles.

—Vamos a entrar. —Con un gesto, el subcomisario animó a Zabalbeitia a seguir las huellas impresas en la carrocería del monovolumen antes de dedicar a Rutherford una sonrisa cansada—. Ya veo que intentaste detenerle. ¿O te quitó el coche para usarlo de escalera? Déjalo. —Ella ahogó un amago de protesta y se encogió en el interior del anorak—. Quédate aquí y no te muevas. Imagino que saldremos enseguida.

Rutte los vio desaparecer tras el muro del jardín, dos impermeables rojos abducidos por la noche y, de golpe, el chispazo de lucidez que se le escurrió frente a la casa de Ibon Garay regresó a su mente, más brillante y diáfano.

Nadie robó la cartera de Idania Valenzuela.

Boni Artaraz detuvo el Land Rover a la salida de Biañez, apagó las luces y recurrió a los prismáticos de visión nocturna. Como todos los vecinos de Enkarterri, conocía el Karpin, aunque hacía siglos que no lo visitaba. Que alguien eligiera aquel lugar para esconder a una secuestrada no le pareció descabellado. La presencia allí de la agente pelirroja le sorprendía mucho más. Con ayuda de los binoculares, localizó los vehículos en el momento en que Laiseka y Zabalbeitia saltaban desde el techo del monovolumen para aterrizar en el interior del parque.

La pelirroja seguía de pie junto a los automóviles, caminando de uno a otro lado con aire reflexivo. Le sorprendió comprobar que no vestía de uniforme. Tampoco su coche era oficial. ¿Qué pintaba ahí? ¿Y el cubano? ¿Dónde estaba?

Dejó los gemelos en el salpicadero, palpó el peso del revólver en la sobaquera y se obligó a tomar una decisión. No tenía ninguna prueba, pero la sensación de que aquel individuo apellidado Arechabala podía crearle muchos problemas era demasiado fuerte.

Desenterrar el pasado siempre acarrea problemas.

El viento arreció, agrietando el muro de una niebla todavía asida al tejado de la casa. Arechabala dedicó unos segundos a estudiarla, una sombra gigantesca erguida en mitad de la ladera, una sombra veteada de destellos frágiles que danzaban al ritmo de la brisa. Sin ruido, cruzó la explanada que le separaba del edificio y, pegado a la pared, comenzó a buscar una entrada.

A pesar de la oscuridad, pronto esbozó un plano mental de la gigantesca mansión, vestigio ruinoso de fortunas de otros tiempos y otros continentes. La luz, tan voluble que no era difícil comprender su procedencia, brotaba de la más lejana de las puertas de acceso a un balcón que ocupaba por completo el lateral. Pasó de puntillas por debajo, pendiente de no tropezar con los postes que delimitaban el perímetro a los curiosos, y alcanzó la fachada principal. A duras penas distinguió las escalinatas de acceso, el porche encogido bajo un mirador de cristales rotos y un amplio rectángulo de césped. Cruzada de cualquier manera, invisible para quien pasara por el camino, había una furgoneta. Le dedicó un vistazo fugaz, un segundo para confirmar que estaba vacía y las llaves permanecían en el contacto, acarició el gatillo y ascendió los escalones que lo separaban de la entrada.

La puerta estaba abierta. Ni siquiera necesitó empujarla para acceder a un vestíbulo bosquejado por el resplandor que atravesaba el umbral de la derecha. Pero aquella luz enfermiza le bastó para vislumbrar una figura alta y desgarbada que empuñaba una pistola. Osmany alzó la suya y mantuvo el desafío unos segundos, los pocos que su cerebro necesitó para frenar el empuje del instinto. Por fin, dio la espalda al espejo que coronaba el recibidor y, cuidando de no despertar quejidos de la tarima, se asomó a la habitación iluminada.

Agurtzane Loizaga estaba allí. Desnuda al fondo de un amplio salón sin casi muebles, yacía entre cuatro cirios de iglesia cuya luz animaba las sombras que reptaban por las paredes. A diferencia de Marilia Almeida, no estaba atada, pero su inmovilidad, y las manchas púrpura que veteaban su piel, le hicieron temerse lo peor. Tras ella, repantigado en el taburete de un vetusto piano, Ordoki sujetaba una botella transparente. Vestía una camiseta interior de manga larga, sin pantalones ni calzoncillos. Sus pies descalzos se posaban en la cabeza inerte de la mujer. Sobre el piano descansaba una escopeta.

Arechabala dedicó un momento a estudiar cada palmo del salón: el suelo en torno a la mujer, donde solo pudo distinguir dispersas piezas de ropa, el sofá situado en la esquina contraria y la recia alacena anexa a la puerta, que tapaba con su panza de nogal el lado izquierdo de la estancia. Confirmó que no había nadie más, y en un par de zancadas se plantó en el centro de la habitación encañonando al secuestrador antes de que pudiera separar las manos de la botella.

—Buenas, compay. Ya ves, al final decidí aceptar esa invitación tuya para pasar una noche entre bestias.

La llamada se cortó sin que nadie descolgara. Escuchó cómo los pitidos se perdían en el vacío y dejó escapar un juramento. A diferencia del resto de sus compañeros, Rutherford jamás soltaba un taco. Aquella frase, que su padre habría calificado de blasfema, solo era la confirmación verbalizada de su urgencia. Sabía que estaban en cuadro, que la mayor parte de los agentes se encontraban en torno a la fosa de Ranero, pero no podía concebir que la comisaría de Balmaseda no contestara al teléfono. Exhaló un suspiro de rabia, tragó saliva y volvió a marcar.

La imagen que buscaba desde que comprendió que el caso de Idania Valenzuela no encajaba con los demás se le reveló apenas los uniformes de Laiseka y Zabalbeitia desaparecieron tras el muro del Karpin: la cubana entrando en las dependencias policiales, hurgando en el bolso, sacando la cartera para entregarle el NIE, el documento de identificación de donde tomó los datos necesarios antes de sugerirle que esperara hasta que pudieran atenderla.

Nunca le robaron la cartera.

El informe que consultó el subcomisario cuando se reunió con Gordobil y Arechabala no decía la verdad.

Entonces ¿para qué fue la viuda de Panza a comisaría? ¿Quién la atendió? ¿Quién falseó el motivo de la denuncia?

Descubrirlo era muy sencillo. Bastaba con abrirla.

En ella estaba todo.

—Ertzaintza Balmaseda, buenas noches.

—Soy Rutherford. Necesito un favor.

Siguiendo las indicaciones de Arechabala, Ordoki dejó la botella en el suelo, se llevó las manos a la cabeza y se alejó del piano y la escopeta. La frágil luz de los candiles se reflejaba en la lividez de su rostro. Osmany contuvo el impulso de aplastarlo como se aplasta a los gusanos, a los cobardes incapaces de afrontar las consecuencias de actos perpetrados siempre contra débiles e indefensos. Acarició el gatillo saboreando un placer que no pensaba permitirse. La Ertzaintza no tardaría en llegar.

Sin perderle de vista, se acuclilló junto a Loizaga y deslizó las yemas de los dedos por sus labios y fosas nasales. Confirmó que respiraba, la cubrió con un cortaviento que debía de pertenecer al secuestrador y, exagerando la rabia de cada gesto, acercó el cañón a la frente de Ordoki.

—¡No está muerta! —El grito del violador sonaba a histeria y a terror. Las piernas le temblaban, y su pene y su barriga se balanceaban al acelerado ritmo de sus miedos—. ¡Lo juro! ¡Está viva! Se desmayó enseguida. Pero no le he hecho casi nada.

—Como a Soraya.

—No. Soraya aguantó mucho…

Calló de golpe y desvió la mirada. Una frase repetida una y mil veces por televisión afloró a su mente, incapaz de procesar los pensamientos con acierto: «Tiene derecho a guardar silencio. Cualquier cosa que diga podrá ser usada en su contra». Aquel negro no era policía. No podía ser policía. Pero no tenía sentido contarle lo de la rumana.

Evitando a Agurtzane Loizaga, quien, arropada, parecía dormir, Arechabala se colocó detrás de Ordoki. Interpuso el grueso cuerpo del imitador entre la puerta y el suyo, devolvió al bolsillo la Sig Sauer, rescató del piano la escopeta y asintió satisfecho al confirmar que desde esa posición, protegido por aquel tembloroso escudo humano, dominaba cada esquina del salón. A pesar del patente sigilo con que se movían sobre la tierra encharcada, le resultó sencillo distinguir el sonido de pasos acercándose. Y si lo primero que veían los *ertzainas* era a un negro empuñando un arma, quizá abrieran fuego antes de preguntar.

De hecho, podría jurar que uno de ellos planeaba exactamente eso.

«No vayas».

La frase, tan real que le pareció que el viento la susurraba a sus oídos, la sorprendió cuando apoyaba un pie en el guardabarros del Chrysler.

«No vayas».

Se detuvo. Dejó en suspenso el segundo paso, el que la elevaría hasta la cubierta del motor para, desde ahí, escalar al techo del vehículo, y escuchó. Nada. La noche contenía el aliento. No se oía el rumor de las hojas en las ramas mecidas por la brisa, los cantos de grillos o los chasquidos del agua al congelarse. Como ella, la noche esperaba una respuesta. Pero no había nadie a quien preguntar.

Terminó de subir al capó.

«No vayas».

Pero debía ir. Lo que acababan de confirmarle no era algo que pudiera olvidar, no era un trámite que pudiera solventar al día siguiente, arrullada por el acogedor murmullo de la oficina. Tampoco con una llamada, que dejaría indefenso a Osmany en el momento de contestar, justo cuando el asesino comprendiera que había sido descubierto. Erguida sobre su coche, trató de ver más allá de la pared una luz, una mancha, una señal que la guiara hasta sus compañeros, pero solo fue capaz de identificar el borrón pétreo de la ladera, los perfiles de los árboles agitándose al ritmo de la brisa y, desde Biañez, los faros de un vehículo que se acercaba lentamente. Tragó saliva. En aquel parque, por donde tantas veces había paseado en compañía de su hija, estaba el hombre que falseó la denuncia interpuesta por Idania. El que ocultó lo que la mujer quiso desvelar antes de silenciarla para siempre. El mismo que intentó asesinar a Osmany en cuanto supo que encontró su pasaporte.

No habría lugar ni momento mejores para completar aquel trabajo.

Incluso al precio de sacrificar a un compañero.

«No vayas».

Pero fue. Gateó hasta lo alto de la carrocería, pasó el muro y saltó al cercado de los ciervos. Y en el momento de aterrizar, distinguió con toda claridad la salita pequeña de su casa, el sofá recién comprado y, acurrucados en una esquina, Eider y su padre riendo mientras, en la pantalla del televisor, una esponja y una estrella hacían ondear sus redes a la caza de medusas.

«No vayas».

Sacudió la cabeza, furiosa consigo misma, con su cobardía y su añoranza del hogar, se retiró de la frente un mechón adherido por la lluvia o el sudor, atravesó la cerca y comenzó a correr ladera arriba.

Bonifacio Artaraz pasó de largo frente a los tres coches, dejó atrás la puerta principal del parque y se detuvo unos metros por delante, junto a un abrevadero anexo a lo que fue la casa de los guardas. La agente de paisano había saltado al interior del Karpin segundos antes de su llegada, quizá para prestar apoyo a sus compañeros, quizá para no exponerse a la curiosidad del conductor del vehículo que se acercaba. Boni salió del Land Rover y estudió el muro, contra el que moría una joven plantación de eucalipto. Le pareció recordar que si lo escalaba y trepaba entre los árboles, saldría a la parte trasera de la Reserva, lejos de la curiosidad de los *ertzainas*. La pregunta era si debía seguir inmiscuyéndose en un operativo policial. Su instinto le decía que sí, que aquel cóctel de mujeres y drogas, de agentes de paisano y cubanos más curiosos de lo debido, estaba removiendo el fondo de una charca cuyas aguas, tanto tiempo después, parecían limpias y transparentes. Y Boni no pensaba permitir que se volvieran a enfangar. De modo que, sin demasiado esfuerzo, superó la pared y se perdió entre los delgados troncos de los árboles.

Entraron juntos, las pistolas sujetas con ambas manos, los chubasqueros goteando sobre la tarima. Osmany los vio dudar, vio la sorpresa reflejada en sus pupilas, y no supo disimular una sonrisa.

—Tranquilos, amigos. Ya empaqué yo al asesino.

Obedeciendo al gesto de Laiseka, Zabalbeitia comenzó a revisar una estancia donde esconderse era casi imposible. El subcomisario permaneció detrás de la alacena, encañonando en silencio a Osmany, hasta que el oficial le confirmó que nadie se escondía entre las sombras.

—De acuerdo. Nosotros nos ocupamos. Suelta eso y déjalo en el suelo. Muy despacio. Entenderás que si haces algún movimiento brusco me veré obligado a disparar.

Arechabala asintió y separó la escopeta de la nuca del violador, cuyo suspiro se amplificó en el vacío gélido que los rodeaba. Exagerando la prudencia de cada gesto, lo alzó sobre su cabeza y, sin soltar la camiseta de Ordoki, se agachó hasta dejarlo en el suelo.

—Peio, ocúpate de ese cerdo. Y tú, Arechabala, ni se te ocurra moverte de donde estás. Vas a tener que explicarme un par de cosas.

Zabalbeitia devolvió a la cartuchera la Heckler & Koch reglamentaria, sacó las esposas y caminó en dirección a Ordoki, aunque al cubano le pareció que su mirada saltaba del subcomisario a un punto situado entre sus cejas. Laiseka, arrodillado junto a Agurtzane Loizaga, le rozó el cuello con los dedos.

—Está viva.

Nadie respondió. Arechabala dejó pasar a Zabalbeitia, que obligó al violador a bajar uno de los brazos para cerrar la esposa en torno a su muñeca. Pasado el desconcierto inicial, durante el cual un disparo involuntario podría llegar a justificarse, no le creía dispuesto a rematar allí el trabajo inacabado de Pandozales. Pero cuando se inclinó para forzar a Ordoki a bajar el otro brazo, Osmany reconoció el bulto que asomaba bajo su chubasquero.

No tardó un segundo en apoyar la Sig Sauer en su cabeza.

Rutherford se detuvo frente a la puerta y comprendió que allí no había nadie. Tomó aire y oteó sobre la barandilla del camino. Buena parte del parque quedaba por debajo de sus pies, diferentes tonos de grises diluidos en la noche. Un océano de sombras donde distinguir algo era imposible. Aun así, descartada la primera de sus opciones, solo podía dejarse guiar por la vista. O el oído.

Estaba segura de que Ordoki habría elegido la taberna, lo que en el pasado fue el garaje construido por los primeros propietarios de la finca por encima del nivel de la vivienda. No creía que los voluntarios dispusieran de la llave de todas las instalaciones, pero le pareció lógico que les dejaran la del bar, donde estaban la cafetera y la cocina. Por eso corrió hasta allí sin desviarse del camino. Ahora, quemado su único cartucho, la alternativa pasaba por vagar como alma en pena entre los cercados de los animales anhelando un golpe de suerte que la encaminara en la dirección correcta. Aunque, pensó en un arrebato de inspiración, a la suerte se la puede provocar. Asomada al murete que bordeaba el sendero, sacó el móvil, contuvo la respiración y marcó un número.

Cuando de forma tenue y deformada escuchó que «Emiliana es una cubana que en el albergue es fundamental», Rutherford comprendió que había pasado de largo.

Estaban en la mansión abandonada de los Peña Chavarri.

Colgó y, a la carrera, regresó por donde había llegado.

Bonifacio Artaraz dobló las rodillas en el momento de aterrizar y rodó sobre sí mismo, tal y como le enseñaron que debía hacerse para mitigar el impacto. Se incorporó tratando de orientarse en las tinieblas, se dio la vuelta y no pudo evitar un alarido de terror.

Un oso se abalanzaba sobre su garganta con las fauces abiertas y los colmillos brillando en la oscuridad.

Dio un paso atrás, trastabilló y cayó al suelo luchando con la sobaquera, intentando sacar el Smith & Wesson antes de que aquella bestia le arrancara la yugular. Pero solo fue capaz de desenfundar cuando el peligro, la falsa sensación de peligro, había pasado.

Temblando todavía, asustado y furioso consigo mismo por haberse dejado amedrentar por un juguete, se incorporó y dedicó al animal una mirada furibunda. Se trataba de la réplica a tamaño natural de un pequeño oso cavernario, una figura burda y poco realista que, en una noche de niebla y sospechas, se le antojó el más fiero de los plantígrados. Recordó que, años atrás, el Karpin incorporó una zona dedicada a los dinosaurios y otras alimañas prehistóricas, aunque él no había llegado a verlos. No hasta entonces. Sacudiendo la cabeza con resignación, dio la espalda a aquellas recreaciones en fibra de vidrio y buscó el camino.

Entonces, por extraño que pudiera parecer, escuchó una canción desconocida, un son que remitía a Cuba en cada acorde.

Sin devolver el revólver a la cartuchera, comenzó a correr en la oscuridad.

—¡Suelta eso!

Laiseka retrocedió hasta el parapeto de la alacena apuntando con su Heckler & Koch a la cabeza del cubano. Este, con la espalda recostada contra la pared, empotraba su pistola en la nuca de Zabalbeitia, quien, a su vez, sujetaba a Ordoki por el brazo que no había llegado a esposarle. La voz de Carlos Puebla imprimía a la escena una nota demencial, pero Arechabala no hizo ademán de acallar el móvil.

—¡Que bajes el arma! ¿Te has vuelto loco o qué te pasa?

El estruendo del móvil se apagó antes de que Osmany respondiera.

—Tranquilo, Laiseka. No voy a hacerle daño. Ahorita lo suelto. Pero antes quiero que veas algo.

Apretó el cañón contra el cráneo del oficial y, deslizando la mano por debajo de su anorak, se apoderó del arma que escondía en el pantalón y la mantuvo en alto, a la vista del subcomisario.

—Mira lo que guardaba tu amigo en los calzones. Una Sig Sauer. Igualita que la mía.

Zabalbeitia no se movió. Mantenía una mano a medio levantar, la otra asida al brazo de un Ordoki paralizado de terror. Laiseka, sin quitar ojo de la pistola que acababa de aparecer, no dejaba de apuntar al cubano. Arechabala decidió no tentar más a la suerte. Sin desanclar su pistola del cráneo del *ertzaina*, se agachó todo lo que pudo y, de una patada, envió la otra Sig Sauer hacia el subcomisario, que la recogió sin bajar la suya.

—¿Qué significa esto, Peio?

El oficial movió la cabeza lo justo para que sus ojos se cruzaran con los de su superior, pero ningún sonido surgió de sus labios. La respuesta llegó de boca de Arechabala:

—Es una historia muy vieja. ¿No es así, señor policía?

Ni una palabra, ni un gesto, ni una negativa. Zabalbeitia miraba al frente, al cráneo sudoroso de Ordoki, como si el arma del cubano lo hubiera transformado en una estatua.

—Yo no sé cómo empezó todo —dijo Osmany, al tiempo que le arrebataba de la cartuchera la Heckler & Koch reglamentaria y la arrojaba al otro extremo del salón—. Pero creo que al principio sus intenciones no fueron del todo malas. Sabía que Panza traficaba con heroína. Sabía que la Guardia Civil no hacía nada. La Ertzaintza tampoco podía hacer nada. Pero tenía amigos en la ETA. No sé, en aquellos años las cosas debieron estar bien enredadas. Así que les pasó los datos del camello. ¿No es cierto?

—A ver… No sé quién cojones te crees que eres, ni de dónde has sacado esa historia —en el acento del subcomisario era patente que estaba perdiendo la paciencia—, pero no voy a permitir que amenaces a un oficial de la Ertzaintza. Suelta el arma y hablaremos.

Osmany no le hizo caso.

—Este fulano intentó asesinarme —prosiguió—. Rutherford le dijo que encontré el pasaporte de Idania, y se asustó. Tenía que impedir que se investigara su desaparición. Con un colega, y dos fierros como este, subió a verme. —Para sorpresa de Laiseka, sonrió mientras le guiñaba un ojo—. Decidí quedarme con uno, ya tú sabes. Ahora entenderás que no quiera desarmarme hasta que esté bien amarrado.

—No tienes nada que temer. Yo garantizo tu seguridad. Entrégame la pistola.

—Enseguida. Pero antes déjame hacerle una pregunta. Aquellos etarras fueron detenidos. Uno fue muerto, pero supongo que al otro le sacaron el nombre del chivato. ¿Qué pasó después, Zabalbeitia? ¿Un guardia corrupto te obligó a hacer de chico de los recados? ¿Te pasaste al bando de los traficantes? No contestes si no quieres. La respuesta es evidente. Lo que yo quiero es su nombre. ¿Quién te ordenó matar a Idania? ¿Quién te ordenó matarme? —La rabia brotó de repente, incontrolable. Le golpeó con el cañón mientras repetía la pregunta—: ¿Quién iba contigo? ¡Contesta!

—¡Ya vale! —Laiseka dio un paso al frente sujetando la pistola con ambas manos, las piernas levemente flexionadas, la cabeza ladeada en busca de un ángulo de tiro—. Yo haré las preguntas. Te he ordenado que sueltes el arma y te retires. Si te quedas tranquilo, esposaré a Peio hasta que lleguen los demás. Pero te juro que, si vuelves a tocarlo, te vuelo la tapa de los sesos.

Osmany tomó aire, asintió con un gesto y se separó un poco de su presa. El subcomisario tenía razón. Interrogarlo, hacerlo confesar, juzgarlo y condenarlo no era cosa suya. Todo había terminado. De modo que se agachó para depositar la Sig Sauer en el suelo. Nadie se movió. Zabalbeitia y Ordoki permanecían paralizados por el hechizo de las armas. Agurtzane Loizaga, rodeada de cirios titilantes, parecía el sacrificio central de un aquelarre. Solo el subcomisario seguía con su pistola los movimientos del cubano.

Entonces escucharon los pasos. En el espeso silencio que los envolvía resonaron sobre la madera con la fuerza de una llamada. Osmany, acuclillado detrás del oficial, retuvo el tacto de la Sig Sauer. Laiseka se parapetó junto a la alacena para controlar la entrada desde ahí.

A Rutherford le bastó un simple vistazo para comprender lo sucedido. Zabalbeitia, que sujetaba a Ordoki por un brazo, mantenía en alto la otra mano. Encogido a su espalda, Arechabala empuñaba un arma. Diluido bajo la sombra de un aparador, intuyó un movimiento que no fue capaz de definir.

El cubano había detenido a Peio.

—Pero ¿qué haces? ¡Es Laiseka!

No tuvo tiempo de nada más. Un fogonazo rasgó las tinieblas y el eco del disparo estalló contra las paredes un segundo antes de que el proyectil le atravesara la frente y se alojara en un cerebro que jamás volvería a añorar las risas de su hija. Osmany, acuclillado y sin apenas visibilidad, abrió fuego provocando una inútil lluvia de astillas en el mueble que protegía al subcomisario, momento que Zabalbeitia aprovechó para tirar de Ordoki y derribarlo encima del cubano. Arechabala no tardó en zafarse del peso del violador, pero la bala que hizo saltar el yeso a escasos centímetros de su cabeza le recordó que sería un suicidio incorporarse. Tumbado sobre la tarima, disparó a ciegas por encima del imitador mientras, reptando hacia atrás, empujaba el piano con las piernas para colarse en el estrecho hueco abierto entre este y la pared. Zabalbeitia corrió hacia la esquina contraria, recogió su arma reglamentaria y se parapetó bajo la protección del recio tresillo.

Artaraz escuchó los disparos y algo en su interior le impelió a salir huyendo, a retroceder sobre sus pasos, montar en el Land Rover y desaparecer sin dejar rastro. Pero un miedo más fuerte se lo impidió. El miedo al pasado, a los errores que jamás debieron cometerse, a los remordimientos que nunca dejaron de torturarlo El miedo a que se descubriera la verdad, a tener que enfrentar el desprecio de la sociedad, de sus hijos y del fantasma de su esposa. Resignado, acarició el tambor del revólver y buscó a su alrededor. El circo que formaba la ladera ampliaba el sonido de los disparos. Desde algún punto invisible le llegó un rumor sordo, un murmullo acompasado que creció hasta convertirse en un estruendo de pezuñas al galope. Por un momento temió verse arrollado por la estampida provocada por el ruido de las armas, pero enseguida comprendió que ni ciervos ni rebecos podrían escapar de sus cercados.

Entonces le llegó el eco de una explosión. Un estallido ahogado, un alarido de dolor y, de nuevo, el fragor de los disparos.

A tientas, corrió en esa dirección.

Debió haberlo comprendido entonces, cuando la foto de Zabalbeitia junto a los futuros miembros de ETA comenzaba a alumbrar una respuesta. Tanto él como Laiseka llevaban en Balmaseda desde que se abrió la comisaría. Ambos conocían su historia y sus secretos. Ambos sabían de dónde procedía la droga que convertía en zombis a los jóvenes del pueblo. Juntos debieron planificar un absurdo plan para impedirlo. Una punzada de culpa vino a recordarle que, de no haber sido tan torpe, Rutte seguiría viva. Pero era inútil lamentarse. Los *ertzainas* no tenían intención de retirarse sin terminar de hacer limpieza.

Una limpieza que le incluía a él.

Dos disparos procedentes del sofá vinieron a confirmar sus predicciones; dos disparos y el jadeo ahogado de Ordoki exhalando un último suspiro tan cerca de su cabeza que un desagradable aroma a sangre y a alcohol se le filtró por las fosas nasales.

No podían quedar testigos.

La siguiente andanada llegó desde la posición de Laiseka. Osmany escuchó cómo las balas perforaban el piano, oyó los lamentos del mueble mientras el plomo abría surcos en la madera, y se preguntó cuánto tiempo podría permanecer esperando que uno de los proyectiles lo atravesara para incrustarse en su cerebro.

Tratando de no agitar las sombras, asomó la cabeza por el lateral. El cuerpo de Ordoki, cruzado frente a su parapeto, creaba una inesperada barricada que podría permitirle, siempre a ras de suelo, desplazarse unos centímetros. Rozándole con el cabello, Agurtzane Loizaga permanecía inconsciente, rodeada de esos cirios que teñían la escena de incertidumbre. Al pie del taburete descubrió la bebida del violador, una botella grande llena en sus tres cuartas partes de un líquido trasparente. Retrocedió más de medio siglo en el tiempo y en la historia. Regresó a Santa Clara, a los fusiles rugiendo en los tejados, a las barbas sucias de los milicianos, al tren de Batista, cargado de soldados dispuestos a ahogar en sangre y fuego la rebeldía de Las Villas. Apurando al límite la protección que le brindaba el cadáver, alargó los brazos sobre Ordoki, cogió la botella y una vela, y regresó al refugio del piano un segundo antes de que las balas hicieran crujir los paneles que tapizaban la pared.

A juzgar por el olor, se trataba de un orujo muy fuerte.

Osmany buscó entre la ropa desperdigada en torno al piano, eligió la prenda que le quedaba más cerca y la embutió en el cuello de la botella dejando fuera la parte que haría de mecha. Eso era sencillo. Lo difícil sería lanzarlo sin que le acribillaran en el intento. Encogiéndose todo lo que pudo, se arrastró hasta el lado opuesto. Una bala atravesó el mueble y una astilla le arañó el cuello. Tragó saliva. La vela le delataba con una precisión que no podía permitir. Se apresuró a encender el trapo y arrojarla al lado contrario del piano para así desviar la siguiente andanada de disparos. Entonces lanzó el cóctel molotov, que dibujó una amplia parábola en las tinieblas antes de caer en el refugio de Zabalbeitia.

El alarido que siguió a la explosión le confirmó que había acertado. Las llamas brotaron de la tapicería, de la ropa y del escaso cabello del oficial, que abandonó su trinchera entre aullidos de dolor. Como un muñeco de resortes averiados, agitaba los brazos en todas direcciones, se golpeaba el uniforme y tropezaba con el sofá y las cortinas, expandiendo un incendio que pronto comenzó a trepar por las planchas de madera que cubrían las paredes y a lamer el techo con el ansia de una bestia hambrienta. Aquel baile terrorífico siguió hasta que el oficial se derrumbó mientras el fuego se extendía por la vieja estructura del edificio y el humo envenenaba un aire cada vez más asfixiante.

Una detonación y el desafinado gañido de la caja del piano le obligaron a regresar a la presencia de Laiseka parapetado junto a la salida. Haciendo chirriar cada articulación, reptó de regreso al otro extremo del mueble. Las llamas iluminaban el rostro exánime de Ordoki, la chaqueta y el cabello de Agurtzane Loizaga, así como la alacena tras la que se escondía el subcomisario de la Ertzaintza. Los cristales más cercanos al sofá saltaron por los aires, y el fuego lanzó un rugido de satisfacción. Azuzado por el viento, se lanzó a devorar cada palmo de madera y avanzó por la tarima vomitando sucias bocanadas de un humo que quemaba en ojos y garganta. Era la situación ideal para Laiseka. Apostado a dos pasos de la puerta, podría aguantar el tiempo necesario para impedirle una huida que, a la velocidad a la que se desplazaban las llamas, pronto sería imposible. Sin embargo, la luz del incendio le permitió descubrir que la alacena se apoyaba sobre cuatro recias patas de formas barrocas, entre las que se distinguían, con cierta nitidez, las botas del policía. Apoyó la cabeza en el parquet y trazó con la mirada la única senda posible para la bala, el único punto por donde, filtrada a ras de suelo, evitaría los cuerpos de Loizaga y Ordoki. El humo descendía a borbotones, y el olor a ceniza y carne quemada se le adhería a la garganta como augurio de una muerte horrible. Aun así, se obligó a esperar. El riesgo de herir a la catedrática era demasiado elevado. Contuvo la respiración, dejó incluso de parpadear, y confirmó que la pistola no temblaba en su muñeca. Una bota se movió un centímetro y Arechabala apretó el gatillo.

Laiseka aulló de dolor cuando la bala le destrozó el tobillo. Desequilibrado, resbaló sobre la pared y, durante una fracción de segundo, expuso la cabeza fuera del abrigo del aparador.

Suficiente para Osmany.

Los dos disparos impactaron en el cráneo del asesino de Rutherford, que se desplomó junto al cuerpo de la agente con el rostro deformado por los orificios de los proyectiles, la pistola todavía en la mano. A Osmany no le sorprendió comprobar que no se trataba del arma reglamentaria, sino de la que llevaba Zabalbeitia. Todo cuadraba. Una Sig Sauer de origen desconocido, en cuya culata planeaban imprimir las huellas de Ordoki, tenía el cometido de eliminar al cubano y, de rebote, a Rutherford. De una patada, la envió junto al cadáver del violador y, sobreponiéndose al cansancio, al calor que le llagaba la piel y a la asfixia, cargó a Agurtzane Loizaga sobre sus hombros. Tambaleándose, logró pasar por encima de los cuerpos de Laiseka y Rutherford, atravesar el vestíbulo, cuyas paredes ennegrecidas parecían a punto de reventar, y salir al frío de la noche.

Se derrumbó sobre el césped empapado. Hundió las manos y el rostro en el agua que brotaba del barro, alzó la cabeza y aspiró con todas sus fuerzas. A su espalda, la mansión parecía aullar, chasquidos de madera centenaria devorada en cuestión de minutos por la voracidad de las llamas. Sin embargo, aparte del humo que se diluía en las tinieblas y el resplandor que asomaba a unas ventanas invisibles desde el exterior del parque, nada delataba el infierno desatado en su interior.

Exigiendo a sus maltrechos miembros un último sacrificio, arrastró a la mujer hasta la furgoneta, abrió la puerta cuidando de no marcar sus dedos en el tirador, la acomodó en el asiento del acompañante y cerró de un codazo. Solo entonces se permitió un segundo de descanso. Apoyado contra la carrocería, de cara a la hoguera invisible donde cuatro cadáveres se reducían a polvo y cenizas, sintió que la pena lo arrollaba. No era, ni mucho menos, la primera vez que perdía a un compañero en combate. Pero Rutherford no era soldado. No se alistó para luchar contra el ejército del *apartheid*. No subió voluntariamente a la montaña, empuñando un FAL o un AK-47, dispuesta a sacrificarse por un sueño. Ella solo se ofreció a llevarlo hasta Ranero, una excursión de media jornada que le permitiría regresar a tiempo para recoger a la niña en la ikastola. Y terminó canjeando su vida por la de un viejo cubano al que casi no conocía.

A pesar de que le costaba hilvanar las ideas que afloraban y desaparecían de su mente, comprendió que no podía quedarse allí. Había matado a dos oficiales de la Ertzaintza. Y no tenía forma de demostrar que fue en defensa propia. Así que, despacio, maldiciendo los años que tiraban de sus huesos con más saña que las horas de vigilia, emprendió el lento descenso hacia la salida.

Los investigadores que permanecían en Ranero declararían que escucharon al subcomisario hablar con Rutherford, algo que los técnicos confirmarían con sus llamadas. Antes incluso de ser capaces de analizar los restos calcinados de la mansión, identificarían a los muertos por los vehículos aparcados en los accesos y dentro del Karpin. Agurtzane Loizaga declararía que Ordoki la secuestró, la violó y torturó hasta que perdió el conocimiento. Y las pruebas balísticas demostrarían que una Sig Sauer acabó con la vida de los agentes, aunque el estado de los proyectiles les impediría confirmar si todas las balas procedían de la misma pistola. O en eso confiaba, al menos. Zabalbeitia ocuparía el pedestal reservado a los héroes. Él abatió al criminal con su arma reglamentaria. Él arrastró a la mujer lejos del incendio, la metió en la furgoneta, a salvo del hielo y la ventisca, y en un desesperado intento por ayudar a sus compañeros, regresó al interior del edificio, donde murió.

¿Se molestarían en preguntarse por qué nadie llamó pidiendo refuerzos?

No le quedaban energías para responder a esa pregunta. Ni a esa, ni a ninguna otra. Se dejó llevar, atravesando la cerca de los ciervos, hasta el muro bajo del interior. Se descolgó hasta la carretera, donde los coches de los muertos esperaban a sus dueños, confirmó que la única huella perceptible del incendio era una columna de humo negro casi invisible y comenzó a caminar en dirección contraria a Biañez.

Acababan de dar las doce cuando su rastro se perdió entre pinos y eucaliptos.

Bonifacio Artaraz se equivocó dos veces de camino antes de que los estertores de la vieja mansión lo condujeran hasta ella. Las llamas asomaban por la puerta como demonios protegiendo su guarida. Comprendió la gravedad de lo sucedido en el silencio que rodeaba el crepitar de la madera, en la ausencia de los policías a quienes vio colarse en el Karpin minutos antes, en el olor que el humo arrastraba en nauseabundas vaharadas. Conteniendo una arcada, se acercó hasta la furgoneta cruzada en la parte delantera y espió a través de la ventanilla. Una mujer yacía en el asiento delantero, la única superviviente de aquella locura. Confirmó que estaba viva y permaneció unos minutos junto a ella, contemplando su cuerpo desnudo, debatiéndose entre el miedo y el deber. Por fin, tras convencerse de que el fuego no alcanzaría al vehículo, dio media vuelta y regresó por donde había llegado.

Su coche atravesaba el centro del valle cuando oyó el gemido de las primeras sirenas.

SÁBADO

7 DE FEBRERO DE 2015

56

Osmany Arechabala caminó durante horas siguiendo el sentido descendente de las pistas. La poca luz que se filtraba entre las nubes apenas le permitía identificar las sombras más cercanas, aquellas que rozaba con la punta de los dedos. A pesar de que la escarcha brillaba sobre los prados, no sentía frío. Quizá el calor del incendio flotaba aún sobre su piel, quizá la rabia provocada por la muerte de Rutherford avivaba el fuego de su interior. Con las manos en los bolsillos y la espalda doblada de cansancio, siguió andando mientras el pasado reciente y el futuro inmediato no dejaban de danzar en su cabeza.

Su nombre saldría pronto a la palestra. Muchos agentes de policía le vieron en Ranero, en compañía de Rutherford y Laiseka. A partir de ahí comenzaría a jugarse su destino.

Tras enterrar la Sig Sauer en un espeso pinar donde sería difícil encontrarla, comenzó a esbozar y a desechar excusas y coartadas que solo resistirían miopes exámenes superficiales: que se despidió de Rutte en Concha, en cuanto salieron del bar donde compartieron un pincho de tortilla y una fugaz conversación con el dueño de la taberna; que hizo dedo hasta su casa, pero no recordaba el nombre de quien se ofreció a llevarlo, ni la marca del vehículo; que no oyó la última llamada de la agente porque estaba dormido en su apartamento… No importaba. Ninguna invención podría garantizar su libertad si la policía comenzaba a sospechar. Si daban con algún indicio de su presencia en el Karpin, si el análisis de balística detectaba la existencia de dos Sig Sauer o tropezaban con alguna huella inidentificable, no tardarían en pedir en el juzgado una orden para revisar la geolocalización de su smartphone.

Contra eso no habría argumento que pudiera esgrimir en su defensa.

Las sombras comenzaban a perfilar las siluetas de un grupo de tejados encogidos en torno a un riachuelo cuando comprendió que Cuba era su única salida.

Hablaría con su nuera, que no había cumplido su promesa de llamarle, confirmaría que Maider se encontraba bien, que los supuestos malos tratos eran producto de su imaginación, y compraría un billete de ida a la isla.

Regresaría al bohío del que nunca debió salir.

A la entrada de la aldea jadeaba un coche destartalado, una imagen que despertó en Osmany recuerdos de noches llenas de urgencias, sexo apresurado, escarceos poco satisfactorios y siempre inolvidables. Decidió sentarse a esperar a una distancia discreta. Más pronto que tarde, uno de los dos jóvenes saldría para dirigirse a su vivienda y el otro regresaría a algún lugar mejor comunicado que aquel puño de casitas comprimidas contra las montañas.

Tuvo suerte. El muchacho, frustrado porque el esfuerzo de acercar a la chica hasta Trucios solo había cristalizado en un magreo superficial, regresaba a Bilbao. El olor a alcohol y marihuana que desprendía el habitáculo, y unos balbuceos más incoherentes a cada palabra, estuvieron a punto de hacerle desistir, pero el cansancio pudo más. Subió, agradeció el paseo y llegó a la ciudad cuando los edificios comenzaban a perfilarse sobre un brumoso lienzo anaranjado.

Cargando a rastras un dolor que no era solo físico, atravesó el Casco Viejo añorando su diminuto apartamento, el lujo de su colchón y el placer del sueño sin horarios. Cruzó Somera abriéndose camino entre los vidrios dispersos por el suelo, dedicó un fugaz vistazo al portal de Nerea y se reafirmó en que, a pesar del cariño, el miedo y la añoranza, Maider era responsabilidad de su madre.

Osmany Arechabala se volvía a Cuba.

57

Hacía mucho que había amanecido en Balmaseda, una mañana lluviosa y fúnebre que Bonifacio Artaraz dejaba pasar
sin hacer nada, escuchando el rugido del Kadagua con un
café frío entre las manos mientras daba vueltas a lo sucedido aquella noche.

Y todo por culpa de la absurda lealtad que le unía a
Peseta.

Tardó mucho en darse cuenta de que el terrateniente
acababa de convertirlo en colaborador necesario en la fuga
de un criminal. Fue él quien avisó a Echevarría de lo que
estaba sucediendo en sus terrenos, fue él quien permitió
que Dólar escapara antes de que algún agente acudiera de
nuevo a su vivienda.

Dejó la taza en el suelo húmedo del balcón y su mirada
se nubló sobre los árboles que escoltaban el cauce del río.
Connivencia con un violador, con un asesino. En realidad,
comprendió, llevaba décadas colaborando con aquel miserable que secuestraba, torturaba y enterraba en cal viva a
mujeres indefensas. Que nunca llegara a sospecharlo no
servía para aliviar una culpa donde se sentía naufragar.
Ahora estaba seguro de que el hijo de Peseta asesinó a la
filipina que cuidaba de su hermana. Y Ramón Echevarría lo
sabía. Siempre lo supo. Por eso lo envió a estudiar al extran-

jero. Y por eso acudió en persona al cuartelillo para retirar la denuncia interpuesta por su esposa. Por eso preguntó por Boni, el más manipulable de los agentes.

El que se limitaría a confiar en su palabra.

¿Cuántas vidas habría salvado de haber investigado?

No podía pensar en ello.

Y tampoco en la masacre del Karpin.

Arrastrando los pies descalzos, volvió a la cocina y conectó la cafetera sin dejar de dar vueltas a las misteriosas apariciones y desapariciones de ese negro empeñado en revivir fantasmas de otros tiempos. En el Karpin no encontró pruebas de su presencia. Nada, salvo el inaudible eco de una canción desconocida que lo transportó a playas tropicales donde jamás había estado. Una canción que ahora no estaba seguro de haber oído. Bebió un largo trago disfrutando del fuego que abrasó sus labios y su garganta, se limpió las lágrimas de los ojos y regresó a la cuestión que la visita de Arechabala a su oficina había vuelto a poner sobre la mesa.

¿Quién quería destapar lo sucedido con la droga en Balmaseda en la década de los ochenta?

Se trataba de una historia muy vieja. Muy sucia, como casi todas las de aquellos años en los que la lucha contra el terrorismo eclipsó todo lo demás. La historia que le hizo abandonar la Benemérita. La que regresaba cada noche para acusarle de cobardía, de mezquindad y de traición.

Entonces les pareció muy fácil. De hecho, lo difícil habría sido no caer en la tentación. El sargento Salvador Somoza se ocupaba de conseguir la heroína, cantidades pequeñas, casi irrelevantes, que un agente sustraía del almacén de incautaciones sin que nadie quisiera detectarlo. Somoza, Artaraz y otro compañero fallecido años después se la pasaban a tres distribuidores: uno en Villasana, otro en Zalla y, por último, Panza en Balmaseda. Era un sobresueldo nada despreciable sin el más mínimo riesgo. Un trabajo con el que Boni se sentía a gusto.

El despliegue de la Ertzaintza lo cambió todo. Aunque sus agentes no tenían apenas competencias, sí poseían la ilusión de la juventud, las ganas de hacerse notar y un poco disimulado desprecio hacia la Guardia Civil. Eran un peligro. Y cuando Somoza regresó de interrogar a un terrorista entre cuya lista de objetivos se encontraba el propio Panza, comprendieron que el peligro era mayor de lo esperado. Porque el etarra delató al amigo que les señaló a Panza.

Ese amigo era un *ertzaina*.

Y sin darse cuenta, Boni pasó de trapichear con minúsculas cantidades de caballo hurtadas al almacén de pruebas a secuestrar y torturar a dos agentes de policía. Y no lo hicieron para sacarles datos sobre sus posibles nexos con ETA, no. Lo que el sargento buscaba era proteger y expandir su negocio.

Por eso lo dejó.

Pero convencer a Somoza no fue nada sencillo.

No solo debió dejar la Guardia Civil. Durante años vivió con la presencia amenazante de su sombra sobrevolando cada uno de sus pasos. Cada paso de sus hijos. Sin una palabra, sin un mal gesto, el sargento se ocupó de que Bonifacio Artaraz jamás olvidara que la traición se pagaba con la muerte.

O con algo peor.

Y ahora, cuando el paso del tiempo comenzaba a desdibujar ese pasado del que renegaba, cuando el caballo ya no cabalgaba por las calles de Balmaseda y el imperio de Somoza parecía cosa de otro tiempo, un cubano desconocido empezaba a hurgar en esa época en la que Bonifacio Artaraz, respetado empresario, dueño de un negocio de seguridad que brindó protección a miles de amenazados, era, simplemente, un policía corrupto.

No sabía quién era aquel negro. Ni las escuchas por radio, ni el seguimiento al que ordenó someterle, aportaron nada interesante. Pero no pensaba permitirle remover unos lodos que dormían en el olvido desde hacía más de treinta años.

Aunque para ello tuviera que volver a hablar con Salvador Somoza.

En el alargado pabellón del hospital de Basurto solo se escuchaba el ruido de los carritos que recogían la comida, el eco de los zuecos de las enfermeras y el susurro de los televisores que acompañaban el hastío de los pacientes. Lluís Ballester apagó el de su habitación y oprimió con fuerza la mano de su esposa, pero Nekane Gordobil no devolvió el gesto. La recuperación sería larga y dolorosa, la pérdida de parte del pulmón sería un lastre para el resto de su vida, pero estaba fuera de peligro. No era su estado físico lo que le impedía compartir la esperanza del marido ni la alegría de Izaro, que no dejaba de sonreír como si la presencia de su madre bastara para borrar los días precedentes. No. Eran las noticias que habían ocupado el Teleberri casi por completo las que la mantenían recluida en su interior, incapaz de asumir lo sucedido en una sola jornada.

Incapaz de asumir que Rutherford estaba muerta.

Fosas de mujeres torturadas, violaciones, fincas convertidas en cámaras de exterminio... Todo ese horror pasó a un segundo plano ante la evidencia de que Rutte, Laiseka y Zabalbeitia fueron asesinados en torno a las once de la noche.

Solo una hora después de que, desde su teléfono, se enviara al de Osmany Arechabala el enlace a una noticia que relacionaba a Peio Zabalbeitia con una pareja de etarras, y a estos con el marido de Idania Valenzuela.

¿Tenía algo que ver aquel viejo obsesionado con encontrar a su compatriota con la matanza perpetrada en el Karpin?

La lógica le decía que no.

Pero algo más fuerte que la lógica insistía en lo contrario.

En otra planta del mismo pabellón, un joven senegalés abandonó una de las habitaciones y se perdió por las escaleras con la preocupación impresa en el semblante. Atravesó el parque con las manos metidas en los bolsillos y la cabeza reclinada contra el pecho. Sin ganas, se arrastró a lo largo de la calle Autonomía esquivando el agua que salpicaban los autobuses y el vomitado por los aleros. Todo era tristeza. Tras media vida huyendo en busca de un paraíso improbable, le bastaron unos meses para perderlo.

Tenía que irse. Nerea Goiri, la mujer que lo había acogido en su piso y en su lecho con el ansia de la cobardía, no le ofreció ninguna alternativa. Los médicos habían avisado a la policía. Ella no dejó de insistir en que Maider se había caído por las escaleras del portal, pero aquel era el protocolo. Estaban la costilla rota, las marcas en el cuello y el hecho incuestionable de que habían tardado tres días en llevarla a urgencias. Nerea le juró que se mantendría firme en su versión, que la policía jamás podría probar los malos tratos. Pero Abdoulayé debía desaparecer durante una temporada.

La mujer solo mencionó al abuelo de la niña en una ocasión, cuando susurró que tenía que llamarle de una vez. Pero los labios le temblaron tanto cuando pronunció su nombre que Diop comprendió que aquella era la verdadera razón de su destierro.

Osmany Arechabala. Un militar, sí. Héroe en la guerra

de África, de acuerdo. Pero de eso hacía muchos años. Ahora mismo, Arechabala solo era un vejestorio a quien dominar sin mucho esfuerzo.

Para eso estaban los amigos.

58

Anochecía cuando el sargento retirado Salvador Somoza separó la vista del portátil y se acercó a la ventana. El frío empañaba los cristales, y las plantas mustias del jardín se diluían en la humedad que sus jadeos multiplicaban sobre el vidrio. Le costaba respirar. La operación había sido un éxito, pero los huesos de la nariz tardarían en soldar. Con un gruñido de rabia, se dejó caer frente al ordenador.

Tras una jornada entera releyendo la noticia en todos los medios a su alcance, se sabía de memoria cada detalle de lo sucedido, desde el hallazgo de un número indeterminado de esqueletos en una finca de Ramón Echevarría hasta la detención de su hijo en el aeropuerto Charles de Gaulle. Noticias que, en realidad, no le importaban.

Era lo otro, el incendio que había devastado la vieja mansión del Karpin, lo que le golpeaba directamente.

Laiseka afirmó siempre que solo era un negro de sesenta y siete años sin más familia que una nieta. Sin embargo, el fiasco de Pandozales debió hacerle sospechar.

Los ojos le dolían cuando los volvió a clavar en la pantalla. En la fotografía no tendría más de cuarenta años. Uniformado, miraba a la cámara con indiferencia, sometido contra su voluntad a un trámite engorroso. Encontró el enlace en una noticia sobre los soldados cubanos que regresaban de África. Allí descubrió a los pocos condecorados personalmente por Fidel Castro. Uno de ellos coincidía exactamente con los datos obtenidos por Laiseka del pasaporte del viejo: Osmany Valdés. 1948. Santa Clara.

Aquello explicaba muchas cosas.

Y todo por culpa de un único cabo suelto en una larga trayectoria sin pasos en falso. Sobornos, amenazas, algún accidente nunca aclarado y, sobre todo, discreción, bastaron para protegerse de jueces y periodistas. A veces se vieron en la obligación de jubilar a alguno, números prescindibles en un negocio cada vez más complejo y peligroso. Bonifacio Artaraz, quién lo iba a decir, se retiró voluntariamente cuando los números comenzaban a subir de forma exponencial. A Panza tuvieron que sugerirle pasar a un segundo plano, y no puso ningún problema. Durante años se dedicó a pasear las vacas por el monte, a dilapidar en putas una fortuna que jamás pasó por banco alguno y, al parecer, a buscar en el Caribe una esposa resignada a soportarlo.

Pero el jodido campesino resultó ser peor bicho de lo que sospechaban.

Un día como otro cualquiera, Panza se invitó a la casa de Somoza con unas fotografías que retrataban su actividad con todo lujo de detalles. Y la exigencia de cien mil euros a cambio de su silencio.

Eliminarlo fue un trabajo limpio. Nadie dudó del accidente. Tras ejecutarlo, de forma literal, Laiseka y Zabalbeitia registraron su chabola y dieron con los negativos, que Salvador Somoza quemó en la chimenea de su despacho mientras saboreaba una copa de Napoleón.

No. En realidad, el trabajo no fue tan bueno.

Solo el azar impidió que su imperio se desplomara por un registro chapucero. El azar, las bajas, la falta de personal. Cuando la viuda se presentó en la comisaría de la Ertzaintza con un extraño taco de fotos encontradas entre las cosas de su difunto marido, el único disponible para atenderla fue el propio subcomisario.

De la mujer se ocupó él. Sus muchachos se limitaron a cavar la fosa mientras él recorría la vivienda vaciando los armarios, rebuscando en muebles, cajones y la cuadra. No dio con nada más.

Cansado, se frotó los párpados cuidando de no rozar el vendaje que le protegía la nariz. Otro error. El mismo error, de hecho. Un registro incompleto de la misma finca. Dos veces seguidas. El puto camello tenía un escondite que no supieron hallar.

Y un negro desconocido tropezó con él.

Recordó la urgencia de Laiseka cuando vio la nota con la llamada de la agente pelirroja sobre la mesa de Zabalbeitia, el hielo bajo los neumáticos, las calles vacías de Balmaseda, el silencio de Pandozales. Peio estaba ilocalizable, pero en ningún momento dudó de que ambos se bastaban para inventar otro accidente.

Un error más.

Y regresó a las imágenes del telediario, a los escombros humeantes de la mansión, al gesto compungido de los bomberos, las medallas anunciadas y las versiones oficiales repletas de lagunas que los medios no cesaban de repetir. Versiones que a él no le importaban. Horas antes había recibido la llamada de Boni Artaraz. Una llamada para confirmar todas sus sospechas.

Aquel militar cubano había ejecutado a sus dos hombres. ¿Cómo? ¿Por qué? No lo sabía. Pero sabía que, en Pandozales, el maldito negro le vio perfectamente en el momento de partirle la nariz, vio su silueta, gruesa y achaparrada, recortada en la nieve donde se desplomó.

Jamás lo confundiría con Laiseka o Zabalbeitia.

Sabía que faltaba uno.

¿Tuvo tiempo de interrogar a los *ertzainas*, de torturarlos para conseguir el nombre de su jefe? El cuerpo de Zabalbeitia no presentaba huellas de disparos. ¿Lo quemó vivo para obligarle a confesar?

Apagó el ordenador y regresó a la ventana. Llovía. Las gotas dibujaban sobre los vidrios senderos anárquicos que se cruzaban y se fundían antes de desplomarse por el alféizar. Reflejado en el espejo de la noche, estudió las venas rojas de las córneas, el bigote descuidado, la furia titilando entre los labios. Era un viejo de bolsas pronunciadas, cráneo quemado por el sol y un aparatoso vendaje en el centro de la cara, un viejo furioso y macilento que comenzaba a cometer errores. Incapaz de mantener por más tiempo la mirada de aquel engendro que aparentaba más de los sesenta y cinco años que tenía, apagó la luz y salió de la habitación.

No era el mismo de antes, era indudable. No tenía la misma fuerza, la misma iniciativa. Pero tenía dinero. Tenía contactos, mantenía viejas lealtades. Sabía cómo contratar nuevos soldados.

Tenía poder. Y estaba dispuesto a utilizarlo.

Una persona como él no podía depender de lo que supiera un extranjero que a nadie importaba.

El cubano debía morir.